LIG VAN DIE
Vuurvliegies

CHEP GERBER

Eerste gepubliseer 2025 deur JP Gerber
Kopiereg © 2025 JP Gerber

ISBN 978-1-7641803-1-3 (Print)
ISBN 978-1-7641803-0-6 (eBook)

Omslagontwerp en binneformatering deur Gregg Davies Media Pty (Ltd)
www.greggdavies.com

Hou my net vas.
Ek wil nie alleen wees nie.
Nie nou nie.

Aan al die vuurvliegies wat die donker draaglik maak.

Inhoud

Hoofstuk 1

D is 'n pragtige aand, donker en met die parkeerterrein stil. 'n Eensame figuur sit op sy motorfiets en kyk na die see wat die stadsliggies van oorkant die baai weerkaats. Nou en dan breek 'n brander lui teen die klein sandstrandjie. Die water is spieëlglad, die lug helder: geen wolkie in sig of dynserigheid soos dikwels langs die kus nie. Selfs met die beligting van 'n moderne stad as agtergrond is die sterrehemel 'n besondere skouspel; so asof vuurvliegies bo die water skitter.

Port Elizabeth is bekend vir sy wind. Baie vakansiegangers het al moedeloos teruggekeer na die binneland en gemor om volgende keer eerder Durban toe te gaan, dat hul siek en sat is vir sand in die oë en sout wat al wat 'n venster is ontsier. Wanneer die wind wel bedaar en met die lug helder is die toneel soveel meer beeldskoon. Die *ying* en die *yang* hier vergestalt, teenstrydighede van die ondermaanse.

Hierdie stad bly vol teenstrydighede; ryk, arm, beroemd, berug. Die hawe en die motor-industrie het die ekonomie aan die gang gehou, maar vakbonde en die onbetroubare arbeidsmark eis hulle tol. Soms hang daar 'n reuk van verval in die lug. Op mooi aande soos vanaand is dit maklik om te vergeet. Die stadskern lê verder weg, ooswaarts, anderkant die hawe. 'n Paar vragskepe wag op anker om die hawe binnegelaat te word. Die see noodsaak dat uitbreidings meer na Oos London en Kaapstad se rigtings groei. Dis meer ouer woonbuurte hierdie kant toe, vakansiewoonstelle al langs die kusstrook en hotelle wat desperaat raak vir besigheid. Al die swemstrande lê dié kant van die hawe. Die universiteit en technikon verder weg van die kusstrook is beide groot werkverskaffers. Baie studente woon hier, deel verblyf om huur te kan bekostig. Hulle hou in die af-seisoen die restaurante en kroeë aan die gang wat al langs Marine rylaan af besigheid voer. Hoogseisoen is dit 'n ander storie. Dan is al wat 'n binnelander is hier met vakansie met hul sleepwaentjie in tou. Die woonwapark oorkant die oseanarium word volgepak en mense baklei vir plek om hul handdoeke op die strande uit te stryk en liggame te vertoon. Of te bekyk. Dan raak die kroeë krapperig met studente wat die hele middag op die terrastuine uithang en net een drankie koop. Tyd is geld. In die somer is ruimte om verkope te doen goud werd.

Skoolvakansie is nou verby. Met die uitsondering van die motorfietsryer is die area verlate. Die parkeerterrein is vir mense wat die strand en geriewe wil gebruik. Bedags is dit gewoonlik 'n miernes van bedrywigheid, drawwers en stappers wat voor of na werk hul oefening inpas of hul honde laat bene rek, toeriste wat die plaaslike aantrekkings besoek. Die somerson het lankal gesak en dis tyd vir die naguile om uit te kom. Hier is dit egter stil.

Die motorfietsryer se kop knik ritmies op die maat van musiek. Elke nou en dan rits hy sy leerbaadjie oop en vroetel met iets in die binnesak. Hy sit reeds geruime tyd daar. Nou en dan stap verliefde paartjies verby op die geplaveide paadjie wat al langs die seefront af strek. Hulle hou na aan die flou ligte wat die paadjie belig. Deesdae is mense lugtig om dit na donker alleen in verlate, donker areas te waag. Misdaad het nader aan die stad gekruip. Dit was nog altyd daar, sluimerend, veral as jy ongelukkig was om naby informele nedersettings te woon – of daar woon.

Die motorfietsryer se kop bly ritmies knik. The Sugarcubes. *Deus. Regina.* Lekker ritmes. Björk se ongewone manier van sing, waar sy haar heeltemal in haar musiek verloor. Hy hou daarvan. Iemand wat meegevoer word met wat hulle doen. Oorgawe. 'n Sanger wat nie bang is om die samelewing uit te daag nie. *Aanvaar my soos ek is of los my uit.*

Die motorfietsryer dra 'n valhelm, asof hy die wêreld probeer uitsluit. Een waarvan hy merendeels nie deel voel nie. Waardes waaraan hy nie glo nie. Taboes waarmee hy niks fout sien nie. Van kleins af reeds dra hy die gevoel saam met hom rond van toeskouer wees. Die buitestaander bewus van hoe kinders mekaar boelie. Opgelet wie van wie hou. Nooit in die binnekring of self ingesluit nie. Om geen ooglopende rede nie. Dalk was hy so gemiddeld in alles dat dit hom onsigbaar gemaak het. Om die wêreld van agter 'n valhelm se skerm te beskou het ingepas by sy manier van na dinge kyk.

Sy motorfiets is in skakerings van blou en wit geverf. 'n Ongewone model, iets wat mens selde sien. Net 'n kenner sou weet. Die vier uitlaatpype verklap die geheim vir kenners – twee wat onder die sitplek uitsteek.

'n Motor hou direk langs die motorfiets stil, aan sy regterkant. Die man op die fiets kyk na die kar en skud sy kop effe, dink by homself, "Wat de hel?"

Hy was aanvanklik bewus van die ligte wat agter en om hom beweeg het, maar het dit geïgnoreer. Hy bring baie aande by die see deur, luister na musiek op sy oorfone, afgesluit van die wêreld deur sy valhelm op te hou. Hy is heeldag op kantoor. *Personeelbestuur.* Hy voel gewoonlik soos 'n gevangene tussen vier mure. Sy kollegas beskou hom as 'n spanspeler, nie iemand wat sy werk op ander afskuif nie. Hy is altyd bereid om hulp te verleen. Mense neem soms misbruik van dit. Hy gee nie om nie. Dis nie asof hy kinders na skool moet gaan optel of rugby afrig nie.

Wanneer daar een vergadering na die ander volg, afsprake, wanneer daar nie kans deur die dag is om uit die gebou te vlug nie, dan raak hy kriewelrig. Dis asof die mure hom vasdruk sodat hy nie asem kan haal nie. Hy raak angstig soos 'n dier wat vasgekeer is. Dit help om vir 'n stappie te gaan deur die kampus. Wanneer tyd toelaat gaan ry hy 'n ent op sy motorfiets. Dan kan hy weer die kantoor aandurf en die dag se take afhandel. Soos iemand met 'n asmapompie.

Na werk ontsnap hy na sy klein *bachelor pad* woonstelletjie, 'n leef-en-eet vertrek wat ook as slaapkamer dien, met 'n klein kombuisie en badkamer. Hy woon al vanaf sy studentedae daar. 'n Woonstelblok op Kaapweg, net duskant 'n kruising waar Eastbourne en Westbourne rylane teen 'n reghoek ontmoet. Die siviele ingenieur het 'n humorsin gehad.

Die woonstel is goedkoop en voldoen aan sy behoeftes, maar dit is piepklein. Die toesluit motorhuis onder die gebou is groter. Dis nie asof hy baie ruimte nodig het nie. Hy is nie 'n versamelaar nie. Die karige meubels was alles surplus van sy ouerhuis. Hy het die hoëtrou klanksisteem en mikrogolfoond met sy eie geld gekoop. Wanneer die weer dit toelaat ry hy met sy motorfiets en gaan sit langs die see, altyd op dieselfde plek. Hy raak krapperig as 'n ander voertuig soms sy parkeerplek beset, asof 'n indringer sy persoonlike ruimte binnedring. As dit winderig langs die see is, ry hy in sy klein bejaarde karretjie wat hy by sy broer gekoop het, 'n bruin Datsun 120, meer as twintig jaar oud.

Motorfietse is in sy bloed. Hy besit meer as een. Drie, om presies te wees, almal Suzukis. Hy is lojaal teenoor die vervaardiger, soos hy lojaal was teenoor alles wat hom betower het. Vanaand ry hy die middelgrootte, 'n huldeblyk aan suksesvolle Grand Prix wenners van vorige dekades. Omgewingsbewustheid het die doodsknal van die twee-slag enjin beteken. Net grassnyers en bromponies het nog weggekom met die besoedelende tegnologie. Die RG500 was uniek. Daar was nooit tevore so 'n padmodel nie en daar sal nooit weer so een wees nie.

Die ryer weet hy besit 'n kleinood, iets van historiese en nostalgiese waarde. Hy besef dit terdeë. Dié besef verskaf eindelose plesier, soos 'n diamantring of goue ketting, nie werklik iets van gebruikswaarde nie, eerder die estetiese genot. Maar dit het oor meer as net dit gegaan. Hy was 'n persoon wat geheg geraak het aan dinge. Party mense sou dit dalk as materialisme beskou.

Hy was egter nie 'n tipiese verbruiker nie. Sommige dinge het sy hartsnare geroer en hom soos 'n spinnerak vasgevang. Die res het hom koud gelaat. Die RG500 is bruikbaar en word gebruik. Maar die eintlike waarde was meer die idee van die motorfiets, om te weet dit staan onder in die motorhuis geparkeer. Hy het soms daar gesit en net gekyk na die lyne, die tekens van tegnologie wat onder die plastiek en metaalwerk uitsteek as mens fyn oplet.

Mens sou skat dit het van hom 'n *snob* gemaak. Glad nie. Sy klein 120 cc enkel silinder motorfietsie was vir pendel en die alledaagse. Ook 'n 2-slag. Die fietsie was moeg na 'n vorige lewe as afleweringsfiets van 'n apteek. Die uitlaatpyp was aamborstig met jare se olie en koolstof opbou. Die eerste keer wat hy die fiets te kope gesien het was daar eenvoudig chemie.

Hy het geen plan gehad om motorfiets te koop daardie dag nie. Hy was by die handelaar om na bande te kyk. Die fiets het na hom geroep. Dit was 'n model soortgelyk as duisende wat verkoop is, wat elke dag op die paaie gesien is. Maar daar was iets aan daardie spesifieke rooi fietsie, die verfwerk wat nooit politoer gesien het nie, die chroom wat onder lae van ou stof en modder versteek was. Seker soos 'n straatbrakkie wat wag dat iemand hom oor dit sou ontferm. Hy het aanbod gemaak en die motorfiets huis toe geneem, ure spandeer om die fietsie weer in goeie toestand te kry. Dit het hom eindelose genot verskaf toe die enjin uiteindelik weer glad loop en klink soos die dag wat dit die fabriek verlaat het.

Maar die middelste een was spesiaal, veral wanneer die gier hom pak en hy soms in bedruktheid verval, wanneer hy opbeuring nodig het. Musiek en die klank van 2-slag enjins. Daardie dinge het hom gehelp wanneer neerslagtigheid se kombers hom ontvou het. Hy is geneig tot neerslagtigheid. Sommige mense is net. Daar is dalk verklaring. Onderliggende sielkunde. Sy ontsnapping was om die fiets aan die gang te skop en die reuk van twee-slag in te asem, ryk walms wanneer die enjin koud is.

Sy groot fiets is vir die langpad, wanneer hy afstand wil aflê en ure aaneen spoed wil handhaaf, sommer net vir die lekker. Hy was alreeds verskeie kere Kaap se kant toe. Ook een van Suzuki se kenmerkende modelle, die vaartbelynde Katana; stilering waarvan meer konserwatiewe vervaardigers weggeskram het. Hy het baie foto's van êrens langs 'n pad, met die silwer Katana as onderwerp, waar hy die fiets sit en bewonder het, homself wou knyp dat iets waarvan hy as tiener gedroom het nou sy eiendom is. Dalk was dit 'n onderliggende patroon, dat andersheid die ryer onbewustelik geprikkel het, die ongewone.

Die motorfietsryer luister na 'n nuwe CD, een wat hy vroeër die dag by 'n musiekwinkel gaan afhaal het. Dis 'n nuwe CD met ou musiek. Musiek uit sy studentejare, vormingsjare. Sy eerste motorfiets, Onafhanklikheid. Dit het hom in 'n goeie stemming geplaas. Elke nou en dan rits hy sy baadjie oop om 'n snit te herhaal, musiek met ritme. Hy is ergerlik vir die motor wat reg langs hom kom stilhou. Daar is baie ander plek, die parkeerarea is leeg. Hy draai sy kop na regs om sy misnoeë te toon en swets binnemonds.

Die motor se voorste passasiervenster is afgedraai. Voor sit twee jongmense, beide blond. Die dakliggie skakel aan. Die meisie is aantreklik. Sy sit langs 'n man met lang hare. Die meisie s'n is nog langer. 'n Kuif hang oor haar oë. Die res is agteroor en af teen haar slanke nek gekam. Die motorfiets-ryer hou van haar haarstyl. Dit lyk elegant. Hy is steeds krapperig.

"*Want company?*" sê die meisie vir hom.

Hy het nie verwag iemand gaan met hom praat nie. Die musiek speel oorverdowend in sy ore. Hy vroetel in sy leer-baadjie se sak om die speler stil te maak, sukkel om die volume knoppie te vind. Sy dik leer handskoene maak fyn vinger bewegings moeilik.

"Wat sê jy?" vra hy, steeds aan die sukkel om die klank af te draai. Hy trek sy handskoene uit. Dis makliker om die oorfone se draad uit die speler te trek.

"Soek jy geselskap?" vra die meisie weer met 'n Engelse aksent. Sy lag vir sy onhandigheid. Haar tande is spierwit en sy lag oopmond. Sy is aanvallig en weet dit. "Ons is drie. Ons soek 'n vierde." Sy wys na die sitplek agter haar, na 'n meisie wat alleen op die agtersitplek sit. Die meisie het lang swart hare. Haar hare laat hom in 'n oomblik met heimwee aan iemand anders terugdink.

"Ons soek 'n *date* vir haar," sê die blondekop. "Hoe lyk dit?"

Hy huiwer. So iets het nog nie met hom gebeur nie. Om so opgetel te word. Hy is inherent ongemaklik as dit by vroue kom.

"Wat beplan julle?" vra hy onseker.

Die bestuurder leun oor die stuurwiel om verby sy meisie te sien. Hy noem die naam van 'n klub. *Dungeon.* Hulle is op pad soontoe. Die motorfietsryer ken nie die plek nie. Hy was eintlik nog nooit in 'n klub nie.

"Dis *live*, lekker *vibe*," moedig die blonde meisie aan. "Annelise soek *company*."

"Jy lieg, dis julle wat *company* vir my soek," sê die swartkop vanuit die agtersitplek.

"Jy kan nie op jou eie dans nie," antwoord haar vriendin.

Die motorfietsryer sê, "Dalk moet julle elders gaan soek. Ek kan nie dans om my lewe te red nie."

Die bestuurder skud sy kop, "Bog, enigeen kan dans. Jy swaai net jou heupe op maat en lyk *naff*. Dis wat almal doen. Kom saam, jy sal dit *like*. Ek is Henry. Daai's Annelize. Wendy is my *chick*."

"Annelise," korrigeer die swartkop. "My naam is Annelise." Sy kyk na Henry en beklemtoon die vierde lettergreep. 'An-ne-li-*se*."

Henry grinnik. Hy weet hy wen haar op deur haar naam op die Engelse manier uit te spreek. Doen dit met opset.

Die motorfietsryer kyk rond of daar nie dalk 'n ander voertuig is waarheen hy die vriende na kan verwys nie. Daar is nie. "Uhm. Watse soort musiek?" Hy probeer vis, net om uit te stel, kans te gee om te kan dink. Wat sou hulle gemaak het as hy sy valhelm afhaal en hy was 'n ou man met 'n bleskop? Of iemand met 'n tatoeëermerk op sy voorkop?

"Lekker *eighties*." Wendy klik haar vingers en voer 'n danspassie sittende uit.

Sy nuutste aankopie weerklink nog in sy ore, lekker musiek wat hy in die toekoms nog baie gaan geniet. Ook uit die tagtigs. Annelise is mooi. Dis in elk geval mos nie asof dit 'n regte *date* is nie. Annelise lyk nie so voor op die wa soos haar twee vriende nie. Waarom nie?

"OK. Ek's Ferdi. Ry, ek sal volg. Ek los nie my motorfiets hier nie," sê hy.

"*Nice,*" roep Wendy toe Henry wegtrek.

Hulle ry nie ver nie. Die ingang is ondergronds in een van die bekende geboue langs die seefront. Ferdi het nie voorheen, in die verbyry, opgelet dat daar 'n klub is nie. Hy parkeer sy motorfiets op die sypaadjie 'n ent weg van waar 'n groep jongmense rondstaan, waar dit goed belig is. Hy begin kleinkoppie trek. Maar dis nou te laat. Hoe sal die arme meisie voel as 'n vreemdeling sy neus vir haar optrek? Dit sal nie reg wees nie. Hy is bietjie vies dat hy homself in hierdie situasie laat inpraat het. Maar dis nou te laat.

Hy stap oor na waar Henry parkeer het. Dis 'n netjiese kar. Beter as wat die gemiddelde student kan bekostig. Annelise klim uit die motor. Sy is lank en skraal. Haar lang *wraparound* romp hang tot op haar enkels en beklemtoon haar figuur. Min mans sou omgee om saam met haar gesien te word. Henry en Wendy hang aan mekaar soos verliefde tieners.

Annelise hou die motor se deur beleefd oop. "Wil jy jou baadjie en valhelm in die kar laat? Dan sit jy nie daarmee opgeskeep nie."

"Dankie. Ja, dis dalk 'n goeie idee."

Ferdi leun by haar verby. 'n Aangename reuk van blomme hang in die lug. Hy maak die deur toe, maak seker dis gesluit en stap saam met Annelise agter die ander twee aan. Henry betaal die toegangsfooi.

"Ek kan vir myself betaal." Ferdi wil geld aanbied.

Henry waai met sy hand, lag net en stap verby die deurwag.

Die popgroep is reeds aan die speel. The Clash. *Rock the*

Casbah. Die plek is gepak met jongmense. Die musiek is oorverdowend. Sigaretrook hang swaar in die lug bo die dansvloer. Gekleurde flitsende ligte speel oor die skare. Kolligte skyn op die verhoog. Die kunstenaars is skaars sigbaar deur die rookdampe. *Dungeon*, sy naam ten spyt, blyk 'n oorwegend buitelug klub te wees. Henry mik na 'n stel trappe wat oplei na 'n opelug area. Hy beduie vir die ander om te volg en roep iets terug oor sy skouer.

"Hoe sê jy?" vra Ferdi. Hy moet sy stem verhef om hoorbaar te wees.

Henry herhaal. Ferdi snap steeds nie. "Hier?" roep Wendy.

"OK," antwoord Ferdi, nie seker waarna hier verwys nie. Hulle beur tussen draaiende en swaaiende liggame deur, meisies in skrapse klere en mans met bultende spiere wat deur knap passende T-hemde wys. Wendy het hom aan die hand en hy volg, met Annelise agterna. Henry het elders heen verdwyn. Wendy het geen gebrek aan selfvertroue nie. Sy stoot lywe eenkant en veg 'n pad oop tussen die jongmense deur. Ferdi kyk terug oor sy skouer. Annelise lyk soos 'n duikertjie in 'n kar se ligte vasgevang. Haar oë is groot. Hy ken die gevoel. Hy trek sy hand uit Wendy se greep en hou dit uit na Annelise. Sy neem dit dankbaar. Haar vel is yskoud.

Die opelug area is onder dekseile met plek om te sit. Hulle vind 'n tafeltjie agter een van die betonpillare wat die gebou ophou. Dis effe stiller daar. Ferdi trek 'n stoel nader van een van die ander tafels en beduie vir Annelise om te sit. Hy gaan haal nog 'n stoel vir Henry wat triomfantelik met vier biere deur die skare verskyn. "Hier" was toe al die tyd "bier". Logies.

"*Cheers*," sê Henry en slaan die helfte van sy bier met een teug weg.

"Dankie," antwoord Ferdi. "Gesondheid!"

Vier glase klink. Dis steeds onmoontlik om 'n sinvolle gesprek oor die musiek te voer. Henry gryp Wendy se hand en loop wiegend af na die dansvloer. Ferdi wonder wat hom te doen staan. Hy is nie spontaan nie. Hy skat hy is bietjie ouer as sy drie metgeselle. Hulle lyk na studente. Annelise het duidelik nie die selfvertroue van haar vriende nie. Sy sit en drink klein slukkies van haar drankie.

"Studeer jy?" vra Ferdi.

"Wat?" vra Annelise.

Ferdi skud sy kop effe. Hy leun oor na haar om homself hoorbaar te maak en sy leun na hom om te hoor wat hy sê. Hul koppe stamp effe ongemaklik teen mekaar.

"Askies," vra hulle gelyk om verskoning.

Ferdi drink bier om sy verleentheid te verberg. "Swot jy?" probeer hy weer.

"Ja," skree Annelise terug. "Regte."

Ferdi maak 'n skewe glimlag en rek sy oë; slimkop.

"En jy?" wil Annelise weet.

"*HR*. By die *varsity*," antwoord Ferdi.

"*Nice*," sê Annelise.

Nie regtig nie, dink Ferdi. As sy maar weet hoe eentonig ... Hy glimlag net. "Dans jy?"

Annelise beduie met haar hand, so-so. "En jy?"

Ferdi skud sy kop. "Nog nooit regtig probeer nie."

Annelise skud haar kop, glo hom nie. "Seker darem."

Dis te rumoerig om te verduidelik dat hy nog nooit in 'n nagklub was nie, dat sy musieksmaak nie juis van die huidige era is nie. Hy het vasgehaak in die laat sewentigs, vroeë tagtigs. Punk is waarna hy hoofsaaklik luister. Uit sy skooldae. Post-punk op universiteit. Dis iets wat hy ken. Punk uit Manchester, en Gotiese Rock, veral die swaar, stadige ritmes van die baskitaar, die soort musiek wat die vloerplanke laat vibreer en mens teen die borskas stamp. Maar dis nie uitsluitlik sy smaak nie. Soms vat die gier hom en dan hou hy van Beethoven se vyfde simfonie, of barok, Vivaldi, Bach. Die gekultiveerde kant van sy familie wat indrukke gelaat het as kind.

Ferdi leef in 'n wêreld van musiek. Dis sy ontsnapping van saaiheid, pyn en weemoed, dinge wat nou ver in die verlede lê. Hy dra steeds die bagasie. Liefdes wat hy versamel het langs die pad, wat hy nie kan afskud nie. Hy het gesukkel om te verwerk dat iemand haar hart aan hom kan gee en dit dan terugneem en vir iemand anders gee. Om in die pak te vry was heeltemal buite sy verwysingsraamwerk. Dit was moeilik om te verwerk dat iemand hom nie as sielsgenoot beskou het nie. Dis net so moeilik om te dink aan 'n nuwe verhouding as jy nog ou liefde in jou hart ronddra.

Basnote het iets binne hom geroer sedert sy kinderjare. Orrelspel voor die Sondagoggend kerkdiens, wanneer die diep note deur die vloer vibreer het. Dit het emosies in hom verwek van hartseer, verlies, dinge wat trane in sy oë laat opwel het. Gevoelens wat hy nie werklik verstaan het as kind nie. Dalk was dit die rede waarom 'n gebreekte hart hom na musiek gedryf het. Sielkundiges het moontlik 'n beter verklaring.

Ferdi kyk oor na die dansvloer waar mense op en af spring, swiep, swaai en sommer net spektakels van hulself maak. Niemand oordeel of gee om nie.

Die groep op die verhoog lyk of hulle pas uit die skool is. Hulle speel 'n weergawe van punkmusiek. *London Calling.* Die Drakensbergse Seunskoor weergawe – dis hoe dit vir Ferdi klink. Soetsappig. The Clash sal in hulle kokaïen stik. Mens kan seker nie iemand se stemtoon teen hom hou nie, maar die liggaamstaal is ook heel verkeerd, dink Ferdi. Die hoofsanger moedig die skare aan om hande te klap, te deel in die opvoering. Die hoofkitaarspeler tol ligvoets in die rondte, meer soos in 'n popkonsert, onvanpas vir die punk stemming.

Punks was kwaad. Moerig. Hul kitare instrumente van geweld. Hulle dra nie ontwerpers-tekkies nie. Hulle keer hulle rug op die gehoor, of anders hits hulle die skare aan om iets af te breek, uit te brand. Punk gaan oor protes. Dit gaan nie oor *sing-alongs* nie. Dit gaan oor frustrasie, woede, pyn, seerkry. Altans, dis Ferdi se indrukke.

Hy weet hy moet die meisie met die swart hare vra om te dans. Dis waarom hulle hom genooi het, geselskap vir die aand. Waarom juis hy weet hy nie. Dalk is die verskeidenheid yl op 'n Woensdagaand, *"mini weekend"* soos studente dit noem, maar midde van die werksweek vir andere. Annelise lyk meer soos een wat by 'n sokkie-jol aanklank sal vind.

"Sal ons probeer?" stel hy onseker voor, net toe The Clash se skeppings eenkant toe staan vir iets wat hy nie ken nie.

Annelise knik en staan op. Sy volg Ferdi na die dansvloer. Hy let op wat die ander doen en parkeer homself, sy twee voete stewig geplant. Sy siel soek na diep basnote om op in te skakel, maar vind hulle nie. Sy heupe wil nie die ritme van die onbekende musiek volg nie. Dis heeltemal te vinnig. Daar is geen melodie nie. Dit lyk so maklik wanneer ander dit doen, lywe wat swaai, soos gras in die veld saam met die wind. Ferdi besef dit gaan nie werk nie. Hy probeer elke tweede noot vang, vind dit werk beter. Annelise tol veerlig al in die rondte. Sy het 'n mooi figuur, merk Ferdi weereens op. Haar naeltjie steek uit soos haar bloes optrek wanneer sy haar arms lig. Sy sal enige sokkie-jol ophelder.

Tog is sy nie Ferdi se tipe nie. Daar was 'n tyd, lank gelede, toe iemand se swart hare sy asem weggeslaan en sy knieë lam gemaak het, maar dit is verby, behoort aan die verlede. Hy soek nie meer na iemand met swart hare nie.

Daardie fase van sy lewe is afgehandel. Tog, toe hy haar in die motor gesien het was daar iets. 'n Terugflits. 'n Mens vergeet so iets nooit.

Eintlik soek hy glad nie na vroulike geselskap nie. Hy besef al te goed dat hy te intens is saam met meisies. Hy is nie die wêreld se mees lighartigste persoon nie. Dis vir hom moeilik om opgewek en vrymoedig te wees. Hy is net nie van nature so ingestel nie. Hy is geneig om die ander persoon se bui te weerkaats, te reageer op die seine wat gestuur word. As iemand wag vir hom om seine te stuur verloop dit gewoonlik rampspoedig.

Dis moeilik om 'n verhouding aan die gang te kry as daar nie 'n sielskonneksie is nie. G'n wonder die paar oppervlakkige verhoudings wat hy in die onlangse verlede gehad het, het op niks uitgeloop nie. Na niks verder as die platoniese nie, geen vonk wanneer iemand aan hom raak of na hom kyk nie. Dit maak hom angstig. Beter om net sulke situasies te vermy.

Ferdi weet wat sy onderliggende probleem is; hy is gans te emosioneel. Dinge moet op 'n emosionele vlak met hom praat, anders laat dit hom koud. Hy reageer teenoor vroue soos met motorfietse. Dalk is daar mooier of beter modelle, maar net sekeres spreek tot hom, vra hy moet hulle saamneem huis toe, dat hulle goed sal wees vir hom. Wanneer iets in sy hart kruip, dan bly dit daar, kan nie verplaas word wanneer iets anders op die toneel verskyn nie.

Dit is net so met meisies. As een sy hart gesteel het kan hy nie weer van haar vergeet nie, selfs lank na hulle hom agtergelaat en aan beweeg het nie. Dit het reeds twee keer tevore gebeur. Hy moes met die gevolge leef, die skade wat dit veroorsaak het omdat hy te veel liefdes saam met hom rondgedra het. Sy liefde vir twee vroue en so baie ander dinge wat hy moes agterlaat. Veral die een met die swart hare. Sy het sy hart gebreek. Dit mag nie weer gebeur nie.

Teen sy verwagting in begin Ferdi tog die *vibe* geniet. Die dansers maak nie oogkontak met mekaar nie. Elk vasgevang in sy eie klein wêreldjie. Hy dans nie ligvoets soos hulle nie. Sy voete bly steeds geplant, maar sy knieë swaai en sy skouers wieg half in pas met die musiek. Daar is iets sensueel om te midde van swetende, swaaiende, jong lywe te wees. Meisies in skamele bostukke en korter-as-kort denim broekies wat draai om jong mans se bruisende hormone.

Annelise verdwyn vir 'n oomblik uit Ferdi se sig. Hy dans op sy eie voort. Bowendien snap hy dat hy net daar is as metgesel, om 'n doel te dien. 'n Vierde. Dis wat Wendy gesê het. Annelise soek niks ernstigs nie, net soos hy nie 'n verhouding soek nie. Hulle is net saam vir die aand en sal dan hul eie koers kies. Dis reg so met hom. Hy oorweeg nie eers vir 'n oomblik dat die aand dalk tot iets kan lei nie. In sy kop het hy dit reeds alles uitgewerk.

Ferdi neem 'n sluk van die bier wat hy steeds vashou. Hy hou nie werklik van bier nie. Hy behoort seker ook later 'n rondte te koop, maar hy sien nie werklik kans vir nog een nie.

Hy soek na Annelise, kry haar nie, besluit om by die tafel vir haar te wag. Hy draai om en stamp teen iemand, wil verskoning vra. Dis 'n vrou; sy kyk oor haar skouer na hom. Annie Lennox se ewebeeld. Ferdi dink Annie Lennox is ongelooflik mooi. Sy glimlag vir Ferdi en hou aan om voor hom te dans. Sy het kurwes op al die regte plekke, dra hotpants en 'n top met 'n lae hals. Hy kan teen haar boesem af sien, die rooi kantmateriaal van haar bra. Sy lê by hom aan. Sy sien waarheen sy oë dwaal, waarna hy vergeefs probeer om nie te kyk nie. Uitlokkend.

Hy kyk paniekerig rond, soek na waar Annelise is, hoop naarstigtelik sy kan hom kom red. Sy is nêrens te siene nie. Die danser vou haar arms om sy nek asof hulle 'n paartjie is. Ferdi is oorbluf en staan versteen soos 'n standbeeld.

Die meisie kom agter hy is ongemaklik.

"*Are you gay?*"

Op die ingewing van die oomblik sê Ferdi, "*Yes.*"

"*Cool.*" Sy swaai haar lyf intiem teen hom.

Sy is goed-bedeeld. Hy kan haar borste ferm deur sy T-hemp voel druk.

"*I meant, no.*" Hy probeer homself lostrek.

"*Yes? No? Are you a pervert?*" Sy skree om haarself hoorbaar te maak.

Ferdi huiwer, probeer verbouereerd dink aan die regte antwoord. "*No.*"

Die meisie laat los hom, skud haar kop en dans weg om iemand meer ontvanklik te soek.

Ferdi se keel is droog. Oral druk mense teen hom. Hy neem nog 'n sluk bier, probeer homself kalmeer en tel die ritme van 'n weergawe van *Friday I'm in Love* op. Die groep maak 'n gemors van The Cure se skepping. Maar Ferdi hou van die liedjie. Hy wieg heen en weer teen halfpas. Hulle weergawe is te opgewek maar dis nie 'n probleem nie. Hy voel weer in beheer, in 'n gemaksone met musiek wat hy ken.

Jong liggame probeer by hom verby druk. Hy skep ruimte. 'n Verdere gaping gaan oop voor hom, soos 'n gangetjie deur die skare. 'n Meisie kom in sy rigting aangedans, dalk eerder 'n jong vrou, ouer as die res. Daar is iets vreemds aan haar. Dis nie net haar spykerige, blou hare nie, ook nie die swart grimering om haar oë en swart lipstiffie nie.

Dis asof sy in 'n beswyming is. Sy dra 'n kort, wit bloes. Dit hang los aan haar tenger figuur. Hy wil nie staar nie. Hy skat sy het niks onder aan nie. Sy het tatoeëermerke van haar polse af opwaarts, op teen die vou van haar elmboog en tot net onder haar skouers. Haar denim rompie is kort. Sy het mooi bene, slank. Haar gekleurde hare is net langer as borselkop geknip en gejel, staan orent soos stekels aan 'n kaktus.

Die vrou dans tot reg voor hom, arms omhoog, swaai en knak haar lyf op die mees ongelooflike manier sywaarts. Sy kyk stip in sy oë, strak, sonder emosie. Hy is nie seker dat sy hom raaksien nie. Miskien tog; haar heupe swaai op maat met syne, teen die helfte van die tempo van die musiek. Iets vreemds neem van Ferdi besit. Sy betower hom. Hy het 'n onbehoorlike, byna onbeheerbare begeerte om haar te soen, vol op die mond, haar swart lipstiffie af te lek, stadig.

Vreemde drange neem van hom besit. Hy verstaan nie wat hom ingevaar het nie, waar dit skielik vandaan kom nie. Om te keer dat hy toegee lig hy sy bier om haar gesondheid toe te wens. Hy weet nie wat anders om te doen nie. Die meisie-vrou glimlag skelm, asof hulle 'n geheim deel. Kan sy gedagtes lees? Sy draai haar rug na Ferdi en druk haar lyf teen hom vas. Die keer wil Ferdi nie gered word nie.

Hy vou sy arm om haar middellyf en plaas sy plat hand op haar ontblote middellyf, voel die ringetjie wat deur haar naeltjie steek. Hulle heupe swaai tesame. Vreemd; hy weet sy voel hom deur haar dun klere, maar hy gee nie om nie. Hy kan nie glo wat sy hand waag nie. Dis heeltemal teen sy karakter. Hy is terughoudend, natuurlik skaam. Almal wat hom ken weet dit.

Hy voel die lewende wese onder sy palm, die beweging, die sweterigheid van haar vel, haar harde boude wat doel-bewus teen sy heupe terugdruk, en hy help haar aan. Sy hand wil laer afglip teen haar gladde vel onder die rompie in. Hy keer net betyds. Hy weet sy voel hom, weet dis haar teen-woordigheid wat dit veroorsaak. Dan, onverwags, dans sy weg van hom, draai terug en glimlag, 'n stout glimlag. Sy dans weer nader, fluister in sy oor, verdwyn dan.

Ferdi bly versteen staan, staar haar agterna, wonder wat

sopas gebeur het. Hy vryf sy voorkop, 'n gewoonte wat aandui dat hy verleë is en stap terug na die tafeltjie waar Annelise saam met haar twee vriende bo die geraas sit en probeer gesels. Hy bly na die dansvloer kyk om te sien of hy die vrou met die blou hare weer gewaar, maar hy sien haar nie.

In die nadraai vou die welbekende deken van neerslagtig-heid hom toe.

Hoofstuk 2

Die nagklub-vrou spook by Ferdi. Soos sy ervaring met motorfietse, as iets met hom praat kan hy dit nie weer vergeet nie. Hy raak half van obsessief. Dis net, dit het nog nooit met hom gebeur dat dit 'n vrou is wat so in sy kop praat nie. Sy vorige verhoudings het altyd oor 'n lang tyd ontwikkel. Hy het nooit genoeg selfvertroue gehad om te dink iemand hou dalk van hom nie. Die idee moes soos 'n saadjie posvat en ontkiem. Nie die keer nie. Nooit tevore het iemand na hom uitgereik nie, in haar sirkel betrek nie. Dit was kosbaar. Die gewaarwording was soos 'n brandmerk op sy gemoed ge-ets.

Hy sukkel om te konsentreer wanneer hy by die werk is. Dis dalk verspot. Hy weet dit tog. Hoe kan 'n mens so gaande wees oor 'n vrou wat jy net eenkeer en per toeval ontmoet het? Is dit net dierlike aantrekking oor sy mooi lyf en gesig het? Nee. Hy dink nie so nie. Ferdi het al baie mooi vroue gesien. Dit doen niks aan hom nie. By die universiteit is daar baie jong studente met pragtige, jong figure. Ferdi kyk, soos om na 'n mooi skildery te kyk. Mens kyk en gaan dan aan met jou lewe: dis nie asof jy elke skildery huis toe wil neem nie.

Punks was ook nie Ferdi se ding nie. Maar dit help nie. Punk of nie. Daar was 'n konneksie. Elektrisiteit. Hy is iemand wat baie tyd deurbring om na te dink. Musiek voer hom weg. Dit laat hom dinge ervaar sonder dat hy 'n tree versit. Hy weet wat hy wil hê. Hy weet wat hom gelukkig maak. Hy kan sien as a stel by mekaar pas. Daardie punk by die nagklub het die idee ontwaak van 'n lewe wat moontlik was, die sleutel van 'n deur van moontlikhede wat voorheen onsigbaar was. Dis asof die vrou sy *aha*-oomblik was, hom laat kyk het in 'n rigting wat hy nooit andersins sou nie. Sy het hom tog tussen almal op die dansvloer uitgekies.

Hy wil haar weer sien. Soos iemand wat daar by die Oranjerivier se uitmonding loop, 'n blink klippie optel en aanvaar dis glas en dit die water in skop, net vir iemand anders om dit te vind en besef dis 'n kosbare diamant, so weet Ferdi hy het iemand besonders gevind. Hy glo dit met sy hele wese. Hy *moet* haar net eenvoudig weer sien. Sou sy dalk die volgende Woensdagaand weer daar by die nagklub wees? Hy kyk in die koerant se *events* kalender of daar weer 'n groep by die Dungeon optree. Hy sit die hele Saterdagaand buite die klub in sy kar ingeval sy verskyn.

Selfs in sy kar hoor hy die onstuimige geraas wat by die deur uitborrel, 'n groep wat hard probeer en alles uithaal. Hy betaal die toegangsfooi om te sien of sy dalk binne is. Vergeefs. Die vrou met die blou hare is nie daar nie. Sy moed sink. 'n Paar meisies gooi flikkers in sy rigting. Ferdi maak of hy hulle nie raaksien nie. Hy stap uit. Dalk volgende Woensdag?

Maar hy sien die vrou met die blou hare ook nie dan nie. Hy sien haar ook nie die daaropvolgende Woensdag tussen die dansers nie. Die musiek is teenie-bopper twak. Hy is deels verlig sy woon nie sulke tjol by nie. Ten minste het sy beter smaak, dink hy. Hy sien wel vir Henry en Wendy, of ten minste, hulle vind hom eerste.

"Howzit," skree Henry in sy oor. "Het nie gedink jy hang hier uit nie!"

Ferdi hoor nie wat die vent sê nie. Die musiek is net so kliphard soos die vorige kere. Die vinnige ritme gee hom hartkloppings. Hy was juis net van plan om moed op te gee toe Henry hom op die skouer klop.

"Hello," skree hy terug en waai half in Wendy se rigting. "Waar's Annelise?"

"*What's that*?" roep Henry.

"Waar's Annelise?" vra Ferdi weer. Sy navraag is eerder uit beleefdheid as werklike belangstelling.

"Swot," antwoord Henry. "Eksamens die week." Hy verduidelik nie waarom dit blykbaar nie op hulle van toepassing is nie.

Ferdi knik. "Ek dink nie hierdie is my *scene* nie. Ek dink ek het genoeg gehad."

"*What's that*?" vra Henry weer.

Ferdi maak 'n sny-gebaar met sy hand oor sy keel. Met sy wys- en middelvingers maak hy die teken van voete wat stap. Genoeg vir een aand.

Henry steek 'n duim in die lug en trek Wendy weg, die dansende skare in.

Ferdi hou nog twee Woensdagaande in die nagklub se parkeerterrein wag voor hy besluit dis hopeloos. Te veel mense wat kom en gaan, dis moeilik om seker te wees hy sien elke vroulike gesig. Buitendien was sy moontlik net daardie een aand daar, dalk was sy 'n toeris, of om iemand spesifieks te ontmoet. Dit maak hom erg bedruk, die gedagte dat hy haar nie weer gaan sien nie, asof hy iets besonders gevind het maar dit net so gou weer êrens verloor het.

Die toeval doen dit met 'n mens. Wanneer jy ophou om op iets te hoop, net wanneer jy gereed is om moed op te gee, en dit gebeur juis dan. Hy sien haar weke later op 'n doodgewone Sondag middag langs die strandfront stap. Hy het 'n ent met sy motorfiets gaan ry en reeds huiswaarts gedraai toe hy haar blou hare gewaar. Sy is geklee in 'n swart gewaad wat laag op haar enkels hang. Die materiaal glinster in die son en beklemtoon haar skraal figuur. Haar blou stekelhare is onmiskenbaar. Dis asof tyd stilstaan terwyl hy verby haar ry. Dit is beslis sy. Sy het weer swart lipstiffie aan, oogskadu nie so erg oordoen as die vorige keer in die nagklub nie, haar naels is swart geverf. Begeerlikheid oral oor haar geskryf.

Ferdi jaag terug na sy woonstel toe, hardloop op teen die trappe, gooi sy valhelm en leerbaadjie op die rusbank en gryp die kar se sleutels. Hy ry so vinnig as wat sy ou Datsuntjie kan terug na waar hy haar gesien het. Hy kan sy geluk kwalik glo toe hy haar 'n kilometer verder sien. Sy hande is die ene bewerasie. Hy voel duiselig. Hy weet hy gaan 'n gek van homself maak. Maar soos 'n mot om 'n vlam trek sy hom nader.

Hy ry stadig verby, hou stil en leun oor om die passasiervenster oop te draai.

"*Lift?*" vra hy nonchalant. Hy probeer sy stem kalm hou.

Die vrou huiwer eers, dan loer sy in, herken hom, besluit hy is skadeloos en klim in.

"*Cheers,*" sê sy.

Ferdi krap sy voorkop onbewustelik. Dis moeilik om te bepaal of sy Engels of Afrikaans is. Hy skat sy kan nie Afrikaans wees nie. Nie so 'n esoteriese wese nie. Daar is boonop iets vreemds aan haar. Wie sê totsiens wanneer sy dankie bedoel?

"*Where to*?" vra hy.

"Dis oukei. Praat Afrikaans," antwoord sy.

Ferdi is verleë oor sy aksent wat hy altyd gereken het nie te sleg is nie. "Nou goed. Waarheen?"

"Weet nie. Waarheen is jy op pad?" vra sy.

Hy weet nie. Hy het nie dié antwoord verwag nie. Hy skrik toe 'n motor agter hulle toeter om verby te steek.

Sy passasier leun by die venster uit en skree, "Wanker." Sy wys vir die bestuurder 'n middelvinger teken en kyk self-voldaan na Ferdi. Sy het die mees briljante glimlag wat hy nog ooit gesien het. Sy hart klop *chocolate custard,* soos sy enigste skoolvriend destyds hierdie sensasie beskryf het. Lothar, eindeloos geterg oor hy verskriklik gehakkel het.

Ferdi skakel die kar in rat en trek weg. Hy hoop niemand herken sy motor nie. Daar naby die universiteit kampus weet mens nooit. Almal ken mekaar.

Hy probeer aan 'n bestemming dink wat aanloklik klink, maar hy ken nie sulke plekke nie. Veral nie vir 'n vrou met blou hare en swart grimering, geklee in 'n swart gewaad nie. Hy probeer om nie daaraan te dink nie, maar hy is byna seker sy het nie onderklere aan nie. Mans het 'n aanvoeling daar-voor, 'n vorm wat bekoorlik natuurlik deur 'n kledingstuk vertoon.

By die werk word daar soms opmerkings gemaak oor Ferdi se hande wat slank en amper vroulik is. Maar hy het geen twyfel oor sy eie voorkeure nie. Dis nie asof hy staar nie. Net 'n gewaarwording. Die syagtige materiaal kleef aan haar lyf en wys meer as wat mens sou dink. Hy bloos vir die drange en swelling wat in sy broek plaasvind. Hy is diep in hierdie ding in. Sy bravade en sekerheid van tevore is skoonveld.

"So, waarheen gaan ons?" vra sy passasier. "Of is jy 'n moordenaar?"

Ferdi kyk vinnig na haar en grinnik skaam. "Darem nie."

Die vrou knik. "Dis goed," lag sy. "My naam is Angel."

Ferdi knik net. 'n Bynaam? Dis seker te gou vir haar om haar werklike naam te gebruik. "Ferdi," stel hy homself voor.

Asof Angel sy gedagtes lees, sê sy, "Dis eintlik Angeliek. My ma kon nie Angelique ordentlik spel nie." Sy lag weer.

"Ek sien," antwoord Ferdi. "Angel is mooi. Ek hou daarvan."

Angel hang haar kop halfpad by die venster uit en maak haar oë teen die wind toe. "Jy het nog nie gesê nie. Waarheen is jy op pad?"

Ferdi dink na. Allerhande leuengedagtes kom by hom op. Op die ingewing besluit hy om 'n halwe waarheid te vertel. "Ek was op pad huis toe. Ek het jou gesien en omgedraai."

Angel trek haar kop terug na binne die motor en kyk langsaam na hom. "O ja? So jy is wel 'n moordenaar?"

Ferdi skud sy kop stadig en lag net. "Net as jy muskiet doodslaan as moord beskou. Jy sal my nie onthou nie," begin hy.

"Ek onthou jou," knip sy hom kort.

"Regtig?" vra Ferdi verbaas.

"Ja, regtig. Daardie aand by die Dungeon."

Ferdi voel gevlei. Dalk is hy nie so vaal soos hy homself beskou nie. "Hoe so?" vra hy.

Angel kyk na hom, lag en antwoord, "Jy't gestaan en wieg soos 'n pa wat daar was om sy dogter op te pas."

Ferdi bloos. Wat antwoord mens tog op so 'n opmerking. Hy krap sy voorkop verleë.

"Toemaar," paai Angel, "dit was nou nie juis of daar iemand van my portuur was nie. Ek het nie gedink die plek sou vol skoolkinders wees nie."

"So wat het jy daar gemaak?" vra Ferdi.

"Ek het kaartjies verniet gekry. Ek luister nie gewoonlik na daardie stront nie. En jy? Wat het jy daar gemaak?"

Ferdi sê sedig, "Ek het my dogter opgepas."

"*No way*," roep Angel uit. Sy kyk na die ernstige uitdrukking op Ferdi se gesig. "*No way*."

"Nee," grinnik Ferdi. "Dit was 'n *date* wat nie heeltemal uitgewerk het nie. Ek is darem nie so oud nie."

"Hoe oud is jy?" vra Angel.

Ferdi vind uit sy is baie direk en draai nie doekies om nie. "Amper dertig."

Hy besef dis nie behoorlik om die vraag te herhaal nie, nie teenoor 'n dame nie.

Maar Angel was geen dame nie. "Ek is een en dertig."

Ferdi kyk na haar, vang weer die voue van haar gewaad – nou oortuig sy het nie onderklere aan nie. Hy skuif ongemaklik om die drukking in sy onderlyf te verlig en verstel die sitplekgordel meer gemaklik oor sy skouer. "Wow, jy lyk dit nie." Hy hoop dit klink nie voorbarig nie.

"Dankie. Soms voel ek oud." Angel kyk peinsend by die venster uit, hou haar arm om die wind te vang. "Dis 'n lekker dag."

Ferdi knik. Dit was. Dit is. Hy kan nie glo hoe dinge uitgewerk het nie. Maar wat nou. Hulle is besig om die stad uit te ry, die kar se petrolvlak is laag. Dis altyd laag. Dis een van sy geite wat hy nie afgeskud kan kry nie. Om voorkomend te wees as dit by hervul kom, nie te wag tot jy langs die pad gaan staan nie.

Sy laaste poging om 'n meisie te beïndruk en dalk 'n verhouding te begin het geëindig toe sy motorfiets sonder petrol gaan staan het en sy met hoëhakskoene na die naaste vulstasie moes stap terwyl hy die fiets gestoot het. Hy het haar ontmoet deur 'n kollega wat 'n *blind date* vir hulle gereël het. Dit het beter verloop as wat hy verwag het. Sy het ook van musiek gehou en vir sy flou grappies gelag. Pragtige blondine. Dis toe hy haar weer wou uitneem toe hulle sonder petrol gaan staan het. Sy het nie die romantiese kant van die storie ingesien nie en hy het haar nog nie weer gesien nie.

"Ek dink ons het petrol nodig. Sal ons omdraai?" vra Ferdi ietwat ongemaklik.

"Ja, maar dis oukei om net te ry."

"Eintlik het ons regtig petrol nodig," sê hy, nou ietwat gespanne. Hy verbeel hom hy voel hoe die kar sluk. Hy hoop hy is verkeerd. "Ek dink ons gaan nou-nou moet stoot."

"OK," antwoord Angel. "Maar ons was nog nêrens nie. Is daar 'n plan?"

Ferdi oorweeg 'n antwoord. "Nee," sê hy. "Ek is nie juis goed met sulke planne nie."

Angel kyk na hom, haar blik intens. Ferdi bloos. Hy is oortuig sy het reeds besluit hy is saai en sy beter verskoning maak om uit die kar te kom. Hy dink glad nie daaraan om te vra waarheen sy op pad was nie.

"So wat doen jy om jouself besig te hou?" vra sy nietemin.

Ferdi is verlig. Ten minste het sy nie gevra hy moet haar terugneem na waar hy haar opgelaai het nie. "Afgesien van werk? Meestal musiek. Ek hou van musiek. En motorfietse."

Angel bekyk hom op en af, sonder skaamte. "Jy lyk nie na een wat motorfiets ry nie. Probeer jy my beïndruk?"

Ferdi kyk na haar, haar swart lippe wat haar vel soos kerswas laat lyk. "Sal dit jou beïndruk?"

Angel kyk hom strak aan, "Dalk," antwoord sy.

"Wil jy uitvind?" vra hy, ietwat uitdagend. Sy voorbarigheid verbaas hom. Wil hy regtig sien hoe ver hy haar kan stoot?

"Dalk," antwoord sy weer.

"So hoe lyk iemand wat motorfiets ry?" vra hy na 'n rukkie.

"Nie soos jy nie."

Ferdi lag net. "Jou hare gaan 'n gemors wees as jy valhelm dra."

"Dit kan gewas word," sê Angel nugter.

Ferdi knik. "Nou goed," is al wat hy sê voor hy seker maak die pad is skoon, 'n drie-punt draai maak en die vreemdste van wesens wat hy al in sy lewe teëgekom het na sy woonstel neem. Hy hou stil by die eerste vulstasie net toe die Datsun finaal sluk en die enjin uitsny. Hy hoop sy het nie agtergekom nie.

"Drie?" Angel is verstom toe hy die motorhuis se deur ooptrek. "Crikey."

Hulle stap nader. Hy kyk hoe Angel die oortreksels van die fietse aftrek, een na die ander.

"Jissie." Angel streel bewonderend oor die plastiek en metaal van die Katana. Sy kyk op en glimlag vir Ferdi.

"So, glo jy my nou?" Ferdi is selfvoldaan. Vir die heel eerste keer in sy lewe is daar iemand wat sy keuse van vervoer goedkeur.

Angel antwoord nie. Sy draai om en trek die oortreksel van die blou en wit 500cc twee-slag. Sy staan terug en kyk na die lyne, tree nader en raak aan die groot Griekse letter op die petroltenk. *Gamma.* Sy vee haar hand al langs die tenk af, oor die sitplek en die kort stert.

Ferdi weet nie wat in haar gedagtes is nie. Hy weet net dat sy waardeer waarna sy kyk. Dit laat haar nog dieper in sy hart inkruip.

Sy talm by die blou en wit fiets. Hy het die fiets by sy

oom gekoop, na jare se smeek en soebat. Die oom het op die ou einde oorsee verhuis en die fiets aan hom verkoop.

"Kan hy so vinnig ry?"

Ferdi kyk na die nommers op die spoedmeter. "Netnou is jy 'n spietkop. Ek beter nie sê nie."

Angel lag net en trek die oortreksel van die laaste een, sy pendelfietsie. Rooi. Nederig. Nie veel om na te kyk nie. Steeds spesiaal. "En dié?" Sy kyk na Ferdi. "Ek dink ek sal die enetjie kan ry." Sy lig haar kaftan en swaai haar been oor die saal. "Wat dink jy?"

Jy het die mees ongelooflike mooi bene. Dis wat ek dink. "Jy laat hom vaal lyk."

"Ek het nog nooit motorfiets gery nie."

Hy is verbaas. "Wil jy?" Hy hoop sy sê ja. Dan besef hy haar lang rok is nie geskik nie. Sy hart sink, die wete dat 'n ongelooflike geleentheid deur sy vingers glip. "Dalk 'n ander keer?" vra hy hoopvol.

"Ek woon net hier anderkant. Ek kan iets anders aantrek. Gee jy om? Dis net vyf minute se ry."

Gee hy om? Gee 'n vis om om in water te wees? As hy kon sou hy bolmakiesie slaan van opgewondenheid.

Dit is inderdaad net vyf minute per motor. Goeie woonbuurt. Die plek lyk egter erg vervalle. Lang gras groei in die voortuin. 'n Paar motors in verskeie stadiums van uitmekaar val. Dit lyk nie asof die verval Angel pla nie. Indien sy dit raaksien voel sy duidelik nie verplig om te verduidelik nie. Sy stoot die voordeur oop. Die slot meganisme is weg, 'n gat in die hout al teken dat daar eens op 'n tyd 'n slot was. Iemand lê op die rusbank en rook.

Angel stap deur na een van die kamers asof alles normaal is. Ferdi voel ongemaklik en volg haar onseker. Sy beduie vir hom om te wag terwyl sy iets gepas gryp om aan te trek. Die gang is donker. Al die gordyne in die huis is toegetrek. Die plek lyk of dit instandhouding nodig het. Dit ruik muf, na braaksel. Dis 'n regte hool.

Angel se stem van agter die deur ruk Ferdi uit sy gedagtewêreld. "Kom help, asseblief."

Ferdi stoot die deur versigtig oop en loer in. Angel lê op haar rug op 'n dubbel bed. Sy het 'n los T-hemp aan wat om haar middel geknoop is. Haar naeltjie wys. Hy sien die silwer ringetjie wat hy reeds in die nagklub gevoel het. Daar is 'n vreemde intimiteit aan die situasie.

"Kyk of jy die rits kan optrek!" sê-vra Angel, asof dit iets doodgewoon is. Sy beduie na haar denim jeans wat oopgespan is. Haar broekie is sigbaar, iets fyn van swart kantmateriaal, die soort ding wat hy nog net in films gesien het. Die vel van haar maag is wit, spierwit. Haar heupbene wys deur die vel. Sy is brandmaer. Ferdi staan nader en probeer onhandig te help.

"Jy moet druk, anders help dit nie," beveel Angel.

Die jeans is myle te knap. Sy trek haar asem in, wat haar maagholte nog meer beklemtoon. Haar swart broekie span oor haar heupbeen en laat 'n gaping tussen die materiaal en haar vel. Ferdi voel sweet teen sy voorkop. Hy probeer om nie te kyk nie, maar die ritssluiter verseg om te beweeg. Hy sien wat daar te siene is. Sy jeans voel skielik ook te knap.

"Het jy seep?" vra hy ten laaste. "Ek dink dit sal help."

Angel beduie vir hom na die *en suite*. Die koekie seep is oud en gekraak. Die spieël ook. Dit lyk of iemand dit met die vuis geslaan het. Daar is ou merke wat soos droë bloed lyk. Hy maak die seep nat onder die kraan en smeer van dit op sy vinger. Ferdi verstar. Naalde lê eenkant op 'n rak. Dit lyk of hulle gebruik en vergete is. Hy voel iets skrikwekkends aan, asof 'n afgrond voor hom oopgaan en hom wil meesleur. Die mot wat dit te naby aan die kersvlam waag. Hy moet hom inspan om die vreeslike werklikheid hier voor hom vir eers eenkant toe te stoot. Tot later; hy weet hy sal later daaroor moet nadink. Hy dwing die gedagtes weg en vryf die seperigheid tussen sy vingers.

Angel lê steeds op haar rug in 'n stryd met haar jeans. Ferdi vryf seep al langs die rits en probeer dit vastrek. Angel druk met haar hande om die jeans se gordel vas te trek. Hy let op na die tatoeëermerke op haar bo-arms, die naaldletsels wat hulle bedek. Angel merk op dat hy dit raaksien. Vir die eerste keer kom sy selfbewus voor. Sy gril, vryf haar arms asof sy koud is.

Ferdi forseer 'n glimlaggie.

"Dis oukei," jok hy. "Wat is daai veronderstel om te wees?" Hy wys na die prent op haar arm, doringdraad gevleg om iets.

"Vuurvliegies. Vasgevang, maar hulle lig skyn steeds deur."

Ferdi knik, glimlag. "Treffend."

Hy druk sy plat hand teen haar maag, veel laer as wat hy ooit gewaag het om aan 'n meisie se liggaam te raak. Haar vel is glad waar daar gewoonlik haartjies behoort te wees. Hy sien meer as wat dalk fatsoenlik is, en hy weet veel meer as wat mens behoort te weet sommer op die eerste dag van saamwees. Hy wonder eensklaps of hulle saam is.

Alles gebeur te vinnig. En dan gaan die oomblik van ontdekking, van waarheid verby; die rits glip op. Angel kan die jeans vasknoop. Dit lyk of dit aan haar lyf geplak is. Sy glimlag vir Ferdi. Hy staan terug en glimlag saam. "Sjoe," is al wat hy kan sê.

"Sal ons gaan?" vra Angel.

Hulle loop weer verby die figuur wat in die donker sitkamer rook. Al wat hulle sien is die rooi stompie wat in die rookwaas gloei. Angel waai vaagweg. Die figuur lig 'n hand.

Hulle ry in stilte terug na Ferdi se woonstel. Sy het gevra

waarheen hy vroeër die middag op pad heen was. Dit laat hom wonder waarheen sy op pad was. Nie dat dit saak maak nie. Sy is daar. Hy is daar. Dis al wat nou tel.

Ferdi trek weer die motorhuis se deur oop. "Watter een?"

"Jy kies. Jy ken hulle beter. Een van die grotes."

"Ek sou so hoop," lag Ferdi. "Die kleintjie het net een sitplek."

"Hierdie een." Hy trek die oortreksel van sy blou en wit motorfiets.

Angel slaan haar hande ingenome saam. "Yay. Dis my gunsteling."

Ferdi glimlag saam. Hy het nog nooit 'n passasier saam op daardie fiets gehad nie. Hulle kan nuwe herinneringe skep, belewenisse wat nie met ou ervarings vermeng word nie.

"Staan net eers eenkant toe. Dit gaan bietjie walms blaas as die enjin vat."

"Is daar iets fout?" wil Angel weet. "Gaan jy my laat stoot?"

Dit klink nie of dit haar sal pla om te stoot nie. "Jy is te lig in die broek om te stoot," terg Ferdi beleefd. "Daar is niks fout nie. Dis 'n twee-slag. Hulle rook bietjie wanneer die enjin koud is. Jy behoort eintlik 'n baadjie te dra. En handskoene. Mens weet nooit as iets skeefloop nie."

"Wel, maak dan seker niks loop skeef nie," merk Angel pragmaties op, asof Ferdi alles kan beheer.

Hy skop die motor aan die gang. Die enjin hoes en proes, vrek. Hy probeer weer. Drie van die silinders spring aan die lewe. Hy speel met die smoorklep. Die vierde silinder sluit by die orkes aan. Ferdi sit met 'n breë glimlag en kyk na Angel wat buite die garage staan en die spektakel aanskou. Hy help haar om die valhelm onder haar ken vas te trek. Hy beduie dat sy eers op die voetpedaal moet trap en dan haar been oor die saal moet swaai. Sy weeg bykans niks. Hy voel skaars toe sy agter hom op die saal sit.

"Waar hou mens vas?" roep Angel bo die enjin se kabaal.

"Jy moet maar maak of jy lief is vir my," terg Ferdi, meer onseker as wat hy voorgee.

Angel hou liggies aan sy sye vas, gryp harder toe die fiets begin beweeg. Ferdi ry uit die garage na die straat toe. Angel loer oor sy skouer, dan die kant, dan daardie kant.

"Jy moet stilsit," roep hy. "Jy moenie my teenwerk nie. Wag tot ons op spoed is."

Angel skuif nog 'n slag rond en kry dan haar sit. Ferdi sien 'n gaping in die verkeer en versnel. Angel gryp hom in 'n omhelsing vas asof haar lewe daarvan afhang. Hy voel haar sagte rondinge deur sy T-hemp se dun materiaal. Hy druk sy linkerhand teen haar hand.

"Ontspan," roep hy. "Ek sal nie iets dom aanvang nie."

Hy voel haar greep effe verslap. Hy het vrymoedigheid met haar. Hy klap teen haar bobeen wat teen sy heup druk, asof hulle mekaar jare reeds ken. Sy slaan sy asem weg.

"Dis beter," moedig hy aan.

Sy verskuif haar greep en hou aan sy sye vas.

Hulle ry al langs die seefront af. Ferdi is nie gewoond om sonder baadjie en handskoene te ry nie. Die somerson op sy arms voel lekker. Die byekorf klank van die twee-slag enjin is gesellig. Die see aan hulle linkerkant is kalm en glad, amper soos 'n meer. Sy gemoed is onstuimig.

Hy het homself oor die afgelope paar weke al hoe meer oortuig dat die vrou van die nagklub die verpersoonliking van 'n keerpunt in sy lewe verteenwoordig. Hy het gedagdroom van hierdie oomblik, van haar liggaam wat teen hom druk, haar bene om sy heupe gevou, die omhelsing van haar arms. Dit voel presies soos hy hom ingedink het. Selfs beter.

Nou weet hy haar naam. Angel, Angeliek. Dwelmslaaf.

Die idee van 'n dwelmverslaafde persoon naby hom was nie deel van die droom nie. Soos raad wat 'n groep studentemaats eenmaal aan mekaar uitgedeel het: moenie verbaas wees as die persoon wat jy by die kroeg ontmoet het 'n dronklap uitdraai nie.

Hulle ry verby die universiteit waar hy werk, sy geld verdien om die dinge te bekostig wat sy saai bestaan draaglik maak. Hy wonder wat sy doen om aan die lewe te bly. Hy wil nie daaraan dink nie maar kan sy gedagtes nie beteuel nie, weet dat dwelmgewoontes gewoonlik onbekostigbaar word. Sy spuit haarself binneaars in, omtrent so ver as wat mens kan gaan wat dwelms betref. Dis die randjie van die afgrond net na jy die spreekwoordelike *slippery slope* getref het. Hy verban die gedagtes met groot moeite. Hy moet op die pad fokus.

Ferdi lig sy gesigskerm. Hy beduie vir haar om dieselfde te doen. "Waarheen was jy op pad?"

"Skies?"

"Vanmiddag. Jy't gestap. Waarheen?"

"Nêrens. Ek wou net uitkom."

"Was jy al by Schoenies?"

"Waar is dit?"

"So twintig minute."

"Wys my."

Ferdi knik, laat sak sy skerm, sy ook, en hy versnel waar die spoedgrens 80 word en laat die motorfiets kantel om die eerste draai te neem. Angel beur na die verkeerde kant. Ferdi moet sy lyn verander om nie van die pad af te ry nie.

Hy lig sy gesigskerm. "Sit net. Volg die fiets. Moenie baklei nie."

Angel gee hom 'n paar vuispompe in die rug. "Ek hou van baklei."

Die afleiding doen hom goed, neem sy gedagtes weg van

die maalkolk in sy kop. Hy antwoord met 'n sagte klap teen haar knie. Haar spontane reaksie herinner hom aan daardie aand op die dansvloer, hoe sy hom laat voel het. Hy lag en skud sy kop. Niemand het hom nog ooit daardie gevoel gegee nie. Selfs nie eers sy ou liefdes waaroor hy vir soveel jare getreur het nie.

Angel het hom van al sy bagasie bevry. Hoe is dit moontlik? Maar dit is. Hy voel dit aan in sy wese. Hierdie is hulle oomblik. Hy gryp dit aan. Dwelms? Watse dwelms? Kyk na die persoon.

Die rit verbeter algaande soos Angel ontspan. Sy ontwikkel gou die natuurlike aanvoeling van die motorfiets se beweging.

Ferdi ken die pad soos sy handpalm. Dis sy renbaan. Hy het reeds vroeër die middag daarlangs gery. Die keer hou hy by die spoedgrens. Hy dra kosbare bagasie. Hy glimlag breed. As Angel maar weet hoe kosbaar hy haar beskou, dat hy hoop dat vandag die begin van nog baie gaan wees. Hy ken haar geensins, tog voel dit asof hulle vir mekaar gemaak is. Hy skud sy kop, wonder hoe dit is dat hy so kan voel oor iemand met swart naels en lippe, en blou hare met stekels wat boonop dwelms gebruik. Dalk luister hy te veel musiek en droom oor dinge wat hom in die moeilikheid kan kry. Maar hy het nog nooit oor 'n punk gedroom nie. Eenvoudig te ver buite sy verwysingsraamwerk. Tot nou. Hy kyk af. Hier is 'n punk se swart naels teen sy ribbes.

Die fiets se saal is knap. Dis 'n herontwerp van 'n renmodel van die vorige dekade. Die fiets is baie kompak. Hulle sit naby mekaar. Hy kan haar vroulikheid teen sy rug voel. Haar bene vou om sy heupe. Wie wil op so 'n geleentheid vinnig ry?

Hy draai van die pad af uit in 'n parkeerterrein. Hulle haal hul valhelms af. Ferdi draai in die saal en help vir Angel.

"En?" vra hy.

"*Scary*. Maar dit het beter geraak. Lekker."

Hulle sit en kyk na branders wat teen die rotse onder hulle breek, water wat spat en die lug natsproei. Hierdie kant is buite die baai wat die stad bekend maak. Oop see totdat mens Antarktika tref. Die deinings rol reëlmatig in. Seevoëls dobber op die deinings en hoop om 'n happie te bespeur. Mossels wat losgeslaan word deur die golwe. Soms swem dolfyne daar verby. Nie vandag nie. Dis laag gety. Vier seuns van verskillende ouderdomme sit gehurk en tuur in een van die rotspoele. Kaal bolywe. Die oudste een, as mens aan portuur kan skat, plaas iets op die kleinste se rug. 'n Krappie. Die knapie gil en spring verskrik op. Die ander lag lekker.

"Jy was nog nie hier nie?" vra Ferdi.

"Nee. Ek kom nie juis uit nie. Dis moeilik sonder 'n kar."

"Dis een van my uithangplekke as die weer kalm is. Dis dalk vervelig vir ander."

"Dis mooi hier."

Ferdi knik. "Dit is. *My kind of scene*."

"Kan sien waarom. Dis nie vervelig nie."

"Sal ons kyk of ons iets te drinke kan kry?"

"Netnou. Ons sit nog so bietjie hier." Angel plaas albei arms om Ferdi se bolyf en leun haar wang teen sy rug. Ferdi plaas sy hande weerskante op haar bobene. Hulle sit en kyk na die branders, die rotse, ervaar die intense intimiteit van liggame wat teen mekaar druk.

Angel woel haar hande onder sy hemp in hou hom vas waar sy maag en ribbekas ontmoet. "Gee jy om?"

Ferdi kyk half oor sy skouer terug. Hy skud sy kop.

Branders bly inrol. Hulle dra die krag van 'n magtige oop oseaan. Die grond bewe elke keer as 'n golf hom teen die rotse verpletter en sproei hoog die lug in opspat. Vele vissersbote en skepe het al oor die jare hul lot teen hierdie kus ontmoet. Dis waarom die baai so aantreklike beskutting was teen die ruwe see en natuurlike hawe gebied het.

"Bring jy al jou meisies hiernatoe?"

Ferdi grinnik. Hy antwoord nie dadelik nie. "Mens moet eers meisies hê om hulle hierheen te bring."

Angel antwoord nie.

Ferdi sit en dink. "Ek het nie gevra nie. Dis seker nou te laat. Sien jy iemand?"

Angel se wang is steeds teen sy rug. "Lyk dit so?"

"Nee. Mens weet nooit."

"Ek's nie daardie tipe nie."

"Wat bedoel jy? Watse tipe?"

"Die soort wat rondhang en rond ... slaap nie, die *flirty type*."

"Jammer. Ek het dit nie so bedoel nie."

"Dis oukei."

"Dis lekker om hierdie mooi plek, hierdie oomblik met jou te deel. Ek's bly dis jy."

Angel dink so bietjie na. "Waarom sê jy dit?"

Ferdi krap sy voorkop. Hy raak te gemaklik. "Jammer. Dit het net uitgeglip." Hy probeer dit afmaak. "*Caught up in the moment.*"

"Waarom ek? Waarom nie enige *girl* nie?"

Ferdi het nie 'n goeie antwoord nie. "Daardie klein motorfietsie wat ek het?"

"Ja, wat daarvan?"

"Ek was eendag by die handelaar om nuwe bande op my ander fiets te sit. Die vertoonlokaal was vol nuwe modelle. *Flash*. Tweedehandse fietse ook. Ek het gestaan en wag. Iets het my gelok. Ek weet nie hoe om dit te beskryf nie. Dit gebeur soms met my. Mens sien iets en weet dis bestem, dat jy gevind het, al het jy nie eers geweet jy het gesoek nie. Jammer. Dit klink seker *stupid*."

"Dit klink nie *stupid* nie."

Ferdi knik. Hy gee 'n verleë half-laggie.

"Sê jy ons is bestem vir mekaar?"

Versigtig nou, Ferdi. Moenie oorweldig nie. Nie oorhaastig nie. Hy praat met homself, gedagtig wat hy in haar badkamer en aan haar arms gesien het. Ferdi weet alte goed hoe geneig hy is om meegevoer te raak.

"Tyd sal leer. Dalk is dit net bestem dat ons vandag hier saam is. Môre kan anders lyk. Bowendien, 'n klein motorfietsie het nie 'n mening nie, kan nie nee sê nie." Hy lag om nie te ernstig te raak nie.

"Maar dit het jou geroep. Dit wou saam huis toe geneem word."

Ferdi kyk terug oor sy skouer. "Dis waar. Ek het nie so daaraan gedink nie."

Angel vryf ingedagte sy borskas. "Dis 'n mooi storie." Sy dink bietjie en voeg by, "Ek hoop dis nie net 'n storie nie."

Ferdi skud sy kop. "Dis nie 'n storie nie."

Heelwat later hou hulle stil by die plek waar Angel woon. Ferdi kan homself nie sover kry om dit haar huis te noem nie. 'n Luukse motor staan voor die hek geparkeer. Dit pas nie by die toneel nie, die huis wat so vervalle is en die inwoners waarvan Ferdi bewus is nie. 'n Jong lat stap by die huis uit en klim in die kar. Hy kyk in die tru-spieëltjie na die motorfiets wat stilhou. Ferdi wag tot die motor om die draai verdwyn voor hy vir Angel vra om eerste af te klim. Hy volg en help haar om die valhelm se gespe los te maak.

"Was hy hier om jou te sien?"

Angel skud haar kop. Sy brei nie uit nie.

Ferdi laat die saak daar. Dalk verkies hy om nie te weet nie. Dwelmsmous?

"Wil jy inkom?" vra sy.

"Ja, maar ek dink nie ek moet nie," antwoord Ferdi.

Angel knik. "Dankie, Ferdi," sê sy. "Dit was spesiaal. Ek het nog nooit so dag beleef nie." Daar is onverwagse trane in haar oë.

Ferdi maak sy valhelm los en trek dit af van sy kop. Hy trek sy vingers deur sy platgedrukte hare. "Jou hare gaan bietjie aandag nodig hê," sê hy onnodiglik. Al haar stekels is platgedruk teen haar skedel. Dit lyk nogal nie sleg nie.

"Dalk moet ek dit afskeer," lag Angel. Sy vee die klamheid uit haar oog. "Soos Sinéad O'Connor. Ken jy haar?"

"Ek wens ek het haar geken," sê Ferdi. "Maar nee, ek weet net van haar. Ek het al haar plate."

"Jy het?" vra Angel, duidelik beïndruk. "Kan ons eendag saam daarna luister?"

Ferdi vra, onseker of hy te ver gaan, "Beteken dit ek mag jou weer sien?"

Angel byt haar lip, swart met lipstiffie. "Asseblief," sê sy. "Ek hoop so." Haar vrymoedigheid van vroeër die dag is skoonveld. Sy klink broos, soos iets wat skielik in duisende stukkies kan breek as mens nie versigtig is nie.

Ferdi gee 'n tree nader. Hy gee haar tyd om hom te keer. Sy keer hom nie. Hy weet hy moet wegstap, ver weg. Weg van die probleme wat op die horison wag. Maar hy wil nie. Hy kan nie, hy weet hy het gevind wat hy sy hele lewe al lank na hunker. Hy soen haar liggies op die mond, vertoef vir 'n oomblik daar, dan trek hy sy valhelm oor sy kop en skop die motorfiets aan die gang. Angel staan met haar arms om sy tweede valhelm gevou. Ferdi laat dit by haar.

Die noodlot rammel oorverdowend in sy ore. Hy wag tot hy ver genoeg van Angel is, dan draai hy die motorfiets se versneller oop om die geraas in sy kop te stil.

Hoofstuk 3

erdi wonder wat hom te doen staan. Hy het reeds drie keer gaan verneem of Angel tuis is. Tweemaal het hy voor dooiemansdeur te staan gekom. Die derde maal het 'n wasbleek man, duidelik in 'n waas, gesê sy is nie tuis nie.

Sy het gesê sy het nie 'n voertuig nie en kom nie juis uit nie. Hy weet nie wat om daarvan te maak nie. Die vorige keer het hy in die woonbuurt gaan rondry om te kyk of hy haar dalk iewers gewaar, of sy dalk êrens gaan stap het. Hy het weer langs die strandfront langs gery waar hy haar die afgelope Sondag gesien het. Sonder geluk. Dis reeds Vrydag. Dit lyk of sy nooit tuis is nie. Of daar is 'n ander verklaring.

Dalk het dinge daardie dag saam te vinnig verloop. Dalk het sy koue voete gekry en probeer sy hom eerder vermy. Hy weet nie of sy hom weer wil sien nie. Hy het baie min selfvertroue as dit by vrouens kom. Hy wil nie oorlas wees nie. Wat hy sonder twyfel besef is dat haar wêreld anders is as syne, dat hy nie volgens sy gewone maatstawwe moet afleidings maak en oordeel nie. Hy besluit om weer te probeer. Dis naweek. Dalk het sy net 'n besige week gehad.

Daar is weer niemand tuis nie. Sy moed sak in sy skoene. Die afwagting begin hom vang. Die vooruitsig om haar weer te sien, daardie glimlag wat die maan helderder laat skyn, gevolg deur die teleurstelling. Ferdi het nie lus om terug huis toe te ry, na die stil woonstel nie. Hy het nie lus om langs die see te gaan sit nie, te wonder wat om van alles te maak nie. Al die paartjies wat stap en die laat somerson geniet laat hom net meer voel hoe hy haar mis. Hy besluit om buite in sy motor te wag. Miskien het sy aandete gaan soek op pad huis toe.

Hy sit en worstel met sy gedagtegang vir 'n lang tyd, genoeg om deur een hele album van David Bowie te speel. *Space Oddity*. Die Datsun se klanksisteem was een van die min luukshede wat hy homself gegun het met sy eerste salaris tjeks. Hy kon sy draagbare CD speler met 'n kabel koppel en na sy hele versameling in die kar luister as hy sou wou. Gewoonlik het hy net een of twee CD's in die kar gehad. Mens weet nooit. Sy musiek was kosbaar, eintlik onvervang-baar. Hy sou dit moeilik verwerk as dit uit die motor gesteel word. Daar was al voorheen diefstal uit sy motor. Gelukkig is die klanksisteem verwyderbaar en was dit nie in die motor ten tye van die inbrake nie.

Die melankoliese titelsnit het gewoonlik aanklank by hom gevind, die gevoel dat hy nie inpas op die planeet nie. Maar The Cygnet Committee, die snit wat dit nooit tot die kalklig gemaak het nie, daardie was sy gunsteling. *I want to believe that a light's shining through somehow,'* dat daar hoop was dat daar meer aan die lewe was as net die ooglopende, dat dit alles nie net een groot teleurstelling is nie. Hy was oortuig dat hy iets kosbaar gevind het, iemand wat die wêreld 'n beter plek kon maak. *Memory of a Free Festival* het hom herinner aan 'n kortverhaal in een van sy hoërskool leesbundels, oor wesens met hulle ruimteskip wat op een of ander manier in 'n joolparade beland het.

Almal het hul verwonder oor die wesens en die vlot wat so outentiek vertoon het. Niemand het hoegenaamd oorweeg dat hulle wel ruimtereisigers kon wees nie. Behalwe een persoon. Hy het agterna die wesens agtervolg na waar hulle op 'n verlate pad in 'n stofwolk vertikaal hemelwaarts verdwyn het. Daar het hy besef dis beter om niks te vertel van wat hy gesien het nie. Soos The The sinies opmerk in sy album *Mind Bomb*, '*If the real Jesus Christ was to stand up today, he'd be shot down cold by the CIA.*' Dit was beter dat die wesens na hul planeet terugkeer met die idee dat ons wêreld 'n mooi plek was. Dit was beter dat hy die geheim in sy hart gehou het want daar sal altyd iemand wees wat die slegte kant sien, 'n storie saamflans waarom dit die mensdom bedreig. Mense wat die werklikheid te verskriklik vind dat ons onbenullige planeet moontlik glad nie so uniek is as wat altyd aanvaar is nie.

Die laaste liedjie se note vervaag. Die son is besig om in te kruip vir die nag. Daar is nog geen teken van Angel nie. Ferdi skraap die moed bymekaar, klim uit sy kar en stap af langs die nou paadjie wat toegegroei is met onkruid. Hy klop weer aan die deur. Daar is geen antwoord nie. Hy oorweeg wat om te doen. Eintlik kan hy die deur oopstoot en binnegaan; die slot is vergete al verwyder. 'n Onwillekeurige gevoel van ordentlikheid weerhou hom. Hy hoor iemand binne hoes. Hy klop weer. Na 'n paar lang oomblikke hoor hy 'n geskuifel binne en die deur gaan oop. Dis weer die skepsel van tevore, die een wat gerook lyk.

Ferdi het reeds besluit om sy woorde goed te kies. "*I'm here to see Angel.*"

Die man skud sy kop, asof om iets te verwilder. "*She's not in.*"

Ferdi stoot die man uit die pad en sê, "*It's OK. I'll wait in her room.*"

Hy stap in die donker gang af. Haar kamerdeur staan effe oop. Hy klop, net vir ingeval, en stoot dit oop, verstar toe die skokkende toneel voor hom ontvou. Hy is totaal onvoorbereid op wat hy sien. Dis Angel. Sy lê in 'n onnatuurlike houding, gesig na die plafon en haar heupe gedraai sodat een been onder haar invou. Haar hand hang slap oor die rand van die bed. 'n Plastiese spuit lê op die vloer onder haar arm. Hoe lank lê sy reeds daar?

Ferdi huiwer. Sy gemoed skarrel die kant toe en daai kant toe en laat hom radeloos. Wat staan hom te doen? Omdraai, uitloop, terug na sy motor, sy woonstel, sy onbenullige bestaan – terug na veiligheid? Die woord infleksiepunt kom by hom op. *Point of no return.*

Wat ook al hy nou doen is vir ewig. As hy omdraai en wegloop is dit verby. Teenstrydige kragte trek hom na weerskante maar heimlik weet hy die besluit is reeds geneem. Dalk al daardie eerste aand in die klub. Dalk toe hy haar agterop sy motorfiets teen hom voel beur het. Dis nie 'n willekeurige besluit nie. Dit gebeur net.

Hy stap versigtig nader, voel haar pols. Sy is nie dood nie. Hy kan haar borskas sien beweeg, flou, maar darem. Sy is in 'n diepe beswyming. Sy toon geen reaksie toe Ferdi haar in 'n beter posisie op die bed probeer gemaklik maak nie. Sy eie hart klop hewig. Die tekens was onteenseglik daar. Hy het dit geweet. Toe het deel van hom teen sy eie beterwete gerebelleer, bly hoop hy is verkeerd. Wat doen mens in hierdie omstandighede? Bel jy die ambulans? Hoe help jy iemand in so 'n toestand?

Hy kyk rond in die kamer. Dis skraps gemeubeleer. Behalwe vir die bed en bedkassie is daar nie veel anders nie.

'n Ingeboude hangkas se deur is gesluit. Ferdi soek rond, maar sien nie 'n sleutel nie. Hy besluit die huis is gehawend genoeg. Nog 'n gebreekte deur sou geen verskil maak nie. Hy forseer die deur oop. Dis lendelam en verg nie baie krag nie.

Die hangkas bevat hoofsaaklik klere. Haar bloese is netjies gevou. 'n Laai bevat onderklere en kouse, ook met sorg gepak. Sy besit nie veel rokke nie. Dit lyk of jeans en kort rompe haar voorkeur is. Sy het baie truie. Hulle is bo-op 'n houtdosie gestapel. Dis met mooi inlegwerk versier en ook gesluit. Hy vermoed wat dit bevat. Daar is 'n reistas op die onderste rak in die kas. 'n Lugredery se etiket is aan die hand-vatsel vasgeheg, maar hy let nie spesifiek op wat dit sê nie. Hy pak soveel klere as wat daarin kan inpas, sowel as die versierde dosie. Sy besit min. Dan gaan hy na die badkamer en neem alles wat persoonlik is. Die res laat hy waar dit is.

Hy trek die gordyn oop om die laaste sonstrale in te laat. Sy voet stamp teen iets wat onder die bed uitsteek. Dit lyk soos 'n aktetas. Dit bevat 'n stel gekleurde potlode en iets wat lyk na waterverf. Daar is sketspapier en 'n paar onvoltooide potlood sketse. Dit lyk na items wat in haar lewe belangrik is. Hy besluit om dit saam te neem. Dan leun hy oor, trek Angel se slap arm agter oor sy nek en tel haar lewelose liggaam van die bed af op. Sy is veerlig; Ferdi is nie sterk nie, maar selfs vir hom is sy lig.

Haar huismaat het intussen weer op sy gewone plek gaan lê en rook. *"She owes us rent,"* sê hy vir Ferdi toe hy die voordeur uitstap met Angel in sy arms.

"Good," sê Ferdi ergerlik. *"The place is a dump. I'll send you the bill for her treatment."*

Geen reaksie nie. Nie dat hy iets verwag het nie. Hy dink nie die man is in staat om sin te maak van wat aan die gebeur is nie. Hy slaag met moeite daarin om Angel in die kar te kry sonder om haar seer te maak, slaan die rugleuning van haar sitplek terug sodat sy meer vryelik kan asemhaal en stap terug om haar tas te gaan haal. Sy kreun saggies toe hy weer in die motor klim en oorleun om haar sitplekgordel vas te trek. Dalk moet hy haar hospitaal toe neem. Haar kop val slap van kant tot kant terwyl hy wegry. Hy is besorg, bang sy kry seer.

Hy besluit dis veiliger om eerder net iewers stil te hou en te wag tot sy tot verhaal kom. Hy het eintlik weinig kennis van noodgeneeskunde maar sy gesonde verstand sê vir hom terwyl sy redelik goed asemhaal en haar asemhaling nie stadiger of flouer raak nie, is sy buite onmiddellike gevaar. Die bietjie opleiding wat hy tydens sy militêre diensplig moes doen het klem geplaas dat die versorger moet oplet na die pasiënt se asemhaling. Sy haal reëlmatig asem. Ferdi bevestig telkemale. Hy kan eintlik nie veel anders vir haar doen nie.

Ferdi slaan die rugleuning van sy sitplek plat en sit-lê agteroor en luister na sy soort musiek. Hy hou haar hand op sy skoot vas, met sy wysvinger op haar pols. Dis flou, maar hy voel die ritme van haar hartslag. Dis gerusstellend. Stadiger as die ritme van The Cult se *Rain*. Haar vel is koud. Hy vryf haar arm ingedagte terwyl hy na die musiek luister. Die vel in die vou van haar arm is gekneus. Van naby kan mens sien dat haar vel nie heeltemal gesond is nie.

Sy gedagtes is 'n maalstroom. Waarin bevind hy homself? Wat het hom begewe om in hierdie gemors betrokke te raak? Hy is geen kenner nie, maar hy weet genoeg om te weet mense soos Angel, dwelmafhanklikes, word nie maklik gehelp nie. Sy het deskundige hulp nodig. Hy wil haar nie sterk in haar kwaad nie en kan in elk geval nie 'n dwelmge-woonte namens haar bekostig nie, nie finansieel nie en ook nie emosioneel nie. Neem hy haar na sy woonstel toe, dan raak Angel sy verantwoordelikheid. Maar hy kan haar nie weer terugneem na daardie hool waar hy haar gevind het nie.

Hoe hou sy haarself aan die lewe, wonder Ferdi. Hy skud sy kop en draai die klank bietjie harder om sy warrelende gedagtes te stil.

Die huis waarin sy woon is in 'n doodgewone straat in 'n doodgewone woonbuurt, eintlik 'n goeie woonbuurt. Ferdi wonder waarom daar nie al klagtes was oor die plek so 'n oogseer is nie. Of dalk was daar; die owerhede is hopeloos as dit by sulke sake kom. Hy draai die klank harder, maar nie so dat dit dalk aanstoot gee of aandag trek nie. Dis een van sy gunstelinge, The Cult se *Edie Ciao Baby*. Hy ken die woorde uit sy kop. As jy so dikwels soos hy na iets luister ken jy later die woorde, of dit jou doel was of nie. *"An angel with a broken wing,"* sing hy saam met Ian Astbury. Hy speel die liedjie weer toe dit klaar is.

Hy wag lank. Dis al goed donker toe Angel die eerste tekens van herstel toon. Sy beweeg en mompel iets. Ferdi draai die klank sagter. Hy leun oor en vee die oogskadu van haar oë af.

"Edie, welkom terug. Engel met die afvlerk."

Angel maak haar oë oop. Sy lyk gehawend. "Water," sê sy floutjies.

Daar is altyd 'n bottel water in die motor. Hy skroef die dop af en hou dit voor Angel se lippe. Sy drink 'n bietjie, mors die meeste oor haar bloes. Sy leun terug teen die koprus en laat Ferdi die vloeistof van haar ken vee. Sy draai haar kop en kyk na hom, strak, sonder emosie, asof sy probeer sin maak van waar sy is.

"Hoe lank was dit?" vra sy.

Ferdi skud sy kop. Hy weet nie waarna sy verwys nie. Dis amper 'n week sedert hy haar gesien het. "Dis Vrydag."

Angel draai haar kop na vore. Sy probeer onthou, maar die gedagtes ontwyk haar. Dan buk sy vooroor en gooi op, bruin, slymerige vloeistof wat stort oor haar denim jeans en oor die kar se sitplek. Dit ruik aaklig, suur, dae se afskeidings wat in haar ingewande versamel het, kos vergete al geëet en deels verteer.

Ferdi wag dat die ergste verbygaan. "Dalk moet ons woonstel toe ry."

Angel leun weer terug, "Jammer." Haar stem is sag, moedeloos.

"Dis oukei," antwoord hy, probeer gerusstellend klink. "Dit kan skoongemaak word. Kom, laat ons jou skoonkry."

Hulle ry in stilte na Ferdi se woonstel. Angel is swak en nog ver van helder. Hy hou haar hand vas en gebruik sy knie om te stuur wanneer hy ratte met sy verkeerde hand moet wissel. By die woonstel help hy haar uit die motor en los die deure oop. Hy trek die motorhuis se deur toe. Hy sal later 'n emmer en water neem en soos nodig skoonmaak.

Angel is wankelrig. Hy ondersteun haar maar sy swik elke paar treë. Hy half-dra haar tot by die ingang onder die gebou. Hy sien nie kans om met die trap na bo te gaan nie, hoewel dit slegs twee vloere op is van die ondergrondse parkeerplekke. Iemand het reeds die knoppie vir die hysbak gedruk en wag beleefd vir hulle om aan te kom. Die ouer man staan eenkant toe in die hysbak en kyk anderpad toe hulle instap. Mens kan die afkeur op sy gelaat sien. Berou dat hy vir hulle gewag het. Die suur reuk is oorweldigend in die klein spasie. Die man druk sy hand voor sy neus om nie te stik nie.

Ferdi ignoreer dit. Angel is nie in 'n staat om op te merk nie. Sy hang soos 'n poplap van Ferdi se skouer. Die hysbak stop op die grondvloer. Die ander persoon maak hom uit te voete en stoot verby 'n paartjie wat op die hysbak staan en wag het. Hulle kyk na die toneel en besluit daarteen om die hysbak te gebruik.

"Ek het net 'n bad. Ek tap vir jou water," sê Ferdi na hy

uiteindelik die voordeur agter hulle toetrek. Hy weet wat die antwoord is, maar vra, "Kan jy na jouself omsien terwyl ek jou tas onder gaan haal?" Angel sit by die klein eettafel en staar voor haar uit. Sy kyk na Ferdi asof sy nie verstaan wat hy vra nie. Sy vou haar arms voor haar op die tafel en rus haar kop daarop.

Ferdi sê, "OK, sit net. Ek is nou-nou terug."

Angel sit steeds soos hy haar gelaat het toe hy met haar tas terugkeer. Hy tap water in die bad en skuif sy eie klere om plek te maak vir hare in die hangkas. Daar's plek; hy het nie veel nie, sy ook nie. Hy is gewoond aan sy eie klere. Haar bloese lyk soos die van 'n kind. Sy is so tengerig. Hy skud sy kop terwyl hy werk. Hoe gaan dit werk om 'n vrou saam met hom in die piepklein woonstelletjie te hê? Onwillekeurig kom 'n gedagte by hom op, dat hy op 'n dag tuis kom en vind sy het al sy besittings verkwansel om vir dwelms te betaal.

Hy onderdruk die ontydige gedagte. Hy onthou hoe sy hom uitgelok het op die dansvloer, en hy wonder of daardie oomblik weer gaan herhaal. Of is dit hoop, verwagting? Hy onthou hoe dit gevoel het om haar teenaan hom agter op die motorfiets te hê. Hy verlang om weer daardie gevoel in sy hart te hê om waarlik vir iemand lief te wees.

Nog net twee maal tevore het iemand so in sy hart gekruip. Die eerste het nie uitgewerk nie. Dit was 'n liefde wat skooldae al begin het maar eers op universiteit werklik uiting begin kry het. Daardie vormende jare wanneer mens jou plek in die wêreld probeer uitpluis, wanneer jy 'n ander persoon vertrou met al jou drome en vrese, besef dat julle iets in gemeen het. 'n Derde party was betrokke en hy moes terugstaan. Hy het nie geweet die meisie het 'n mansvriend gehad wat met diensplig besig was nie.

Hy weet hoe lank dit geneem het om weer daardie elektrisiteit met iemand te voel. Die swartkop. Hulle het per ongeluk ontmoet. Letterlik. Die universiteit se verkeersbe-ampte in sy Nissan bakkie was besig om hom te agtervolg. Ferdi het te vinnig gery. Hy het nie gestop toe die beampte voor hom in die pad spring nie. Die verkeer was besig aan die einde van die dag se klasse. Die pad daar is smal. Ferdi kon nie tussen die verkeer deur vleg nie.

Net toe hy 'n gaping sien, toe draai 'n rooi Toyota voor hom in. Hy het met sy motorfiets se voorwiel teen die bestuurder se deur tot stilstand gekom. Die meisie het met groot oë na hom gekyk, haar hande in skok voor haar mond gelig en probeer verskoning vra. Die verkeersbeampte het agter hom ingetrek en hom 'n vermaning en stewige boete toegedien. Die swartkop het verder af in die pad afgetrek en vir hom gewag om te voorskyn gekom. Sy was so jammer dat sy voor hom ingery het. Gewoonlik pla dit motorbestuurders min. Sy was 'n ordentlike, bedagsame persoon.

Maande later het Ferdi eendag in die kafeteria koffie sit en drink tydens 'n af periode. Die swartkop het ingestap. Hy het gedink sy sou hom nie meer onthou nie, maar sy het. Hulle het lekker gesels. Stelselmatig het hulle al meer tyd gemaak om mekaar te sien. Sy was verfyn en saggeaard. Haar pa is oorlede toe sy maar nog kind was. Beroerte. Fleur van sy lewe. Hy het geen finansiële voorsorg geneem nie. Dit het letsels op sy dogter gelaat.

Sy het agter baie skanse geskerm. Sy het Ferdi stelsel-matig in haar vertroue geneem, soos 'n wildsbokkie wat pooitjie vir pooitjie uit die ruigtes verskyn. Ferdi kon skaars glo toe sy instem om 'n film saam met hom te gaan kyk. Hy het sy hart heeltemal verloor. Dit was nie 'n verhouding van uitbundige oorgawe nie. Eerder soos mense wie 'n tweede kans op die lewe gegun is, wie toevlug in mekaar gevind het. Soos 'n skewe deksel wat perfek op 'n skewe pot gepas het. Dis hoe Ferdi baie maal na hulle verhouding verwys het.

Die einde van daardie verhouding kon hy nooit verwerk nie. Dit het sy hart gebreek. Die res van sy studies was 'n waas. Hy weet steeds nie hoe hy al sy vakke geslaag het nie. Hy weet net hoe hy in 'n staat van bedruktheid bossies op paradegronde sit en uittrek het vir 2 jaar van diensplig na sy studies. Dis 'n rouperiode wat hy nooit weer wil deurgaan nie.

Nou is Angel hier saam met hom in sy woonstel. Hy wil nie weer terugstaan en die oomblik verlore laat gaan nie. Anders as sy liefdes van tevore het Angel nie in sy hart ingekruip nie; sy het holderstebolder binne geval, en hy vir haar.

Sonder om daaroor na te dink, so anders as sy gewone manier van doen, besluit hy op die ingewing hy gaan Angel bystaan. Hy besef dat sy besluit ingrypend is. Iets waarsku hom dat dit moontlik sy eie ondergang kan beteken. En tog neem hy doelbewus daardie besluit. Sy lewensfilosofie was nog altyd, versigtigheid is die moeder van wysheid. Maar nie vandag nie, nie met haar nie. 'n Vurk in die pad. En hy het gekies.

Ferdi staar na die hangkas met twee stelle klere. Sy ewebeeld in die hangkasdeur se binne-spieël kyk starend terug na hom. Hy kyk na sy spieëlbeeld. Hy knik bevestigend: Ek weet wat ek doen. Ek sal die prys betaal as dit nodig is.

Ferdi help Angel na die badkamer. Die water is aangenaam warm. Hy wys vir haar waar 'n skoon handdoek hang en waar die sjampoe is as sy hare wil was. Hy haal 'n nuwe tandeborsel uit 'n laai onder die wasbak. Dis 'n klein badkamertjie, onnodig om die ooglopende uit te wys. Ferdi is egter nie seker sy is heeltemal by haar positiewe nie. Dis sy manier om haar kans te gee om te herstel. Hy trek die deur agter hom toe. "Ek maak vir ons koffie," sê hy deur die toe deur. "Sien jy kans om iets te eet?"

Daar is geen antwoord nie. Ferdi raak doenig in die kombuis, dankbaar vir die afleiding; kook water en maak toebroodjies. Hy was nog nooit handig as dit by kosmaak kom nie.

Na 'n redelike tydsverloop klop hy aan die badkamerdeur. "Alles reg?"

Steeds geen antwoord nie.

Hy klop weer. "Is jy *decent*?" vra hy en stoot die deur effe oop. Angel sit op die rand van die bad, steeds geklee in die bemorste klere. Sy sit gebuk met haar kop op haar knieë.

Ferdi gaan sit langs haar. "Moet ek jou dokter toe neem?" vra hy besorg.

Angel skud haar kop.

"Wil jy eers iets eet?" vra hy weer.

Angel skud haar kop.

Ferdi wonder wat om te doen. "Moet ek jou net uitlos?"

Angel skud weer haar kop.

Hy sit gedwee, voel of die water nog warm is, en staar na sy voete. Haar voete is klein en petite. Sy is kaalvoet. Hy het nie opgelet toe hy haar kar toe gedra het nie. Hy kan nie onthou dat hy skoene ingepak het nie. Hy het nie lus om weer na die dwelmhuis te ry en daardie haglike plek binne te gaan nie.

Ferdi staan op, "OK, ek is hier. Sê net as jy iets nodig het."

Angel keer hom. "Help my, asseblief."

Hy gaan sit weer langs haar op die bad se rand. "Ek sal probeer. Ons kyk of dit werk."

Angel lig haar kop. "Dankie. Regtig. Dankie. Maar ek bedoel my klere, help my om uit te trek. Ek dink nie ek kan nie."

"O, oukei, ek sien," lag Ferdi ietwat verleë. "Lig jouself op van die badrand af."

Hy help haar om haar denims af te trek. Sy dra weer net die mees skrapse van broekies, die keer van rooi kantmateriaal.

"Sal jy nou regkom?" vra hy.

Angel staan op en trek die broekie self af.

Ferdi kyk vinnig weg, kan nie help om te sien dat sy kaalgeskeer is nie. Laag op haar maag waar daar gewoonlik krulhaartjies is, is iets getatoeëer. Hy beweeg om agter haar rug te staan, help haar om haar bloes uit te trek en maak seker sy gaan lê in die water sonder om te val. Hy neem die kledingstukke, oorweeg om dit weg te gooi, maar besluit dis in 'n redelike toestand en kan seker gewas word. Die keer laat hy die deur oop. Hy kyk terug om seker te maak haar kop verdwyn nie onder die water nie. Hy glo nie sy het veel beheer oor haar sintuie nie.

"Moet ek jou koffie soontoe bring?" vra hy vanuit die kombuis.

"Tee, seblief," antwoord Angel saggies. "Ek drink nie koffie nie."

"Gaats, ek kyk of ek het."

Gelukkig is daar 'n paar sakkies tee wat sy ma daar gelaat het, een van die min kere wat sy ouers hom besoek het. Hy probeer dink wanneer laas hy hulle gesien het, maar gee op. Hulle is nie 'n hegte gesin nie.

Hy sit die beker langs Angel op die bad se rand neer. Hy probeer om nie na haar te kyk nie, maar dis moeilik in so klein vertrekkie. Hy draai om om weer uit te gaan.

"Sit hier by my, asseblief," smeek sy, so verlore en meewarig dat sy hart wil breek.

Hy gaan sit op die bad se rand, sy rug na haar gekeer. Hy luister hoe sy in die water plas, floutjies, asof sy eerder net wil lê.

"Waarom lê jy nie net en *soak* vir 'n ruk nie? Dit sal jou goed doen," stel hy voor.

Die geplas bedaar.

"Moenie verdrink nie," terg hy, half-ernstig. "Ek maak iets om te eet."

"Bly hier, asseblief," vra Angel weer.

Ferdi gaan sit weer. Hy sit vir 'n lang tyd. Hy kan hoor dat sy aan die slaap raak. Dalk moet hy weer warm water tap. Hy wil haar nie wakker maak nie. Dis goed dat sy slaap, net nie in die bad nie. Hy wil haar nie alleen laat nie. Netnou sak haar kop onder die water in. Hy sit totdat sy self wakker word, toe die water koud en ongemaklik raak. Toe staan hy op om haar privaatheid te gee en skoon klere te bring.

Angel kom voor Ferdi staan waar hy op die rusbank sit. Sy droog haar hare af met 'n badhanddoek. Sy is poedelnakend.

"Ek het vir jou klere uitgesit. Op die wasgoedmandjie langs die bad," sê hy en probeer om nie na haar naaktheid te kyk nie.

"Jy mag maar kyk," sê Angel. Sy glimlag. Dis nie 'n glimlag van geluk nie, eerder 'n treurige, patetiese glimlag, asof sy gewoond is dat dit al is wat haar liggaam voor gebruik word, asof mans haar net sien as 'n voorwerp om te gebruik en te verwerp as hulle klaar is. Sy hou die handdoek verdrietig eenkant om haarself ten volle bloot te stel. Haar lot in die lewe. 'n Lam by die slagpale. Totale oorgawe.

Dis hartverskeurend om te sien. Ferdi skud sy kop en kyk weg, wil nie vra waarom daar *"no entry"* laag op haar maag en *"hands off"* onder haar borste getatoeëer is nie. Hy het genoeg gesien.

Angel gaan sit langs hom, steeds nie geklee nie. "Walg ek jou? Is ek te kommin?" vra sy.

Hy kyk na haar, kyk diep in haar bruin oë, tans so verlep

maar steeds mooi. Hy kyk af na haar donker tepels en die gladde vel wat tussen haar bene verdwyn. Hy voel ongemaklik om dit so ooglopend te doen, maar hy voel aan dat sy wil hê hy moet kyk, dat sy verwerp sou voel as hy sou wegkyk. Hy kyk weer op na haar oë. "Ons was op die dansvloer. Nou is jy hier. Ek kan nie glo jy is hier saam met my nie. Jy is waarlik 'n engel." Hy huiwer, soek na die regte woorde, "Ek is bang jy gaan net so magies as wat jy verskyn het weer verdwyn uit my lewe."

Angel kyk terug in sy oë, onskuldig, soos iemand wat werklik nie verstaan nie, "Waarom sê jy dit?"

"Ouens soos ek ..." Hy voltooi nie die sin nie. "Ouens soos ek verveel mense soos jy."

"Mense soos ek?" vra sy.

"Nee, nee. Ek bedoel dit nie lelik nie," probeer hy regmaak wat hy verbrou het. "Dis net, jou lewe is so anders as myne. Ek sit net hier en luister na musiek, ry dalk motorfiets. Die res van die tyd is daar niks wat interessant is nie."

"Anders? Interessant? Klink verslaaf wees aan heroïen interessant? Dink jy nie dat dit juis is omdat my lewe so leeg is dat ek verslaaf is nie? Dink jy nie ek wens dalk ek het jou lewe gehad nie?" Angel sê dit nie aanvallend nie. Dis die opmerkings van iemand moedeloos en wat bitter min het om te verloor – of om voor te lewe.

"Ek is jammer," sê Ferdi. "Ek het nie so daaraan gedink nie. Dit voel net ek het niks om jou aan te bied nie."

Angel byt haar lip, haar lippe is bleek sonder haar swart lipstiffie. "Laas Sondag toe jy my opgelaai het. Ek het jou onmiddellik herken." Angel dink eers voor sy verder praat. "Ek het gedink jy laai my op omdat jy ... planne het." Sy kyk op in Ferdi se oë, "Jy weet, planne. Soos mans planne het met vrouens soos ek."

Ferdi knik en kyk weg. Vrouens soos sy. Hy onthou hoe

byna hy sy hand bo teen haar romp afgedruk het daardie aand in die nagklub.

Angel gaan verder. "Toe jy sê jy was eintlik elders heen op pad, dat jy omgedraai het omdat jy my herken het. Jy was so eerlik. Meeste mans sou stories opgemaak het."

Ferdi gee 'n skuldige glimlag, onthou hoe naarstiglik hy na 'n liegstorie gesoek het.

"Jy het my nie probeer uitbuit nie. Jy't my goeienag gesoen. Dit was onskuldig. Ek het jou uitgenooi om in te kom. Jy kon my gehad het. Jy weet dit seker."

"Ek het nie gedink jy is daardie tipe persoon nie," sê Ferdi opreg. "Ek dink steeds nie jy is nie."

"Ek is nie. Maar mans sien my skynbaar so." Angel sê dit saaklik, sonder emosie. "Meestal vind ek uit wanneer dit te laat is."

"*Trust me,* ek het jou glad nie so ervaar nie." Ferdi soek na woorde. "Daardie nag in die klub. Ek kom nooit in sulke plekke nie. Dis net nie my *scene* nie. Of dalk is dit. Dis net, ek het nog nooit iemand soos jy ontmoet nie. Jy het my gekies ..." Ferdi lag so effe, "Dalk om die verkeerde rede, omdat ek 'n pa was wat sy dogter opgepas het, dalk het jy na 'n pa gesoek. Maar wat ookal, jy het daar voor my gedans, my laat voel ek wil saam met jou wees. Daar was soveel vrouens daai aand, maar ek wou by jou wees. Dis asof iets met my gepraat het. Ek weet dit klink simpel."

Angel leun teen Ferdi se skouer. "Dit klink nie simpel nie."

"Ek het 'n paar weke na mekaar terug gegaan om te sien of jy daar is. Dit was hopeloos," bieg Ferdi. Hy kyk af na Angel wat teen sy skouer lê, vou sy arm om haar naakte lyf. "Kry jy nie koud nie?"

Sy glimlag op na hom, "Nee, jy is lekker warm." Sy steek haar hand onder sy hemp in en hou dit daar. "Ek gaan net soontoe as daar 'n band speel waarvan ek hou. Ek het daai aand gratis kaartjies gehad. Ek was spyt ek was daar. Nou is ek nie. Ons het mekaar gevind."

Ferdi sug van tevredenheid. "Ja, ons het." Hy vou die badhanddoek knus om haar liggaam, soos 'n kombers.

"Daardie aand. Het jy gehoor wat ek gesê het?"

"Nee. Het jy iets gesê?" Ferdi probeer terugdink. Hy onthou sy het teen hom gedans.

"Ja. Jy't duidelik nie gehoor nie."

"Jy het jou rug na my gehad. Toe het jy weggedans."

"Ja, maar ek het teruggedraai en iets in jou oor gesê."

Ferdi onthou dit. Maar hy kon nie uitmaak wat sy sê nie. Hy het vergeet van die insident. "So wat het jy gesê?"

Angel lag net. "Sommer niks. Ingewing van die oomblik."

"Wou jy weet waar my dogter is?"

Angel lag weer en stamp hom teen die skouer.

Hulle sit saam op die rusbank, elk in hul eie gedagtes versonke.

"Wat nou?" wonder Ferdi uiteindelik.

"Ek weet nie," antwoord Angel. "Hou my net vas, asseblief."

Angel druk haar wang teen Ferdi se sleutelbeen onder sy keel. "Daardie aand na jy my nag gesoen het," sê sy saggies, asof in 'n beswyming. "Daardie nag het ek gedink my lewe het verander."

"Dit het," bevestig Ferdi. Vir hom het dit. Hy is verras dat dit is hoe sy dit ook ervaar het.

"Wag eers." Angel plaas 'n vinger oor sy lippe. "Die volgende oggend toe ek wakker word, toe tref dit my. Alles was te vinnig. Dit was te vlietend. Dit kon nie werklik wees nie. Dit was net 'n *fling* omdat ons opgevang was in die oomblik. Ek was seker ek sou jou nie weer sien nie. Jy het die naalde gesien. Jy het die merke op my arms gesien. Jy sou daaroor dink en dan sou jy my uit jou lewe uitstoot. Dalk het jy gedink ek het HIV. Ek kon dit nie verdra nie. Ek wou *over-dose*. Ek wou nie weer wakker word nie."

Ferdi voel hoe haar trane nat teen sy borskas af vloei. Hy pers sy lippe saam, skud sy kop. "Ek het gedink jy wou my nie sien nie. Jou vriend het gesê jy was uit."

"Hy's nie my vriend nie," sê Angel botweg, ferm.

"Na 'n paar keer het ek my bedenkinge gehad. Ek is bly ek het jou gevind voor dit te laat is," sê Ferdi met teerheid in sy stem.

"Ek ook," beaam Angel. "Ek weet van niks. Ek weet net ek is nou hier. Ek weet nie hoe ek hier gekom het nie."

Ferdi druk haar teen hom vas. "Maak nie saak nie. Jy is nou hier. Ons is hier." Na paar oomblikke voeg hy by, "Weet jy dat jy in my kar gekots het?" Hy glimlag.

"Agge nee. Het ek?" vra Angel verleë.

"Ja jy het. Ek beter gaan skoonmaak," bevestig Ferdi.

Angel hou hom vas. "Nee, los dit. Ek sal dit môre skoonmaak. Sit hier by my. Ek wil nie alleen wees nie. Nie nou nie."

Ferdi vryf sy neus teen haar oor.

"Ek het nie HIV nie."

Ferdi knik net.

"Jy hoef nie te *worry* nie. Ek het my laat toets."

"Ek het nie. Dit het nie eers by my opgekom nie. Nie eers daaraan gedink nie."

"Dit bekommer my as ek daaroor dink. Maar as die *cravings* daar is, dan maak niks anders saak nie."

Ferdi streel Angel se klam hare.

"OK. My neus bloei soms. Maar ek dink nie dis aansteeklik nie." Hy lag vir homself.

Angel kyk op, kyk in sy oë en glimlag. "Dankie. Dis goed om te weet."

"Is jy nie honger nie? Wat eet jy gewoonlik?"

Angel trek haar skouers op. "Enigiets wat beskikbaar is. Ek dink my eetgewoontes is dalk nie so goed nie."

"Ek dink ook so. My ma sal sê jy het bietjie spek aan jou bene nodig." Ferdi glimlag, asof hy sy eie mening daaroor het.

Angel het dit opgemerk. "En jy? Wat dink jy?"

Ferdi lag spontaan. "Eerlike of beleefde antwoord?"

Angel slaan hom met die vuis teen sy skouer. "Eerlik."

"Jy lyk soos 'n vroulike weergawe van Johnny Rotten."

Angel lag verleë. "Dit was die idee."

"Nice. Ek dink jy's 'n *spunk*", sê Ferdi. Dan bedink hy homself. "Mag mens so-iets sê?"

"Solank jy 'n vrou *flatter* mag jy enigiets sê." Angel krap sy borskas om hom uit te lok.

"Nou goed dan. Jy is 'n *spunk*. Ek sal niks wou verander nie," bieg hy. Angel druk as antwoord haar wang stywer teen sy skouer vas. "Wat is daar om te eet?" vra sy.

"Ek het toebroodjies gemaak met Marmite en kaas. Eet jy kaas?"

Sy dink na. "Ek eet kaas. Ek eet nie Marmite nie."

"Jy eet nie Marmite nie? *No way*. Wie eet nie Marmite nie? Watse soort Suid-Afrikaner is jy dan?" vra hy tergend.

"Ek dink nie dit het iets met Suid-Afrikaner wees te doen nie," sê sy. "*Whatever*, Marmite is nie vir my nie."

"OK," gee Ferdi toe. "Ek maak 'n spesiale weergawe van 'n kaastoebroodjie, net met kaas."

"Klink gesofistikeerd," gee Angel toe. "Ongewone kombinasie, net kaas en brood. Jy dink buite die *square*."

Angel trek 'n T-hemp wat los oor haar liggaam hang aan terwyl Ferdi nog 'n toebroodjie op bestelling maak.

"Ons kan môre gaan kyk vir iets beters om te eet," roep hy uit die kombuis. "Kan jy kook?"

"Nee, nie regtig nie," sê Angel. Sy kyk na Ferdi se versameling musiek wat op die boekrak in 'n ry staan. Daar is langspeel plate ook. "Jy het goeie musieksmaak," sê sy weer.

"Dankie. Nie gedink jy sal veel daarvan herken nie," antwoord hy en stap die vertrek binne met 'n eenvoudige skinkbord en toebroodjies. Hy het 'n potjie heuning net vir ingeval.

"Dalk so bietjie swartgallig. The Smiths. Morrissey."

Ferdi glimlag lakonies, soos iemand wat weet die skoen pas. "Kies iets om te speel terwyl ons eet," ontwyk hy die opmerking.

Angel volg met haar vinger al langs die ry af. Sy steek vas by sy barokmusiek. "En dié?" vra sy verbaas.

Ferdi kom kyk. "My pa se Sondagmusiek toe ons kinders was. Sondae was rus dae. Kerkdiens en Sondagskool. Verpligte ete saam as gesin om die etenstafel. Dan het Pa musiek gespeel." Ferdi dink so bietjie. " Dit was die enigste tyd wat hy na musiek geluister het. Opera, simfonie en barok. Ma wou 'n *gasket* blaas as hy opera oor middagete luister. Ek het nogal van barok gehou. Maar ja, pas seker nie langs Joy Division nie. Alhoewel, Pa het dit altyd *Medieval Rock* genoem. Hy't gesê dis die eerste musiek wat gemaak was sonder die Roomse invloed om aan God gewei te wees." Ferdi lag vir sommer net. "Waarvan hou jy? Swaar? Rustig? Raserig?"

"Hang af," antwoord Angel. "Elk op sy beurt."

"Stem saam," sê Ferdi. "Spear of Destiny. Daar." Hy beduie met sy vinger na die plaat. Hy help haar om die hoëtrou op te stel en kyk of sy reageer toe die eerste snit speel.

Angel kyk na hom en glimlag, dieselfde oopmond glimlag wat die aand op die dansvloer sy hart gesteel het,. Sy draai die klank hard genoeg om Ferdi te laat vrees dit gaan die bure pla.

So in love with you. Wie kan tog kla oor sulke musiek?

Hulle sit langs mekaar en eet, skouer aan skouer. *He saw only the colour of her eyes and hair when he first met her.* Ferdi kyk hoe Angel haar toebroodjie oopvou en heuning oor die kaas van 'n teelepel drup, patroontjies maak. Dis 'n baie spesiale ete vir hom. Elke nou en dan wil hy homself knyp om seker te maak hy droom nie. Angel vang sy oog en leun haar kop op sy skouer om te bevestig dat die oomblik spesiaal is.

Sy breek 'n hoekie van haar toebroodjie af en gee dit vir Ferdi. Dis soet. Hy lek die heuning af wat aan sy vinger kleef. Hy breek 'n hoekie van sy toebroodjie af en gee dit vir haar. Angel trek haar neus op en lag dan lekker vir die reaksie op sy gesig. Sy byt die kleinste van happies af en druk die res in Ferdi se mond. Sy lek die souterige smaak van haar vinger op 'n oordrewe manier wat Ferdi laat bloos. Sy stamp hom in die ribbes soos vriende wat mekaar al vir jare ken.

I will love you, all of my life.

"Het jy genoeg gehad? Hier is ingelegde vrugte en vla."

"Dit sal lekker wees," beaam sy.

Ferdi verdwyn weer in die kombuis. Hy keer terug met twee bakkies. "Poeding," kondig hy met trots aan.

"Kan ek vir jou iets speel," vra Ferdi na hul klaar geëet het.

"Ja, speel vir my iets. Ons het baie tyd."

Hy trek 'n CD van die rak. Hy staan wydsbeen, wag vir die eerste note en speel dan die akkoorde op 'n denkbeeldige akoestiese kitaar. Hy sing die eerste strofe saam met The Cult en by *Edie, ciao baby* stap hy tot agter Angel en fluister in haar oor, "*Edie, welcome home, babe.*"

Angel draai haar kop na hom. Daar is 'n traan in die hoek van haar oog. Ferdi vee dit versigtig weg. Hy soen haar nek sagkens, met ewe veel teerheid en deernis. Dan gaan sit hy weer langs haar. Angel werk haar hand onder sy hemp in en hou dit tussen sy skouerblaaie. Hulle sit in stilte saam en luister totdat die liedjie klaar gespeel het.

"OK, so ek het jou nou ge-*serenade*." Ferdi kyk na Angel langs hom. Hy hoef nie doekies om te draai met haar nie. Dis asof hulle verhouding begin het soos 'n storieboek waarvan die eerste paar bladsye aanmekaar kleef en die mens die aanleiding oorslaan. Ferdi besef dat al die voel-voel en op eiers loop waarmee sy vorige verhoudings begin het totaal oorbodig is.

Angel aanvaar hom. Sy wil by hom wees. Hy weet nie waarom nie. Dit maak nie saak nie. Alles is soos dit is, natuurlik, geen speletjies of twyfel nie, niks soos daardie Picasso skilderye wat mens altyd moet raai wat dit verteenwoordig nie, eerder soos 'n Rembrandt wat is wat dit is. Hy voel gemaklik by haar. Hy vra, "Maak dit nou formeel van ons 'n *couple*?"

"Definitief," beaam sy speels. Maar daar is erns in haar stem. Sy gee 'n lang gaap.

Ferdi staan op. "Jy's seker doodmoeg. Waarom kruip jy nie in vir die nag nie?"

Angel bly sit. "Ja, ek is nogal."

Hy merk op dat sy ongemaklik is. "Iets fout?"

"Is jy seker ek kan hier bly? Is dit wat jy wil hê? Ek bedoel, ek het jou nie gevra nie," antwoord sy onseker.

Sonder om weer te dink want hy het reeds die besluit geneem sê Ferdi: "Natuurlik." Dan twyfel hy, besef dat hy namens haar besluit het terwyl sy onder die invloed was. "Net as jy wil."

Angel byt haar lip. Ferdi het die gewoonte opgelet. "Ek wil. Maar ek wil nie net inwals en jou lewe moeilik maak nie."

Ferdi gee 'n snorklaggie. "Dis netsowel. Jou klere hang

reeds in die hangkas. En glo my, jy het nie hier ingewals nie. Ek het jou ingedra.”

Angel glimlag liefies. “Dankie. Jy is *great*.”

“Ek weet,” bevestig Ferdi, selfvoldaan. Binne is hy alles-behalwe so seker van homself. “Maak klaar in die badkamer. Ek wil gaan bad. Dis laat. Jy het ’n moeilike dag gehad. Ek’s verbaas jy het so vinnig herstel.”

Ferdi sit en kyk hoe Angel die deur agter haar toemaak. Hy skud sy kop. Dis slegs die derde keer wat hulle mekaar sien: hy het haar gevra om by hom in te trek, dalk nie gevra nie, aangedring, die deur na haar vorige lewe agter haar toegetrek. Niks het nog ooit so reg gevoel nie.

Hy hoor water loop toe die deur oopgaan. “Dankie,” sê hy vir haar bedagsaamheid. “Die lakens is redelik skoon. Jy sal nie kieme optel nie. Ek skakel die ligte af. Ek weet waar alles is. Rus lekker.”

Ferdi trek die deur agter hom toe, ontklee, urineer en borsel sy tande. Hy klim in die bad en leun terug. Salig. Hy sluit sy oë, probeer die aand herleef, die dag op kantoor waar hy geheel en al onproduktief was en sit en beplan het hoe om haar weer te sien. Nie in sy wildste drome sou hy ooit kon voorspel het dinge sou so uitdraai nie. Hy skrik toe die deur oopgaan.

Angel kyk af na hom. Hy trek homself regop en vou sy hande onwillekeurig oor sy orgaan. Wat wil sy hê?

Maar haar teenwoordigheid het ’n doodgewone, natuur-like verklaring.

“Ek moet *pee*.”

Ferdi antwoord nie.

Angel gaan sit met haar knieë netjies en vroulik teenme-kaar op die toilet. Sy glimlag vir Ferdi wat oorkant haar sit met sy hande oor sy lende.

“Jy’t niks om oor skaam te wees nie,” sê sy.

Ferdi luister hoe sy haarself verlig, die toilet spoel. Sy is sonder inhibisies. Hy verwonder hom dat wat gewoonlik privaat is so natuurlik is met haar, so onskuldig en openlik soos 'n kind. Hy verstar wanneer Angel haar T-hemp oor haar kop trek en agter hom in die bad klim.

"Ontspan," fluister sy. Sy vou haar arms om sy borskas, neem 'n koekie seep en begin hom was.

"Ek het gesê ontspan," terg sy toe haar hande sy stokstyf privaatheid afspoel.

"Hier's 'n kaal vrou saam met my in die bad. Wat verwag jy?" antwoord Ferdi ongemaklik, geheel en al onvoorbereid op wat aan't gebeur is.

"Dis romanties, is dit nie?"

"Dalk as jy oud en getroud is."

"Moet ek ophou?" vra Angel.

"Nee."

Angel stoot hom vorentoe om ruimte te maak, dan was sy Ferdi se rug. "Wanneer laas was jy saam met 'n vrou?" vra sy sagkens.

Ferdi dink terug na soveel jare gelede, hoe dinge nooit verder as 'n ongemaklike aanraking, 'n misplaaste soen kon vorder nie. Daar het altyd iets tussenbyde gekom. Die een werklike geleentheid het in verleentheid ontaard. "Daar was nog nie kans nie," antwoord hy, wonder of dit haar gaan skok. Amper 30 en nog geen ervaring nie. In hierdie moderne tyd!

Angel fluister, "Ek het so gedink, vroeër toe jy so skugter was om na my te kyk."

Ferdi trek sy mond skamerig in 'n skewe glimlag. "Jy het uit 'n beswyming gekom. Hoe moes ek weet jy was by jou sinne? Netnou het jy wakker geskrik en my geklap oor my voorbarigheid."

Angel stoot haar hande om sy middellyf, af na tussen sy bene. Sy trek die vel terug op sy orgaan, ontbloot die kop, masseer dit, vou haar ander hand om die sakkie tussen sy bene en druk liggies. "Laat dit uitkom. Dis beter so die eerste keer."

Ferdi is heeltemal buite sy gemaksone. Dis nie soos hy gedroom het sy eerste ervaring met 'n vrou sou wees nie. Hy het altyd gedink hy sou haar verlei, beheer wat gebeur. Maar met Angel is niks normaal nie. Hy voel haar seperige hande waar niemand hom nog ooit aangeraak het nie. As dit is wat sy wil hê, as sy hom wil lei, dan sal hy volg. Hy wil haar tevrede stel, haar gelukkig maak.

Sy stel hom voor aan die hemel op aarde. Hy leun terug en laat haar begaan, gee sy liggaam oor aan wat sy wil laat gebeur. Dit neem nie lank nie. Te veel emosies het opgebou en moes uiting kry. Sy liggaam trek saam, die bekkenspiere wat ejakulasie veroorsaak in spasmas. Hy weet nie of hy moet verskoning vra of haar bedank nie.

"Jislaaik."

Sy witterige afskeiding dryf in klonte en dreineer saam met die badwater. Hy staan sodat sy hom afdroog, dan droog sy haarself af en gaan klim in die bed, net in haar dun T-hemp geklee. Ferdi bied nie aan om op die rusbank te slaap nie. Hy weet dis nie wat sy wil hê nie. Hy vra wel, "Is dit reg as ek langs jou lê?"

Angel antwoord nie. Sy draai net haar rug op hom, trek sy arm oor haar skouer, sy hand op haar bors en raak aan die slaap.

***

Ferdi neem lank om aan die slaap te raak. Hy raak selde maklik aan die slaap. Om 'n vrou se sagte bors onder sy hand te voel en die warmte wat steeds gloei in sy lieste help ook nie. Maar anders as gewoonlik wanneer hy veg om weg te sak is hy tevrede. Hy het iets kosbaars gevind, iemand met wie hy sy lewe wil deel. Daar is wel 'n beklemming êrens diep binne hom, 'n onverstaanbare gedagte dat die tyd beperk is, dat soveel moontlik ingepas moet word, dat die vlam helder en kort sal brand. Hy wil nie daaraan dink nie. Hy wil net in die hier en nou wees, haar liggaamshitte ervaar, die asemhaling in sy ore wat nie sy eie is nie.

Hoofstuk 4

Ferdi word wakker, êrens diep in die middel van die nag. Hy het gedroom, 'n droom so realisties dat 'n mens wakker skrik en verwag dis deel van jou werklikheid. Hy was in 'n bedwelmde waas. 'n Besondere skakering van pienk het hom in 'n liefdevolle omhelsing omgewe. Hy kon vir pienk ruik, proe op sy tong. Die sensasie van pienk teen sy vel. Sag. Intiem. Wit het aangekruip gekom, soos 'n wolk wat aanrol oor die horison en al hoe groter troon soos dit nader kom. Pienk het angstig begin raak, begin wegtrek, probeer ontsnap van wit. Hy kon nie pienk se vrees verstaan nie. Wit was tog net wit. Hy het pienk probeer paai, probeer om pienk te kalmeer en al die pienkheid in sy arms vas te hou. Maar hy kon pienk nie beheer nie, pienk was oorweldigend en het uit sy omhelsing bly glip.

Wit het meedoënloos nader gekom, tot net anderkant raakafstand, wollerig en skadeloos. Daar het dit gaan vassteek, begin kolk, stormagtig, 'n vorm aangeneem, vrees-aanjaend, lang, spierwit slagtande wat wit slym drup. Pienk het ineengekrimp, weerloos om teenstand te bied. Wit wou pienk verslind, wou pienk verskeur en insluk en al die kleur uit die wêreld neem. Ferdi het met sy arm gekeer, geslaan en geskop totdat wit begin terug sluip het, terug na daar ver agter die horison waar dit nie meer vir pienk kon bedreig nie. Pienk het hom omhels, sonder om woorde te gebruik hom bedank, belowe dat sy altyd daar sal wees wanneer hy haar nodig het.

Hy skrik wakker, in die waan dat dit veroorsaak is deur 'n dwelm wat hy gebruik het. Maar daar is geen naald in sy arm nie. Ook dit was deel van die droom. Ferdi voel 'n vreemde leegheid wanneer hy besef dat die omhelsing niks meer as sy verbeelding was nie.

Hy is nou heeltemal wakker, soos mens soms so helder is na 'n droom dat slaap ver weg is. Gewoonlik sal hy opstaan en koffie maak en terugleun teen 'n groot kussing totdat hy weer lomerig raak. Maar daar is iemand in sy bed, Angel, die Edie van wie hy altyd gedroom het. Edie met die afvlerk.

Hulle het nog net so gelê soos toe hy aan die slaap geraak het. Sy hand het steeds haar bors omvou, maar die tepel was hard en styf, nie meer so sag soos toe sy geslaap het nie. Sy is nou ook wakker, stoot haar agterstewe ritmies teen sy heupe, eers een wang, dan die ander, uitlokkend, laat hom onwillekeurig swel. Dis nie iets wat 'n man kan of wil beheer nie, veral nie as 'n vrou dit wil laat gebeur nie.

Ferdi lig homself op 'n elmboog, leun oor en druk sy neus agter Angel se oor en fluister, "Is jy wakker?"

"Ja."

"Wat doen jy?"

Angel wikkel haar agterstewe. "Wat dink jy doen ek?"

Ferdi weet hy is wakker, maar wonder tog of hy dalk weer droom. "Dis nie te gou nie?" vra hy, soek 'n verklaring vir iets wat hy nie verstaan nie.

"Te gou vir wat?" vra Angel onskuldig.

"Vir wat jy aan die doen is."

"Mag ek nie teen jou druk nie?"

"Jissie, vroumens, ek is 'n man. Voel jy nie wat jy aan my doen nie?"

"Nee, vertel my. Wat doen ek aan jou?"

Ferdi is nou skoon deurmekaar oor watter seine gestuur word. Hy lê plat op sy rug. "Jammer, ek was aan die slaap. Ek dink ek verstaan net verkeerd. Moenie *worry* nie. Ek's nie gewoond om iemand in my bed te hê nie." Hy voel sy ore gloei in die donker, die wulpse gedagtes van jagse jong mans.

Angel draai haarself om, gooi haar been oor Ferdi sodat sy bo-op hom te lande kom. "Magtig, Ferdi, is jy werklik so onbeholpe met vroue?" vra sy speels.

Ferdi antwoord nie. Daar is nie 'n goeie antwoord op daardie tipe vraag nie. Hy vou sy arms om Angel se skraal figuur, hou haar vas in 'n ferm omhelsing.

"Is jy seker?"

"Waarom sou ek nie seker wees nie?"

"Jy was uitgepass 'n paar ure terug. Is jou kop reg om helder te dink?"

"Dink jy my kop is nie reg nie?"

Ferdi bedink sy antwoord op haar teenvraag. "Hoe sal ek weet? Maar is dit nie te gou nie?"

"Waarom is dit te gou?"

"Leer mens nie eers mekaar ken nie?"

"Ons ken mekaar mos."

"Net soort van."

"Maar is dit nie die soort van wat tel nie, dit wat saak maak?" Angel wieg met haar heupe teen Ferdi se lende.

"Hou op om elke vraag te antwoord met 'n vraag. Jy laat my voel ek is vol *hang-ups*."

Angel byt sy oor speels en terg, "Is jy nie? Het jy al daaraan gedink dat jy dalk wel vol *hang-ups* is?"

Ferdi snorklag net verontwaardig. Hy verken haar lae rug met sy hand, haar liggaam wat so vol lewe is.

Angel sê teer, "Die lewe is net so ingewikkeld as wat mens dit wil maak. Dit kan baie eenvoudig wees. Jy is hier. Ek is hier. Ons weet wat ons wil hê. Die res maak net saak as mens dit wil laat saak maak." Haar borste druk sag teen sy lyf.

"Ja maar ..."

"Niks ja maar nie."

"Jy het my op die dansvloer ontmoet. Dit kon enigeen gewees het."

"Dit was nie."

"Is ek *expendable*? As ek my rug draai, sal daar weer iemand anders wees?"

"Moenie jou rug draai nie."

"Dis nie so eenvoudig nie."

Angel gaan lê weer op haar sy, haar rug na Ferdi gekeer. "Is dit nie?"

Ferdi draai ook om en leun oor agter haar nek. Hy streel haar oor en vertroetel die sagte vel van haar nek met sy lippe. "Jy laat dit klink of alles van my afhang."

"Wat laat jou dink dit hang nie alles van jou af nie?" Angel neem Ferdi se hand en plaas dit op haar bors.

Hy streel haar stywe tepel. "Ek lei af jy het al baie mans geken."

Angel voel tussen haar bene deur na sy geswelde orgaan. "So wat laat jou dink ek wil nog meer leer ken?" Sy begelei hom na waar sy hom begeer.

Ferdi voel die weerstand wanneer hy haar penetreer, dan die ekstase van die oomblik wanneer hy besef hy is behoorlik binne in haar.

"Wat as ek jou verveel?"

"Waarom sal jy my verveel?" Sy neem Ferdi se hand en stoot dit af teen haar onderlyf, laag na verby waar sy in weemoed en bedruktheid eens woorde laat tatoeëer het.

"Omdat ek so doodgewoon is." Hy laat haar sy hand begelei, voel die sagte vlees van haar lieste, dan die klein swelsel wat haar 'n sagte kerm laat uiter toe hy sy vinger daarop plaas.

"Wat laat jou dink jy is doodgewoon?"

"Omdat ek is."

"En wat laat jou dink ek hou nie van gewoon nie?"

Ferdi oorweeg haar teenvraag. "Jy het blou hare met stekels. Jy gebruik swart *make-up*."

Angel lag net. "Dink jy ek weet nie al teen die tyd wat ek wil hê nie?" Sy streel sy hand en druk dit harder teen haar vas. "Dis lekker." Haar heupe stoot ritmies vorentoe en agter-toe. "Moenie stop nie."

Ferdi masseer die orgaantjie wat haar plesier gee. Hy voel hoe haar liggaam reageer, hoe sy opbou na iets. Hy probeer ontspan, die oomblik so lank as moontlik uitrek. Hy is dank-baar sy het hom voorberei in die bad. Hy help haar om haar ekstase te bereik, weet sy sal hom kans gee wanneer die oomblik reg is. Hy lag wanneer haar ingewande saamtrek in spasmes en sy hyg na haar asem. Dit tref hom onverwags wanneer sy saggies begin snik.

"Angel?" Hy is besorgd. "Hey, is jy oukei?" Ferdi verstaan nie hoe een oomblik van uitsonderlike plesier skie-like in treurigheid verander het nie. Sy orgaan verslap sonder dat hy bewus is en onttrek uit Angel.

Angel snuif. "Ek's oukei. Kom ons verander posisie."

"Jammer, het ek jou seergemaak?"

"Nee, dis nie jy nie." Sy gaan sit wydsbeen oor sy heupe. "En nou? Het jy jou lus verloor?"

Ferdi weet nie of hy moet lag of verskoning vra nie. "Ek het geskrik." Hy lag wel wanneer sy hom masseer, sy onderlyf reageer op haar aanraking en sy hom begelei na tussen haar bene.

Hy hervat die gesprek van tevore, verwonder homself dat dit so normaal voel om 'n gesprek te voer met Angel wat wydsbeen bo-op hom sit met hom binne-in haar. "Jy't gesê jy weet wat wil jy hê. So wat wil jy hê?" Ferdi lig sy bolyf en soen die dun vel van haar keel. Hy skuif af teen haar borsbeen, na haar borste wat ritmies wieg saam met haar heupe. Hy lek die sagte vel, die tepels wat styf tuit. Hy leun weer terug en streel haar maag met sy oop hand.

"Dit wat ons het." Sy beweeg op en af, klem hom vas wanneer sy wegtrek en druk styf wanneer sy neersak. Hy volg haar. Sy kan die spanning voel opbou in sy onderlyf, sy beweging wat al meer intens raak.

"Is dit te gou vir liefde, om te sê ek het jou lief?"

Angel dink daaroor na. Sy lei weer Ferdi se hand na tussen haar bene. "Nee, ek dink nie so nie."

Ferdi speel met sy duim teen die orgaantjie tussen Angel se bene. Hy kan voel hy is naby, dat hy nie veel langer kan terughou nie. Hy voel haar ook klem, dat sy weer ekstase gaan bereik. Hy voel die sametrekkings in haar en verwonder homself dat hy so effek op haar kan hê. Die keer huil sy nie. Dan breek die oomblik vir hom ook aan, 'n oomblik beter as wat hy ooit in sy wildste drome sou kon dink.

"Wow." Ferdi lag skugter, verleë omdat hy so wêrelds is, maar dankbaar dat hy die wêreldse op so manier kon ontdek.

Hulle leun terug en geniet die oomblik, sweterige lywe en afskeidings wat so mooi tussen man en vrou is, diep in die nag.

Angel kyk op na die plafon. Sy hou Ferdi se hand vas, laag op haar maag. "Dankie."

"Waarvoor?" wil Ferdi weet.

"Vir nou net."

"Ek is die een wat dankie moet sê." Ferdi dink na en voeg by, "Ek was eerlikwaar nie regtig seker wat om te doen nie."

Angel glimlag in die donker. "Jy dink seker ek het ervaring omdat ek al met ander mans was."

Ferdi antwoord nie, lig net sy arm en streel haar tepel met die agterkant van sy hand. Dis sag.

"Eintlik het ek nie veel ervaring nie. Vanaand was die eerste keer wat ek *geclimax* het saam met iemand."

Ferdi draai sy kop en kyk na haar in die donker. "Regtig?" Hy vermoed sy probeer hom goed laat voel.

"Regtig. Dis waarom ek gehuil het. Dit was so lekker. Jou hande was so sag, so liefdevol. Ek het nie gedink 'n man kan dit vir my gee nie."

"Maar is dit nie ..." Ferdi probeer verstaan, vind dat hy nie kan nie.

"Dis altyd net oor die man, wat hy wil hê. Jy lê op jou rug en hulle pomp tot hulle kom. Dan gee hulle jou *drugs*," sê Angel, bitterheid gemeng met venyn in haar stem. "Jammer, dis seker kru."

"Dis oukei. Ek verstaan." Haar onthulling sou hom voorheen ontstel het. Maar dis asof hy alreeds aanvaar het toe hy haar in sy lewe toegelaat het dat daar baie bagasie gaan wees. Hy is alreeds lief vir haar. Mens blameer nie die slagoffer nie.

"Werklik?"

"Werklik."

"Dis goed om te weet. Vanaand was die eerste keer wat ek posisies kon kies. Dit was lekker. Jy is die eerste wat my so toelaat. Dis spesiaal. Mans wil domineer."

"Ek's nie daardie tipe nie."

"Ek kom so agter. Dis hoekom ek dankie sê."

Ferdi knik in die donker. "Sê as ek *out of line* is, maar wanneer was jou eerste keer?"

Angel antwoord nie.

"Jammer," sê Ferdi verskonend, "Ek's jammer."

Angel druk sy hand vas tussen haar bene. "Nee, dis nie dit nie. Dis oukei. Jy het die reg om te weet."

"Dis nie 'n reg nie. Ek is oukei om nie te weet nie."

"Gee my kans. Dis net, ek weet nie."

"Jy weet nie? Goeiste, ek sal nooit vanaand vergeet nie."

Angel swyg vir 'n lang tyd. Sy pers haar lippe opmekaar en probeer 'n manier vind om iets onuitspreeklik oor te dra, iets wat diep begrawe is op te haal en haarself op 'n manier wat kan seermaak bloot te stel. "My ouers is lank gelede geskei. My ma het my pa uit die huis geskop. Ek was nog klein. Sy het my agterna vertel dat hy en sy vriende beurte geneem het met my. Ek was te jonk. Ek onthou nie."

Ferdi klem sy oë styf toe. Daar is niks wat hy kan sê om haar pyn te verlig nie. "Bliksem, Angel," is al wat by sy mond uitglip, die onderdrukte gedagte dat hy nooit die grillerige werklikheid van The Cure se *Lullaby* so uit iemand se eie mond gehoor het nie. *Spiderman is having me for dinner tonight.*

"Ons skool se eerstespan rugbykaptein het my probeer verkrag. Gelukkig het hy gekom voor hy my *panties* kon aftrek. Hy't sy vinger in my ingedruk net vir *spite*. Ek was standerd 8. Die skoolhoof wou my nie glo nie. Ek was in matriek toe hy my ook verkrag het."

"Wat, die skoolhoof?!"

"Ja. Dalk lok ek dit in mans uit."

"Angel, asseblief, moet dit vir geen oomblik glo nie. Daardie ... Daardie ... ," Ferdi soek na 'n woord, "uitvaagsels is verantwoordelik vir hul eie misdade, nie jy nie."

Angel druk Ferdi se hand. "Dankie. Mens wonder soms."

"Moenie wonder nie." Hy snuif hard en vee die nattigheid uit sy oog.

Sy knik haar kop in die donker.

"Jou ma, waarom het sy jou nie uit daardie skool geneem nie?"

"Sy't nie geweet nie. Ek dink sy sou in elk geval my nie geglo het nie. Sy't haar eie probleme gehad. Ek wou haar nie belas nie."

"Nie geglo het nie? Belas? Sy's jou ma."

"Dinge is nie altyd so eenvoudig nie."

"Nie?"

"Sy was in en uit rehab meeste van my kinderjare. Sy't *backing vocals* vir verskeie *bands* gedoen. Pragtige stem. Sy kon sing. Daardie hoë note hou tot sy blou in die gesig raak. Dit was ons speletjie. Om te kyk wie 'n noot die langste kan hou."

"Kan jy sing?" Ferdi klink hoopvol.

Angel skud haar kop. "Nie soos sy nie. As sy by die huis was sou sy die dag deur slaap. Toe gordyne. Wanneer ek slaap was sy by *gigs*. Of ander plekke. Ek weet nie. Sy sou net verdwyn vir dae op 'n keer. Soms weke. Haar vriende se huishulp het na my gekyk. Of die bure het my oorgenooi om daar te eet. Ek was baie keer alleen. Mens doen stupid dinge."

"Ai, Angel, ..." Ferdi het nie woorde nie.

"Jy's die eerste ou saam met wie ek kies om te wees."

Ferdi druk sy handpalm teen Angel se wang, lê met sy gesig in die waai van haar nek. Woorde is nie nodig nie.

"Ek dink jy dra jou eie bagasie," sê Angel.

Ferdi lê en wonder. "Nee, niks kom naby wat jy moes verduur nie."

"Bagasie kom in klein en groot tasse."

"Ek's net 'n doodgewone ou met 'n saai lewe."

"Is jy?"

"Glo my."

"Ek dink nie gewone mense luister na jou tipe musiek nie. Daar is seerkry daar. Dis hoekom jy dit versamel."

"Dis waar, ja. Maar dis sommer simpel dinge teenoor wat jy vertel, kalwerliefde wat skeefloop en letsels laat wat mens se hele lewe befoeter."

"Sommige mense se harte bloei lank," beaam Angel. "Ek het nog nooit so oor iemand gevoel nie. Nie tot nou nie. Ek het altyd gedog sielsgenote is bog, sentimentele storieboek twak."

"Probleem is wanneer jou sielsgenoot te bang is om uit hul gemaksone te tree, altyd veilige keuses maak en doen wat die wêreld van hulle verwag." Daar is verwyt in Ferdi se stem.

Angel trek hom styf teen haar aan, wikkel haar lyf sodat hulle soos lepels in 'n laairak pas. "Mense soos ons soek mekaar uit tussen die geraas."

Ferdi herhaal die woorde in sy gedagtes. "Mense soos ons." Nog nooit in sy lewe was hy ingesluit by ander se ons nie. Hy sal sy lewe opoffer vir Angel as dit is wat dit verg.

Hoofstuk 5

F erdi hoor *She Sells Sanctuary* lank voor hy sy kar sien. Hy het net gou by 'n hippie branderplankryer winkeltjie ingeloer om vir Angel 'n paar sloffie-sandale te koop sodat sy darem nie kaalvoet in die winkelsentrum rondstap nie. Hy kyk na sy kopie, wonder of dit nie te klein is nie. Dis soos kindersandale. Sy het haar skoengrootte vir hom gegee, maar nou wonder hy. As nodig sou hy dit seker kon omruil. Hy glo nie hy het nog ooit enigiemand anders na The Cult hoor luister nie. Met die kulturele boikotte van die '80s het hulle nie juis kans gestaan teen die aanslag van die Amerikaanse popmusiekmark nie.

Dan besef hy dat dit van sy bruin Datsun kom. Angel dans op die sypaadjie met 'n klein, swart knapie wat iets aan haar probeer smous het, beide kaalvoet. Sy dans haar weergawe van punk rock met voete wat hoog trap, Afrika styl. Dis 'n treffende toneel. Wat mens ook al van haar blou hare dink, jy moet toegee dat sy kan dans. Hy dink terug aan 'n gedig uit sy kinderjare oor kaalvoetknapies en wonder wat die digter van hierdie toneel sou maak.

Mense staan in 'n halfmaan en kyk. Angel waai vir Ferdi,

lag oopmond en blaas 'n soen in sy rigting. Koppe draai en hulle kyk na hom, 'n doodgewone ou wat met 'n paar pienk sloffies in sy hand aangestap kom. Hy stap nader, voel soos 'n ster op 'n filmstel, sy medester wat die skare se asem reeds weggeslaan het. Die Datsun lyk dalk nie watwonders nie, maar die meisie is 'n miljoen dollar werd.

In her you"ll find sanctuary.

"Ek's saam met haar," dink Ferdi. "Daardie punk met die blou hare en stekels wag vir my. Ek dra pienk sloffies wat ek vir haar gekies het. Van al die fris katte wat hier staan en kyk, wag sy vir my. Dis my Datsun met sy wye chroom wiele wat daai musiek uitblêr. Dis my musiek wat ek met my eie geld gekoop het, wat ek weet niemand hier al ooit tevore gehoor het nie."

Ferdi voel of hy in 'n droom is. Hy byt sy onderlip onbewustelik toe sy nader dans, voete wat hoog trap en heupe en skouers wat ritmies swaai. Sy spring teen hom op in 'n omhelsing, haar bene om sy heupe gevleg asof hulle mekaar jare ken, weke laas gesien het. Hy swaai haar in die rondte soos hulle in films maak. Die oomblik oorweldig hom.

"*Hot, hot, hot,*" skree sy bo die dawerende musiek. "Die teer is warm!"

Ferdi verstaan nou dat die dansweergawe 'n prakties element gehad het. Hy gee vir haar die plakkies om aan te trek. Hulle pas perfek.

"Sjoe, dis beter." Angel kyk af en wikkel haar tone. "Dis pienk."

"Jammer, maat. Sy's saam met my," sê hy vir die swart knapie. Hy bedoel dit nie besitlik nie, net vasgevang in die oomblik. Die mannetjie lag met wit tande en oorreed 'n paar van die toeskouers om sakkies grondboontjies by hom te koop.

"Jy weet hoe om 'n skare te lok," lag Ferdi toe hulle

wegry. "Ons kan geld maak; *Live carpark shows.*" Hy verstel die musiekspeler en kies The Cult se *Rain.*

I've been waiting for her, for so long.

Angel lê terug in die sitplek en lag uitgelate en tevrede.

"Lyk of jy herstel het van gister," merk Ferdi op.

"Thanks to you."

Ferdi glimlag net. "Bly jy voel beter."

Hy parkeer die motor in die parkeerbuik van 'n inkopiesentrum waar dit koel is. "Ons beter 'n lysie maak van wat ons nodig het. Ek *stick* jou vir koffie."

"Ek drink nie koffie nie."

"O ja. Ek het vergeet. Wat dan?"

"Milkshake. Aarbei."

"OK, ek moet gou by die bank stop om geld te trek. Ek is platsak." Ferdi klap teen sy jeans se sak om te beklemtoon hoe leeg sy sak is.

"Ek het geld."

"Hou dit vir wanneer jy dit nodig het. Ons is die week betaal. Vandag is op my. Terloops, ek wou al vra, wat doen jy vir 'n lewe?"

"Graphic design."

"Graphic design?"

"Ja, *freelance.* Daardie *ads* wat jy by bushaltes en plekke sien. Dis wat ek doen."

"Wow. Ek het geen kunssinnigheid nie."

"Almal het. Moet net uitdrukking kry."

"Glo my," lag Ferdi. "Ek teken net stokfiguurtjies."

"Dis ook kuns," lag Angel beleefd. "Soort van. En jy? Wat doen jy vir 'n lewe?"

Ferdi gee 'n snorklaggie. "Luister na mense se klaagliedere oor werksomstandighede, 'n kollega wat meer verdien en minder doen. Almal is gedurig behep met ander se sake.

En professore wat hul skelmpies probeer aangestel kry in hoë posisies. Dis my wêreld. HR. Vervelig verby."

"Waarom doen jy dit?"

"Betaal die huur." Ferdi lag sinies. "Bevonds my musiek versameling en motorfietse."

"Het jy al iets anders oorweeg?"

"Al die tyd."

"En?"

"Daar's nie veel geleenthede vir my nie. Nie in dié stad nie. En jy? Is jy gelukkig met wat jy doen? *Hang on.* Laat ek net gou geld trek. Staan langs my en hou wag – ek vertrou nie dié goed nie. Enigeen kan jou nommer sien."

Ferdi tik sy geheime nommer in op die bank se teller outomaat.

"OK, kom ons kry 'n plek waar ons *milkshake* kan drink. Jy was aan die vertel van jou werk?" sê hy.

"Wat van die Wimpy? Ek was laas daar as dogtertjie. Hulle *milkshakes* was altyd lekker."

"Hulle koffie is aaklig."

"Kies koffie *milkshake*."

Ferdi skud net sy kop. "OK, jy wen. G'n mens kan met jou stry nie."

Hulle vind 'n tafel weg van waar mense met kinders sit.

"Kan ek proe?" Angel wag nie vir Ferdi om te antwoord nie. Sy gebruik sy strooitjie en slurp. "Dis nogal nie te sleg nie. Maar ek verkies aarbei."

"Pienk is my kleur. Maar ek verkies koffie bo *milkshake*." Ferdi gebruik haar strooitjie, probeer haar slurpgeluide oortref. "Ja, ek dink ook dis beter as koffiegeur."

"Jy moet met jou keuses saamleef. Gee terug my *shake*."

Ferdi stoot die glas terug. "So, is jy gelukkig?"

Angel stut haar elmboog op die tafel en rus haar kennebak in haar handpalm. "Gelukkig? Ek weet nie. Wat is geluk?

Soort van, seker. Dit betaal nie juis nie. *Marketing* maak al die geld."

"Dis gewoonlik so."

"Ek doen net die *artwork*. Die *design team* skets wat hulle wil hê, die uitleg en so aan."

"Waar is julle kantore?"

"Dis nie werklik kantore nie. Elkeen werk van hulle eie plek af, kom meestal byeen by kliënte. Die maatskappy het 'n *board room*, maar net die *main peanuts* gebruik dit."

"So jy's nie 'n *main peanut* nie?"

"Lyk ek so?"

"Ek dink so. Jy het die *arty, bohemian look*."

Angel grinnik. "Nie regtig nie."

"Hoe werk jy by daardie plek?" Ferdi beduie vaagweg na watter plek hy verwys, die hool waar hy haar gevind het.

Angel sit ingedagte. Sy skud haar kop. "Ek gaan sit gewoonlik in 'n park, of langs die see. Mens is meer *creative* daar."

"Het jy iets wat jy my kan wys, iets wat jy onlangs gedoen het?"

Angel skud haar kop. "Nie meer nie. Ek kon nie die huur betaal nie. Hy het my *portfolio* gevat."

"Wie's hy?"

"Daardie windgat met sy blou *gangster-mobile*."

Ferdi onthou die jong man in die luukse motor toe hulle met die motorfiets daar stilgehou het. Hy skud sy kop en suig aan die strooitjie. Melkskommels is soeter as wat hy kan onthou. "Jy het 'n vreemde aksent. Ek probeer jou plaas. Dis nie van hier nie, ook nie die Kaap of Transvaal nie – Gauteng. Waar kom jy vandaan? Natal?"

"Ek's hier gebore. Ons het lank in Australië gewoon."

"Australië?" vra Ferdi verbaas. "Dis ver van hier. Julle moes 'n hopelose verkeerde afdraai êrens gevat het."

Angel lag vir sy lafheid. "Dis 'n lang storie."

"So wat doen jy terug hier?"

"Werk. Ek is 'n goeie *job* aangebied na tegniese *college*. Johannesburg. Hillbrow. 'n *Multinational*. Die Suid Afrikaanse tak het drie maande na ek hier aangekom het gesluit. Jy weet mos. Groot bekke tydens Apartheid maar na die vrye verkiesings kon oorsese maatskappye nie vinnig genoeg hier uitkom nie. Ek het nie geld gehad om terug te gaan nie."

"Flippit."

"Die werk hier het opgekom. Die salaris is *crappy*, maar dis beter as niks. 'n Aussie *ex-pat* het my goedkoop huur aangebied. Hy *het investment properties* die land oor. Geld van daardie kant koop baie aan hierdie kant. Sy seun bestuur sy beleggings hier. Hy's die een wat daardie *fancy* kar ry. Hulle hou nie die plek in stand nie, soos jy seker kon sien."

"Dis uitbuiting."

Angel kyk na Ferdi se glas en sê, "Dis hoe mense geld maak. *Beggars can't be choosers*. Klink my nie een van ons het juis veel om oor te juig nie."

"Ja, klink nie so nie. Hoe is Australië? Was?"

"Anders. Op die oog-af lyk dit dieselfde as hier. Soortgelyke stede en woonbuurte. Na 'n tyd kom jy agter hoe anders dit is. Dis nie op maniere wat jy verwag nie. Toe ek 'n kind was het ek niks agtergekom nie. Hoe mens eintlik niemand sien, behalwe in geboue of in karre nie. Dis asof die woonbuurte onbewoon is. Hier is ons gewoond daar is altyd iemand in sig. Selfs in die middel van nêrens. En jy voel jy mag nie kla nie. Hier is altyd nood. Jy sien dit. Dis altyd hier reg voor jou oë. Jy kan iemand help as jy wil. Stukkie brood met iemand deel. Daai kant is jy op jou eie. Mense doen hul eie ding. Jy het geen doel behalwe om na jouself om te sien nie. Dis na ek soontoe terug is wat ek besef het hoe Afrika in mens se bloed is. Hoe mens deel van 'n gemeenskap is sonder dat jy dit eers besef."

"Soontoe terug is? Hoe bedoel jy?"

Angel haal haar skouers op, soos een wat nie regtig omgee vir die gesprek nie. "My Ma het 'n Aussie hier begin *date*. Ek was, wat, vier of vyf jaar oud? Ons is saam Melbourne toe. Die weer daar ..." Angel skud haar kop. "Melbourne se weer is iets anders." Sy lag. "Soms het ek gevoel ek gaan nooit weer die son sien nie."

"Ek dog Australië is die land van sonskyn."

"Ek weet. Ek het gehelp om die brosjures te ontwerp. Dis *marketing*. Melbourne se weer ... Britse *expats* raak bedruk daar."

"Jy spring te veel rond." Ferdi probeer sin maak van Angel se storie. "So julle is oor toe jy nog 'n kind was en toe kom jy terug en toe gaan jy weer later. Verduidelik?"

Angel druk haar vinger teen sy lippe. "As jy my kans gee." Sy slurp haar melkskommel en glimlag, 'n vrolike glimlag wat sy hart laat bons. "Die ekonomie daar het deur 'n slegte *patch* gegaan. Baie mense is afgelê. My ma se *partner* het sy werk verloor. Hy't begin drink. Hy het 'n gewelddadige streep gehad wanneer hy dronk was. Hy het my ma 'n paar keer rondgeruk. Eenkeer het hy my geklap. My ma het my aan die arm gegryp en ons is daar weg. Ek is nie seker nie, maar ek dink sy het met die ou getrou, want ons het vir die *dole* gekwalifiseer. Ons het in *council housing* gewoon terwyl ek op laerskool was. Ek was te jonk om oor sulke dinge te wonder. Ek besef nou jy kan nie net sommer daar aankom en aanbly nie. Of in elk geval, jy kry nie *social benefits* nie. Dis hoekom ek dink sy met die ou getrou het. Dis jammer hy het sy werk verloor. Hy was *nice* aan die begin. Hy het 'n gewoonte gehad om my ma te onderbreek voor sy behoorlik haar sinne voltooi het. Dit het haar gek gedryf. Sy was lief vir hom. Mens kon dit sien. Mense rafel maar uit as dit sleg gaan." Angel byt haar onderlip en suig beskaafd aan die strooitjie.

"En toe? Wanneer het julle hierheen teruggekeer?"

"Ek het net met *middle-school* begin. Standerd vyf hier. My ma was in *rehab. Social services* wou my wegneem. In Australië moet kinders onder sorg wees. Dis nie soos hier nie. Na skool mag jy nie huis toe gaan as daar nie 'n volwassene tuis is nie. Ma het die *dummy* gespit, alles verkoop en ons is terug hierheen. Ek was hier op hoërskool. Jy weet my storie. Ek het ontdek ons is *dual citizens*. In Oz studeer mens gratis. Na wat in matriek gebeur het, het ek *odd-job*s gedoen tot ek 'n vliegtuigkaartjie kon bekostig, toe is ek terug Melbourne toe. Dis waar ek *graphic art* studeer het op tegniese *college*. Centrelink, die *dole,* help studente met 'n toelaag."

"Mis jy Australië?"

Angel staar na die leë glas voor haar. Sy skud haar kop en knik terselfdertyd, soos sommige Indiërs se gewoonte is. "Heroïen in Melbourne was soos 'n plaag. Dit was oral. VIGS ook. En Hep C."

Sy sien Ferdi verstaan nie. "*Hepatitis.* Mense steek mekaar aan deur besmette naalde. Selfde met HIV."

Ferdi knik op 'n vae manier.

"Adelaide het met 'n *clean-needles* program begin, *safe injecting rooms.* Ek is soontoe. Ek het my diploma daar klaargemaak."

"Bedoel jy hulle gee jou spuitnaalde. Jy sit daar onder hulle toesig?"

"Ja."

"Moedig dit nie dwelmmis ..., gebruik aan nie?"

Angel kyk vinnig op in Ferdi se oë. "Ferdi, mense gebruik dwelms. Of mense daarvan hou of nie. Ons doen dit in elk geval."

Hy knik soort van. "Dit klink net vreemd. Dis nie wettig daar nie, is dit?"

"Nee. Hulle gee dit nie vir jou nie. Hulle gee jou net skoon spuite en naalde om dit veiliger te maak vir almal. Pleks van geld spandeer om oordraagbare siektes te behandel."

"Ek sien." Soos 'n persoon met blindheid sien.

"Ek dink dit het my lewe gered." Angel leun vorentoe. "Dis soos renbane. Hulle het *open days* sodat katte soos jy jou dosis *cheap thrills* kan kry. As jy verongeluk is daar 'n ambulans om te help. Anders lê jy langs die pad êrens totdat iemand jou vind. Of jy skryf 'n onskuldige familie op hul Sondag *cruise* af. Dis veiliger vir almal as mense eerder resies jaag op 'n baan. Dit moedig nie resies aan nie."

Ferdi lag net. Hy weet hy is uitoorlê. Angel het sy swakheid reeds uitgewerk. Op 'n vreemde manier maak haar argument sin. Hy lag weer vir homself. "Ek sien nou regtig."

Angel leun weer terug en glimlag selfvoldaan. "Adelaide is *nice* wanneer mens dit leer ken het. Die see is nie so mooi soos hier nie, maar die mense is gaaf. Hulle aanvaar jou en los jou uit as jy dit verkies. Ek mis Adelaide."

"Wat?" Ferdi sien die bedekte glimlag op Angel se lippe.

"Australiërs trek hul neus op vir Adelaide, noem dit 'n *backwater*. Dis half-van waar. Alles maak vroegaand toe en Sondagmiddae 2 uur. Maar jis, hulle musiek-scene was *out of this world*. Daar was soveel talent. Jy kan enige *pub* instap en iemand sal *live* speel. En nie sommer stront nie, goeie musiek, *original, reworked covers* ..." Angel skud haar kop en dink ver terug.

"Ek weet net van Midnight Oil en INXS."

"Hulle is *Sydney-siders*. Ek het die *Oils live* gesien. Jy moet vir Peter Garrett op die verhoog sien. Hy is van sy trollie af. Maar daar is *local Adelaide bands* waar baie name begin het."

"Waar is Adelaide? Nog nooit daarvan gehoor nie."

"Op 'n kaart is dit reg onder, in die middel." Angel grinnik. "Aussies sal in hulle bier stik om te hoor ek mis Adelaide. Jy sal goed aard in Oz."

"Hoe so?"

"Hulle raak groot op Vegemite – hulle weergawe van Marmite."

Ferdi lag net. "Is dit waar jy vir die Hillbrow werk aansoek gedoen het?"

"Ja. Ek het nie gedink ek sal dit kry nie. Hulle het my vliegtuigkaartjie en al betaal. Ek het gehoop om oor te begin, die heroïen te oorwin in 'n nuwe omgewing. Dit was te goed om waar te wees. Nou is ek hier." Angel trom-rammel vinnig met haar vingers op die tafel. "So nou weet jy my storie."

"Is jy spyt jy is terug hier?"

Angel kyk vir Ferdi in die oë. Sy pers haar lippe saam, glimlag en neem sy hand oor die tafel. "Nie meer nie."

Ferdi druk haar hand teen sy lippe. "Ek's bly jy is hier. Die kanse is skraal dat ek ooit in Australië sou uitkom. Ons sou mekaar nooit gevind het nie."

"Ja, dit was 'n wilde tyd. Ek wonder soms hoe het ek dit oorleef."

Ferdi knik. "Hoe bekostig jy dit? Waar kry jy daai soort ding."

Sy weet waarna hy verwys. "Dis orals as jy weet waar om te kyk," sê Angel. "Dis waarom ek nooit geld vir huur het nie."

Ferdi weet nie wat om te antwoord nie. Dis 'n wêreld waarvan hy nog net gehoor het, nie beleef het nie, die tipe ding wat mense van weet maar nie oor praat nie. Pop en film-sterre se dwelmgebruik was so half aanvaar as iets eie aan daardie groep. 'n Gewoonte om die mees skeppende sy na vore te bring. Mense wat verslaaf was het nie in dieselfde samelewing gewoon waar Ferdi grootgeword het nie. Hulle is na instellings geneem en familie het in fluistertaal gepraat oor hulle behandeling. Alkoholisme was alreeds die oortreffende trap. Werklike dwelms was heeltemal taboe. En nou word hy met die intieme werklikheid daarvan gekonfronteer. "Toe ek 'n laaitie was het ons huishulp dagga gerook. Dis die naaste wat ek aan dwelms gekom het. My ma het haar *gefire* toe sy my broer eendag met 'n zol gevang het."

"Jy het 'n broer?"

"Ja, ses jaar ouer as ek. Ons kom nie oor die weg nie."

"Waarom. Wat het gebeur?"

"Niks nie. Ons is net verskillend. Hy kan niks verkeerds doen nie. Alles wat hy aanraak raak goud, een van daai soort. Hy is so normaal, dit maak 'n mens siek."

Angel glimlag vir Ferdi se opmerking wat so ernstig is, asof sy broer 'n afwyking het en self te blameer is.

"Hy woon in die Kaap," voeg Ferdi by. "Met sy model 1,6-kinders-huisgesin en drieslaapkamer huis met dubbel garage en twee badkamers, een *en-suite*."

"Ek was nog nooit in die Kaap nie."

"Dis pragtig. Jy sal daarvan hou."

"Tafelberg lyk altyd mooi op foto's."

Ferdi beaam. "Ja, maar Franschhoek is nog mooier. Dit lê in 'n kom, tussen berge. Ek was laas daar as kind. Baie wynplase. Rykmansdistrik."

"Kom ons gaan."

"Waarnatoe? Kaap toe?"

"Ja."

"OK. Ons kan daaraan dink."

"Waarom?"

"Waarom wat?"

"Waarom daaraan dink. Jy sê dis mooi. Ek wil dit vir myself sien." Angel laat alles so eenvoudig klink. Besluit en doen.

"Ek het mos gesê, oukei."

"So, waarvoor wag ons?"

Ferdi kyk na Angel wat hom van oorkant die tafel uitdaag. "Jy bedoel nou? Is jy ernstig?" Hy probeer dink aan redes waarom dit nie 'n goeie idee is nie. Hy dink aan sy saai lewe, hoe hy luister na musiek om die lewe draaglik te maak, te ontsnap na waar geluk wegkruip. Hy neem nooit siekverlof nie. Niemand sou vermoed as hy 'n nota werk toe stuur om te sê hy het iets onder lede nie. Dis nie asof hy 'n leuen sou vertel nie. Angel het hom laat besef net hoe geestelik siek hy is.

"Waarom nie? Jy't gesê jy's in 'n *dead-end* werk wat jy haat. Ek kan enige plek werk. Ek's seker daar's meer *design studios* in die Kaap as hier."

"Jy bedoel ons trek?" Hy probeer om die verdere skuif te verwerk. 'n Impromptu vinnige vakansie was alreeds iets ergs, 'n algehele verhuising 'n hele ander storie.

"Ek het 'n woonstel. Ek moet kennis gee."

"Wat gaan hulle doen? Jou forseer om terug te kom? Pak net wat jy wil en los die res."

"Jy's wrintiewaar ernstig."

"Natuurlik."

Angel sien dat die ratte in Ferdi se kop draai. "*Don't over-think it.*"

Ferdi byt sy onderlip. Hy besef hy leer die gewoonte aan. 'n Nuwe gewoonte. 'n Liedjie speel in sy kop, *Inside*, van That Petrol Emotion waaraan hy baie laat nagte lê en dink het, gewonder het of dit op hom van toepassing was, waarom hy nooit gemaklik in die lewe ingepas het nie, altyd gevoel het iets ontwyk hom. Net, hy kon nooit regtig sy vinger daarop plaas nie. *The kind of lifestyle everybody dreams about, just wouldn't satisfy me.*

Hier is sy oomblik. Angel het sy verwysingsraamwerk verskuif, iets in hom wakker gemaak. Hy sal volg waar sy heen lei. Dis waarna hy nog heeltyd soek. Die oomblik is daar om vas te vat. Ferdi glimlag, skud sy kop asof hy nie glo wat sy mond gaan sê nie.

"OK, ons doen dit!"

Angel glimlag, 'n breë, oopmond glimlag, 'n gesig wat Ferdi se hart laat smelt. Hy besef hy sal nooit 'n versoek van haar kan weier nie.

"OK. Ons ry môre."

"Môre? Nee, maggies. Ek moet 'n plan maak met die motorfietse."

"Verkoop dit."

"Hoe, vandag?"

"Sit 'n *for sale* teken op en kyk wat gebeur. Ek sal vir jou een maak."

"Jy is gek."

"So?"

"Oormôre. Ek verkoop nie daai blou en wit ene nie. Dis spesiaal, daardie een. Ek's seker my ouers het plek in die motorhuis."

"Garage," help Angel speels. "Gewone mense noem dit 'n garage."

"Wel, ons beter wikkel as ons nog inkopies wil doen. Jy het skoene nodig. Ek beter die fietse was. Dalk stem die handelaar in om dit namens my te verkoop. Ek ken hulle so soort van."

Ferdi se kop maal. Dis nie hoe hy die dag sien ontwikkel het nie.

"Ontspan. Wat gebeur, sal gebeur. Jy kan dit nie maak gebeur nie."

"Jy's 'n goeie een om te praat. Jy het sopas my lewe by die venster uitgegooi."

"En watter goeie lewe was dit nie," terg Angel.

Ferdi skud net sy kop. Hy staan op, betaal vir die drankies en stap uit, Angel agterna. Hy begin twyfel. Maar dan dink hy aan die toneel in die parkeerterrein, hoe 'n lewe los van kunsmatige bande kan voel, die bande wat as normaal beskou word en almal oor kla. Sy ouers inkluis. Al die argumente oor die etenstafel van wat om te studeer, of hy moet studeer. Die samelewing se verwagtinge. Verpligtinge. Om nie die talente te verkwansel waarmee hy geseën is nie.

That Petrol Emotion sing kliphard in sy ore. Waarom moet hy deelneem, gelate sy lot aanvaar? Sy ouers het al hul waardes aan hom en sy broer oorgedra. Waardes wat hulle met die gemeenskap waarin hy grootgeword het gedeel het. Hy is eindeloos herinner om nie met die verkeerde soort uit te hang nie, sy vriende goed te kies.

Stelselmatig het hy uitgevind dat die tipe seuns wat voorbeelde was om na te streef glad nie so vroom en goeie invloed was as wat voorgehou is nie. As dit reg was om neerhalend af te kyk op die ongelukkiges wat moes woon in die verkeerde kant van die dorp, as jy net lof ontvang het as jy rugby gespeel het en gekoggel is as jy in die skool koor wou sing, dan het Ferdi verkies om eerder met die verkeerde soort uit te hang. Maar die maats wat hy wou kies het hom nie gekies as maat nie. Dit het hom ontnugter, dat die waardes wat vir hom ingeprent is net Sondae tydens kerkdiens van toepassing was. Niemand het dit werklik toegepas nie.

Die enigste persoon na wie Ferdi werklik opgesien het was sy enigste oom aan sy ma se kant. Maar Oom Charl was weer heel oor aan die anderkant. So ver aan die ander kant dat Ferdi besef het dat dit tot 'n lewe van afsondering lei. Dit het sy kop heeltemal deurmekaar gemaak; wat om te glo. Watter beginsels skadelik kon wees, eerder diep binne êrens gebêre moet word.

Dit alles het vir Ferdi in sy vel laat kruip. Hy het nie vrymoedigheid gehad om met iemand oor sy onsekerhede te praat nie. Sy broer was heelwat ouer en het al die dinge gedoen wat goed aangepaste seuns doen. Rugby gespeel. Sosiaal. Gewild onder die meisies. Hy was nie die soort met wie Ferdi diep gesprekke kon voer nie.

Sy pa was meestal by die werk. Gesondheidsinspekteur by die distrik owerheid. Hy was selde by die huis. Naweke wou hy rugby kyk en nie gesteur wees nie. Ferdi se ma was saggeaard. Sy wou hê Ferdi moet studeer en trou en 'n kleinkind of twee verwek soos wat suksesvolle mense doen. Sy kon nie verstaan waarom hy eerder met die honde in die agterplaas wou wees nie. Alleen met sy fiets wou gaan ry nie. Waarom hy altyd so dwars met sy pa en sy broer was nie.

Angel haak haar arm in syne. Hy voel skielik daar is nie haas nie. Wat gebeur sal gebeur. Sy is reg. Waarom die oomblik beduiwel met vertwyfeling.

Hy kan altyd van 'n afstand kennis gee as dinge in die Kaap uitwerk. Oor die woonstel gee hy nie 'n flenter om nie. Hy kan sy hoëtrou stel en versameling musiek in die kar saamneem. Sy spesiale motorfiets kan hy tydelik by sy ouers laat, net tot alles in plek val. Hy dink dit sal in orde wees met hulle. Die ander twee kan hy verkoop. Die toesighouer by die blok woonstelle het hom al paar keer gevra of hy nie sy klein pendelfietsie wil verkoop nie. Die idee wen veld.

"Kom ons doen *window-shopping*," stel hy voor. "Laas toe ek in die Kaap was het ons saans in Adderley Straat gaan stap, na goed wat buite bereik was gekyk."

"Mooi lyk in 'n winkel maar stof opgaar tuis," voeg Angel by. "Ek onthou dit ook. Net nie in die Kaap nie."

Eintlik moet hulle kruideniersware kry, dink Ferdi, iets

om ordentlike maaltye mee voor te berei. Sy karige voorrade gaan hulle nie lank hou nie.

Angel steek vas voor 'n venster wat intieme drag vir vroue verkoop. "Wow, hoe hou jy van daai?"

Ferdi kyk na waar sy wys, na iets wat kleiner as sy hand is. Dis veronderstel om die liggaam te bedek, maar hy is nie seker waar nie. "Jy betaal duidelik nie vir die materiaal nie," sê hy, ietwat ingedagte. Sy kop draai nog oor waarvoor hy ingestem het, om sy lewe op te pak, net te neem wat in die kar se kattebak pas.

"Kom ons gaan kyk wat dit kos." Angel lei hom die winkel binne.

Die winkel assistent stap hoopvol nader. Sy gee Angel een kyk en besef dit help nie om vir haar buustelyfies te wys nie. Ferdi is glad nie gewoond om in die openbaar na vroue onderklere te kyk nie. Hy voel sy ore gloei, wonder of mense na hom kyk wat staan en kyk na dinge wat mens gewoonlik nie in die openbaar na kyk nie.

"*Just looking,*" sê Angel vrolik.

"*Take your time,*" antwoord die dame. Kantmateriaal wys deur die diep V in haar rok se hals.

Angel kyk na die prys van die broekie wat haar oog gevang het. "*Rip-off.*" Sy hou dit teen haar heupe. "Wat dink jy?"

Ferdi lag en skud sy kop.

"Wat? Dis *sexy.*"

Hy skud weer sy kop. "Nee, 'n stringetjie tussen 'n vrou se boude doen dit nie vir my nie."

"So verkies jy ouma-styl, met strikkies om die bene?"

Ferdi lag. Hy laat Angel hom deur die winkel lei. "Hier. Hierdie is *nice.* Jou styl," beduie hy.

Angel hou die skrapse stukkie kantmateriaal teen haar

heupe. Dis laag gesny voor, hoofsaaklik deursigtig na agter. Sy tuit haar lippe. "Hou jy hiervan?"

"Jy het gesê ons moet kom kyk, nie ek nie," ontwyk hy die vraag.

"Maar hou jy hiervan?"

"Natuurlik."

"Dis pienk. Ek is nie mal oor pienk nie."

"Dis nie jy wat gaan kyk nie."

"Pienk *panties*. Ferdi, jy's so *trashy*." Angel skud haar kop. "Dit is *nice*. Voel hoe sag."

Ferdi glimlag. Hy hoef nie te voel nie. Dis genoeg om te kyk. "Dit sal goed lyk aan jou. Jy het die lyf daarvoor."

Sy wys vir hom die prys. Ferdi se oë water. "Dalk nie."

"Wat van ons gaan half-half? Dan doen ek 'n *fashion show* vir jou vanaand."

Ferdi dink vir 'n oomblik. "OK, *Deal*. Nie meer *milkshakes* dié maand nie. As 'n *fashion show* ingesluit is by die prys sal ek betaal."

Hulle betaal. Die dame glimlag vir Angel en knipoog in Ferdi se rigting. "*Lucky man*."

Die pakkie is klein genoeg dat hy dit in sy beursie kan steek as hy sou wou.

Ferdi skud sy kop, kan steeds nie glo hoe vinnig sy lewe verander het nie. Hulle stap oor na die supermark om inkopies te doen.

Angel sien Ferdi se breë glimlag.

"Wat?" vra sy.

"Ek wonder wat my ma sal sê dat ek my motorfiets verkoop om pienk *panties* vir my meisie te koop."

Angel lag. "Sê vir haar die meisie *is worth it*."

"Beslis," beaam Ferdi.

Hy oorweeg sy spontane antwoord. Hy knik ingedagte sy

kop, bevestig dat sy na alles, met al haar bagasie en sy vrese, dit werd is. Die motorfiets het reeds baie genot verskaf, maar net Angel kan haar bene om hom vou en hom voer na die middelpunt van die heelal. Sy vra hom vir niks nie. Sy is nie volmaak nie. As sy was sou hy dalk oorweldig gewees het. Om een of ander onverklaarbare rede kies sy om saam met hom te wees. Sy hou van sy musiek. Haar glimlag. Haar sielvolle bruin oë wanneer sy na hom kyk. Sy's *worth it*, honderd maal oor.

Ferdi vou sy arm oor Angel se skouer en trek haar teen hom vas. Hy neem 'n mandjie by die supermark se ingang met die ander hand en hulle soek iets vir aandete. 'n Man kan nie van liefde, van maanskyn en rose alleen lewe nie.

Hoofstuk 6

F erdi trek die Datsun by die vulstasie in. Dis jare sedert die motor se petroltenk verby kwartvol gevul hoef te word. Ferdi voel fisiese pyn as hy 'n handvol kontant moet oorhandig vir 'n tenk vol petrol. Bietjies op 'n slag voel beter. Hy weet dit maak geen verskil aan die eindresultaat nie. Dit kos net soveel om dieselfde afstand te ry. Dit maak nie saak nie. Dis hoe sy kop werk.

Soos die spreekwoord gaan, vandag is die eerste dag van die res van hul lewe. Die vorige dag het hulle sy bekende lewe in 'n reistas en 'n paar kartondose opgepak. Meestal sy hoëtrou stel en musiekversameling. Hy het die woonstelblok se toesighouer vroeg ingewag om te verneem of hy werklik belanggestel het in sy pendel motorfietsie. Teen middagete het hy harde kontant in sy hand gehad en die papierwerk oorhandig.

Die Katana staan binnekort in die handelaar se vertoonvenster. Dit was moeilik om afskeid te neem. Van beide. Daar was baie goeie herinneringe van avonture tesame. Sy 500cc twee-slag staan veilig by sy ouerhuis. Hy het die woonstel se sleutel by die agentskap gaan laat. Hy moes eers kennis gee.

Hulle wou nie sy deposito terugbetaal nie. Hy het niks anders verwag nie. Sy bedankingsbrief is in sy bestuurder se poskassie. Ferdi was nie lus vir verduidelikings nie. Sy ouers se protestering weergalm nog in sy ore. Hy hoop die bestuurder verstaan. Hy het probeer om agtergrond te gee waarom hy onmiddellik moes koersvat. Mediese krisis.

Die wêreldse besittings was ver van sy gedagtes toe Angel hom slaaptyd weer na die hemelse poorte begelei het. As hy enige twyfel gehad het voor die tyd, dan het 'n tweede nag saam met Angel dit heeltemal verdryf. Die aangename sensasie in sy lende is nog merkbaar toe hy uit die kar klim en bevestig dat die petroljoggie maar kan volmaak.

Ferdi staan langs die joggie en hou die meter dop. Om die een of ander rede hou petroljoggies daarvan om tenks oorvol te maak. Uit ervaring weet hy sodra mens deur die eerste regterhandse draai ry, lek 'n paar honderd milliliter onmiddellik weer uit.

"Dis reg so, dankie," sê hy toe die pomp sy eerste klik maak.

"Hy kon nog neem, meneer," reken die pompjoggie.

"Nee, hy's reg. Ons sal Swellendam haal. Ek maak weer daar vol."

"Lekker. Ek kom van daai kontrei."

"So wat maak jy hier?"

Die man haal skouers op. "Vroumense."

Ferdi lag. "Presies. Daardie een vat my na jou wêreld toe." Hy wys deur die venster na sy passasier met haar blou hare en stekels.

Die joggie loer by die agtervenster in. Angel waai vir hom. Hy groet beleefd.

"Anderse een, daardie," sê hy. "'Skies, meneer," wanneer hy besef hy oorskry dalk die perke.

Ferdi lag kripties. "O ja, anders. Beslis."

Hy betaal, dink 'n oomblik aan sy krimpende bankreke-
ning, verban dan die gedagte en klim terug in die motor.

"Kaapstad, hier kom ons," roep hy uitgelate.

"*Yay, Cape Town, my kind of town.*"

"Jy was nog nie daar nie."

"So?" Angel lag oopmond, hang haar kop by die venster
uit sodra hulle die snelweg bereik. Ferdi hou onder die spoed-
grens. Die Datsun is nie meer vandag se kar nie, en slaan net
120 op die afdraandes. Hy het 'n bietjie jammerkry, aanmoe-
diging en genade nodig. Ferdi maak seker hy bly uit die
vinniger motors se pad. Die meeste motors is vinniger as
hulle, die bestuurders haastiger, waarheen hulle ookal op pad
heen is.

Ferdi draai sy venster ook af. Dis 'n lekker oggend.
Waarom nie. "Bietjie musiek? Jy's DJ vandag."

"Waarvoor het jy lus?"

Ferdi lag skelmpies. "Jy bedoel musiek?"

"Natuurlik." Angel kyk hom skeef aan.

"Iets bietjie rustig. Te vroeg vir swaar."

Angel krap deur hul tassie met CD's. "New Order?"

Ferdi knik. "New Order. *Skip* die eerste twee snitte. Nie
my smaak nie."

Angel haal die CD uit die houer en plaas dit versigtig in
die speler. Sy luister na die eerste snit en trek haar neus op.
Sy kies die volgende en slaan dit ook na 'n paar note oor.
"Stem saam." Sy stel haar rugleuning terug en sit met haar
kaalvoete op die kar se paneelbord. So kan sy al sittende
dans.

Ferdi draai sy kop en kyk na die vrou langs hom. Hy
plaas sy hand op haar been, stoot haar kort rompie op tot
teen haar lies en hou sy hand bo teen die sagte, sensitiewe
vleis van haar been. Hy knik sy kop op maat van die
musiek. Angel draai haar kop, leun teen die koprus en

glimlag breed vir hom. Sy hou sy hand vas. So gly die kilo-meters onder die motortjie weg, en laat hulle hul ou lewe agter.

The Sisters of Mercy volg na New Order, Floodland. *Hot metal and mephedrine.*

Angel loer skuins na Ferdi. Hy besef nie werklik waarna die lirieke verwys nie. Vir hom gaan musiek meer oor ritme en stemming. Dit laat hom dink aan motorfiets enjins en twee-slag dampe.

Hy vra, "Kies vir *Never Land*. Ek hou daarvan." Hy draai die klank hard. Die kar se deurpanele vibreer.

"Donker." Angel kyk ver in die afstand. "Ek dog jy sê dis te vroeg vir swaar."

"Ja, maar dis stemmig." Ferdi wag tot die note vervaag. Hy beduie vir Angel na 'n ander CD van die Sisters, *First and Last and Always.* Hy probeer *Marian* saam met Wayne Hussey sing, maar sy stem kan nie die diep note tref nie.

Angel lag uitbundig vir sy lafheid. Ferdi kies 'n ander liedjie van die album. Sy lees die disket se agterblad. "*Some kind of stranger*," lees sy hardop. Hulle luister saam.

"*... when bodies meet.*" Angel loer vir Ferdi. "*Some kind of Angel, come inside.*" Sy stamp Ferdi teen die skouer. "Romanties. So vroeg in die oggend."

"*Come here, I think you're beautiful*," sing Ferdi saam. Hierdie keer tref hy die regte note.

Die laaste note van die liedjie vervaag. Angel speel dit weer. Sy leun teen die sitplekgordel en gee Ferdi 'n klapsoen teen die wang. "Ons *song*."

"Een van baie. Daar's ander. Jy sal sien." Ferdi vee oor die hoek van sy oog.

"Hey," sê Angel. "Jy's 'n *softie*." Sy sê dit sagkens, besorgd, met teerheid, soos iemand wat praat met 'n beseerde. Soos iemand wat omgee.

Ferdi glimlag verleë. "Muggie," skerm hy. "By die venster ingevlieg."

"Natuurlik," beaam Angel. "Wat's volgende?"

"Siouxsie and the Banshees?"

"Ken dit nie."

"Nie? Enige feminis behoort van Siouxsie Sioux te weet."

"Ek is nie 'n feminis nie."

"Is jy nie?"

"Nee."

Ferdi skud sy kop. "Jy is. Enige vrou wat kies om nie te *conform* nie is 'n feminis."

Angel klem haar lippe. "*Conform* is my tweede naam. Ek is 'n slaaf van hierdie monster. Ek doen wat hy wil hê ek moet doen."

"Nee, jy moet by die begin begin. Jy het in sy spinnerak beland oor jy nie wou aanvaar wat mense aan jou gedoen het nie."

Angel glimlag verleë. "Jy klink meer na 'n feminis as ek. Ek vlug net weg van die spoke wat my jaag."

Ferdi lag vir homself. "My beskeie mening oor feminisme. Om te vlug is om nie jou lot te aanvaar nie. Dis wat ek dink waaroor feminisme gaan."

Angel streel Ferdi se wang met die agterkant van haar hand. "OK, as jy so sê. Maar ek dink feministe is sterk mense. Ek is nie."

Ferdi neem haar hand en soen dit. "Jy is sterk. Jy weet dit net nie. Jy meet dalk net met die verkeerde maatstaf."

Angel glimlag skugter en byt haar onderlip. Sy kyk na die verskeie CD's van Siouxsie and the Banshees.

"Probeer *Ju ju*. Nie alles is luisterbaar so vroeg in die dag nie. Jy sal hoor."

Ferdi kyk hoe Angel die CD's wissel. Sy werk versigtig, asof sy iets kosbaars hanteer. Hoeveel jare luister hy nie al na musiek nie, versamel kunstenaars wat met sy siel praat, basnote wat emosie uit hom wring. Hier is iemand met wie hy iets besonders kan deel, iets wat persoonlik en privaat is; afwagting, teleurstelling, verwerping, en lang nagte van wakkerlê. Nie meer nie. Alles het verander.

"Waar sit en dink jy so al jou stories uit?"

"Stories?"

"Oor feminisme. Sulke dinge. Of maak jy dit net op die plek op?" Angel terg half, maar sy's ook ernstig.

Ferdi dink lank na voor hy antwoord. Hy draai die klank harder.

Sitting on the line. Never on a side.

"As mens kant kies maak jy noodwendig vyande."

Angel kyk na hom. Wag om te hoor waarheen hy op pad is. Sy sien die verwronge uitdrukking op sy gesig, hoe hy gesprek voer met homself, probeer uitdrukking gee aan iets wat nie in woorde beskryf wil word nie. Interne stryd. "Ferdi?"

Hy snorklag neerhalend. "Jy sal een of ander tyd seker uitvind. Kan maar netsowel nou dit sê."

Angel skud haar kop vinnig, nie seker wat agter sy woorde skuil nie. "Waarvan praat jy?"

"Ek was destyds *conscientious objector.* Ferdi kyk na Angel en voeg by, "Gewetensbeswaarde. *Draft dodger.*" Hy wag dat sy hom verdoem, nes almal destyds, familie inkluis.

"Waarom?"

Hy kyk stip vorentoe, na die pad wat voor hulle uit strek. "Daardie dinge lê in die verlede. Genoeg dinge beduiwel. Hierdie is nie die tyd om ou koeie uit die sloot te trek nie."

"Ok." Angel weet nie wat anders om te sê nie. Sy verstaan nie waarom Ferdi so opgewerk is nie. Dis nie 'n onderwerp wat haar ooit aangeraak het nie.

"Ouens soos ek moes al die vernederende werk doen.

Toilette skrop. Vir twee jaar onkruid op die paradegronde uittrek. In hoogsomer. In volle uniform. Reën. Winter. Dit gee jou tyd om na te dink. Te veel tyd."

"Jissie, Ferdi." Angel raak aan Ferdi se wang.

Ferdi het 'n trek van minagting op sy gesig. "Ek het nie die *guts* gehad om te weier nie."

"Niemand kon weier nie, Ferdi. Onthou jy nie?" sê sy besorgd.

"My oom het. Hy het botweg geweier. Ek was te swak."

"Hey. Kyk na my." Angel se stem is ferm.

Ferdi kyk na haar.

"Dinge was nie maklik daardie tyd nie."

Hy maak 'n neerhalende geluid in sy keel en kyk anderpad. "Ek was louwarm. Soos die Bybel dit beskryf. Wou nie geweer optel nie, maar darem uie geskil en die gronde skoon gehou vir die *top brass* se parades."

Angel druk haar handpalm teen Ferdi se wang en draai sy gesig na haar. "Jy sê dit nooit weer nie. Hoor jy my? Jy is alles behalwe louwarm," sê sy heftig. "Dis die laaste ding wat jy is. Jy's 'n held."

Ferdi hou haar hand styf teen sy wang vas. Hy sluit sy oë vir 'n oomblik. Net lank genoeg sodat hy nie beheer oor die voertuig verloor nie. Hy knik vinnig en kyk in Angel se oë. Hy knik weer vinnig.

"Dit vat *guts* om teen die sisteem te staan. Nie jou lot te aanvaar nie. Wat het jy netnou vir my van Siouxsie Sioux gesê? Oor feminisme?"

"Sê jy ek is vroulik?" Die kleinste van glimlaggies speel om Ferdi se mondhoeke. Hy het nie lus om te ernstig te raak nie, die oomblik te bederf nie.

"Moenie my woorde verdraai nie. Ons praat oor vir iets staan."

"Gaan jy *make-up* op my smeer? My vroulike kant uitbring?" Hy trek Angel se been om die atmosfeer te verlig.

"Moenie die onderwerp verander nie." Angel is verontwaardig.

"Jy gee my 'n kompleks. My selfbeeld is geknak."

"Ag foeitog." Angel besluit om eerder saam te speel. "Moet ek jou slurpie vryf om jou weer manlik te laat voel?"

"Dit sal help."

Angel knyp hom in die ribbes.

"Eina," lag hy. "Jy sal my laat die kar omgooi."

"Hou dan op laf wees." Sy bly hom knyp en kielie, laat hom wriemel om weg te kom, totdat hy pleit om genade.

"Help. Ek word geboelie deur 'n kapokgewig vroumens. Ek voel so onvoldoende."

Angel skaterlag en gee hom 'n stewige vuishou teen die skouer.

"Molestering!" Sy gesig lyk alles behalwe of hy omgee.

Angel draai die disketspeler se klank harder wanneer 'n liedjie bekend klink. "Ek ken dié. Monitor. Ek het nie geweet dis hulle liedjie nie. *Nice.*"

Ferdi knik. "*Eerie. Big Brother.*" Hy boots die geluid van 'n loeiende sirene na, bly om vry te wees van die ernstigheid van oomblikke tevore.

Hulle luister na nog snitte musiek met donker temas. Vroom, vaal mannetjies deur die dag wat hul konkelwerk vir die nagtelike ure hou. Vrouens wat as voorwerpe beskou word. En seuntjies. Sekstoerisme. Trotse kulture in dele van die wêreld waar mans al die regte voorbehou. Siouxsie skroom nie om 'n skopgraaf by die naam te noem nie. Angel kyk na ander CD's van dieselfde kunstenaar. Sy vind iets en draai die klank nog harder. "*Catchy,*" sê sy. "Ferdi, *shame on you. Peek-a-boo.*"

Ferdi lag net. Hy weet wat volgende op die speellys is.

"Jy praat te veel," terg hy. Hy kyk na regs, na die groen woud waardeur die pad beur.

Die musiek stemming verander, die ritme raak stadiger, *Face to face*. Ferdi het dikwels snags wanneer hy alleen en slaaploos na sy musiek luister gewonder of ander mense dit ook ervaar soos hy. Hoe sekere musiek hom tot op die drumpel van weemoed kan dryf, of die oortreffende trap van blymoedigheid. Van veglus en weerstandig tot die diepste doldrums van neerslagtigheid. Is dit 'n universele taal en ervaring? Moet wees, iets wat siele aan mekaar bind.

I want this please, but something says I should resist.

Hy maak 'n spingeluid in sy agterkeel, soos wanneer 'n tierkat dik geëet is en weltevrede homself uitstrek voor 'n middagslapie. Angel kyk na hom met a vraagteken op haar wenkbroue, maar snap en lag wanneer Siouxsie die geluid herhaal.

"Jy het al tevore hierna geluister," merk Angel op. Sy probeer ook soos 'n kat spin.

Ferdi lag vir die klank wat meer klink soos iemand wat keel skoonmaak. "Jy moet brei, soos 'n Fransman. Met jou kleintongetjie. Soos dié." Hy uiter 'n lang, uitgerekte spingeluid.

"Ek kan nie Frans praat nie." Angel brei haar erre pragtig. "Ditsem."

Angel druk sy hand vas, stoot dit ingedagte tot waar Ferdi kantmateriaal teen sy vingers voel. Sy hou aan om saggies te spin terwyl sy by die sy-venster uit kyk, soos 'n kat wat veilig en knus by haar mense is. Hy druk sy hand af tussen haar dye, weet nou hoe dit is om iets te deel met iemand vir wie jy lief is. Hy maak spingeluide saam met haar.

"Sexy," sê Angel. Sy verwys na die musiek, *Melt*.

Leads to an insatiable desire.

"Stem saam," sê Ferdi. Hy verwys na die stukkie pienk materiaal, sigbaar waar Angel sy hand vasdruk.

"Ek het lus," sê Angel, uit die bloute. Sy staar peinsend voor haar uit, asof sy met haarself praat.

Ferdi kyk na haar. "Waarvoor het jy lus?"

"Dit."

"Dit?"

"Ja, jy weet, *it*?"

Natuurlik weet hy waarna sy verwys. Twee en twee is gewoonlik vier. Dis nog vroeg in die oggend. Hulle is nog skaars 'n uur op pad.

"*It*? Soos in?" Hy hou hom dom.

"Jy weet, laasnag?" Angel kyk hom aan, maak ogies.

"Jy bedoel kaastoebroodjies? Is jy honger?" Hy terg.

"Nee, *stupid*, na die kaastoebroodjies. Later."

"O, jy wil slaap? Dis oukei, slaap jy maar. Ek's oukei om te bestuur."

"Mansmens," sê sy. Haar stemtoon herinner hom aan 'n onderwyseres destyds op skool wanneer hy iets nie gesnap het nie. "Moet ek dit uitspel."

"Asseblief, Juffrou." Hy lag ondeund, laat blyk dat hy goed weet waarna sy verwys. "Maar jy sal moet wag."

"Hoekom? Wat's fout met nou?"

Ferdi kyk na Angel, behoorlik verbaas.

"Jy's nie ernstig nie."

"Waarom nie? Wat's fout?"

"Niks is fout nie. Dis net ..." Ferdi soek na woorde. Hy kan nie aan iets geskik dink nie.

"Hier's baie plekke om van die pad te trek. Daar." Angel beduie na 'n padteken wat 'n rusplek langs die pad aandui, 'n plek waar motoriste kan bene rek en die voosheid uit hul kop verdryf, of karsiek kinders kan katte skiet terwyl die ma besorg is en pa vrees vir die sitplekoortreksels van sy nuwe voertuig.

"Jy's sowaar ernstig?" vra Ferdi, ongelowig.

"Ja, *doggy* styl, van agter. Vanaand kan ons dit soos katte doen."

Ferdi onderdruk 'n laggie. "Katte doen dit ook van agter."

"Ja, maar dis anders as *doggy*. Ek sal jou wys."

"OK. Maar ek sal die plek kies. Ek gaan wragtag nie sommer net langs die pad staan nie."

"Ons gaan nie staan nie," merk Angel sedig op.

"Jy weet wat ek bedoel."

Hulle ry 'n taamlike ent. By elke plek wat geskik lyk is daar reeds 'n voertuig of twee, gesinne wat vroegoggend piekniek maak of iemand wat staan en rook. Intussen bou die drang in hom ook op.

"Daar." Angel wys na 'n gaping tussen die bome, 'n klein valleitjie waar die pad tussen koppies deur kronkel.

Ferdi trek die Datsun van die pad, parkeer dat aankomende voertuie hulle moeilik sal gewaar.

Hy weet nie hoe om in die regte stemming te kom nie. Dis in die openbaar. Privaat genoeg, maar steeds in die openbaar, langs 'n nasionale pad. Hy kan voertuie hoor aankom en verdwyn. Soos byna alle mense is hy gekondisioneer dat sekere dade beperk is tot privaatheid. Angel gaan staan voor die neus van die motor en leun vooroor oor die enjinkap.

"Waarvoor wag jy? 'n Uitnodiging?"

Ferdi staan nader, sien dat sy reeds haar kantbroekie afgeskop het. Sy hang dit oor die motor se lugdraad, pienk, indien iemand sou wonder.

"Jy is bar." Hy sê dit op 'n speelse manier, 'n manier wat nie seermaak nie, wat eintlik haar spontaanheid bewonder.

Angel wikkel net haar agterstewe, beduie wat hom te doen staan. Nou roer dit weer in sy broek.

"Wag so oomblik." Ferdi vroetel deur die versameling van CD's, vind waarvoor hy soek en speel The Cult. Hy programmeer die speler. *Edie Ciao Baby*, wat anders. Sy engel is daar by hom. Vir haar sal hy enigiets doen. Hy gaan staan agter Angel, vou sy arms om haar en soen haar nek. Sy draai om, omhels hom terug, raak met haar vinger aan sy lippe.

"Dankie, Ferdi."

Hy knik. Hy weet nie waarvoor sy dankie sê nie. Dit maak nie saak nie. Hy druk sy hande voor onder haar bloes in, streel die sagte vel onder haar ribbes. Hy beweeg sy hande hoër. Sy het steeds geen onderklere aan nie. Hy weet dit reeds. Sy druk haar hande agter binne sy langbroek in, druk hom styf teen haar vas. Hulle dans 'n paar note, swaai saam met die musiek. Hy trap sy sandale uit, maak sy gordel los en skop die broek wat op sy enkels hang weg.

Angel draai om, gaan kniel voor die Datsun se enjinkap, asof sy aanbid. Ferdi kniel agter haar waar die gras sag is. Skielik is hy behoorlik styf. Sy help hom om die opening tussen haar skaamlippe te vind. "Ah," kreun sy hardop toe hy penetreer.

"Is jy oukei?" vra Ferdi besorg.

"Natuurlik."

"O, het net gewonder. Klink nie so nie."

"Hou op wonder," beveel Angel speels. Sy stoot terug met haar heupe, beweeg heen en weer, probeer om die jeuk te krap, giggel laf.

Ferdi leun oor haar, streel haar borste, voel die soepelheid in haar lyf, onthou hoe sy teen hom geswaai het daardie eerste aand op die dansvloer. Hy stoot homself diep binne haar.

Angel kreun weer, harder as tevore. Sy reik met haar arms agtertoe, trek hom teen haar vas, dryf hom aan. Ferdi het nie aanmoediging nodig nie. 'n Kokon van ervaring en belewenis omgeef hom, sluit die gedruis van motors wat op die pad verby snel, byna heeltemal buite sig, uit. Hy lewe vir die oomblik. Angel kreun al harder, elke keer wanneer sy homself in haar in stoot. Haar stem weergalm in die nou klofie.

"Jy is skoon gek, vroumens." Hy skree ook, speel saam.

"Ferdi," gil sy so hard as sy kan.

"Ja, Angel?" skreeu hy terug.

I love you!" Haar skril stem weergalm, doof The Cult skoon uit.

"*My angel*," roep Ferdi.

"*With a broken wing*," sing sy en lag half besete.

"*Crazy woman*," lag Ferdi saam.

Sy lag oopmond, gooi haar kop agteroor en gil, "Ek weet. *That's me*."

Hy stoot sy hand voor onder haar rompie in, voel versigtig in die klammigheid van sensitiewe weefsel tot hy haar sensitiefste plekkie vind. Hy voel haar bekkenspiere om hom klem wanneer hy daaroor vryf.

Angel lig haar kop terug, druk haar tong in sy oor. Op 'n vreemde manier doen dit iets in Ferdi se lende, laat sy pas versnel.

"Ferdi," skree Angel.

Hy roep terug, hoor hoe die koppies antwoord, "Ja, Angel?"

"*Ferdi, pump me up*."

Ferdi bars uit van die lag. "Jy is so bar, vroumens."

"Ek weet," gil sy. "Ek weet. Harder, Ferdi!"

Angel bereik haar ekstatiese klimaks. Sy gil, bly gil, gil totdat Ferdi bekommerd raak. Hy trek homself uit haar uit en vergeet skoon van sy eie drange. Sy begeerte tot bevrediging vir die oomblik vergete.

"Hey," probeer hy om vir Angel te kalmeer. "Hey. Haal asem."

Angel haal wurgend diep asem, gil weer. Sy hou aan gil. Dan begin sy snik.

Ferdi draai haar na hom toe. Hy druk haar vas, laat Angel haar trane in sy nek stort. "Dis oukei. Angel, dis oukei. Alles is verby. Ons is hier."

Angel se skouers ruk. Onderdrukte emosie woed deur haar liggaam. Rou wroeging borrel by haar keel uit. Ferdi staan verslae, kan net wag totdat hy voel sy bedaar. Hy hou sy hand hoog teen haar nek, druk haar kop teen sy sleutelbeen. Haar nek is so delikaat. Hy vryf sy ken oor die blou stoppels op haar skedel. Sy klou met een hand aan sy hemp vas, slaan met die ander, nie om seer te maak nie, eerder om iets te deel, pyn te deel om die lyding draaglik te maak.

"Dis verby. Al die seer is verby." Ferdi hou haar tenger figuur styf vas. Hy voel onbeholpe. Hy kan haar net vashou, sagte woorde sê. "Ek is hier. Jy is veilig."

Dis al wat Angel wil hê, al waarna sy smag, haar hele lewe lank. Iemand om haar vas te hou, te beskerm. Iemand by wie sy veilig is. Iemand wat nie motiewe het nie. 'n Man wat vir haar lief is net soos sy is.

Hulle trek hul klere aan en klim terug in die motor. Ferdi draai die musiekspeler se klank af. Hulle sit in stilte langs mekaar, raak bewus van die natuur om hulle heen. Sonbesies sing, voëls doen wat voëls doen. Dis vreedsaam. Ferdi hou Angel se hand op haar skoot vas. 'n Vragmotor ry stadig verby. 'n Paar motors volg kort op sy hakke. Hulle luister hoe die dieselenjin beur teen die bultjie op anderkant die valleitjie. Dan raak dit weer stil. Net hoog bo hul koppe suis die wind deur die boomtoppe.

"Ferdi?" vra Angel na 'n lang stilte.

"Angel?"

"Jy het gesê alles is verby."

"Ek het."

"Ferdi?"

"Liefling?"

"Dis nie verby nie." Angel kyk voor haar, deur die windskerm, na die bome wat beweeg in die ligte bries.

Ferdi druk haar hand.

Angel se stem breek. "Ek kan nie hierdie duiwel afskud nie. Ek het al soveel keer probeer, Ferdi. Die hemel weet."

"Dis oukei, Angel." Hy weet nie wat anders om te sê nie.

"Nee, Ferdi. Dis alles behalwe OK. Dit gaan ons vernietig. Ek voel dit aan."

Ferdi dink aan Joy Division se *Love Will Tear us Apart*. "Angel, ons doen wat nodig is. Ons gaan Kaap toe. Ons doen wat ons moet. Jy is hier. Ek is hier. Ons is hier vir mekaar."

"Dankie, Ferdi. Ek verdien jou nie."

"Angel, moenie dit sê nie. Waarom verdien ons nie iets moois nie, iets goeds? Ons het mekaar gevind. Wat was die *odds*?"

Angel knik, glimlag weemoedig in sy rigting.

"*What will be will be*. Ek is met jou."

Ferdi skakel die kar se enjin aan.

"*Swellendam, here we come*."

Angel druk haar hand hoog in tussen Ferdi se bene. "Weet jy waarvoor het ek nou lus?" vra sy met 'n klein stemmetjie.

Ferdi vryf met die rugkant van sy hand teen haar haar ken, 'n gebaar in die plek van woorde wat vra.

"Mello Yello."

"Kry mens dit nog?"

"Ek dink so. My ma was altyd versot daarop."

Ferdi sing, "*Mello Yello, is one of a kind*. Onthou jy daai *ditty*?"

Angel glimlag melankolies, ja sy onthou.

"*My Angel is one of a kind. My Angel really blows my mind.*" Ferdi kyk af na sy liefling, hoe sy uiteindelik glimlag en op 'n vreemde manier werklik gelukkig lyk. Hy waag dit om by te voeg, "*The way she likes it from behind.*"

Angel lag hardop en slaan hom teen die skouer. "Jy is so *bogan*."

"Wat is *bogan*?"

"Aussie vir mense soos jy. Bar."

"Wel, dan is ons 'n *perfect match*. Kom ons gaan soek vir jou 'n Mello Yello."

Hulle ry in stilte verder, elkeen besig met sy eie gedagtes. Hoewel hy iets moes doen wat mans selde kan – om homself uit haar warm sloop te onttrek voor die natuur sy gang gegaan het – het daar tog iets betekenisvol gebeur. Hulle het saam 'n brug oorgesteek, 'n eenrigtingbrug. Dis asof die onafwendbare hulle tref. Watookal vorentoe op hul pad wag, iets onherroeplik het gebeur. Elk het 'n kameraad gevind. 'n Verbond gesluit om daar te wees vir die ander. Garedraad wat vleg om 'n tou te vorm, sterker tesame.

<h1 style="text-align:center">Hoofstuk 7</h1>

S wellendam se woonwapark is verlate. Ferdi kyk by die rondawel se venster uit na die enigste tentjie wat verder weg onder 'n boom opgeslaan is. Hy het self ervaring van oornag in 'n tentjie op pad Kaap toe, middel-winter. Hy weet nie wat hom besiel het nie. Hy wou net wegkom. Met die motorfiets was Kaapstad 'n maklike dag se ry van die Baai af, maar oorslaap was deel van die plan. Wildernis se kampeer-terrein was yskoud. Hy het die Katana halfpad in die tent parkeer sodat die enjinhitte die tentjie bietjie kon opwarm. Middernag het hy gaan stort net om weer warm te word. Nooit weer nie. Mens doen daardie tipe ding net een maal in die lewe.

Hy vou sy hande om die leë koffiebeker en glimlag nostalgies by homself. Daardie selfde toggie, hoe hy by Riversdal se petrolstasie uitgestap het en die fiets se silwer verf sien glinster het in die son, die profiel van die motorfiets van skuins agter, die Katana se beste hoek. Hoe dit soos 'n projektiel gelyk het, sy asem weggeslaan het om te dink dit behoort aan hom. Iets waaroor hy gedroom het op skool, toe foto's die eerste maal in tydskrifte begin verskyn het. Die Katana se opbrengs betaal nou vir die gerief van 'n rondawel.

Dis nie vakansietyd nie. Tariewe se redelik. Dit was 'n lekker nag in die rondawel. Ferdi hou van die reuk van 'n grasdak. Hy het soos 'n dooie geslaap. Angel ook. Sy is nog in die bed. Sy is duidelik nie oggendmens nie. Somer, maar haar neus is knus toegewoel. Ferdi kyk na haar blou hare wat onder die kombers uitsteek. Hy kry weer daardie gevoel wat hy destyds met die Katana beleef het. Sy is saam met my. Daardie blou stekelhare is iemand wat saam met my is. As hy sou moes kies tussen die Katana en Angel sou sy elke keer die keuse wees. Ferdi weet, as die Katana se ontwerper ooit vir Angel kon ontmoet sou hy verstaan en saamstem.

Ten einde laaste roer Angel en strek haarself luuks uit. Sy vryf die slaap uit haar oë en verdwyn in die badkamertjie in. Wanneer sy klaar is maak sy vir Ferdi sy tweede koppie koffie van die oggend. Sy self drink melk vir ontbyt wat sy in die mikrogolf warm maak in 'n poedingbakkie.

"Moet ek brood rooster?" vra sy.

"Asseblief. Hoe voel jy vanoggend?"

"Slaperig." Angel gee 'n lang gaap.

Wanneer die roosterbrood klaar is gaan sit sy langs Ferdi. Sy probeer 'n happie van die brood en trek haar neus vir die Marmite op.

"Jy's mooi as jy dit doen."

"Wat?"

"Jou neus so trek. Dit maak fyn plooitjies." Ferdi druk met sy vinger, "Net daar. Dit gaan op in jou oë."

Angel trek haar neus weer op en lag vir hom.

"Jy't mooi oë."

"Wat soek jy van my, mansmens?" vra Angel, speels agterdogtig.

Hy lag net, drink die koffie.

"Dink jy weer onder die belt?" Sy gryp hom vas onder die klein tafeltjie in die rondawel waar hulle die nag deurgebring het.

"Hey," roep hy gemaak-verontwaardig uit.

"Wat?" vra Angel skelm.

"Dis privaat daar."

"Nie meer nie." Sy woel met haar vingers. "En wat gebeur nou?"

Ferdi stoot haar hand weg. "Hokaai, nie nou nie."

"Waarom nie?"

"Moenie weer begin met daai storie nie!"

"Waarom nie? Jy's kliphard."

"Wat verwag jy as jy my daar gryp?"

"So?"

"Ons eet ontbyt."

"Ag siestog, is jy nou skaam?" terg sy, raak weer waar sy kortbroek bult.

"Angel. Jy's soos 'n teef op hitte."

"Nee, los my hierby uit. Ek is nie die een wat swel soos 'n basterbrak wat 'n teef ruik nie."

"So los my dan uit."

"Waarom? Wil jy nie?"

"Nee."

"Maar waarom is jy stokstyf?"

"Dis wat gebeur as 'n engel aan jou knaters vat. Ek is dertig jaar oud. Baie opgehoopte energie."

"Amper dertig," help Angel reg. "Net engele, nie enige vrou nie?"

"Ek sal nie weet nie," lag Ferdi.

"Julle mans is almal dieselfde."

"Is ons?"

"Ja."

Ferdi drink nog 'n mondvol koffie. Dis lekker sterk. Hy

kyk na Angel, skielik ernstig.

"Dis nie met enige vrou nie."

Angel kyk na hom met 'n vraagteken tussen die oë.

"Mens ontmoet gedurig ander mense, sien vrouens, jong meisies met bikini's, *short-shorts*, alle tipes. Dit doen niks. Dan eendag stap iemand by jou verby, en iets is net reg. Dis moeilik om te beskryf. Dit doen iets." Ferdi lag verleë.

"Soos daardie aand op die dansvloer?" vra Angel.

"Ja, soos daardie aand."

"Jy't amper 'n gat in my romp gesteek."

Ferdi kyk op na Angel. "Jy is skaamteloos, weet jy dit?" Hy lag en soen haar nek.

"So ek het die regte *shape*?"

"Beslis."

Angel druk haar hand voor by sy broek in.

"Angel, nie nou nie, asseblief."

"Hoekom?"

"Want ek vra."

Angel trek haar hand terug. "Ek dog jy wil."

Ferdi lag net en skud sy kop. "Ek is nie 'n hond wat sy been lig elke keer as daar 'n bossie is nie."

"OK, dis net, jy is hard. Ek het gedink jy wil dit laat uitkom."

"Mens kan jouself beheer." Ferdi huiwer. "Al wil ek, nou is nie die tyd nie."

"Tyd is wat ons daarvan maak. As jy wil kom, dan kom jy." Angel trek hom aan die hand, oor na die bed.

"Die koffie gaan koud word."

"Ek ook. Buitendien, daar's 'n mikrogolf. Dan maak ons dit weer warm."

Angel trek sy hemp oor sy skouers, wys hom om te gaan lê, sy heupe te lig. Sy trek sy broek af, gaan sit langs hom.

Ferdi kan nie ontspan nie. Hy is nie gewoond daaraan dat

'n vrou sy naakte liggaam so sit en bekyk nie. Amper klinies. Hy is skaam vir sy lyf. Veral sy orgaan wat so vulgêr orent staan met 'n wil van sy eie. Geen subtiliteit nie. Die enigste keer wat hy ontklee was saam met 'n meisie was toe dit donker was, onder lakens. Studentejare. Vol spanning van onsekerheid en skaamte. Beide van hulle. Om kaal te wees en alleen die onderwerp van aanskoue te wees is beslis nie sy gemaksone nie. Maar dit pla Angel skynbaar min. Of hy voor haar in die bad sit of voor haar op die bed lê, sy aanvaar sy liggaam en manlikheid sonder om te skroom. Haar hand streel op teen sy binne-been.

"Jy het mooi bene. Nie harig nie."

"Dankie. Mens sê dit gewoonlik vir 'n meisie." Hy klink verleë.

Angel kyk na hom en glimlag. "Jy moet jou bene skeer. Dit sal goed lyk."

"Aan 'n man?"

Angel knik. "Waarom nie?"

"Nog nooit so daaraan gedink nie," sê Ferdi eerlik.

"Ek hou nie van harigheid nie."

"Gelukkig vir my."

"My pa was harig. Bors, rug. Soos 'n gorilla."

Angel vou die sakkie tussen Ferdi se bene toe in haar hand en druk saggies. Dan loop sy haar vingers op oor die lengte van sy manlikheid.

"Ontspan," sê sy.

"Ek probeer."

Angel trek die vel terug, kyk na die pers, klam wig in haar geklemde hand. "Dit lyk teer."

Ferdi beaam, "Dit is."

Sy leun vooroor en lek hom, stadig, soos iemand wat 'n roomys eet. Dan sit sy weer regop en glimlag, haar mooi glimlag, die een wat net vir hom bedoel is.

"Vertel my van jou musiek. Waar kom jy daaraan?"

Ferdi ontspan, vou sy arms agter sy kop, verwonder hom dat hulle so 'n rustige gesprek kan hê terwyl sy besig is om hom op die mees uitsonderlike manier te stimuleer.

"Ons was nog op skool. 'n Meisie het met my kop gesmokkel."

Angel kyk na hom, voel sy heupe onwillekeurig teen haar hand beur. "Was sy mooi?"

Ferdi dink terug. "Ja. Op 'n *classic* manier. Lang, bruin hare. Ek was skaam. Ons is saam varsity toe. Sy het ander vakke gedoen. Sy was slim. Ek was so-so."

Angel klem hom vas, stoot haar hand af na sy lieste.

"Ons was aan en af vir amper drie jaar. Nes dit warm raak, dan breek sy dit op. Net wanneer ek aanvaar dis verby, dan kom soek sy my weer op."

Ferdi kyk hoe Angel hom plesier gee. "Dis lekker," sê hy.

Angel kyk na hom. Sy lek hom weer uitlokkend, lag as sy onderlyf spontaan saamtrek. "Wat het gebeur?"

"Niks nie. Net voor ons tweede jaar finale eksamens het ons een aand gaan fliek. Simpel fliek, regte tjol. Ek wou net by haar wees. Dis al wat gewys het. Na die tyd het ek haar hand vasgehou. Sy't weggetrek, gesê sy's bang een van haar vriende vertel haar *boyfriend*."

Angel hou op masseer. "*Boyfriend*?"

Ferdi snorklag. "Ja. *Boyfriend*. Ek dag ek is haar *boyfriend*. Sy het heeltyd met my gespeel."

"That sucks."

"Sê my." Ferdi maak 'n verontwaardigde snorkgeluid. "Dis waar my musiek begin het. Of my smaak verander het."

"Is jy musikaal?"

"Nee, nie regtig nie. Maar dit het nie oor musiekmaak gegaan nie. Dit was die emosie. Die stemming." Ferdi dink terug na bitter tye. "Ek onthou daardie aand so goed. Ek was regtig *down*. Ek moes net met iemand praat, probeer verstaan wat gebeur het. Jy het seker al afgelei, ek het nie juis vriende nie."

Angel glimlag, leun vooroor en soen sy wang. "Ons het mekaar."

Ferdi streel haar nek en knik. "My een oom, aan my Ma se kant, hulle het daar in die buitewyke van die stad gewoon. Op 'n kleinhoewe. Oom Charl. Hy's nie veel ouer as ek nie. Hy's die een by wie ek daardie blou en wit motorfiets gekoop het. Hy was soort van die swartskaap van die familie. 'n Laatlammetjie. Maar hy's die enigste familie met wie ek oor die weg gekom het. Ek het daar gaan kuier. Hy't gevra wat verkeerd was. Ons kon oor dinge praat. Hy't verstaan. Ek het hom vertel van die verhouding wat bly skeefloop het. Hy't vir ons 'n bottel rooiwyn oopgemaak. Ek drink nie juis nie. Maar dit was ongelooflik. Dalk was dit die atmosfeer. Ek weet nie. Ek het nog nooit weer sulke wyn geproe nie."

"Jy moet hom vra wat dit was."

Ferdi glimlag skeef en skud sy kop. "Hulle het oorsee getrek. Ons het kontak verloor."

"Jy kan skryf."

"Ja, ek kan seker." Ferdi sluit sy oë en voel hoe die sensasie in sy onderlyf al meer dringend raak.

Angel streel sy borskas. "Stadig. Ons het baie tyd."

Ferdi lag verleë. "Dis jy wat aan beheer is."

Angel knyp hom speels. "Wat van jou oom? Die rooiwyn. Het hy jou dronk gemaak?"

"Nee. Niks van daardie aard nie. Hy het sy CD versameling uitgehaal. Langspeelplate. Hy't my vertel van sy eerste liefde. Indiër meisie."

"Indiër?"

"Ja. Hy's bietjie *alternative*. Sy vrou is swart. My tannie."

Angel rek haar oë.

"Dis seker waarom ek afgehaak het met 'n punk. *Runs in the family.*" Ferdi grinnik. "Sy het iets soortgelyks aan hom gedoen as wat met my gebeur het. Hy het dit net so sleg ervaar. Ons is baie dieselfde. Raak te geheg."

Angel kyk vlietend na Ferdi. "Ek hoop jy raak te geheg aan my." Haar hand bewe liggies wanneer sy aan hom raak.

"Alreeds." Hy glimlag liefderyk vir haar. "Ons het sit en wyn drink en musiek geluister. Hy't plate gespeel van goed om van haar te vergeet, dinge te verwerk. Dis waar ek die eerste keer *Sidewalking* gehoor het. Jy ken dit?"

Angel knik. Sy ken dit.

"Die ritme, die *bass*, dit het iets binne geraak. Ek het 'n oor vir daardie soort musiek ontwikkel, goed wat met jou praat, jou siel aanraak, jou emosies na vore bring sodat jy dinge kan bedink en verwerk. Dis waar dit begin het. En toe ontmoet ek 'n ander meisie."

Angel lag hardop vir die onverwagse nuwe draai in die storie. "Cassanova."

Ferdi snorklag. "*Hardly. Stupid* verby." Hy kyk na Angel, hoe haar oë sy liggaam bestudeer, hoe haar hand sy begeerte beheer. Dit voel so normaal. "Dit was heelwat later. Sy was ver bo my vlak, regte *brainbox*. Halsoorkop vir haar geval. Lang, swart hare, petite, net so maer soos jy."

Angel knyp hom waar dit seermaak. "Versigtig nou. Ons hou nie van kompetisie nie."

Ferdi glimlag. "*Trust me*, jy het geen kompetisie in my wêreld nie. *One of a kind.*"

"Met gebreekte vlerk en al."

"Met gebreekte vlerk en al." Ferdi plaas sy handpalm oor haar lae rug. "Jy wou weet. Ek praat te veel."

Angel gee hom 'n speelse klap teen die heup. "Moenie so sensitief wees nie. Wat van haar. Wat was haar naam?"

"Dis lank in die verlede. Dit maak nie saak nie."

"Dit maak saak. As iemand belangrik is dan maak haar naam saak."

Ferdi sien dat Angel ernstig is. Daar is 'n vasberade trek om haar mond. "Charlene."

"Dis 'n mooi naam."

"Vreemd, my gunsteling oom se naam was Charl. Haar naam was Charlene. Mens wonder soms of daar konneksies is tussen sulke dinge."

Angel se uitdrukking reflekteer haar diep denke. "Ek hoop soms daar is. Ek weet nie."

"Ons was 'n *item* vir 'n jaar, toe het ons saam ingetrek. Sy het gedink dit sou geld spaar, pleks van twee keer huur betaal. Ons het ons eie kamers gehad."

Angel lag agterdogtig. "Geen meisie vra om saam in te trek en bly in haar eie kamer nie."

"Ek het haar op 'n *pedestal* gesit. Ek weet nie waar my selfbeheer vandaan gekom het nie."

"Ferdi, sy wou jou hê. *Trust me.*"

Ferdi skuif ongemaklik. "Ons het eenkeer probeer. Slegste aand van my lewe. Ons was so onbeholpe. Niks het gewerk soos ek gedink het dit behoort nie. Ek kon nie die regte plek kry nie. Sy was te skaam om te help. Dit was net een groot gemors. Nie iets waarop ek trots is nie." Ferdi lag skaam vir homself. "Nooit weer nie. Ook nooit daaroor gepraat nie. Miskien was dit die fout."

"Dis meer algemeen as wat jy dink."

"Dalk. Dis nie lekker as dit met jou gebeur nie. Dit het my selfvertroue geknak. *Anyway,* sy wou verder gaan studeer, oorsee. Dis die tyd voor email. Alles het tyd geneem, soveel meer emosie teen die tyd wat antwoorde terugkom, te veel dink. Misverstande. Dit maak dinge soveel moeiliker. Ons het gepraat van trou as sy terugkeer. Dit het omtrent een jaar gehou, toe skryf sy al minder. Eendag het sy geskryf en gesê sy het huis gekoop. Dit was dit. Sy sou nie terugkom nie."

"Iemand anders op die toneel?"

"Ek weet nie. Seker maar. Sy't nooit gesê nie." Ferdi loop sy vingers op teen Angel se rug. "Dit was nie maklik om met haar te praat soos met jou nie. Sy't baie teruggehou. Daar was dinge in haar verlede ook. En myne. Charlene het geweet van my eerste liefde. Sy was oortuig ek was aan die konkel agter haar rug. Hulle het mekaar geken. Soms het ek gevoel ek kan netsowel rondvry want ek was in elk geval skuldig, volgens haar."

"Het jy haar *ge-two-time*?"

"Nee. Ek was regtig lief vir haar. Maar ek erken, ek kon nie daardie eerste meisiekind uit my kop kry nie."

"Hey, fokus. Jy raak sag."

Ferdi kyk na homself en lag hardop. "Dis nie goed vir my *self esteem* as jy my so sit en bestudeer nie. Ek voel soos 'n biologie projek."

"Jy praat. Ek bestudeer. Ek luister." Angel soen hom weer, teer.

"Ek het deur donker tye gegaan. Alles het swart gevoel. Al wat my deurgekry het was om na musiek te luister. Daar naby, net af van die hoofstraat af is daar 'n musiekwinkel. Ek dink ek was hulle beste kliënt. Die eienares was 'n punk nes jy. Net nie so mooi nie. Sy het my gebel wanneer hulle nuwe voorraad ingekry het, goed wat sy gedink het ek sal van hou. Ek dink ek besit al die swaarste, bedrukste *alternative* wat ooit gemaak is. En van dit was sommer net geraas om al die tragedie uit te doof, *full-on punk*."

Angel knik stadig. "Ek verstaan presies." Sy masseer weer Ferdi se onderlyf, omhul hom met haar hand, liefderyk.

"Dis my drug."

Angel byt haar lip.

"Ek verstaan jou meer as wat jy dink." Ferdi snuif die opwellende emosie weg.

Angel sê niks nie. Sy plaas haar een hand plat op die wolhaartjies laag op sy maag, voel hoe sy heupe 'n wil van hul eie aanneem, help haar liefling met sy seerkry. "Dis verby, Ferdi. Stoot dit uit. Kom. Kom."

Ferdi lag net skaam wanneer sy onderlyf stuiptrekkings kry. Hulle kyk saam hoe vloeistof uitspuit oor sy maagholte, sy naeltjie vul met 'n witterige poeletjie. Angel leun oor, neem 'n snesie en keer dat die semen afloop teen Ferdi se sy.

"Dankie." Ferdi byt sy lip. "'n Man se lyf is aardig. Jy is *nice* met my."

"Dis mooi. Dis nie aardig nie."

"*Trust me,* ek weet. Dis *gross*."

"Nee dit is nie. Dis mooi."

"Hoe kan dit wees. Kyk net daar."

"Ek kyk nog heeltyd. Ek het dit laat gebeur. Jy het my toegelaat om dit te laat gebeur. Dis spesiaal."

Ferdi kyk na hoe sy haar vinger in die warm, klewerige vloeistof druk, patroontjies op sy maag verf.

"Wil jy kinders hê?" Angel vra asof sy nie werklik die antwoord wil weet nie.

Ferdi oorweeg lank voor dat hy antwoord. "Jy het gevra oor my musiek, waar dit vandaan kom." Hy sien Angel wonder wat die aanknopingspunt is. "Dis privaat. Mens doen nie inkopies en hoor dit daar speel nie. Dis vir my, vir mense soos ek. Dis nie oppervlakkig vir sommer net agtergrond geluide nie."

Angel knik onseker.

"Ek raak te geheg. Dis my swakheid. Dinge kruip in my hart in en dan kan ek dit nie weer daaruit kry nie. Ek dink dis wat daardie eerste verhouding laat skeefloop het. Ek was te klewerig, het haar oorweldig."

"Sy't jou *ge-two-time*," help Angel hom sagkens reg.

Ferdi knik, verstaan. "Nee, ek dink dis te hard. Ons was jonk. Mense weet nie wat hulle wil hê nie. Charlene. Ek het haar verafgood. Behalwe, ek kon dit nooit vir haar sê nie, totdat dit te laat was."

"Niemand is perfek nie."

Ferdi kies sy woorde versigtig. "Ek dink nie daar is plek vir kinders tussen my en my vrou nie."

Angel sit ingedagte, ver weg.

"Daar's net plek vir twee op 'n motorfiets," sê Ferdi.

"Kan jy regtig aan my dink as jou vrou?"

Ferdi streel sy vingers oor haar wang. "Absoluut."

Angel glimlag, haar spesiale glimlag vir hom.

Sy konsentreer daarop om 'n hartjie rondom sy naeltjie te teken, "Ek sal ja sê as jy vra." Sy kyk op in Ferdi se oë. Daar is trane in haar eie.

Ferdi vee dit weg met sy vinger. "Ek sal vra. Ons sal gelukkig wees."

"Ons sal."

"Wat van jou? Wil jy kinders hê? Ek sal een maak saam met jou, as jy wil." Hy hoop sy merk nie die onsekerheid in sy stem op nie.

Angel glimlag tragies, skud haar kop. "Nee, ek wil nie 'n kind hê wie se ma 'n *addict* is nie."

"Jy's te hard op jouself, Angel."

"Nee, ek wil nie kinders hê wat my haat nie."

Ferdi weet beter as om te antwoord. Hy lê in stilte en kyk hoe sy eie semen oor sy maag patrone vorm en uitdroog, die veerligte aanraking van Angel se vingers teen sy vel, haar hand wat effe bewe.

"Wat het van jou ma geword?"

Angel skud haar kop. "Ek weet nie. Na ek weg is Oz toe het ek kontak verloor."

"Het jy haar al opgesoek?"

Sy skud weer haar kop. "Ek het al daaraan gedink. Ek wil verskoning vra, vir haar vertel dat ek nou verstaan." Angel lag ironies, "Vir haar vertel ons het *doggy*-style gedoen soos sy altyd self wou hê. In die buitelug, nogal!"

Ferdi glimlag. Nou weet hy waar die idee vandaan kom. "Ek kan jou help. Ons kan navraag doen."

Angel byt haar onderlip. Sy druk haar vinger in die vloei-stof in Ferdi se naeltjie. Dis aan die afkoel teen sy vel. Dit was eers taai soos slap jellie, nou's dit heeltemal vloeibaar. Sy neem 'n paar snesies en begin Ferdi se maag skoon vryf. Haar hande is merkbaar bewerig. "Ons moet eers in die Kaap kom." Sy staan huiwerig op.

Ferdi kan sien sy hou iets terug. Hy streel haar been met die agterkant van sy hand. "Angel?"

Angel kyk na hom, kyk reguit in sy oë, probeer verby sy oë diep binne in hom kyk. "Ferdi, ek is 'n *fuck-up*."

Ferdi verstar. Hy verwag nie sulke grofheid uit haar mond nie. Dit skok hom behoorlik.

"Ek het iets *stupids* gedoen voor ek weg is Adelaide toe." Angel kyk weg. Sy neem haar tyd om verder te vertel. "Ek was desperaat vir heroïen." Sy skud haar kop, soos iemand wat spoke wil verjaag. "Ek was saam met vriende by 'n *house-party*. Toe ek bykom was daar 'n ou bo-op my. Hy het nie 'n kondoom gebruik nie. Ek het dit nie besef nie."

Ferdi wag vir wat volgende kom. Woorde ontwyk hom. Hy voel die bloed uit sy gesig dreineer. Hy weet wat sy ook al gaan sê gaan nie gemaklik wees om te hoor nie. Allerhande moontlikhede maal deur sy kop. Een vraag staan uit. Is daar 'n kind êrens in die agtergrond?

Angel omhels haarself. "Ek het 'n *back-yard job* laat doen. Hulle het 'n gemors gemaak binne my. Daar was infeksie. Ek het in die hospitaal geëindig."

Ferdi trek homself regop en sit op die bed se rand.

"Ek kan nie kinders hê nie, Ferdi. Al wil ek." Angel kyk weer na hom, wag vir verwerping.

Ferdi trek haar nader sodat sy tussen sy bene staan. Hy omhels haar heupe, begrawe sy gesig teen haar maag, probeer verwerk wat hy gehoor het. Daar is trane in sy oë, empatie gemeng met verligting. Hy kan nie glo dat soveel dinge verkeerd kan gaan met een persoon nie, hoe die lewe so onregverdig kan wees nie.

Hy weet dis verkeerd om verlig te voel dat daar niemand anders is om haar mee te deel nie. Hy weet nie hoe hy dit sou kon verwerk as hy moes uitvind sy is 'n ma nie. Dis sy swakheid. Hy weet dit reeds lankal, dat hy te geheg raak en homself heeltemal in 'n verhouding verloor. Daar is nie plek vir haar deel en 'n kind in sy lewe nie.

Hy kon daardie eerste skok van haar verslawing verwerk, leer om dit te aanvaar. Sy het hom ook uitgekies, sonder voorwaardes. Vir hom was dit belangriker as enigiets anders. Hy het geweet sy kom met bagasie. Dit was reg met hom. 'n Kind bo-op bagasie? Ferdi sou sukkel met so 'n vrag. Teenstrydige gedagtes en skuldgevoelens oor sy selfsug maal deur Ferdi se kop. Daar is soveel wat hy vir Angel wil sê dat woorde in sy keel vassteek.

Angel trek haarself los van Ferdi se omhelsing. Sy neem haar houtkassie en verdwyn in die badkamer. Hy hoor water loop, sy haar gesig en hande afspoel. Hy trek sy klere aan. Dit raak stil in die badkamer.

"Angel, wat maak jy?" Ferdi stoot die deur effe oop.

Angel het 'n spuit in haar hand. Sy kyk na hom, wanhoop en selfverwyt op haar gesig geëts. "Ek het dit nodig, Ferdi," fluister sy, bykans hoorbaar. "Dis al waaraan ek kan dink."

"Ons moet ry."

"Ferdi, ek is 'n *addict*."

"Wat as ek jou keer?"

Angel se stem is vol droefheid, "Ek gaan jou seermaak, Ferdi. Ek gaan dinge sê wat ek nie bedoel nie. Moenie my probeer keer nie. Asseblief, Ferdi."

Hy staan in die deur en kyk na haar figuur wat lyk of dit gekrimp het sedert hy haar minute tevore gesien het. "Luister jy ooit na Gary Numan?"

Angel skud haar kop vaagweg. Sy kyk verlangend na die spuit in haar hand.

"Absolution. Jy moet eendag daarna luister. Ek wou die plaat bestel net voor ek jou ontmoet het."

Angel kyk op na Ferdi, wag vir 'n verduideliking.

"Die lewe was nie goed vir jou nie. Dis nie jou skuld nie." Ferdi kyk intens na haar. Hy gaan sit langs haar op die bad se rand. "Jy is die slagoffer, Angel. Asseblief. Jy moet my glo. Jy is onskuldig. Slagoffers is onskuldig. Ek blameer jou nie. Die dinge wat jy vertel is 'n skok. Ek erken dit. Maar jy is onskuldig. Jy het my gekies. Ek is joune. Ons is saam in hierdie ding. Vir jou sal ek enigiets doen. *I will walk out of heaven, just to be with you.* Luister na Absolution, dan sal jy verstaan."

Angel knik. Sy kyk na die spuit, dan weer terug na Ferdi. Sy knik weer. Hy kan die stryd binne haar sien. Sy byt haar lip tot trane in haar oë wys.

"Kom hier. Laat ek jou ten minste help. Kom lê langs my op die bed. Ek wil saam met jou wees."

Angel volg hom uit die badkamer uit. Sy gebruik 'n sigaretaansteker en teelepel. Hulle kyk saam na hoe die dwelm op die warm metaal smelt.

Ferdi help haar om 'n aar te vind. "Is daardie naald skoon?"

Angel knik. Sy knyp 'n vou in haar vel en druk die naald in. Ferdi kyk weg. Hy is lugtig vir naalde. Hy voel hoe sy verslap en weg verdwyn êrens waarheen hy haar nie kan volg nie. Die spuit val uit haar hand en beland op die rand van die matras. 'n Bietjie van haar bloed het uit die aar teruggestoot. Ferdi staar na die rooi in die spuit. Angel is rusteloos. Nou en dan stoot sy met haar arms, prewel woorde wat hy nie kan uitmaak nie. Een maal verbeel hy hom hy hoor sy naam. Soms wil sy opstaan en dink hy sy is wakker, kyk na hom met oop, waserige leepoë. Dan val sy weer terug in sy arms soos 'n dooie. Sy is daar, maar sy is ook nie daar nie. Geleidelik begin sy rustiger raak, asof sy net slaap. Net toe Ferdi self begin ontspan, spartel Angel skielik, probeer uit sy arms ontsnap.

"Nee." Hy kan die woorde duidelik hoor. "Nee. Los my uit. Asseblief. Los my uit." Haar stem is helder, skril. Vrees-bevange.

Hy trek verbouereerd weg.

"Nee. Moenie. Asseblief." Angel bly spartel. Haar woorde is nie vir hom bedoel nie.

Dis ontstellend. Angel veg teen 'n monster in haar onder-bewussyn. Hy kan haar nie help nie. Ferdi trek haar teen hom vas. Hy huil bitterlik. Hy resiteer snikkend die woorde van Absolution, bedoel elke woord. Vir haar sal hy enigiets doen. Hy ken haar maar skaars 'n week, maar alreeds is hy totaal en al versot op haar.

'n Skoonmaker se geklop laat hom wakker skrik. Hy moes aan die slaap geraak het. Angel lê swaar teen sy skouer. Sy snork liggies. Hy maak die deur op 'n skrefie oop. Die vrou vra of hulle besef hulle moes al die plek ontruim het. *"Check-out is at ten, sir."* Sy praat met 'n swaar plattelandse Afri-kaans aksent.

Ferdi wys met sy duim oor sy skouer. "My meisie is siek. Ek dink ons moet nog 'n dag hier bly. Ek sal met ontvangs gaan praat."

Die ontvangsdame is heel geneë dat hulle nog 'n dag kan oorbly. "Is meneer-hulle tevrede met die rondawel?"

"Beslis. Dis lekker stemmig met die grasdak," sê hy beleefd. Sy gedagtes is met Angel wat alleen binne lê. Haar onthullings van tevore maal nog in sy gedagtes. Die ervaring met haar in 'n beswyming langs hom op die bed laat hom voel soos iemand wat verlate is.

"Ja, meneer. Ons probeer dit histories hou, inpas by die dorp se geskiedenis. Was meneer-hulle al by die Drostdy?"

Ferdi skud sy kop. "Nee, nog nie."

"Meneer moet. Elke Afrikaner moet. Dis ons geskiedenis."

Ferdi glimlag beleefd. "Klink goed. Ons sal 'n plan maak. Hoeveel is dit vir nog 'n nag?"

"Dis *mid-week special*, meneer. Julle betaal vir twee en kry 'n nag gratis."

"Tel gister?"

"Ja, meneer."

"So ons kan nog twee nagte hier deurbring?"

"Ja, meneer. Ons het nog *bookings* oop."

"Dankie. My meisie voel nie lekker nie. Dit sal haar goed doen om te rus."

"Sy's mos die een met die blou hare? Skies, meneer. Mense praat. Dis mos maar 'n klein dorpie."

Ferdi glimlag net skeef. Hy is nie in die regte gemoedstemming vir lighartigheid nie.

"Sy laat my dink aan die bloubokkies wat mens hier in die berge sien. Broos. Meneer moet goed na haar kyk."

"Ek probeer," verseker Ferdi.

"Daar's 'n apteek net hier af in die pad, as meneer een soek. Die dokter is net langsaan."

Ferdi kyk in die rigting waar sy wys. "Dankie, ek dink ek stap sommer nou."

Hy betaal en stap oor na die apteek. Dis net 'n paar honderd tree. Die sypaadjies is skoon en die bome langs die pad lyk gesond. Dis waar, Swellendam het historiese waarde. Die ou kerkgebou verder af in die straat herinner hom aan geskiedenisklasse op skool. Die oosgrens wat al verder van die Kaap geskuif het. Britse invloed. Konflik tussen grensboere en wetgewer. Die Drostdy waar sake verhoor is. Swellendam verteenwoordig die groeipyne van die Afrikaner kultuur. Hy dink nie veel oor sulke dinge nie, maar hy is bly daar word goed na die dorp gekyk. Hy stoot die apteek se deur oop.

'n Jong meisie vra of sy hom kan help. Hy huiwer en kyk rond. "Is die apteker beskikbaar?"

"Ek sal haar roep, meneer."

Na 'n paar minute verskyn iemand vanuit 'n agterkamer. "Kan ek help?" Sy het swart hare, gebind in 'n Franse vlegsel wat tot laag op haar skouers hang. Haar hare moet lank wees. Haar gesig lyk moeg, of sy oorwerk is. Sy lyk half bekend, soos 'n ouer weergawe van iemand wat hy behoort te ken, maar hy was nog nooit tevore in Swellendam nie. Haar naamplaatjie is agter 'n notapapiertjie verberg.

Ferdi krap sy kop, weet nie regtig hoe om tot die punt te kom nie. Hy kyk na die medikasie op die toonbank.

Die apteker kyk oor Ferdi se skouer na 'n aflewering-motorfietsryer wat die deur oopstoot. "Daar langs jou," beduie sy. "Daai moet na die Van Deventers toe gaan. Jy ken mos die adres? Sê vir die tannie sy moet my bel."

"Jammer, meneer, dit gaan dol hier vandag. Die voorskrifte bly opstapel." Sy staan ongemaklik rond, kyk direk in sy oë op 'n manier wat hom ook ongemaklik laat voel. Hy kyk liewer weg.

"Waar koop mens naalde?" vra Ferdi, onseker. Sy mond voel droog.

"Naalde? Inspuitingnaalde?"

Ferdi knik.

"Ons verkoop naalde. Vra my assistent. Waarom soek meneer naalde?"

Ferdi probeer 'n storie opmaak. Hy kan nie aan iets dink wat oortuigend klink nie. Dan kom die waarheid vanself uit. "Hoe behandel mens verslawing?"

Die apteker was besig om weg te draai na die agtervertrek waar sy voorskrifte voorberei. Sy steek vas en kyk na die bekende vreemdeling in haar apteek. Sy ken die dorp se mense. Hy is nie van hulle kontrei nie.

"Waar kom meneer vandaan?" Sy weet goed.

"Ons is op pad Kaap toe," antwoord Ferdi ontwykend. "Dis my meisie. Ek weet nie hoe om haar te help nie."

Die apteker sien trane in Ferdi se oë. "Kom sit hier." Sy beduie na 'n regop stoeltjie wat by die toonbank staan. "Wat gebruik sy?"

"Heroïen."

"Enigiets anders?"

"Nie waarvan ek weet nie."

"Dis 'n lang proses, meneer. Sy het professionele hulp nodig. Ek weet van 'n kliniek in die Kaap. Een van my klasmaats werk daar."

Ferdi neem die stukkie papier met 'n naam en adres daarop geskryf. "Dankie." Hy staan op om te loop.

"Wag net eers." Die apteker verdwyn in die agterkamer in. Sy kom terug met 'n handvol items in steriele papier verpak. "Hier, neem dié. Beter om nie infeksie te kry nie.

Moenie dat sy naalde meer as een keer gebruik nie. Maak seker sy vee haar arm eers met hierdie *alcohol wipes*."

Sy kyk reg in Ferdi se oë. Hy is te emosioneel om haar te herken, te opgevang in die oomblik. Hy het nog niks verander nie, dink nog steeds net met sy hart, kan seker steeds nie besef sy kon nie net op liefde leef nie, wou met sekerheid weet sy sou veilig oudword.

"Dankie. Hoeveel kos dit?"

"Dis sommer net *sample packs*. Meneer kan dit maar neem."

"Dankie, weereens." Dit klink so vaal, so ondankbaar, maar dis al wat hy kan sê.

"Die kliniek kan vir haar Nalaxone gee. 'n Teenmiddel. Jy moet leer hoe om dit te gebruik. Dit kan haar lewe red. Jy het 'n voorskrif nodig daarvoor. Ons het dit nie hier nie." Sy wil vra of hy haar dan nie onthou nie, hom vertel dat sy 'n fatale fout gemaak het. Sy huiwer, huiwer steeds toe hy die deur oopstoot en weer agter hom toetrek en nogmaals uit haar lewe verdwyn.

Ferdi stap verby die jong meisie wat rakke hervul. Sy kyk hom agterna soos hy die deur agter hom toetrek, wegstap terug na die kampeerterrein waar sy engel met 'n gebreekte vlerk hom nodig het. Sy kyk terug. Dit lyk of die apteker trane agter haar hand probeer wegsteek. Sy verdwyn in die agterkamer met haar voorskrifte.

"Charlene, is alles reg?" vra die meisie besorg.

Ferdi vind Angel in die badkamer. Sy het water getap en lê in die bad. Die water is yskoud. Sy bibber. Haar vel is hoendervleis. Hy weet nie hoe lank haar episodes duur nie. Sy is nie heeltemal by nie. Hy help haar om op te staan en droog haar af. Dis asof swaartekrag die oorhand oor haar liggaam gekry het, asof al die energie en vitaliteit verdwyn het. Selfs haar vel lyk dof en leweloos. Haar borste hang slap, bied niks van die gewone aantrekking nie. Hy lê haar neer op die bed terwyl hy geskikte klere soek, iets los om oor haar lyf te trek. Dan lei haar na die kar en trek haar sitplekgordel vas. Hy soek 'n CD uit, skakel die enjin aan en ry. Hy het geen bestemming nie. Hulle ry net, volg waar die pad heen lei.

Blues from a gun speel. Hy draai die klank hard, hard om alles uit te doof, hard om sy meisie terug te roep na sy werklikheid toe. Die dringendheid van die ritme bruis deur sy are. Hy wil haar terughê, haar glimlag sien wat sy spesiaal vir hom hou. Hy speel weer die Reid broers, *The Jesus and Mary Chain,* luister oor en oor, *that's why I always got the blues,* dieselfde snit, ry sonder om te weet waarheen, ry totdat Angel begin roer en vir water vra. Hy plaas 'n handdoek oor haar skoot en gooi dit by die venster uit toe sy haar ontbyt opgooi in geel, slymerige strale. Hy vee haar mondhoeke skoon.

"Moet my nie weer alleen los nie, Angel. Neem my eerder saam, maar moet my asseblief nie weer alleen los nie."

Angel antwoord nie.

Hulle ry in stilte terug na hul rondawel.

Hoofstuk 8

"D is lekker warm." Angel sit langs Ferdi op 'n bankie voor hul rondawel en staar na die kampvuur.

"Ek hou van vuurmaak," beaam Ferdi. Hy kyk op na die vonke wat bo hul koppe skiet, wonder of dit veilig is so naby aan die strooidak. Die sterrehemel voel of dit laag oor hulle hang, so helder in die platteland, ver weg van die stad se oormatige lig. "Dis spesiaal om dit met jou te deel."

Angel leun oor en druk haar skouer teen hom vas. "As jy 'n kind is, dan droom jy van groot wees, van 'n huis, mooi dinge, goed wat jy self nie geken het nie."

Ferdi knik, onthou hoe dit was. Hy weet hoe anders die werklikheid is. Die groot huis so ver buite bereik op 'n skrapse salaris dat dit nie eers meer op die horison is nie. Die sportmotor wat nie meer aantrekkingskrag het nie, al was dit bekostigbaar. Nou, as hy kon, sou hy met Angel agter op sy motorfiets wou ry, haar arms om hom gevou, haar sagtheid deur sy T-hemp wou voel. Hulle sou êrens stilhou en na musiek luister, ver weg van die wêreld en sy dinge. Hy sou 'n groot hond wou hê wat by hul voete lê, 'n verspotte idee onvereenselwigbaar met 'n motorfiets. Maar in drome en dagdrome hoef niks presies sin te maak nie.

"Ek het meestal sonder 'n man in ons huis grootgeword. Ek was bietjie van 'n *outcast* op skool, een van die dom kinders in die c-klas, huishoudkunde en tik. Ek was nie goed met enigiets nie. Ons kunsonderwyser, hy het sy motorfiets in sy woonkamer geparkeer. Mens kon dit sien wanneer jy verby gestap het skool toe. Jis, ek onthou nie eers sy naam nie. Dis sleg nè, as mens nie jou gunsteling onderwyser se naam kan onthou nie."

Ferdi glimlag, skud sy kop. "Jy sal onthou wanneer dit nie saak maak nie."

"Hy was die enigste een wat my *nice* behandel het, gedink het ek het talent. Hy het my leer skets, met potlood. As dit nie vir hom was nie sou ek seker op die straat geëindig het. Prostituut. Wie weet."

Hulle sit in stilte en tuur na die vlamme. Ferdi gooi nog 'n paar stukke hout op, stoot die gloeiende kole eenkant.

"Weet jy wat sal nou lekker wees?" vra hy. "Kaas, tamatie en uie roosterbrood. En aartappel in tinfoelie."

"Met Marmite seker," voeg Angel speels by.

Ferdi lag net, stem saam. "Met Marmite."

"Ek kan vir ons maak. Ek dink ons het ingepak."

Ferdi kyk Angel agterna wat die rondawel in verdwyn. Sy kom weer uit, stap oor na die motor en maak die kattebak oop. Die plastiek koelsak is steeds daar. Hulle het vergeet om dit uit te haal. Sy waai vir hom en verdwyn weer in die rondawel. Hy wonder opnuut wat vir hulle voorlê, wat hy gaan doen om 'n inkomste te verdien, hoe hy na haar gaan omsien. Toe hy hulle vra om sy motorfiets daar te parkeer wou sy ouers weet waarom hy so haastig was om Kaap toe te skuif, hom probeer waarsku om nie impulsief te wees en dit agter 'n vrou aan nie. Hulle het ingestem dat hy sy motorfiets daar kon laat, saamgestem dat hy die ander twee verkoop.

Hulle kon nooit insien waarom hy meer as een motorfiets besit het nie. Die feit dat hulle meer as een volledige eetservies besit het was nie ter sake nie. Hulle was bly die woonstelblok se toesighouer het een gekoop en dat die handelaar hom 'n verbasende goeie aanbod vir die ander een gemaak het. Blykbaar omdat daardie Katana model kultus status ontwikkel het. Maar hulle was ontevrede dat hy sy goeie werk prysgee vir iets onsekers. Hulle het hom probeer afraai.

Hy was bereid om dit te heroorweeg, en het inderdaad ook. Maar hy het geweet hy kan nie verduidelik dat hy nie impulsief was nie, dat wanneer die oomblik daar is mens dit moet aangryp. Engele met blou hare stap nie elke dag in 'n mens se lewe in nie. Bowendien, wat vir sy ouers na 'n goeie werk gelyk het was glad nie so waffers nie. Alles lyk altyd spiekeries, solank jy nie in die bed hoef te slaap nie.

Sy pa het hom herinner dat wanneer armoede instap, liefde by die huis uitstap. Hy was bereid om ter wille van Angel die kans te waag, waar dit ook al heen lei, in die hoop dat armoede nie noodwendig die gevolg sou wees nie. Sy pa het ook destyds gewaarsku dat die Rooi Gevaar net oor die horison lê, dat dit elke jong man se plig is om die grense te verdedig.

Maar die Rooi Gevaar het nooit gekom nie. Nadat baie lewens opgeneuk is het die regering besluit die kommuniste is nie werklik so 'n erge bedreiging as wat aanvanklik gevrees is nie. Hulle kon selfs ons pêlle word. Toe Ferdi by sy pa wou weet, hoe nou, toe was daar nie 'n goeie antwoord nie. Hy wag nou nog. Hy dink sy broer, wat een van die opgeneuktes is, sal ook dalk 'n goeie antwoord waardeer.

Ferdi het geweet die wêreld gee nie mense soos hulle 'n tweede kans nie, dat die samelewing dink punks met swart grimering en blou hare is vir niks goed nie. Die wêreld is vinnig om oordeel te vel. Wel, sy was goed vir hom. Sy het hom aanvaar, niks spesiaals van hom verwag nie anders as om vandag en elke dag saam met haar te wees nie. Hulle sal sy pa verkeerd bewys, en almal wat soos hy dink. Net soos die land se onlangse geskiedenis sy pa verkeerd bewys het. Maar mense hou nie daarvan as jy sê, sien, ek het mos vir jou gesê, nie.

Angel kom uitgestap met 'n bord gestapel met toebroodjies en iets wat in tinfoelie toegedraai is.

"Jy was aan die vertelle van jou kinderdae, van jou kunsonderwyser," sê Ferdi terwyl hy die aartappels met kole bedek en die broodjies op 'n wankelrige rooster balanseer.

Angel gaan sit styf teen Ferdi. Sy ril onwillekeurig. "Sjoe, dit raak koel."

Ferdi vou sy arm om haar skouer.

"Ja. Hy het eenkeer 'n foto vir my gewys, van hoe hy saam met sy vrou en kinders by 'n kampvuur gesit en vleis braai het. Daar was twee kinders. Hy het my gevra om 'n skets van die foto te maak. Dit was 'n familievakansie. Ek het altyd gedroom van met vakansie gaan, gewonder hoe dit moet wees om as gesin langs 'n kampvuur te sit. Ek het myself in die prentjie ingeteken, 'n derde kind in die skaduwee in die agtergrond. Ek wonder of hy dit ooit opgemerk het." Angel byt haar onderlip en gooi 'n stokkie op die vuur.

Ferdi kyk oor na Angel, die traan wat biggel oor haar wang. Hy vee dit weg, kyk na die helder gloed soos die stokkie vlamvat. "Ons is hier. Ons is 'n paartjie. Ons het 'n vuur. Jy is hier, reg in die prentjie. Hierdie is ons prentjie."

Angel druk haar hand binne sy hemp in, agter op teen sy rug. Sy bevestig wat hy sê, "Ons prentjie."

"Weet jy wat ons vergeet het?" vra Ferdi. "Muskadel.

Hier sit ons 'n kort spoegie van die Kaapse wynlande, en ons het muskadel vergeet."

Angel kyk hoe Ferdi die toebroodjies omdraai, sy vingers byna verbrand. "Ons het Marmite. Wees tevrede."

Ferdi knik sy kop. "Toegegee. Alkohol is in elke geval 'n slegte gewoonte." Hy voel hoe Angel verstar met sy woorde, besef dat dit 'n teer plek aanraak. "Ek's jammer."

Sy skud haar kop. "Niks om oor jammer te wees nie. Dis my skuld, my gewoonte."

"Is dit reg om daaroor te praat?"

Angel knik, gooi stokkies in die vuur en kyk hoe dit vlamvat, opkrul en verkool.

"Wanneer het dit begin?"

Angel neem tyd voor sy antwoord.

Ferdi kyk of die toebroodjies gereed is en haal dit af van die rooster. "Dis warm," sê hy nodeloos. Hy neem een en blaas dit koel.

Angel neem die ander een en volg sy voorbeeld. Sy byt 'n hoekie af.

"Hierdie is joune. Jy het myne."

"Wat's die verskil?"

"Joune het Marmite."

Ferdi wil terugruil, maar Angel skud haar kop. "Ek wil proe wat jy proe wat so spesiaal is."

"Waarom met swart en wit teken as jy kleur kan gebruik?" Hy lag vir homself.

Angel lag saam en merk op, "Sommige prentjies lyk beter in swart en wit."

"OK, jy is die kunstenaar. Jy sal weet."

Hulle eet saam, geniet die oomblik. Ferdi krap die aartappels uit die vuur en vou die tinfoelie weg. Hy gee een vir Angel en neem die gebrande een vir homself. Hy krap die as weg en breek die aartappel oop. "My ma het altyd botter opgesit toe ons kinders was. En sout. Ek het jare laas botter geëet.”

“Daar’s botter daarbinne. Saam met die konfyt en komplimentêre tee en koffie.”

Ferdi staan op en sê, “Ek kry vir ons.”

“Dankie. Jy’s ‘n skat,” sê Angel toe hy terugkeer met ‘n handdoek en dit oor haar skouers gooi. Sy kyk hoe die stukkie botter in die warm aartappel wegsmelt en proe versigtig. “*Nice.*”

“Hmm, soos ek dit onthou,” beaam Ferdi. Hy gooi nog hout op die vuur. “Net vir romanties wees. Saam met koffie.”

Angel wil opstaan, maar hy keer haar. “Die koffie kan wag. Ons het afgedwaal. Ek het jou onderbreek.”

“Ek maak koffie. Dan vertel ek.”

Ferdi kyk na die stukke hout wat een na die ander swart raak en rokerig begin smeul. Sy oë traan van die rook. Hy vee die trane met die agterkant van sy hand af net toe Angel uitstap met koffie en tee. “Dankie.”

“Jy rook ons hier uit.”

Ferdi lag. “Ja, daardie deel is nie in die prentjies nie. Dit sal nou beter raak. As dit vlamvat hou die rook op.” Hy gee vir Angel tyd om haar gedagtes te vorm, om haarself reg uit te druk. Sy beker koffie is halfpad leeg toe sy gereed is.

“Ek het jou vertel van die skoolhoof.” Angel maak die stelling, aanvaar Ferdi onthou. “Ek het agterna ‘n verklaring probeer vind, opgelees oor daardie tipe van ding. Hy het GHB gebruik. Dit maak jou slaperig, laat jou alles vergeet. Jy raak net wakker en weet iets het gebeur, maar niks verder nie. Hulle gooi dit in jou tee, wat jy ookal drink.”

“Wat is GHB?”

“Kan nie meer onthou nie. Dis ‘n afkorting vir die een of ander chemiese middel. Dis was die eerste keer dat ek daarvan te hore gekom het.”

"Dit was nie jou keuse nie."

Angel sit 'n oomblik peinsend, sê dan, "Nee, dit was nie. Dit het my laat besef mens kan ontsnap van dinge wat by jou spook, jou wakker laat lê in die nag. Ek het benzos probeer, maar hulle maak jou soos 'n zombie. Jy voel of jy half aan die slaap is. Jy voel niks nie, maar jy is wakker. Dis nie lekker nie."

"Waar kry jy die goed?" vra Ferdi, verwonderd.

"Mense gee dit vir jou. Jy probeer. Eksperimenteer."

"Ek leef 'n beskermde lewe. Niemand het my nog ooit iets aangebied nie. Voordeel van *average* lyk."

"Mans maak jag op jong meisies."

Ferdi wil uitwys dat nie alle mans roofdiere is nie, maar hy weet dis nie die oomblik nie, dat Angel nie almal insluit nie. Sy praat buitendien van haar eie ervaring, hoe sy mans ervaar het. Hy luister.

"Dagga is *nice*, maar dit gee jou stinkasem en alles ruik. Mandrax is oukei. In Melbourne het ek heroïen probeer. Dit het my ge-*hook*. Dis erg. Ek was nog nooit ge-*hook* nie, maar heroïen was daardie een treetjie te ver. Dit kruip in jou weefsels in. Jy droom daarvan. Dis in jou gedagtes, in elke sel van jou liggaam. Jy wil dit hê. Jy kan nie daarsonder nie. Dis al waaraan jy kan dink. Jy is verslaaf. *Totally.*"

"Wat van nou?" Ferdi vra dit sagkens.

"Dis daar." Angel byt haar onderlip en kyk na Ferdi. Sy skud haar kop en kyk weg. "Dit knaag. Dis altyd daar."

"Is jy bewus van wat om jou aangaan as jy op 'n *trip* is?"

"Soort van. Nie altyd nie. Jy kom en gaan. Dis anders vir verskillende mense. Jy weet, maar jy weet ook nie. Jou brein voeg dinge by wat nie daar is nie en neem dinge weg wat daar is. Dis soos *edits* van die werklikheid. Dis moeilik om te beskryf."

"Daardie aand op die dansvloer, toe ons mekaar die eerste keer ontmoet het, was jy op 'n *trip*?"

"Nie heroïen nie. Jy *party* nie op heroïen nie. Daar is ander *drugs*."

"Soos?"

"Ferdi, dis beter om sommige dinge nie te weet nie."

"Ek probeer verstaan."

"Dis nie nodig nie. Dis net ontsnapping. Jou musiek werk goed vir jou. Ek het iets sterkers nodig. Dis my ontvlugting, my vonnis."

"Vir iets wat jy nie gedoen het nie."

Angel knik haar kop stadig. "Vir die sondes van die vaders."

Ferdi herhaal, "Sondes van die vaders."

Elk verval in hul eie gedagtes, soek na antwoorde en geregtigheid wat nie bestaan nie.

"Kan ek jou iets vertel?" vra Angel na 'n lang stilte.

Ferdi kyk na haar. "Seblief."

Angel kyk na hom en glimlag ondeund. *"Confession time."*

"Maak my bang. Hoe so?"

"Jy't verwys na die dansvloer. Ons eerste keer. Ek het gesê ek het jou opgemerk oor jy so vrot gedans het."

"En soos 'n pa gelyk het wat sy dogter oppas."

Angel lag, vir eens hartlik, uitbundig. "Ja, ek het dit gesê. Dit was wreed."

"Dis oukei. Ons is nou hier, ten spyte van."

"Eintlik het jy my van my voete geslaan."

"Wat? *No way?*"

"Jy het. Almal het op en af gespring, die *vibe* van die musiek gevang. Jy't daar gestaan met jou eie ritme, stadig, asof daar musiek is wat ons ander nie hoor nie. Ek het so die *hots* vir jou gehad."

"Nee, ek glo dit nie."

"Dis hoekom ek weggehardloop het. Ek was bang ek bespring jou."

"Wragtag?"

"Wragtag."

"Onthou jy ek het iets in jou oor gesê daardie aand?"

"Jy het my herinner maar jy't my nooit vertel nie."

"Wil jy weet?"

"Natuurlik."

"Ek het gesê, *you make me wet.*"

"Wat?" Ferdi gaap haar oopmond aan. "*No way.* Het jy dit gesê?"

"En jy was te doof om te hoor."

"Bliksem. Nou sê jy dit." Ferdi lag oorstelp, kan nie glo wat hy hoor nie. "Waarom nie die vorige keer nie?"

"Netnou kry jy grootkop." Angel knyp sy ribbes.

"OK. *Confession time.*" Ferdi lag vir homself. "Ek wou jou *lipstick* aflek. Toe jy met jou rug teen my dans, ek moes net keer dat my hand nie in jou broekie inglip nie. Dit het nog nooit met my gebeur nie. My knaters het amper ontplof."

Angel skaterlag, helder soos die sterrehemel. "*Chemistry!*" Sy gaan sit wydsbeen oor Ferdi se skoot en omhels hom. Hy omhels haar terug.

"Wat van ons maak *chemistry*?" stel sy uitlokkend voor.

"Weer?"

"Weer. En dan weer."

"*Doggy?*"

"En dan soos katte."

"OK, *count me in.*"

Angel trek sy dwalende hand weg. "Ek wil net eers bad. Ek ruik na stroois."

"Ek ook. Gaan jy eerste. Los sommer jou water in. Jy is skoner as ek."

Ferdi speel met 'n stok in die kole terwyl hy water hoor tap. Hy voel die opwinding in sy liggaam, die wete van wat kom. Hy het geen behoorlike seksuele ervarings gehad voor hy Angel ontmoet het nie. Hy het altyd oor sy vermoë getwyfel. Hoe sou dit vir hom wees om met iemand te slaap wat so onervare soos hy was, iemand so onseker en skaam vir haar liggaam. Sy het hom voorgestel aan 'n wêreld waarvan hy skaars durf droom het.

Hy bewonder Angel wat so gemaklik met haar liggaam is na alles wat met haar gebeur het; hoe is dit moontlik? Is sy werklik so gemaklik as wat sy voorgee? Is dit nie ook maar 'n fasade, 'n masker wat sy dra nie? Hy besef hy moet versigtig met haar wees, net volg waar sy heen lei, nooit domineer nie. Hy hoop hy lees dit reg. Hy wil hê sy moet weet hy begeer haar.

Ferdi krap die kole oop sodat dit kan afkoel en nie vlamvat deur die nag nie. Hy gooi water en staan terug om die stoom in die koel nagluggie te laat wegsweef. Dan stap hy die rondawel binne en trek die voordeur toe. Dit het stil geraak in die badkamer.

Hy klop en roep deur die badkamer deur, "Is jy klaar?"

"Ja."

Hy stoot die deur oop. Angel sit steeds in die bad.

"Ek dog jy sê jy's klaar."

"Ek is."

"Dit lyk nie so nie."

"Ek wag vir jou."

Ferdi krap sy kop. "Ek dink ek sal regkom. Ek het myself al gebad."

"Trek uit jou klere. Klim in."

Ferdi gehoorsaam gedwee.

Toe hy sy been oor die bad se rand lig, beduie Angel, "Nee, daardie kant. Jou bene die kant toe."

"Wat beplan jy?" vra Ferdi agterdogtig.

"Lê net terug en ontspan."

"Wanneer jy sê om te ontspan is dit gewoonlik tyd om gespanne te raak."

Angel trek sy voete weerskante van haar sye. "Jy het te veel hang-ups. *Chill*."

Ferdi sit en kyk hoe Angel sy bene met lyfolie invryf en die haartjies afskeer.

"Wat is hierdie littekens af teen jou skeen?" vra sy.

"Motorfiets."

"Wat het gebeur?"

"Kar het voor my ingedraai. *Double summersault* met *full body twist* oor die *bonnet* gedoen."

"Is dit waar die merke op jou arms vandaan kom?"

"Nee, trapfiets."

"Hoe so?"

"Ek het vir 'n meisie langs die pad gekyk en 'n draai gemis, neergeslaan."

"Jou verdiende loon."

Ferdi glimlag. "Ja, sy't net vir my gelag en aangestap."

"*That sucks*."

"*Yep*", beaam Ferdi. "Versigtig daar," waarsku hy benoud toe sy teen sy dye op begin skeer.

Angel lag net en gaan voort om sy bobene glad te skeer. Sy vryf haar hande vanaf sy enkels opwaarts tot sy heupe, dan af in sy lieste. "Dis *nice*. Seepglad."

"Dis *weird*. Ek beter nie kortbroek dra in die publiek nie."

"*Trust me*, elke meisie sal vir jou ogies maak."

"Ek het 'n meisie."

"Ek sê net."

Angel droog haarself af en klim uit die bad. Ferdi was homself terwyl sy haar gesig en lyf invryf met olies en room.

"Dit ruik lekker," sê hy terwyl hy homself ook afdroog.

Angel wag terwyl hy klaar afdroog en sy tande klaar geborsel het. "Staan stil," beveel sy.

Ferdi laat haar toe om iets op sy gesig te smeer. Dan hoor hy hoe sy rondkrap in haar sakkie met grimering.

"Maak toe jou oë."

Iets sags druk teen sy ooglede. Sy gebruik haar vinger om dit eweredig te smeer. Hy maak sy oë oop, kyk in die spieël. 'n Wese uit 'n gruwelfilm staar hom aan van diep uit die graf, swart skadu's om die oë. Ferdi lag en tuit sy lippe sodat Angel lipstiffie kan aansmeer. Hy volg wanneer sy wys met haar eie lippe hoe om dit eweredig te maak, druk 'n snesie vas tussen sy lippe om die oormaat te verwyder.

Angel staan terug en bewonder haar handewerk. "Dit lyk goed op jou."

Ferdi kyk na homself in die spieël. "Jy laat my soos 'n vrou lyk. Frankenstein se bruid."

"Jy sal 'n mooi vrou uitmaak."

Ferdi lag, verwonder homself oor die transformasie en dat hy nogal nie onaardig lyk nie.

"Moet net nie op jouself verlief raak nie," terg Angel. "Ek hou nie van kompetisie nie."

Sy draai 'n handdoek om haar lyf en stap na die slaapgedeelte.

"Wat nou? Los jy my net hier?" vra Ferdi. "Hoe was mens dit af?"

"Nee, jy was dit nie af nie. Kom, ek wag vir jou."

Angel lê onder 'n laken. Net die bedlampie is aan. Sy kyk na hom soos hy nader kom, afwagting reeds duidelik in die stuwing van sy lende. "Het jy al sonder my begin?" vra sy stout.

Ferdi kruip langs haar in. "Dis die effek wat jy op my het." Hy skakel die lampie af.

"Nee, los dit aan. Ek wil jou sien."

"Niks om te sien nie."

"Vir my om te besluit."

Hulle lê teen mekaar, geniet die oomblik van lywe wat wedersyds liggaamshitte deel. Angel draai haar liggaam en gaan sit wydsbeen oor Ferdi se heupe. Hy kyk op na haar, sy gelaatstrekke strak teen die wit lakens.

Angel kyk na Ferdi, haar uitdrukking ernstig. "Sal jy my vertrou as ek iets aan jou doen?"

"Absoluut. Solank jy nie messe na my gooi nie."

"Ek kan nie messe gooi nie."

"Presies. Dis hoekom ek dit noem."

"Jy's laf. Maak toe jou oë."

Ferdi sluit sy oë.

"Maak oop jou mond."

Hy maak sy mond oop."

"Lig op jou tong."

Hy lig sy tong. Hy voel iets soos kladpapier, dieselfde tekstuur. "Wat is dit? Drug jy my?"

"Ja."

"Jou bliksem," sê hy. "Ek gaan jou terugkry hiervoor." Hy klink gelukkig.

"Asseblief," giggel Angel. Sy druk hom vas op sy rug, stoot sy arms op bo sy kop. Sy soen sy nek, beweeg laer en lek die klein tepeltjies op sy borskas.

Dit kielie, aangenaam eroties. Ferdi wriemel tevrede. Hy voel sy gedagtes vaag raak. Hy weet dis die dwelm. Hy weet nie wat dit is nie. Dit kan nie heroïen wees nie. Daar was geen naald nie. Hy weet Angel sal hom nie na daardie dieptes lei nie. Hy vertrou haar, absoluut.

Angel bly lek, beweeg al laer. Hy lig sy heupe sodat Angel sy pajama broek kan aftrek. Hy lê nakend terwyl sy hom koester, haar hande op sy bekkenbeen plaas en sy naeltjie met haar tong verken. Sy beweeg nog laer af, lek en soen hom sodat hy sy oë styf toeknyp.

Ferdi lig Angel van hom af en draai haar op haar rug. Sy is lig, soos 'n veer. Dan lê hy bo-op haar en pen haar vas. Hy stoot haar arms bo haar kop uit, soen haar nek. Sy lippe laat 'n groen skynsel op haar vel, soos wasem wat verdamp en haar vel pienk laat gloei. Hy lek die holtetjie onder haar keel. Dit laat 'n groen streep wat stadig verdwyn, pienk agterlaat. Hy lek harder en dieselfde gebeur.

Hy plaas sy hande onder haar uitgestrekte arms en bewonder die vorm van haar pienk borste. Die woord *"Hands"* is getatoeëer onder haar een bors. Hy volg die instruksie en plaas sy hand daar. Dis net die regte grootte, asof sy hand vir haar bors gemaak is, of dalk haar bors vir sy hand. Hy leun oor en soen haar ander bors. Daar is *"off"* geskryf. Hy wonder wat *"off"* beteken. Hy druk haar tepel wat styf orent staan met sy vinger. Niks gebeur nie. Dit bly styf. Hy probeer weer. Steeds niks. Iets moet gebreek wees.

Hy probeer dit vir haar sê, dat die skakelaar nie werk nie. Die woorde val uit sy mond, maar maak geen sin nie. Hy herhaal dit, stadiger dié keer. Hy lag vir die geluide wat uit sy eie mond kom. Sy tong is te lomp. Dit moet die groen afskeiding wees. In elk geval, hy is bly sy is aangeskakel. Die tepel is so pragtig pienk. Hy druk weer met sy hand, verwonder hom hoe ferm haar tepel is teenoor die sagtheid van haar bors. Hy lek haar bors, laat dit gloei in skakerings wat skadu's van pienk laat pols onder sy tong.

Hy verken verder, waar haar ribbes eindig en haar maagholte begin. Die pienk gloed versprei, af na haar naeltjie waar 'n silwer ringetjie skerp afsteek teen die pienk skynsel van haar vel. Hy lek nog laer. Die groen afskeiding van sy tong neem langer om te verdwyn, word al helderder, soos daai *day-glo* verf wat 'n mens soms op voorwerpe sien. Hy lek laer af teen haar onderlyf, waar nog iets geskryf is. Hy probeer lees, maar sy oë weier om te fokus. Hy probeer weer, kan dit net-net uitmaak, iets soos *"no entreé"*. Ferdi is tevrede daarmee. Hy het nie 'n voorgereg nodig nie. Hierdie is alreeds meer as genoeg.

Angel nooi hom uit om nog laer te verken. Haar pienk vou oop om Ferdi se tong in te laat, omhels hom dan in die mees besondere skakerings van die kleur, donkerder, amper magenta. Hy lek, kan nie glo dat pienk so helder kan wees nie. Die mees eksotiese speserye, almal in een gemeng, speel op sy tong. Hy lek tot hy versadig is, dan gaan lê hy langs Angel wat van kop tot tone glinster in pienk. Sy vou haar arm om hom, druk hom vas. Sy lig haar been oor sy heupe, vleg haarself om hom, slange wat om mekaar wriemel. Hy laat homself toegevleg word, verdwyn binne in haar en sy rondom hom. Hulle wriemel en vleg, gare wat in tou opdraai, onbreekbaar tesame.

Ferdi is vasgevang in die oomblik, van pienk wat oor hom troon, skakerings soos vlamme wat deur haar brand. Sy smelt. Hy kan regdeur haar sien. Sy omvou hom soos 'n seekat, vloeibaar. Hy druk sy hand waar Angel om hom vou, hom binne in haar hou, daar waar sy op haar pienkste is, diep tussen haar lieste. Blou elektrisiteit speel soos weerlig deur haar vloeibare figuur wanneer hy daar druk. Haar oë is toe, haar kop agteroor gegooi.

Hy druk weer, volg die weerligstrale wat van haar onderlyf na haar keel toe strek. Hy bly druk, voel hoe haar pienk gloed hom oorweldig. Hy wil meer van die blou blitse sien, bly druk met sy hand totdat rillings die pienk skynsels die hele vertrek vol laat gloei.

Ferdi ontwaak uit 'n beswyming. Sy kop klop, maar dis nie hoofpyn nie, eerder 'n diep wasigheid. Hy onthou van 'n droom wat soos werklikheid gevoel het. Hy sukkel om sy kop op te lig. Angel lê met haar bolyf langs hom en haar heupe bo-op syne. Haar been is onder sy bene ingevleg. Sy snork saggies, vroulik. Hy streel haar stekelrige blou hare. Die laken is nat van hulle sweet. Daar is 'n klewerigheid wat glad nie groen is soos hy onthou nie.

Angel roer onseker.

"Wat het jy aan my gedoen," vra Ferdi van ver weg, sonder om 'n antwoord te verwag.

"Was dit lekker?" vra sy.

Ferdi gee net 'n laggie.

"Ek's bly. Vir my ook."

"Wat was dit?"

"Nie vir jou om te weet nie."

"Is dit altyd so?"

"Ek weet nie. Dit was my eerste keer."

Hoofstuk 9

F erdi lê al van vroeg oggend wakker. Angel is vas aan die slaap. Hy luister na haar rustige asemhaling en wens hy kan ook wegsluimer. Maar slaap ontwyk hom. Sy kop voel swaar. Hy voel die begin van 'n hoofpyn, 'n allemintige een, die soort wat hy van sy ma se kant van die familie geërf het. Hy het nie genoeg krag om op te staan nie, maar hy kan ook nie slaap nie. Sy gemoed draai en herhaal dieselfde gedagtes, oor en oor. Maanskyn en rose. Wat dan? Hulle beplan om na ontbyt Kaap toe te vertrek, maar wat daar wag weet hy nie. Dit pla hom al heelnag.

Sy kop maak stories op wat hy nie kan afskud nie. 'n Leefwyse van rugkeer op die wêreld. Euforie gevolg deur rampspoed. Losbandige oorgawe en gevolge. Berou. Vrese wat ontaard in verwondering. Hemelse, salige belewenisse. Argumente. Gewetenlose karakters in donker gangetjies. Beheer verloor en al jou laste aflaai. Of in beheer bly ten alle koste. Wie besluit?

Hy wonder of dit iets met die vorige aand se dwelm te doen het. Dit pla hom dat dit so 'n ongelooflike ervaring was. Dit pla hom dat hy dit weer sal doen as Angel hom die kans gee. Hy weet genoeg om te weet dis 'n eenrigting pad vir die meeste gebruikers. Dit pla hom dat die pad so aanloklik lyk. En hy verstaan wat met Angel gebeur het.

Wanneer dit lig word besluit hy om op te staan, 'n vroeë koppie koffie te geniet en die son te sien opkom. Dalk sal dit sy gedagtegang onderbreek. Hy loop na die badkamer, doen wat nodig is en staan voor die wasbak om sy gesig te was. Hy kyk in die spieël en skrik vir wat hy sien. Hy lyk soos 'n spook, wit gesig en donker gelaatstrekke. Dan onthou hy Angel se grimering van die vorige aand. Ferdi lag. Hy besluit om sy gesig te was en die lipstiffie aan te hou. Wat maak dit saak wanneer niemand in die distrik hom ken nie?

Die son verskyn net-net oor die lae randjies buite die dorp toe Ferdi uitstap. Die lug is fris. Dis lekker om vroegoggend buite te wees wanneer dit so stil is, voor die dag se gewoel begin. Die tentjie staan nog op sy eie aan die oorkant van die kampeerterrein. 'n Ouerige man sit langsaan by 'n vuurtjie met 'n koppie stomende koffie. Ferdi waai beleefd; die man merk nie op nie.

Sy kopseer bedaar. Hy luister na die lemoenduifies se gekoer, so kalmerend, herinneringe uit sy kinderdae toe hulle oor Kerstyd sy oom op die plaas besoek het. Sy pa se kant van die familie. Hy wonder wat van sy neefs geword het. Hulle het almal kontak verloor toe die kinders die huis verlaat het om hul eie potjies te krap. Hy self was nooit familie gebonde nie. Hy was te anders, op te veel maniere. Selfs op skool het hy nie werklik ingepas nie. Hy wonder of dit is waarom hy so gemaklik voel met Angel, dat hulle beide buitestaanders is, uitgeworpenes, maar om heel ander redes.

Waar het alles so begin afstomp? Ferdi sit en dink terug. Eintlik was hy 'n gelukkige kind. Hy was geneig tot swaar-moedigheid, maar vir hom was dit gewoon. Hy het nie van beter geweet nie. Sy eerste ervaring van skool was ontstellend, hoe kinders ander getart en geboelie het. Hy self was net een keer die slagoffer, in sy finale jaar van laerskool. Standerd vyf. 'n Seuntjie het elke dag dieselfde rigting tuiswaarts geloop na skool. Hy het knaend rede gevind om vir Ferdi te tart. Hy't hom vererg vir die mannetjie, omgedraai, hom aan sy strot beetgekry en met een hand skoon van sy voete gelig.

Hy weet steeds nie watter een van die twee van hulle die grootste geskrik het nie. Hy onthou net die yskoue gevoel van skok toe hy besef waartoe mens in staat is wanneer jy heeltemal beheer verloor. Die geweld wat so kwalik verborge lê. Snaaks hoe sulke dinge 'n verwysingspunt in iemand se lewe kan word. Vir Ferdi was dit die gewaarwording dat daar iets onheilig diep binne hom skuil, iets om van bewus te wees, altyd bedag op te wees. Die Heilige Gees leef binne jou. Hy sien alles. Elke Sondag was hulle dit ingeprent. G'n wonder hy was 'n swaarmoedige kind nie. Al die laste wat hy saam met hom rondgedra het.

Ferdi skud sy kop vaagweg, hoe vlak onder die oppervlak sekere dinge begrawe lê. Diensplig. Die stories wat sy broer en sy vriende vertel het. Meestal om te beïndruk. Dit het net die teenoorgestelde uitwerking op Ferdi gehad. Hy was maar nog kind. Nuut op hoërskool. Verplig om skoolkadette by te woon een maal per week. Die idee van vertel te word dat iemand anders jou vyand is was so teenstrydig met die Sondagskool lesse dat dit Ferdi verwar het.

Die paar keer wat hy met sy ouers daaroor wou praat het hom laat voel of hy godslasterlik is. Hoe durf iemand die weermag bevraagteken? Jongs mans offer hul lewens op vir ons veiligheid. Wie was die 'ons' in ons? Vir wie het die jong mans gesterf wie se name so somber op elke aand se nuus uitgelees is. Daardie was die vrae in sy kop. Hy het al dieper in homself begin keer, hom afgesluit van mense wat hom ongemaklik laat voel het, sy gedagtes besmet het. Die Bybel lesse wat hy elke Sondag moes leer, wat blykbaar net gedeeltelik van toepassing was buite die kerkgebou. Dis waar hy sy familie begin afsterf het. En stelselmatig godsdiens ook.

Ferdi hoor 'n beweging binne die rondawel. "Is jy op?" vra hy en loer by die deur in.

Angel lyk behoorlik deur die slaap. Sy vee haar hand deur haar hare en sê, "Ek voel of ek babbelas het."

"Jy's nie die enigste een nie. Kan ek vir jou tee maak?"

"Dankie. Sal lekker wees." Sy kyk na Ferdi se swart lippe en glimlag slaperig. "Ons beter jou *make-up* 'n *touch-up* gee."

Hulle sit op die motor se enjinkap en geniet die oggendson.

"Hoe ver is dit nog Kaap toe?" vra Angel.

"Seker so drie ure, dalk vinniger. Ons kan middagete daar wees."

"Daar's geen haas nie. Ek vra net."

Ferdi dink aan praktiese dinge. "Ons moet dink aan 'n plek om te bly. Hierdie dagtariewe gaan ons spaargeld vinnig laat opdroog." Die gedagte gee die kopseer sommer weer vatplek.

Angel knik vaagweg. "Enige idees?"

"Nee."

Sy knik weer. "Soms beter om nie planne te hê nie."

"Ja, maar ons kan nie in die kar slaap nie."

Angel glimlag skeef, asof sy nie heeltemal saamstem nie. "Sal nie die eerste keer wees nie."

Ferdi kyk na haar. "Jy verdien beter as dit." Hy vryf sy slape.

"Doen ek? Baie mense in die land verdien iets, maar kry niks. Is ek anders?" Angel sê dit nie aanvallend nie. Haar kop is nog nie helder nie.

Ferdi oordink haar woorde. Hy staan op, drink sy beker

koffie leeg en merk op, "Jy is hier. Ek is hier. Mens kan net by die begin begin. Kom ons maak ontbyt. Dan val ons in die pad."

Angel bly sit. "Ek sal Swellendam mis. Ons kan eendag hier aftree."

Ferdi steek in sy spore vas, kyk op na die omliggende voetheuwels, die berge op 'n afstand, die witgepleisterde historiese geboue. "Stem saam," sê hy. "Wat van ons besoek die Drostdy voor ons ry?"

Angel sê, "Stem," gly van die Datsun se enjinkap af en volg Ferdi die rondawel binne.

"Het jy iets vir kopseer?" vra Ferdi.

"Dalk te sterk. Wat gebruik jy gewoonlik?"

"Aspirien."

"Nee, ek het nie. Dalk kan ons kyk op pad."

Hulle maak in stilte brekfis. Daar is nie veel om oor te gesels terwyl hulle eet nie. Ferdi voel of iets sy regteroog van agter probeer uitdruk. Angel se hande is bewerig.

Ferdi merk dit op. Dis moeilik om dit nie raak te sien nie. "Is jy oukei?" vra hy.

Angel knik, sê niks.

Ferdi kyk na haar, besorgdheid in sy stem, "Angel, praat met my."

Sy byt haar onderlip. "Dis weer daar, Ferdi. Dit raak al erger."

"Ek kan dit sien." Ferdi beaam, sagkens. "Hoe gereeld gebruik jy?"

"Dit was twee of drie keer 'n week."

"Jy moet dit stop voor dit buite beheer raak."

Skielike emosie oorval vir Angel. "Ferdi, dis alreeds buite beheer." Sy begin snik, verberg haar gesig in haar hande. "Dit maak my bang. Ek wil nie jou saam intrek nie."

"Hey. Angel." Ferdi staan op en omhels haar oor die stoel

se rugleuning. "Ek maak my eie keuses. Ek kies om hier te wees. Dis my lewe om op te offer. Ek offer dit vir jou. Ons gaan die ding saam oorwin."

"Hoe, Ferdi? Hoe gaan ons dit oorwin?" Sy vra dit tussen snikke deur.

"Daar moet maniere wees. Ek het die adres van 'n kliniek in die Kaap. Kom ons ry. Kom ons gaan soek hulp." Die kommer genoeg om bewustheid van 'n groeiende hoofpyn weg te neem.

Angel laat Ferdi toe om haar te help regmaak, hul goed in tasse en dra-sakke te pak. Sy klim in die kar. Sy rus haar kop teen die venster en kyk hoe die landskap verby rits. Riviersonderend. Caledon. Botrivier. Die hellings raak al steiler en die berge stoot nader aan die pad.

"Dis mooi hier," merk sy gedemp op toe hulle die laaste hellings teen Houw Hoek op begin takel. Die plantegroei is dig. Boorde en bos wissel af. Groot, statige bome wat baie geslagte gesien kom en gaan het.

Ferdi knik bevestigend. "Dit is. Wag tot ons verby Grabouw is. Dit raak beter." Hy voeg by, "Hoe voel jy?"

"Oukei." Sy klink nie baie oortuigend nie. "Jou kopseer?"

Ferdi skud sy kop. "Dit kom en gaan."

"Ons kan in Grabouw stop en iets vir jou kry."

"Nee, dis reg. Ons druk deur. Dis nie meer ver nie. Ons moet plek kry om te oornag. Dan kan ons inkopies doen."

Die hoofpad loop in elk geval nie deur Grabouw nie. Hulle ry verby en begin weer die steiltes tref. Die Datsun se enjin werk swaar. Die slap draaie roep uit na 'n kragtige motorfiets. Die pad is wyd en in goeie toestand. Daar is nie juis veel verkeer nie. Ferdi het jare gelede laas Sir Lowry's pas oorgesteek. Hy ken die roete noord beter.

"Kyk na daardie proteas." Hy beduie na suikerbossies wat langs die pad groei. Sommiges is oortrek met blomme. Met

die motorfiets ry hy gewoonlik te vinnig om besienswaardig-
hede langs die pad op te merk.

Angel kyk, maar sê niks nie.

Hulle beland agter 'n swaar vragmotor. Dit lyk of dit
oorlaai is. Swart dieseldampe borrel by die uitlaatstelsel uit.
Daar is nie plek vir verbysteek nie. Die Datsun het in elk
geval nie genoeg krag om verby te steek nie. Hulle kruip
agterna oor die kruin. Voor hulle lê die skiereiland wyd in al
sy glorie voor hulle uitgestrek.

"Wow. Angel, hoe's daai vir 'n uitsig." Dis selfs beter as
wat hy onthou. Hy het vergeet hoe indrukwekkend dit is.

Ferdi trek die motor van die pad by die uitkykpunt op die
kruin van die pas. Die wind waai sterk, soos altyd daar. Hy
wys in die verte waar Tafelberg troon, na regs waar Stellen-
bosch se wingerde in die wasigheid verdwyn. Meer na links,
in die Strand se rigting hang rookbesoedeling oor die vlakte,
informele nedersettings waar mense 'n sukkelbestaan voer en
lugkwaliteit 'n luukse is. En heel links die pragtige blou
ronding van Valsbaai. Daar is die lug helder, hulle kan so ver
as Kaappunt sien.

"Klim bietjie uit. Kom ons hou 'n rukkie stil en rek ons
bene. My kop kan doen met vars lug." Ferdi het reeds een
been buite die motor.

"Ek's oukei. Rek jy jou bene."

"Dis pragtig. Dink jy nie so nie?" Hy kyk na Angel, kan
nie verstaan waarom sy so weinig belangstelling toon nie.

"Dis mooi, ja. Ek wag hier."

Ferdi trek die Datsun se deur toe. "Wat gaan aan?
Skattebol?"

"Ek's nie in die bui nie, Ferdi."

"Dis oukei, Angel. Dis oukei." Hy is afgehaal. Sy kan dit
sien. "Kom ons ry."

"Wat van jou kopseer?"

"My kopseer kan wag."

"Moenie ry nie. Geniet die oomblik. Daar's nie haas nie."

"Hoe kan ek die oomblik geniet as jy dit nie geniet nie?" Hy oefen nie druk uit nie, beaam eerder dat hy besorg is oor haar welstand.

Angel byt haar lip. "Gee jy om? Terwyl jy hier sit?"

Ferdi probeer om nie aan die werklike betekenis van haar vraag te dink nie.

Hy haal diep asem. Daar is huiwering in sy asemteug, emosie. "Angel, ek weet hoe jy smag na dit. Weet jy hoe dit is om jou te sien wegdryf, weg van my, ver weg, waar ek nie by jou kan wees nie?"

"Ek kan dit nie help nie, Ferdi."

"Ek weet jy kan nie. Neem my saam, Angel."

"Nee, Ferdi, ek sal dit nooit aan jou doen nie. Daar is geen terugkeer nie, Ferdi. Ferdi, ek het jou lief. Ek het nog nooit iemand lief gehad nie. Ek kan nie. Ek wil nie. Hierdie is my monster om te oorwin. Wag net hier vir my. Ek sal terug-kom. Dan ry ons saam Kaap toe. Ons gaan soek daardie adres op wat jy het."

Ferdi knik. Hy leun oor en omhels haar. Angel omhels hom terug. Hy kan haar liggaam voel bewe, die afwagting vir iets wat op daardie oomblik meer begeerlik is as hy. Dit maak seer, laat klammigheid in sy oog.

Angel klim uit die motor en krap rond in een van die tasse. Sy klim terug in die motor en sluit die deur. "Hier's iets vir jou kopseer. Dit gaan jou slaapmaak. Dis veilig."

Ferdi neem die tablet met water, stoot die sitplek se leuning terug en sluit sy deur. Hy probeer konsentreer op iets anders as Angel se gevroetel. Sy verval in 'n waas lank voor hy die swaar trek aan sy ooglede voel, dan raak hy ook weg in 'n droomlose slaap.

Dit voel soos oomblikke later toe hy sy oë oopmaak. Dis reeds skemer. Angel mompel iets onverstaanbaar. Ferdi klim uit die kar om sy stywe ledemate te rek.

Hy staan langs die motor, verwerk wat hy sien en sê, "Julle bliksems."

Die Datsun staan op klippe. Al vier wiele is weg.

Ferdi sluit sy oë, maak hulle oop. Die wiele is steeds weg. Hy gaan sit op sy hurke. Wat nou gemaak. Deel van hom is verlig net die wiele is weg. Hy wil nie dink wat kon gebeur het as iemand die kar oopgebreek het en die slapendes aangerand het nie. 'n Voertuig kom aan van 'n afstand. Ferdi hoor die gedruis en stap oor pad toe. Dis 'n sedan, soos enige sedan. Die bestuurder ry stadiger toe hy Ferdi sien waai. Toe hy nader kom draai hy sy venster op, versnel en ry verby, die pas af, maak of hy nie vir Ferdi langs die pad sien staan het nie.

Nog 'n motor volg agterna, jong mans wat êrens vandaan kom of op pad is iewers heen. Die bestuurder se venster is oop. Hy leun by die venster uit en maak soengeluide. "Moffie," skree een van die passasiers.

Ferdi kyk hulle agterna en skud sy kop. Hy gaan sit weer op sy hurke. Dit tref hom skielik waarom hy die negatiewe reaksies uitlok, sy swart grimering en naels. Hy pers op sy lippe. 'n Streep van hardkoppigheid wel binne hom op, om die wêreld uit te daag om hom te aanvaar soos hy is. Hy weet hy gaan lank wag. Hy vou moedeloos sy gesig in sy hande.

Hy moes weer aan die slaap geraak het. Hy is bewus dat dit reeds nag is. Lig gloei deur die vel tussen sy vingers. Hy lig sy kop en kyk vas in 'n voertuig se rooster. Weerskante skyn die hoofligte. 'n Polisieman staan langs hom en skyn 'n flits in sy oë. Ferdi probeer skerm.

"Wat's jou probleem?" Die polisieman klink onvriendelik.

Ferdi staan wankelrig op. Sy knieë was te lank in 'n hurk-posisie gebuig.

"Is jy getrek?"

"Nee, konstabel. Ons het 'n slapie gevang. Iemand het die kar se wiele gesteel." Hy beduie na die Datsun. Hy volg die beampte na die motor toe, sien dat Angel wakker is.

"Wat makeer haar?"

"Sy voel nie lekker nie."

"Is julle op drugs?" Die polisieman kyk agterdogtig na Ferdi.

"Nee, konstabel," jok Ferdi.

"Maak oop die kattebak."

Ferdi haal die sleutels uit die Datsun se aansitskakelaar. Angel kyk na hom. Daar is 'n handdoek op haar skoot, 'n trek van moegheid vir die lewe op haar gesig. Sy was naar. Sy lyk sleg. Ferdi raak aan haar wang, dan stap hy om die motor om die kattebak oop te sluit.

Hy kyk hoe die beampte deur hul besittings vroetel, die kartondoos met kompakskywe oopmaak, na 'n paar titels kyk en sy kop skud. Hy maak hulle tasse oop en krap hulle klere deurmekaar, Angel se kantbroekies.

"Wat is hier binne?" Die beampte wys na die houtdosie met invoegsels waar Angel haar dwelms bêre.

Ferdi se moed sink. "Dis my meisie se *make-up*."

"Waarom is dit gesluit?"

"Ek weet nie."

"Waar is die sleutel?"

"Ek weet nie."

Die beampte stap na Angel se kant van die Datsun. Sy draai die venster af.

"Waar's die sleutel vir jou *make-up*?" Hy vang die walm van haar braaksel en steier 'n tree terug. "Jeezus." Hy staan van 'n afstand en neem die sleuteltjie versigtig by haar asof dit radioaktief is.

Ferdi se maag is op 'n knoop terwyl hy kyk hoe die beampte die sleutel in die kissie druk en die deksel lig. Hy kyk weg en wag vir die onafwendbare.

"Vroumense. OK, maak maar toe." Die polisieman stap weg, terug na sy voertuig.

Ferdi lig die kissie se deksel versigtig op en kyk binne. Daar is 'n enkele stafie lipstiffie binne-in. Niks anders nie. Hy maak die kattebak toe.

Die beampte stap terug na hom toe.

"Ek ry stasie toe. Ek reël 'n insleepdiens om te kom help. Het julle geld?"

Ferdi dink vir 'n oomblik. "Seker nie soveel nie. Nie vir daardie tipe ding nie." Hul penarie noodsaak veel meer as bloot insleep.

"Wel, ek kan nie help nie. Ek kom later weer hier verby. As julle steeds hier is neem ek julle terug. Dan moet julle maar self 'n plan maak met die kar. As dit hier bly staan gaan ek vir julle 'n boete skryf." Hy stap terug na die vangwa, skakel die voertuig aan en ry af teen die pas.

Ferdi maak die passasiersdeur oop. Hy neem die vuil handdoek by Angel en help haar uit die kar. "Hoe voel jy?"

"Vrot. Is hy weg?"

"Ja."

Angel voel tussen haar hare en trek 'n spuitnaald uit. Sy gooi dit tussen die bossies in. Sy neem die handdoek by Ferdi, krap in haar eie braaksel rond met 'n stokkie en stoot 'n spuit eenkant. Sy gooi dit ook oor die afgrond.

"Wat het jy met die dwelms gemaak?"

Angel maak die Datsun se kattebak oop en haal die kartondoos met diskette uit. Sy haal sakkies poeiers uit een kassie na die ander, pille wat onder diskette verberg is.

Ferdi is verbaas oor haar voorsienigheid. "Hoe het jy geweet?"

"Ek het nie geweet nie."

Ferdi kyk net en skud sy kop; die voorsorg, diaboliese vindingrykheid en oorlewingsinstink van dwelmgebruikers. "Ons het 'n probleem," verwoord hy lakonies die ooglopende. Hy wys na die wiele wat weg is.

"En nou?"

"Ek weet nie. Hopelik stop iemand."

"Wie dra vier spaarwiele saam?"

"Ek weet nie. Dalk 'n boer. Daar kom iets aan. Wag hier." Ferdi gaan staan weer langs die pad. Die ligte van 'n aankomende voertuig val strak op hom. Toe dit naby kom sien hy dis 'n minibus-taxi. Hy draai moedeloos terug, haal sy skouers op vir Angel. Hy draai verbaas weer terug toe die bussie stilhou.

Die bestuurder draai sy venster af en leun sy elmboog op die deurkosyn. "*Hi, Boss. Problems?*"

"*Thanks for stopping, Chief.*" Ferdi beduie na die Datsun.

"*Eish.*"

Ferdi knik net en skud sy kop.

Die bestuurder en sy maat klim uit die bussie en stap oor na die gestrande Datsun. Die bestuurder skop teen die ontblote remsisteeem en sê, "*Our spare won't work. This one only has four studs.*"

Die aflosbestuurder merk op, "*The trailer has two spares. That's got four studs.*"

Ferdi staan en luister na die gesprek. Hy krap sy voorkop. "*We need four wheels, though.*"

"*Boss, we're long distance association. Our stop is in Cape Town. We can drop you in Khayelitsha. But we can't pick you up there or bring you back here again. My cousin does autospare recycling. He can help. They may even have your wheels there.*" Die laaste met 'n grinnik.

Ferdi kyk onseker na hom.

"*Relax, I'm joking man.*" Maar skynbaar nie oor die *autospare recycling* nie. Kode vir die stroop van gesteelde voertuie? Waarin begewe hy hulle? Maar dan weer, het hulle enige keuse anders as om teen sy intuïsie in te vertrou?

Ferdi glimlag beleefd, krap weer sy voorkop. Sy standaard weggee-gewoonte. "*How do I get back here? I can't leave my girl.*" Hy huiwer. "*Khayelitsha. You know ... Is it safe? For us?*" Ferdi voel verleë. Almal ken die stories. Mense met wit velle vermy swart enklawes.

"*Safer with us than here. He will bring you back. Don't worry. He owes me.*"

"*Do you have space?*" Ferdi kyk na al die donker gesigte wat hulle nuuskierig uit die taxi beloer, ongeduldig, haastig is om by hul bestemming te kom. Hulle kan die wye uitspansel van die stad se liggies van bo sien.

"*Always have space. Don't leave any valuables.*"

Ferdi wil nie sê dat al hul wêreldse besittings in die voertuig is nie. Hy sluit alles wat gesluit kan word hoewel hy weet dat geen slot die ervare rower sal keer nie. Hy wag saam met Angel terwyl die bestuurder met die passasiers praat, verduidelik dat plek vir nog twee gemaak moet word. Op een of ander manier word liggame saamgepers; 'n gaping vir een persoon gaan oop.

"*Angel can sit on my lap. Please, don't hassle. We're grateful.*"

"*Sure?*"

"*Sure.*" Ferdi klim in en wag vir Angel om op sy skoot te kom sit. Die medebestuurder help haar in en skuif die deur toe, tweemaal voor die slot klik. Dit reuk van sweterige lywe en baie asems oorweldig maar *beggars can't be choosers*. Die suur reuk van braaksel wat oor Angel se jeans hang help ook nie juis nie. Hy weet nie waarvoor hy hulle inlaat nie. Hulle keuses is bitter min.

'n Baie groot vrou sit langs Ferdi met haar hande om 'n drasak op haar skoot gevou. Hy glimlag vir haar, 'n teken van dank vir die ongerief wat hulle veroorsaak. Sy glimlag terug. Sy kyk openlik na Angel se blou stekelhare, die swart naellak op Ferdi se vingers. As iets haar pla wys haar uitdrukking dit nie.

Daar word nie veel gesels nie. Wat wel gesê word is in Xhosa. Die bussie kom al die pad van die Oos-Kaap. Mense is moeg, deurgesit. Ferdi kyk by die venster uit. Angel sit skuins gedraai met haar kop teen sy nek.

"*The lady, is she sick?*"

Ferdi kyk na die vrou langs hom. Hy merk 'n mate van kommer op. "*Yes. But, it's not infectious. Don't worry.*"

"*She needs a doctor. She's too pale.*"

Ferdi knik. "*I know. As soon as we sort out our car.*"

"*Tsotsies. Be careful.*"

"*Thanks. We will. Are you visiting, or this is home?*"

Die vrou wys 'n stel wit tande. "*My daughter. My first grandchild.*"

Ferdi glimlag. "*You must be happy.*"

"*Yes. Very happy.*"

"*What is the baby's name?*"

"*Gladness.*"

"*That's a pretty name.*"

"*Ewe. She makes everyone happy. What is your wife's name?*"

"*Angel.*" Ferdi help haar nie reg nie, voel iets warms om as Angel se man beskou te word.

"*Also a beautiful name. Take care of your Angel. They come from heaven.*"

Dit raak 'n lang dag. Die stres begin hom vang. Hy raak skoon aangedaan en vee die nattigheid uit sy oë. Hy knik, *"It's true. She has a broken wing."*

"Then you really need to take care of her." Die vrou steek haar hand uit en streel Angel se stekelhare. *"Get well, dear Angel."*

Ferdi kyk na die landskap wat verander het van berge na vlakte, die haglikheid toe die bussie die N2 verlaat en die swart woonbuurt inry. Dis aand. Rook dwarrel by gehuggies en piepklein sinkhuisies aan die buitewyke van die *township* uit, gesinne wat met klam hout vuurmaak. Dis 'n ander wêreld, een wat Ferdi glad nie ken nie. Hy hou Angel styf vas.

Die strate is stiller as wat Ferdi verwag het. 'n Paar kindertjies speel langs die pad en kyk agterna na die wit gesigte in die minibus, wit gesigte met swart grimering en 'n vrou met blou hare. Hulle ouers sal nie hulle storie glo nie. Die bussie hou stil voor 'n perseel met 'n omheining van sinkplate. Die bestuurder blaas die toeter drie keer, vinnig. Die hek gaan oop. Hy praat met iemand. Sy medebestuurder klim uit en trek die bussie se skuifdeur oop. *"They can help you. We'll leave you here."*

Ferdi wag vir Angel om wankelrig uit die bussie te klim. Hy sê totsiens vir die swart vrou en hulle stap saam by die hek in.

Die bestuurder klim uit en stel sy neef voor. *"They have everything here."* Hy klop Ferdi teen die skouer. *"My cousin will take care of you."* Hy stap weg. *"You're safe here. Don't worry, Boss."*

Ferdi bedank hom vir die hulp. Hy hou 'n paar note na die bestuurder uit.

Die man wil nie geld aanvaar nie. *"We're long distance. We can't pick up passengers. There will be trouble."* Hy wys na koeëlgate in die bussie se voordeur, die gevolge wanneer bestuurders ooreenkomste tussen die verskeie taxi-belangegroepe verontagsaam. Een keer was genoeg. Hy het sy les geleer.

"You picked us up. Thanks."

"We gave you a lift. That's different." Hy sê dit in die rigting van die bussie vir die onthalwe van die passasiers, indien iemand later klagte sou lê.

"Thanks, Chief. Really." Ferdi verstaan die politiek. Hy kyk hoe die bussie wegry, draai en stel homself voor aan die neef, 'n grillerige karakter wat mens jou hande wil laat was na jy hom gegroet het. Die man het goue kettings om sy nek en gewrigte. Geld is duidelik nie vir hom 'n probleem nie. Ferdi probeer om sy vooroordele in sy sak te steek. Hulle het sy hulp nodig.

"I got the message, bro. They radioed ahead. I've got some wheels here. They don't match, but they'll get you on the road again. Come back in a week and I'll have something better for you. I'll cut you a good deal."

Ferdi antwoord beleefd. *"That's great. Thanks. How much though?"*

"Don't worry, we'll sort something out." Die man roep oor sy skouer. *"Boyz, does the Bee-Em have juice?"*

Oomblikke later verskyn 'n 80s model 3-reeks BMW met breë bande en gesakte suspensie. *"Hop in,"* sê die glibberige vent. *"Just call me Cuz."* Hy wag tot Ferdi en Angel agter inklim en beduie vir die bestuurder om te ry.

Ferdi wonder hoe vier wiele in die kattebak pas.

"Girlie, you look spiff."

Angel kyk met leepoë op na hom. *"Thanks. I don't feel spiff."*

"Don't worry, we'll sort something out."

Cuz praat eenstryk deur al die pad op teen Sir Lowry's

Pas. Hy verwag nie antwoorde nie, is net tevrede om te praat terwyl Ferdi en Angel luister. "*Jeez,*" roep hy uit toe hy die Datsun op klippe sien staan. Hy stamp die bestuurder teen die skouer. "*Rivals.*" Beide lag.

Die BMW se kattebak is sowaar ruim genoeg vir vier wiele. Ferdi help die bestuurder om die wiele uit te lig. Hulle raak besig om die wiele vas te draai op die Datsun. Vreemd genoeg het die wieldiewe die moere agtergelaat.'n Bietjie *honour among thieves*, dink Ferdi. Cuz staan eenkant en gesels driftig met Angel. Sy lag vir iets. Ferdi kyk op en sien Cuz vertroulik aan haar elmboog vat. Hy kry 'n nare smaak in sy mond en kyk weg, wonder hoeveel die nag hom gaan kos. En wat.

Cuz staan nader en skop teen die Datsun se voorwiel. "*Chup. Let's tjaila.*"

Ferdi haal sy beursie uit.

"*Bro, chill. This one is on me. For now.*"

Ferdi kyk hom oorbluf aan. "*But ...*"

"*No buts. Next time you pay double, when you come back to swop your wheels for a sexy set.*" Cuz lag hartlik en klim terug in die BMW. Ferdi staan met sy beursie steeds in sy hande en kyk hoe hulle met tollende wiele wegtrek en die rooi agterligte van die BM teen die pas af verdwyn.

Angel steek iets in haar jeans se agtersak en stap terug na die kar.

"Wat het jy daar?" Ferdi wys na haar sak.

Angel haal haar skouers op. "Niks nie."

"Hy't jou iets gegee. Ek het gesien."

"Dis niks. Net 'n nota." Angel klem haar lippe.

Ferdi wil dit nie daar laat nie. "Wat praat jy met daardie vent?"

"Niks nie. Sommer net vriendelik."

"Jy dink hy't sommer net vir ons 'n stel wiele gegee omdat hy gaaf is? *No strings attached*? Dink jy ek is *stupid*?"

Angel antwoord nie, vermy net dikmond om na hom te kyk.

"Mens praat nie sommer net met daardie tipe nie."

"En watter tipe is dit?" vra Angel bitsig, skielik aggressief.

"Jy weet wat ek bedoel."

"Nee, ek weet nie. Vertel my."

Ferdi loop na die motor toe. Hy het genoeg gehad. Hy wens die dag het nooit begin nie.

"Ek sê ek weet nie. Ek vra vir jou." Angel se stem is aanvallend.

Ferdi maak die Datsun se deur oop.

Angel skree vir hom. "Moenie jou doof hou nie."

Ferdi klim in die kar.

Angel tel 'n klip op en gooi dit na die kar. Dit tref die agterste deurpaneel met 'n dowwe knal, laat 'n duidelike duik.

Sy skree, "Jy bedoel *drug pushers*. Soos ek? My tipe. Is dit wat jy bedoel?"

Ferdi sit die kar se musiekspeler aan.

"My *drugs* is byna op, Ferdi. Ek het *contacts* nodig. Dink jy ek koop dit by Pick 'n Pay, by die *supplement section*? Is dit wat jy dink?"

Ferdi draai die musiek harder. David Bowie se *Five Years* speel.

Angel klouter op die Datsun se enjinkap. "Moenie maak of jy my nie hoor nie."

Ferdi draai die musiek nog harder.

"Ek's verslaaf, Ferdi. Kry dit in daardie harde kop van jou," gil sy uit die dieptes van haar wese. "Ek sal alles doen om dit te kry. Ek is *rubbish*. Ek is *trash*. Ek ís daardie tipe. Skaam jy jou vir my?"

Ferdi rus sy kop teen sy hande op die stuurwiel.

Five years, that's all we've got.

Die musiek tref nie die kol nie. Hy soek na iets om haar uit te doof.

Angel slaan haar vuiste soos 'n besetene teen die windskerm. "Skop my uit jou lewe uit, Ferdi. Ek sal jou CD *collection* verkoop vir 'n *ticket*, Ferdi. Alles verkoop vir een trip. Is dit wat jy wil hê? En dan as jy jou rug draai sal ek jou kar verkoop. En as jy niks oor het nie sal ek iemand my laat pomp vir 'n *ticket*. Dis wat ek is Ferdi. Daardie meisie in jou bed is 'n illusie, Ferdi."

Ferdi druk sy ore toe, draai die klank so hard dat Rock and Roll Suicide die vroeteldoos se deksel laat oopval.

Give me your hand, 'cause you're wonderful.

"Skop my onder my gat en jaag my weg, Ferdi, soos 'n hond. Raak ontslae van my. Red jouself!" Angel slaan met haar plat hande teen die windskerm, skree, kerm, druk haar gesig teen die venster en sien hoe Ferdi se skouers ruk, sy kop stamp teen sy hande wat die stuurwiel vasklem.

"Ferdi, ek's 'n heroïen *junkie*. *Trash*. Daai tipe." Dan val sy met haar gesig neer op die Datsun se enjinkap en huil bitterlik. Sy sien nie hoe die kar se deur oopgaan en Ferdi agter haar kom staan nie. Sy laat hom toe om haar van die kar te lig, haar om te draai sodat hy haar kan vashou en haar kop teen sy bors vas kan druk. Sy gelaat is strak, toon geen uitdrukking nie.

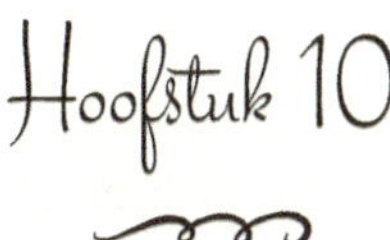

Hoofstuk 10

Ferdi sluit die karavaan se deur oop en loer in. "Dit lyk nie te onaardig nie," merk hy op. Daar is 'n kilheid in sy stem.

Angel druk by hom verby en gaan sit by die klein tafeltjie wat as eet en leefarea dien. Die tafel kan afslaan en die sitplekke se kussings herrangskik word om 'n dubbelbed te vorm. Maar daar is reeds 'n dubbelbed aan die ander kant van die karavaan, so dit behoort nie nodig te wees nie. Buitendien, hulle hoop om net een of twee nagte daar deur te bring. Tydelike verblyf tot hulle iets anders kan vind. Dis goedkoper as om in 'n hotel of gastehuis oor te bly en meer privaat.

Daar het min woorde tussen hulle gewissel op die kort rit van Sir Lowry's Pas na die woonwapark. Die emosies was nog rou.

Ferdi het nie 'n verskoning van haar verwag of verlang nie. Handelinge en sommige woorde kan nie herroep word nie. Die skade is gedoen. Verskoning vra help nie.

Hy het onthou van 'n karavaanpark naby die Strand en het besluit dis sinvol om daar te probeer oornag. Dit was nader as Kaapstad self en hulle het in elk geval nie geweet waar anders om oor te bly nie. Gelukkig was die plek se kantoor nog oop toe hulle aankom.

Hy laat Angel in die karavaan en gaan haal die bagasie uit die kar. Hulle het nie veel om te eet nie. Hy is in elk geval nie honger nie.

"Wil jy iets eet?"

Angel lê met haar kop op haar arms. "Nee, dankie. Ek dink ek gaan stort."

Ferdi knik. "Ek dink dis daardie gebou, daar." Hy swaai sy arm in die algemene rigting van die ablusie blok. "Hier is die sleutel wat hulle vir ons gegee het. Sluit agter jou toe. Mens weet nooit. Ek sal hier wag tot jy klaar is." Sy stem is koel, berekend, maar beleefd.

Hy maak die kassies in die karavaan se kombuisie oop en kyk wat daar is. Dis maar skraps. Hy haal twee koppies uit en besluit om water op die gasstofie te kook. Dan besef hy daar is nie water nie. Onder een van die leefarea se sitplekke kry hy 'n groot fles met 'n kraantjie.

Hy neem dit en gaan soek 'n kraan. Die kampeerarea is stil. 'n Paar ouer mense met 'n groot Land Rover en 'n karavaan wat dubbel so groot is as die een wat hulle huur staan 'n paar meter weg. Hulle sit by a vuurtjie. Dit lyk of hulle sjerrie drink. Hulle wens hom 'n goeie aand toe. Hy groet terug. Verder weg kan hy binne tente lig sien. Hy dink dis dalk hulle voorland as hulle nie kort voor lank werk kry nie.

Angel keer terug net toe die water kook. Sy dra die pienk sloffies wat Ferdi vir haar by die *surf shop* gekoop het. Sy slurp liggies aan die tee wat Ferdi aangee, versigtig om nie haar tong te verbrand nie. Hulle het nie melk nie. Hy bied beskuit aan maar sy keer dit van die hand. Sy luister hoe die beskuit tussen sy tande knars.

"Doop dit in jou koffie."

"Hoekom?" vra Ferdi.

"Dan raak dit sag."

"Ek hou nie van dit sag nie." Hy probeer om nie nors te klink nie.

Daar is 'n seeluggie wat in hulle rigting waai. 'n Mens kan net-net die see hoor van waar hulle is. Dis koel. Ferdi trek die karavaan se deur toe.

"Ferdi."

Ferdi weet wat kom. "Nie nou nie."

Angel byt haar onderlip. Sy knik. Sy neem 'n slukkie van haar tee.

Ferdi drink sy koppie leeg. Dis klein koppies. "Ek gaan stort. Is daar seep?"

"Nee, jy moet jou eie neem."

"Het ons seep?"

"Nee."

Ferdi neem 'n handdoek en stap na die gemeenskaplike storte toe. Toe hy die deur probeer oopstoot besef hy dis gesluit. Hy swets, draai terug en gaan haal die sleutel. Hy stap weer na die ablusie blokke, soos die teken aandui. Dis basies, maar skoon. Hy hoop hy tel nie voetsiektes op van die kaal sement vloer nie.

Die water neem 'n ruk om warm te word, maar wanneer dit warm is staan hy lank, langer as wat nodig is onder die stort. Water is skaars, het sy pa altyd gewaarsku. Sy pa het beslis nie 'n nag beleef soos sy seun vanaand nie. Ferdi gun homself om lank te stort. Hy staan sodat die water reg in sy gesig spuit, die woorde weg was wat Angel na hom gegooi het.

Dit voel of iets gebreek is, 'n spieël met 'n kraak. Hy wonder of sy ook so voel. Hy het nog nooit so uitbarsting ervaar nie, woorde wat diep seermaak, wat bedoel is om te sny. Dis soveel erger as dit uit die mond kom van iemand vir wie jy lief is. Iemand aan wie jou hart behoort. Sy't hom daardie eerste aand vertel van hoe spesiaal hy haar in die bed laat voel. Beteken dit so min. Hoe vertrou jy weer?

Hy het geweet waarvoor hy homself inlaat. Tog skok en ontstel dit wanneer dit waarteen Angel hom gewaarsku het, gebeur. Hy was in die waan van 'n idille vasgekeer, so danig met haar. Hy het nie werklik verstaan wat verslawing doen, hoe desperaat dit iemand maak wanneer iets tussen hulle en hulle begeerte kom nie.

Die waterdruppels val hard teen sy gesig. Hy maak sy oë oop sodat die druppels steek. Seermaak. Sodat dit sy gedagtes weglei van wat daar bo teen die berg gebeur het. Cuz met sy glibberige hande wat aan haar geraak het. En Angel wat gewillig was. Ferdi klem sy oë toe totdat hy sterretjies sien. Hy stort klaar, droog af en stap terug karavaan toe. Eintlik het hy lus om êrens heen te ry en net langs die see te gaan sit. Na Sinéad O'Connor te luister. Sy weet van verwerping. *This is the last day of our acquaintance*. Van pyn. *Thank you for breaking my heart. For tearing it apart.*

Maar hy weet nie of dit 'n goeie idee is nie. Hy is nie seker of hy homself vertrou om weer terug te kom karavaanpark toe nie. Eerder dalk al die pad terug PE toe te ry. Vir sy ouers om verskoning vra. Jammer dat hy nie na hulle raad geluister het nie. Leer eers iemand ken voor jy saam met hulle intrek. Angel het hom seergemaak. Sy het hom ook gewaarsku daar in Swellendam. Sy is in 'n kwesbare fase.

Ten spyte van alles voel Ferdi 'n sin van verantwoordelikheid om haar by te staan. Hy besef hy mag haar nie alleen laat nie. Vanaand moet hy groter wees as homself. Die oomblik verg dit. Vanaand gaan oor hulle verhouding. Moenie dat een sonde lei tot die verdoemenis nie. Hy kan homself nie verlustig in sy seerkry nie. So moeilik as wat dit is.

Hy klop aan die karavaan se deur en wag dat Angel van binne oopmaak.

"Dit was nie gesluit nie."

"Jy beter sluit as ek uit is. Ons ken nie die plek nie. Mens weet nie watse soorte hier uithang nie." Ferdi kyk na Angel wat soos 'n kind wat raas gekry het lyk. "Ek bedoel net dis beter om versigtig te wees. Ons is nuut hier. Ons kar se wiele is gesteel. Erger dinge kan gebeur."

Angel knik.

"Ek dog jy slaap al."

"Ek het vir jou gewag."

"Dis nie nodig nie."

"Ons moet praat, Ferdi."

"Angel, dis laat. Ons is beide moeg. Daar is al te veel gesê vanaand. Los dit."

"Ek wil nie dat ons kwaad vir mekaar bed toe gaan nie."

"Ek is nie kwaad nie."

"Jy het reg om te wees."

Ferdi antwoord nie. Hy voel gekwes. Hy het seer binne. Hy is nie kwaad nie.

"Ek is jammer, Ferdi."

"Is jy?"

"Ek was desperaat. Ek het my laaste *ticket* gebruik. Ek het gedag ek het nog. Dit was my laaste."

"Wat van al daardie *drugs* wat jy tussen ons CD's versteek het?"

Angel skud haar kop heftig. "Daai's ander goed. *Party-drugs*. Dis nie wat ek nodig het nie. Ek het nie helder gedink nie."

"Jy is steeds sonder jou *drug*. Wat is dan nou anders? Of wat het jy daar bo in jou sak gedruk? Wat het hy jou gegee?"

"Dis net 'n adres. Ek het reeds vir jou gesê."

Ferdi sê niks.

"Ek het tyd gehad om te dink."

"Bietjie laat, reken ek."

"Ons gaan môre die kliniek opsoek. Jy't dit self gesê. Ek kan wag. Dis nie 'n krisis nie."

"Dis goed dan. Ek maak nog koffie. Gaan slaap jy."

"Ek wil nie sonder jou slaap nie."

"Ek kom netnou. My brein is te aktief. Ek sal nie kan slaap nie. Ek ken myself."

"Moenie te veel dink nie, Ferdi."

Ferdi gee net 'n snork.

"Dit was net woorde. Ek was desperaat. Moenie te veel daarvan maak nie."

Makliker gesê as gedoen, dink Ferdi. Hy bly eerder stil.

"Kom bed toe, Ferdi. Asseblief."

"Ek het gesê ek wil nog koffie hê."

"Moenie moedswillig wees nie."

"Ek? Moedswillig? Is ek die een wat sy speelgoed uit die kot gegooi het?"

"Dis oukei om kwaad te wees."

"Ek is nie donners kwaad nie. Hoeveel keer moet ek dit sê?" Ferdi se stem is skerp, ferm.

"Nou kom dan bed toe."

"Ag, liewe land. Goed dan. As dit jou dan so gelukkig sal maak."

Ferdi trek die gordyn skeiding tussen die leef en slaap area oop. Angel lê uitgestrek op haar rug, poedelnakend.

Hy skakel die lig af, maak of hy nie haar uitlokking raakgesien het nie.

"Ferdi."

"Ja, Angel. Wat is dit nou weer?"

"Ek wil jou hê."

"Nie vanaand nie."

"Ek weet jy wil."

"Nee, jy is gek. Dis die laaste ding wat ek nou nodig het."

"Ek glo jou nie." Angel druk haar hand binne sy pajama broek.

"Bliksem, Angel, ek is nie in 'n bui nie. Gaan maak jag op iemand anders wat jou kan gee wat jy wil hê." Ferdi weet sy woorde kwes. Hy kan homself nie keer nie. Hy wil haar seermaak.

Angel reageer nie. Sy hou net haar hand stil, voel hoe die onafwendbare gebeur, Ferdi hard word onder haar hand.

Ferdi voel wat gebeur. Hy probeer keer, die impuls onderdruk, maar dit help nie. Daar is niks romanties nie. Dis net die man se natuur, hoe evolusie hom geskoei het. Hy verpes wat in sy onderlyf aan die gebeur is. Hy verpes dat hy man is. Primitief. Dat Angel hom so kan manipuleer.

Angel trek hom bo-op haar. Sy buig haar knieë en strek haar bene sywaarts, maak plek vir sy heupe. Die onweerstaanbare drang om haar te penetreer neem besit van Ferdi. Deel van hom sê hy is dit geregtig, die ander deel is gevul met afgryse.

Hy is nie gewoond om bo te wees nie. Om sy wil af te forseer nie. Dis dalk 'n gewone posisie vir die meeste mans, maar nog onbekend vir Ferdi. Hy kom nie reg nie, vind nie die ingang nie. Angel is passief, help hom nie.

"Angel, as jy nie lus is nie, waarom doen ons dit?"

"Ek het lus."

"Dit voel nie so nie."

"Net nie soos gewoonlik nie. Maak my seer, Ferdi."

"Ek wil jou nie seermaak nie. Is jy laf?"

"Ferdi, jy besit my. Doen wat jy wil. Domineer my. Druk net. Dit sal ingaan."

"Angel, ek domineer nie. Jy weet dit. Wat gaan met jou aan? Jy is nie 'n besitting nie."

Ferdi probeer homself wegstoot, af van Angel te rol. Sy keer hom. Sy trek hom vas teen haar, voel tussen sy bene en lei hom binne in haar. 'n Lig van 'n straatlamp skyn by die venster in. Ferdi sien die trek op haar gesig wanneer hy penetreer. Sy uiter nie 'n geluid nie. Iets diep binne hom roer, wil met al sy gewig af teen haar druk, boontoe, homself afdwing op haar. Ferdi trek homself weg, rol op sy rug. Angel beweeg nie.

"Jy gaan my nie aftrek na daardie soort man se vlak nie, Angel. Ek is nie so nie."

Angel antwoord nie, lê net en staar na die karavaan se lae plafon.

Ferdi soek na woorde. Vind geen om sy gedagtes uit te druk nie. Alles maal in sy kop, soos 'n wasmasjien op spoel siklus. Hy klim uit die bed uit en gaan sit by die tafeltjie. Dan staan hy op en kook water. Hy maak koffie, gaan sit weer en drink ingedagte. Hy bly sit lank na die porselein koud voel in sy hande. Hy sit tot die vaak aan sy ooglede rem, toe klim hy terug in die bed.

Angel is nog wakker. Haar stemtoon is sag wanneer sy praat. "Ek het jou seergemaak, Ferdi. Ek verdien om seergemaak te word."

Ferdi dink na oor haar woorde. "Jy het my seergemaak. Dit gaan tyd neem."

"Ek weet. Ek is jammer."

"Jou terug seermaak gaan nie help nie. Om soos een van daardie ..." Ferdi veg om die regte woorde te vind. "Om soos een van daardie *predators* te word. Dan klim ek eerder in die kar en ry terug huis toe."

Angel se arm beweeg. Sy hou Ferdi se hand vas, druk dit vas teen haar heupbeen. "Ons het nie meer 'n huis nie, Ferdi. Ons moet 'n manier vind om dinge reg te maak. Reg te maak wat ek verbrou het. Dis my skuld. Ek weet. As dit sal help om my seer te maak, doen dit asseblief."

"Ek wil jou nie seermaak nie. Dit sal nie help nie. Ek sal

net myself haat. Jy sal dit later teen my hou as jy weer ondertoe gaan."

Angel los sy hand en omhels haarself. "Woorde kan ook seermaak."

"Ek weet. Ek was daar."

"Gee my 'n kans, Ferdi. Ek sal regmaak. Ek belowe."

Ferdi lê lank en dink aan 'n antwoord. Hy is moeg. Woorde ontwyk hom. Hy roer sy vinger teen Angel se heup. Hy druk haar hand wanneer sy haar hand in syne vleg.

"Angel. Ek sal jou altyd nog 'n kans gee. Maar ek gaan nie bo-op jou lê en myself op jou af forseer nie. Dis nie hoe mens dinge regmaak nie."

Ferdi hoor haar snuif, saggies snik. "Angel. Dis verby. Kom ons los dit daar."

Angel snik net harder. "Ek's jammer, Ferdi. Ek's so jammer. Jy verdien dit nie. Hierdie monster binne my is nie ek nie."

"Ek weet, Sweetie. Ek weet. Anders was ek nie vanaand hier nie." Ferdi se hart smelt wanneer hy haar hoor huil.

"Ai, Ferdi. Ek verdien jou nie." Angel rol op haar sy, laat Ferdi haar in die waai van sy arm opkrul.

"Angel. Ons het mekaar gekies. Ons het mekaar. Ek wil nêrens anders wees nie, met niemand anders nie." Hy druk haar styf teen sy borskas vas. "Jou vel is koud. Klim in onder die kombers."

Angel wikkel haarself en draai op haar ander sy. Sy vat-vat met haar hand, vind Ferdi se arm en trek dit oor haar skouer.

Hulle lê in stilte. Nou en dan is daar die breek van 'n brander wat die nag steur. Slaap ontwyk hulle. Die dag was te lank, dis asof hulle te moeg is om net geleidelik weg te dryf.

"Ferdi?"

"Ja, Angel?"

"Ek wil jou hê, Ferdi. Asseblief. Nie soos netnou nie. Ek wil jou nou regtig hê. Moenie nee sê nie. Asseblief, Ferdi. Ek het jou nou nodig. Op ons manier."

Ferdi voel Angel se onderlyf 'n stadige ritme teen sy lieste stoot. Hy trek haar styf teen hom vas, voel hoe sy liefde vir haar die kilheid van vroeër wegsmelt.

Angel voel die verandering in sy houding, die swelling teen haar lae rug. "Kom ons doen *cat-style*." Sy lig haar been om plek te maak, help hom om die regte plekkie te vind, dan stoot Angel sy hand af, laag teen haar maag, tussen haar lieste in en kerm saggies wanneer hy haar masseer waar nog net hy haar masseer het. Dan draai Angel sodat hulle bene inwig soos stemvurke, heup teen heup, stel hom voor aan haar weergawe van kat-styl.

"Jislaaik, Angel," fluister Ferdi en kreun saggies. Hy grinnik, ten spyte van alles wat gebeur het.

Na die tyd lê Angel styf teen Ferdi. "Dankie." Sy snuif saggies. "My liefling."

Ferdi antwoord nie. Hy wikkel homself net om agter haar rug te lê en vou sy arm beskermend om haar. Hy spin in sy agterkeel soos 'n kat wat tevrede by sy ounooi is.

Hulle raak eers wakker wanneer die son deur die gordyne skyn en 'n eekhorinkie oor die karavaan se dak skarrel en in 'n boom op verdwyn.

Hoofstuk 11

Hulle praat nie veel tydens ontbyt nie. Dis as mens dit ontbyt kon noem. 'n Pakkie Lemon Creams is al wat daar is om te eet. Ferdi drink swart koffie. Hulle het nie melk saamgebring nie. Angel drink tee. Die gebeure van die vorige aand is nog op albei se gedagtes. Angel se vrees is aangespreek. Hulle het nie kwaad vir mekaar gaan slaap nie. Inteendeel. Maar die seerplek is nog rou. Beide vermy die onderwerp.

"Sal ons ry?" Ferdi kyk na Angel se koppie wat leeg is. Die plan is om die kliniek te besoek wat vir hulle aanbeveel is.

Sy knik.

"Hoe voel jy?"

Angel byt haar lip. "Ek sal bly wees as ons eerder ry."

"Ok. Ek wag in die kar."

Ferdi bestudeer die boek met straatroetes wat hulle van Kaapstad aangeskaf het. Hy prent homself die roete in en probeer rigting hou soos hy bestuur. Die paaie is anders as aangedui. Die kaart moet oud wees. "Waar is ons?" vra hy na die afdraai waarvoor hy aan die uitkyk was nie opkom nie.

Angel hou die kaart op haar skoot. "Hier." Sy wys met haar vinger na 'n lyntjie wat reg oor die bladsy strek, vergroot om plaaslike besonderhede aan te dui.

Ferdi probeer sien waar sy wys. "Waar's hier?"

Angel wys weer.

Ferdi onderdruk die versoeking om bytend te antwoord. "Ek kan sien waar jy wys. Dit help niks as ek na 'n lyn oor die bladsy kyk nie. Watter rigting gaan ons? Wat lê vorentoe? Ek soek 'n verwysingspunt."

Angel draai die boek anderkant om. "Ek weet nie."

Ferdi gryp die boek en kyk, nes die afdraai waarna hy soek verbyflits. "Het jy gesien watter afdraai daai was?"

"Nee. Jy bestuur."

Ferdi se gal is aan die opwerk. Hy probeer homself kalmeer. "Hierdie lyk nie reg nie. Ek dink ons is al verby. Of die name het verander. Ons is al amper in die Kaap."

Hy neem die volgende afdraai en trek van die pad af om te probeer uitvis waar hulle is. Die Kaap het te veel verander sedert hy tevore daar was. Hy besef waar hulle verkeerd gery het en neem 'n roete deur die voorstede. Waar hy by die hoofpad probeer aansluit staan die verkeer stil. Spitstyd. Hy wag vir 'n gaping, maar dit help nie. Motors kruip voor hulle verby, maar niemand gee vir hulle 'n kans nie. Op die ou ent besluit Ferdi om die Datsun se neus net in die verkeer te druk. In PE sou daar groot ophef en getoeter wees. In die Kaap is mense gewoond, dis wat jy doen as jy êrens wil kom.

Die kliniek is net 'n paar kilometer terug in die Strand se rigting. Dit neem hulle byna 'n halfuur om tot daar te kom.

Die ontvangsdame is nie baie behulpsaam nie. "Het Meneer-hulle 'n afspraak?"

"Nee. 'n Apteker het ons hierheen verwys. Ons wil graag 'n dokter sien."

"Julle het 'n verwysing van 'n huisdokter nodig."

"Ons kom van PE. Ons het nie 'n huisdokter nie."

Die middeljarige dame lyk onsimpatiek. "Jammer. Ek kan julle nie help nie." Sy kyk oor Ferdi se skouer na Angel wat lyk of sy uit die dood opgestaan het. "Daar's 'n hospitaal hier anderkant. Hulle doen noodgevalle."

"Ons soek behandeling. My meisie is nie siek nie."

"Hierdie is nie 'n instapkliniek nie. Ons verskaf 'n spesialis diens."

Ferdi kyk af in die gang waar 'n dokter in 'n wit jas met sy hand in sak met iemand agter 'n gordyn praat. "Kan ons ten minste net met iemand praat oor die proses? Ons kom ver pad."

Die vrou kyk hom ergerlik aan. Sy besef die twee besoekers gaan aanhou torring. Sy ken die tipe. "Nou goed dan. Ek sal gaan hoor of dokter jou tussen afsprake kan inpas." Sy staan op.

Ferdi kyk na hoe die ontvangsdame met die dokter praat. Hy kyk in hulle rigting. Hy lag vir iets en verdwyn agter die gordyn. Die dame stap terug.

"As julle vanmiddag wil terug kom kan hy julle sien."

"Vanmiddag?" Ferdi kyk na die horlosie teen die muur. Dis skaars verby 9-uur.

Sy haal haar skouers op en tik iets op haar rekenaar. "So 3-uur se kant behoort te werk."

Ferdi kyk na Angel wat afgehaal lyk. Hy voel soos sy lyk. "Kirstenbosch is hier naby. Wat van ons gaan stap daar? Dan kom ons later terug."

"Wat is by Kirstenbosch?"

"Dis die botaniese tuine. Dis veronderstel om mooi te wees. Ek kan niks onthou nie. Kom ons gaan kyk."

"Oukei. Dis nie asof ons iets beters het nie."

Kirstenbosch stel nie teleur nie. Hulle bring die hele oggend daar deur. Angel is opgewek, haar teleurstelling van vroeër iets van die verlede. "Ferdi, kom kyk na hierdie een," roep Angel opgewonde uit.

Ferdi stap nader, wonder na hoeveel proteas hy nog moet kyk voor hulle terug kliniek toe ry. Die son het al geswaai na die weste toe. Angel staan voor 'n bos speldekussings, geel naalde wat om 'n rooi kussinkie toegevou is, soos vingers wat iets kosbaars omhul. "Ja, besonders," merk hy op. Al die ander proteas was ook besonders. Na mens na honderde gekyk het lyk hulle almal dieselfde.

"Nee, staan hier. Kyk."

Ferdi staan langs Angel, probeer sien waarna sy wys. "Hulle lyk dieselfde van daardie kant."

"Nee, kyk verby die blomme. Kyk na hoe daardie rotsformasies teen Tafelberg in die agtergrond vertoon tussen die blomme deur. Kyk hoe die son dit belig. Is dit nie besonders nie? As ons tien minute later hier gestaan het sou daardie rotse in die skadu's gewees het. *Wow*."

"Mens kan sien jy's die kunstenaar. Jy sien dinge anders." Ferdi kyk na die toneel. "Ja, dis mooi. Jy moet dit teken. Ons kan dit eendag in ons voorportaal hang, ons eerste *artwork*."

Angel glimlag, omhels hom en staan dan terug met haar hande op haar heupe om die plantegroei om haar in te neem. "Dis pragtig hier. Ek kan heeldag hier sit."

"Ons kan môre weer kom. Bring jou potlode saam. Ek's ernstig. Waarom begin jy nie weer skets nie? Jy't vertel hoe goed jy was op skool."

"OK. Ons doen dit. Môre na *therapy*, dan sit ons hier. Ons pak toebroodjies en warm water, dan hou ons piekniek."

"Goeie voorstel. Laat ons ry. Die dokter behoort ons nou te kan sien. Hopelik kry ons afspraak vir môre."

Die ontvangsdame is nog net so stuurs soos vroeër die dag. "Dokter sal julle sien sodra hy kans het. Hier. Lees solank dié." Sy stop hom 'n handvol pamflette in die hand.

"Wag daar." Sy beduie na plastiekstoele wat in 'n ry langs die muur staan.

Hulle moet onbehoorlik lank wag. Ferdi reken hy weet nou alles wat daar te wete is oor hoe om nie in 'n dwelmgewoonte te verval nie. Programme om voorkomende hulp te kry. Dit help natuurlik baie vir mense wat reeds afhanklik is, hul lewe lank moet klaarkom sonder staatshulp wanneer hulle dit die meeste nodig het. Die pamflette vol nuttelose inligting.

Ten einde laaste kom die dokter te voorskyn. Ferdi en Angel staan op wanneer hy oorstap. Die dokter kyk na Angel. "*Are you the one*?" Hy betrag haar soos 'n kleremaker wat iemand se mate probeer skat.

Angel knik.

"*Follow me.*" Die dokter stap in die gang af na 'n spreekkamer met wit mure en mediese plakkate. Daar is 'n teater bed op wieletjies en 'n paar stoele. Hy gaan sit oorkant die lessenaar. "*So, what's the problem?*"

Angel sit op die randjie van die stoel. Sy byt haar lip.

"*I understand some Afrikaans, if you prefer.*"

Ferdi praat. "Dankie. Ons probeer behandeling kry. Vir heroïen."

Die dokter kyk na Angel. Na haar hals. Laat sak sy oë selfs laer. "Dis 'n proses." Dit lyk of hy ingedagte is. Sy oë bly vasgenael op een plek. Of dalk twee.

"Hoe moet ons maak om begin te maak? Die dame daar voor het gesê ons moet verwysing kry. Hoe doen ons dit?"

Die dokter kyk vlugtig op na Ferdi. "Korrek. Enige huisdokter kan *referrals* doen. Hulle moet eers bloedtoetse neem en die onlangse mediese geskiedenis dokumenteer." Hy kyk of Angel verstaan en vestig sy oë weer op haar bloes.

Angel vou haar arms oorkruis en hou haar skouers vas. Sy knik om te beaam dat sy verstaan.

Ferdi wil meer weet. "Kan u ons dalk verduidelik wat behandeling behels? Hoe lank neem dit?"

"Elke geval is anders. Dit hang af van die geskiedenis. Die dosis wat sy gebruik. Die frekwensie van gebruik." Hy kyk weer na Angel. "Gebruik jy iets anders?"

Angel skud haar kop. "Nee dokter."

Ferdi wil haar weerspreek, maar hy bedink homself.

"*Right*." Die dokter staan op. "Gaan lê op die bed. Ek toets gou jou bloeddruk en pols. Ek kan so paar dokters aanbeveel om aanvanklike toetse te doen." Hy trek 'n gordyntjie om die bed toe. Hy gaan staan met sy rug na Ferdi gekeer en hou die gordyn om Angel verby te laat. "*Take off your top. You can keep your undies on.*" Asof hy onbewus is dat Angel niks onder haar bloes aanhet nie. "*Breathe in. Breathe out. Again.*"

Na 'n paar minute hoor Ferdi, "*All good. Get dressed.*" Die dokter stoot die gordyntjie oop. Ferdi sien hoe Angel haar bloes toeknoop. Hy proe 'n slegte smaak in sy mond. Hy neem die notatjie wat die dokter skryf en na hom uithou. Dit bevat 'n paar name in bykans onleesbare handskrif. "Maak afspraak by een van hierdie. Dan kom julle terug. Verstaan?"

Ferdi knik en volg Angel af in die gang en by die kliniek uit. Wat veronderstel was om 'n insiggewende en opbouende besoek te wees het hom krapperig gelaat. Hy sluit die motor oop en hou die passasiersdeur oop. Die spesialis self het meer na Angel se bloes gekyk as na haar gesig, sy oë verlustig waar hulle nie hoort te kyk nie. Is dit nodig om uit te trek om jou bloeddruk te neem?

"Daardie vent moet sy oë vir homself hou," sê Ferdi terwyl hy sy sitplekgordel vastrek.

"Ag, Ferdi. Hy's 'n dokter. Hulle het al alles gesien." Angel maak dit af as sy verbeelding.

"Dis nie nodig om dit so ooglopend te doen nie."

"Is my Ferdi jaloers?"

Ferdi skud sy kop en maak 'n gromgeluid in sy keel.

"Moenie *worry* nie. Ander kan kyk. Net jy kan vat," Angel sê dit speels. Ferdi ken haar goed genoeg om te weet sy was ook ongemaklik.

"Dis een ding om te kyk, iets anders om te kwyl."

Ferdi klem die stuurwiel vas en probeer vergeet van die besoek. Hy hoop daar is ook ander dokters beskikbaar. Eers moet hulle 'n verwysing in die hande kry.

Angel red hom van sy negatiewe gedagtes. "Weet jy wat nou lekker sal wees?"

Ferdi verminder spoed om by 'n verkeerslig stil te hou. Hy kyk na Angel. Sy wys in die rigting van 'n vis & skyfie kafee.

"Slap *chips* met asyn."

Ferdi hou van die idee. "In koerantpapier," voeg hy by. Hy het nogal gewonder wat hulle vir ete gaan maak. Hy besef hy hou al grotendeels sy asem op sedert hulle by die kliniek weg is. Hy ontspan geleidelik. "Klink goed. Baie goed."

"Het die Kaap *roadhouses*?"

"Daar was een in Groenpunt toe ons kinders was. Ek weet nie van nou nie. Doll House."

"Waar's Groenpunt?"

"Aan die ander kant van die berg."

"Is dit ver?"

"Nader as waar ons vandaan kom."

"Kom ons gaan trek iets *nice* aan, dan doen ons 'n *night on the town*." Angel droom skielik groot.

"Met slap *chips* en asyn?"

"Ons eet, dan sien ons wat daar te siene is."

"Dit klink goed."

Ferdi wag vir die lig om te verander en vind parkering

naby die winkeltjie. Hulle bestel 'n dubbel porsie skyfies. "Bietjie rojaal met die sout en asyn, asseblief."

Hulle sit in die kar en eet, kyk na die verkeer wat verbygaan. Dis spitsverkeer. Hulle het nog net daar aangekom, maar alreeds voel dit of dit altyd spitstyd in Kaapstad is. PE se paaie is vol vroegoggend en na werk, maar tussenin gaan daar min aan. Dit voel of hulle van 'n klein dorpie kom en niks gewoond is nie.

Angel het die papier met skyfies op die Datsun se handrem prakseer sodat elk hulself kan help. Sy grawe met haar vingers om die asyn-deurdrenkte skyfies onder in die stapel uit te diep.

"Ek hou van die *soggy chips*," verduidelik sy toe Ferdi kyk na hoe sy in die kos krap.

Hy ook. "Jis, ek het jare laas slap-*chips* geëet. Mens kry dit amper nie meer in PE nie."

Straatkinders bedel by motoriste wat wag vir die verkeersligte om te verander. Daar is 'n hele spannetjie van hulle. Ferdi kyk hoe hulle motors systap wanneer die ligte oorslaan na groen. Dan drafstap hulle oor na die ander rigting se voertuie wat moet stop.

Die Datsun steek af tussen al die nuwe modelle op die paaie. Daar is duidelik meer geld in die Kaap as waar hulle vandaan kom. Hy hoop dis 'n goeie teken, dat hulle gou werk sal kry. Nie dat die geld ooglopend van ryk na arm vloei nie. Die skyfies is al amper op, maar hy het nog nie een motoris 'n venster sien afdraai om 'n kind ietsie die hand in te stop nie.

"Sal ons die res vir hulle gee?" Angel kyk na Ferdi wat na die kinders sit en kyk.

"Ek dink nie hulle soek kos nie," antwoord hy outomaties. Almal praat van die straatkinders wat oorlas is, wat nie die hulp van liefdadigheidinstansies wil aanvaar nie. Vir geld bedel om gom te snuif.

"Ons kan aanbied. Dis nie vir ons om te *judge* wat hulle wil hê of nie."

Ferdi kyk na Angel. Sy kan die ratte in sy kop sien draai. "Jy's reg," sê hy uiteindelik. Hy toeter en beduie vir 'n kind om nader te kom. Die meisietjie hardloop oor die pad, reg voor 'n kar in. Ferdi knyp sy oë toe en koes onwillekeurig. Die motor mis haar rakelings en ry aan asof niks gebeur het nie. Iets alledaags.

Angel draai die venster af en bied die papierpakkie met skyfies aan. Die dogtertjie neem dit gretig, gaan sit op die sypaadjie en val weg voor die ander mossies opdaag. Maar vandag is sy gelukkig. Die ander kinders – seuntjies – het klaarblyklik nie eet op die gedagtes nie. Hulle hou aan om te bedel by die kruising. Sy kyk na Angel met groot oë terwyl sy eet. 'n Wese van 'n ander wêreld met blou stoppelhare en swart lippe.

"Gereed? Sal ons ry?" Ferdi vra, dan skakel hy die motor aan en wag vir 'n gaping in die verkeer. Hulle ry terug na die karavaanpark waar hul tydelike woning is, die woonwa wat hulle huur. Dit was 'n ingewing van die oomblik besluit. Daar was nie juis 'n plan wat om te maak wanneer hulle in die Kaap aankom nie. In hul oorhaastigheid om uit PE weg te kom het die ooglopende praktiese vraag hulle geheel en al ontwyk. Eers in Swellendam het Ferdi begin wonder, maar voor hy werklik tot 'n slotsom kon kom het Sir Lowry's Pas gebeur.

Gelukkig het hy van die kampeer terrein in die Strand onthou. Toe hy nog klein was het hulle sommige vakansies daar deurgebring in 'n groot tent. Hy onthou van die eekhorinkies wat hulle vroeg elke oggend wakker gemaak het. Dis nie net omdat dit al is wat hulle op die oomblik kan bekostig nie. Dis ook naby genoeg aan die kliniek waar Angel hopelik behandeling kan ontvang. Die Strand is naby genoeg om die Kirstenbosch botaniese tuine en die stad se aantreklikhede te besoek sonder om 'n fortuin te spandeer. Wanneer hy werk kry kan hulle 'n plek soek.

Die woonwapark is besig toe hulle daar terugkom. Dit lyk of nog kampeerders ingetrek het. Dis nie skoolvakansie nie. Meeste van die mense is ouer, ry met luukse viertrek voertuie en sleep groot karavane. Die huurkaravaan lyk maar afskeep. 'n Paar stelle oë kyk in hul rigting toe hulle die bruin Datsun parkeer, die wiele wat elk anders lyk, die vrou met haar blou stekelhare wat uitklim, die onmoontlike stywe jeans wat sy aanhet. Van die mans let onmiddellik op dat sy nie onderklere onder haar bloes aanhet nie. Een vrou gee haar man 'n stewige klap agter die kop toe hy in hul rigting waai, oënskynlik darem uit beleefdheid. Of dalk was dit iets anders.

"Wat sal ek aantrek?" Angel staan en betrag die tas met klere wat sy nog nie uitgepak het nie.

Ferdi trek sy laaste skoon jean aan en trek 'n T-hemp oor sy kop. Swart. "Wat van daardie kaftan van jou? Die een wat jy daardie dag aangehad het. Ons eerste *date*?" Hy kyk hoe Angel dit opdiep en teen die lig hou.

Sy ontklee en glip die satynagtige materiaal aan. "Wat dink jy?" Sy glimlag soos iemand wat onseker is.

Ferdi tree nader en omhels haar van agter. "Beter om niks te sê nie. Anders gaan ons nie vanaand uit nie." Hy druk met sy lende teen haar agterstewe om te bevestig waarna hy verwys.

"Sedert wanneer dra jy 'n pistool?" Angel wikkel haar lyf en laat Ferdi toe om teen haar ribbes op te verken. Waar ander kan kyk maar net hy mag vat.

"Mens weet nooit wanneer jy dit nodig kry nie."

Angel lag. "Steek dit weg vir later. Wanneer iemand jou dalk bespring."

"Iemand in 'n swart gewaad."

'Ja. So iemand."

"Ok. Ek vat *live bullets*, net ingeval."

"Stem saam. Ons ken nie die Kaap nie. Nie 'n aand vir *blanks* skiet nie."

Ferdi verstel sy broek so bietjie en hou vir Angel die deur oop. Sy streel sy wang en stap verby. Die nuwe aankomelinge reis blykbaar saam. Hulle het 'n seil vir 'n afdak gespan en sit op kampstoele in 'n kring om drankies te geniet toe Angel en Ferdi weer uit die karavaan te voorskyn kom. Die een vrou wys vir haar man die swart grimering op Ferdi se gesig en die vormlose swart gewaad wat Angel aanhet en haar figuur op die mees ongelooflike manier beklemtoon. Ferdi waai beleefd. Angel gee hom speels 'n klap agter die kop. Die man van tevore sien die grap en waai terug. Sy vrou gluur hom aan.

Dit lyk nie of daar veel in Groenpunt aangaan nie. Dis dalk omdat dit weeksdag is. Hulle stap 'n entjie op die promenade langs die see, hand aan hand. 'n Gesin geniet ook hul aanduitstappie. Hulle kruis na die oorkant die pad. Die pa sê iets vir sy starende jong dogter.

"*Lost your party?*" vra 'n ander verbyganger.

Angel gee vir hom een van haar wittand, oopmond glimlagte. "Ons kom van die platteland. Ons soek *action*."

"Platteland. *Yeah, right,*" lag die kêrel. Hy wys verder af langs die seefront, tussen die geboue in. "*Might want to check that out over there. Just oldies at this end.*"

Ferdi en Angel stap in daardie rigting. Daar is aansienlik meer mense op straat. Straatkafees doen goeie besigheid.

"Daar lyk dit interessant." Ferdi wys na 'n klompie jonger

mense wat lyk of hulle ook 'n aand uit geniet, mooi lyfies en klere wat net die essensiële bedek.

"Soek jy 'n ordentlike klap teen die kop, Meneer?" vra Angel. "Dis kinders. Sies vir jou."

Ferdi lag en druk haar skouer teen hom vas. Hulle stap verby, hoor popmusiek wat blêr van binne die perseel. 'n Paar treë verder af in die straat staan 'n man met skouers so breed as Ferdi en Angel s'n tesame. Sy arms is gevou en is dikker as Ferdi se bobene.

Die deur langs hom gaan oop en iemand struikel uit, geklee in stoofpyp jeans en swart *T-shirt*, met neusringe en tatoeëermerke. Hy braak sy hele maaltyd uit oor die sypaadjie. Hy vee sy mond skoon met die agterkant van sy hand en probeer terug in by die wag verby stoot. Die wag stoot hom teen die bors en sê iets. Hulle ken mekaar skynbaar. Die deur gaan oop. Joy Division se *Ice Age* weergalm oor die straat.

Angel kyk na Ferdi. Ferdi kyk na Angel. Beide lag. Hulle verwag die uitsmyter gaan hul ouderdom vra, maar hy doen dit nie. Hy staan net eenkant en maak die deur oop, kyk na Ferdi en knik strak. Goeie smaak, maat. Hy gewoond daaraan om na die meisies te kyk sonder om te lyk of hy na die meisies kyk.

Die plek is vol plaaslike *punks*. Mense van alle ouderdomme spring op en af, of staan en swaai op een plek. Een lat probeer vir Ian Curtis na-aap, arms wat swaai en robotagtige bewegings. Hy gaan seer wees in die oggend. Dis oorverdowend. Ligte flits en speel oor die dansende lywe, bykans almal in swart. Ferdi was sy lewe nog nie in so 'n plek nie. Hy is heel moontlik die enigste een wat nie getatoeëer is nie. Joy Division het ontstaan in sulke plekke. Hy het altyd gewonder hoe dit sou wees om een van hul uitvoerings by te woon. Hierdie was tweede beste. 'n DJ is in beheer van die musiek.

Angel trek Ferdi nader aan die verhoog. Sy draai na hom toe en begin dans. Ferdi doen sy gewone, plant sy voete op een plek en vang die ritme. Dis maklik. Dis musiek wat hy ken. Hy is gemaklik. Hy kyk hoe Angel voor hom dans, hoe gemaklik sy haar heupe swaai, hoe die swart, los gewaad haar figuur beklemtoon, haar tepels wat wys deur die syagtige materiaal.

Sy kyk na hom, glimlag soos sy net vir hom glimlag, tol in die rondte maar vind onmiddellik weer sy oë. Sy kyk hoe hy na haar kyk, laat hom toe om haar uit te trek, te sien wat sy weet hy weet onder haar los gewaad verborge is.

Sy lok hom uit. Dis hulle speletjie. Sy draai haar rug vas teen hom en seil soos 'n slang af teen sy borskas, af na sy heupe, dan weer op. Hy weet nie hoe haar rug so sywaarts kan buig nie. Angel loer oor haar skouer en lag vir hom. Ferdi vou sy arm om haar middellyf, voel die maagspier se beweging, die gladde syagtigheid onder sy vel, die lewe wat binne haar bruis. Hy is smoorverlief op haar.

Hy sien niemand anders raak nie, begeer haar met al sy wese. Angel dans weer weg van hom, draai terug en neem sy uitgestrekte hande om *Digital* te dans, die strobeligte wat alles rukkerig en flikkerend vertoon. Angel se blou hare en swart lipstiffie gee haar die voorkoms van iets uit 'n ander wêreld, 'n wêreld wat Ferdi nooit verwag het om te ontdek nie. Hy trek haar nader, voel haar liggaam teen syne, stoot haar weg, kyk na haar in die flitsende ligte wat soos foto's geprojekteer word om animasie te skep, die illusie van beweging. Behalwe, dis nie 'n illusie nie. Sy is werklik. Hy is werklik. Hulle lewe in die oomblik.

Sound of Music speel, nie die een wat sy ma sal herken nie. Die baskitaar slaan soos 'n voorhamer teen sy bors, vibreer deur die klub. Angel omhels hom om die nek, arms swaaiende bo sy kop, soos Medusa se slange, sensueel om alles te versteen, alles behalwe hy. Haar heupe stoot teen syne. Hy kan haar ferm rondinge deur sy T-hemp voel. Sy druk haar liggaam teen hom vas, vryf haarself af asof hy 'n handdoek is. Sy hand is laag op haar rug. Die materiaal is so sag, gly teen haar vel. Hy kan elke werwel voel asof sy naak is. Hy begeer haar soos wat hy nog nooit enigiets begeer het nie. Dis die vrou vir wie hy liefhet, nie sommer enige vrou nie.

Joy Division staan vir 'n oomblik eenkant om Public Image Ltd kans te gee, *Rise*, een van Ferdi se gunstelinge. *I could be wrong, I could be right.* Hy het sensoriese oorlading, word weggevoer in die belewenis van die oomblik, voel die baskitaar van *Death Disco* in sy siel wanneer die eerste note weergalm. Ferdi het gelees dat die liedjie geskryf is vir die sanger se sterwende ma. Hy vermoed dis ironies bedoel. Hy voel glad nie skuldig om te lewe nie, om vir Angel te skree, "*You drive me crazy,*" nie.

Angel swaai weer om, haar rug na hom gedraai, trek sy arm om haar lyf, sy hand teen haar maag. Sy voel die swelsel wat teen haar agterstewe bult. Sy masseer hom, voel hoe hy smag na haar, sy klipharde ereksie terwyl hulle heupe ritmies beweeg.

Die basnote hits Ferdi aan, lok hom uit, *doen, doen, doen, doen dit.* Die donker note vibreer deur die vloer, op teen hulle bene en in hulle bloed, klop tesame met hul harte.

Never no more, hope away ... seeing in your eyes.

Ferdi skuif sy hande af na Angel se middellyf. Hy sing die woorde oor haar skouer, voel hoe haar stekelhare teen sy slape krap. Haar vel is warm onder sy hande, selfs deur die materiaal, die ringetjie deur haar naeltjie, die kaftan se mate-riaal luuks en sag, die enigste skeiding tussen sy vingers en haar vel.

Sy hande verken af teen Angel se sye, gly af teen haar

heupe, voel die fynste stukkie kantmateriaal wat intiem om haar bekkenbene vou. Hy volg die broekie se buitelyn om haar heupbeen, voor teen haar maag, waar dit onweerstaanbaar laag daal. Hy ken die ontwerp. Hy weet dit is pienk. Hy het dit self uitgekies. Sy hande volg haar ritme, so lewendig, vind die pad boontoe, teen haar ribbes. Die syagtige materiaal gly sensueel, beklemtoon die gladheid van haar vel, haar ferm borste, die stywe tepels onder sy vingers. Dis byna ondenkbaar dat dit in die openbaar, tussen ander mense, gebeur, dat dit so natuurlik voel om sy hand op haar bors te hou. Die wêreld staan stil. Hierdie is hulle oomblik.

Angel dans en trek weg van hom, draai terug. Sy dans weer nader, stadig, laat hom wag, stoot haarself styf teen hom vas, beur met haar heupe.

Ferdi voel hoe haar liggaam binne die syagtige gewaad beweeg, haar kwalik bedekte naaktheid. Hy vrees die opwinding van die oomblik gaan hom oorweldig, dat hy 'n spektakel van homself gaan maak. "Koel af, meneer," probeer hy homself beheer. Dit gaan nie om eksterne hitte nie; die hitte is binne.

"Gee bietjie kans," skree hy om homself hoorbaar te maak.

"Wat?" skree Angel terug.

"Jy gaan my laat kom!" skree hy angstig.

"Wat?" Angel maak 'n beweging met haar hand om te wys sy hoor nie. Haar stout uitdrukking spreek die teendeel.

Ferdi stoot haar weg, steek sy hande uit na haar. Hulle staan langarm. Angel trek sy regterskouer na haar toe, dan sy linkerskouer, ritmies saam met die baskitaar, *doen, doen, doen, doen dit. Seen it in your eyes. Seen it in your eyes, doen, doen, doen, doen dit.* Oor en oor.

Angel trek hom nader. Sy hou sy gesig tussen haar hande, kyk hom stip in die oë, vryf hard met haar heupe teen sy lieste. Wanneer hy probeer wegtrek druk sy haar hande in sy jeans se gatsakke, klem hom teen haar vas, druk hom teen haar lende met elke *doen, doen, doen, doen dit*, doen dit weer en weer, stamp sy rigiede manlikheid teen haar vroulikheid.

Sy verstand sê hom aan om weg te stap, eerder iets te gaan drink. Sy begeerte is oorweldigend, oerdrange, sonder skaamte, dieragtig, man en vrou, moet uitdrukking kry. Hy druk sy neus teen Angel se neus, gee oor sodat wat onafwendbaar is gebeur. Hy soen haar, dwing sy tong tussen haar lippe in, voel haar tong binne sy mond. Haar oë is gesluit.

Ferdi voel die dringendheid in haar heupe, hoe sy hunker na iets. Hy ken haar liggaam, net soos Angel sy liggaam ken. Hy kantel sy lende vooroor, voel hoe sy haar bekkenbeen agteroor kantel, die hoek vind wat sy soek, die verbete krag van haar arms wat hom teen haar trek na elke, *doen, doen, doen, doen dit*, die baskitaar wat uitnooi, aanhits.

Ferdi se heupe swaai, stoot, swaai saam met Angel, stoot saam met haar, voel die sirkelbewegings van haar lende, die aanmoediging van die baskitaar wat deur hul wese vibreer, *doen, doen, doen, doen dit*. Angel wil dit doen. Hy wil dit doen. Ferdi sien die lagplooitjies wanneer sy die stuiptrekkings in sy lae rug voel nes haar rug styf soos 'n snaar span. Hy voel haar asem hyg teen sy lippe, sy asem teen haar mond. Hulle klou mekaar vas soos drenkelinge in 'n oop oseaan, weet dat hulle verslaaf is aan mekaar.

Ferdi druk deur die polsende dansvloer na die publieke toilette. Gelukkig is dit nie beset nie. Die deur het nie 'n slot nie. Dit stink. Daar lê goed op die vloer wat hy liewers nie aan wil dink nie. Die toilet self is verstop. Daar dryf afskeisels wat sy maag laat draai. Hy leun terug teen die deur sodat iemand dit nie kan oopstoot nie, ontklee en gebruik sy onderbroek om homself soort van af te vee. Hy steek die kledingstuk in agter die rioolpyp. Dis nie die ergste wat die skoonmaker in die oggend daar gaan aantref nie. Dis te sê as 'n skoonmaker môre oggend of ooit daar werk.

Angel wag net buite die toilette vir hom, 'n drankie in haar hand. Sy raak waar die klamheid deurslaan voor teen sy swart denims. Angel beduie dat dit nie opvallend is nie. Sy bied hom van haar drankie aan, 'n onbekende *cocktail.*

"Waar kry jy dit?" vra hy.

"Waar kry jy daai?" vra hy weer toe sy nie kan hoor wat hy sê nie.

Angel beduie na 'n jong man wat 'n paar treë van hulle staan. Die man verdwyn tussen die dansers toe hy Ferdi gewaar.

Ferdi neem die drankie en wil 'n sluk neem om sy dors te les. Hy ruik eers daaraan, en snap ineens.

"Hier's iets nie reg met dié nie."

Angel kan hom nie hoor nie. Hy wys na die drankie en maak 'n snybeweging oor sy keel, ruik en trek sy neus op. Angel ruik ook. Sy stem saam, het dit nie tevore opgemerk nie. Hulle laat die glas op 'n tafeltjie en gaan soek iets wat hulle self uitkies.

Die DJ is weer terug op Joy Division. Hy speel *Decades.* Angel het 'n *gin* en *tonic* in een hand. Sy leun met haar kop teen Ferdi se skouer en dans stadig met hom, sommer net op die plek, swaai haar liggaam saam met syne. Sy kyk op na Ferdi. Daar is trane in haar oë. Haar oogskadu maak strepe oor haar wange. Sy vorm woorde in lippetaal. *"I'm so happy."*

Ferdi druk haar styf vas, een arm om haar lae rug. In die ander hou hy 'n lager.

Toe New Order se *Blue Monday* speel, begin Angel slaperig gaap. Tyd om te gaan. Hulle maak dit net tot by die uitgang toe Angel se bene onder haar swig.

"Hey, is jy oukei? *Gin* te sterk?" Dan onthou Ferdi van

die *cocktail* wat sy gedrink het toe hy homself gaan skoonmaak het. Hy wil terug binnetoe om die man te konfronteer, besef dan hy sal hom nie herken nie. Die deurwag is steeds op sy pos.

"Ek dink haar drankie was *gespike*. Kan jy na haar kyk terwyl ek die kar gaan haal?"

"*Spiked? Here?*"

"*Yes,*" antwoord Ferdi. "*Young guy gave her a drink.*"

"*Can you identify him? We try and stamp this out. Happening more and more often.*"

"*Don't think so. He looked like all the others. Can I leave her with you for a few minutes? Just need to fetch the car.*"

"*Sure.*"

"*Hands off.*" Ferdi lag wanneer hy dit sê, maak net 'n grappie.

"*Don't count on me.*"

Ferdi hoop hy terg net. Hy drafstap na waar hulle stilgehou het, verder as wat hy onthou. Angel sit met haar rug teen die muur by die deurwag se voete toe hy stilhou. Ferdi bedank hom, dankbaar vir die man se hulp om Angel in die motor in te help. Hy wonder vlietend wat om te doen. Hy weet net genoeg van *date rape* dwelms dat die effek tydelik is, nie veronderstel is om die slagoffer meer as net gewillig te maak nie. Hy weet nie of hy reg is nie. Hy besluit om haar hospitaal toe te neem.

'n Nooddienste dokter is amper onmiddellik daar om hulle te sien. Hy maak seker dat Angel se asemhaling reëlmatig is. Hy neem haar pols. Hy sien die merke in die vou van haar arm.

"Wat het sy geneem?" wil hy weet.

"Ek weet nie. Dit het snaaks geruik. Halfuur later het sy uitgepass."

"Klink na GHB. 'n Tropiese reuk, soos sweterige, oorryp vrugte?"

Ferdi bevestig.

"Ons kan nie hier toets nie. Lyk of sy stabiel is. Ek gaan haar hier hou net ingeval."

Ferdi knik, wys dat hy verstaan. "Iemand, 'n apteker, het vir my gesê daar is 'n teenmiddel. Sal dit help?"

"Nalaxone. Nee, dis 'n opioïed antagonis. GHB is 'n *dissociative*." Hy sien Ferdi begryp nie die verskil nie. "Dit laat jou slaap."

Ferdi se gesig is strak. Hy voel oningelig en uit sy diepte.

"Kry sy hulp vir haar gewoonte?" Die dokter wys na Angel se arm, die naaldmerke.

"Dis waarom ons hier in die Kaap is. Maar die kliniek soek 'n verwysing."

"Ek kan vir jou een gee. Ons wag so 'n halfuur en kyk hoe sy vaar. Ek het ander pasiënte om na om te sien. Sê vir die verpleegster ek het gesê dis reg dat jy hier by haar wag."

'n Uur later is die dokter weer terug. "Sy is stabiel. Kry 'n rolstoel," vra hy vir die verpleegster. "Hier was 'n mesaanval. Ons het die bed nodig."

Hy kyk na Ferdi. "Jy kan haar huistoe neem. As iets verander, kom dadelik terug. Hier is julle verwysing. Moenie wag nie."

Die groep mense by die karavaanpark sit steeds in 'n sirkel toe Ferdi vir Angel uit die motor uit probeer help. Haar liggaam is slap. Sy is wankelrig op haar voete. Dis moeilik om haar te beweeg.

"Is julle reg daar?" vra iemand, die man wie se vrou hom vroeër berispe en geklap het.

"Ja, dankie," antwoord Ferdi toe die man oorgestap kom. Dan bedink hy homself, weet nie waarom hy voel hy moet verduidelik nie, maar hy doen dit wel. "Haar drankie was *gespike*. Ons het gaan dans. Bleddie gemors wat uithang by dié plekke."

"Moet jy haar nie dokter toe neem nie?" Die man klink besorgd.

"Ons kom nou net van die hospitaal af. Dis aan die uitwerk uit haar sisteem. Ek weet nie regtig nie. Ek hou 'n ogie oor haar."

"Ja, Boet. Dis 'n ander wêreld as die een waarin ek grootgeword het. Julle jongmense moet versigtig wees waar julle uithang."

Ferdi knik beleefd. "Dis waar. Dankie vir die hulp. Ek waardeer dit."

Die man staan terug en maak aanstaltes om te gaan. "Waar kom julle vandaan?"

"Ons woon hier," antwoord Ferdi.

"Woon?"

"Ja, ons het gehoop om hier werk te kry. Tot dusver niks nie. Dis seker te gou." Ferdi voel verplig om te vra, "Waar kom julle vandaan?"

"Ons is hier van die Kaap. Ons hou 'n familie saamtrek. Die ander is van Gauteng. Ons kamp sommer saam. Het julle familie hier?"

"Nee," grynslag Ferdi. Hy verswyg dat hy 'n broer het wat êrens in die Kaap woon. "Dit was sommer op die ingewing van die oomblik. *Dead-end jobs*. Het bietjie iets anders kom soek."

"Wat is jou lyn van werk? Waarna soek jy?"

"Op hierdie stadium enigiets. Ek is nie kieskeurig nie."

"En jou meisie?"

"Sy is 'n kunstenaar. Doen sketse, grafiese ontwerp vir advertensie maatskappye. Sy gaan terapie ondergaan hier, so ek hoop om na haar om te sien."

Ferdi brei nie uit nie. Die man vra ook nie wat die terapie behels nie. Hy vra, "Kan jy *forklifts* bestuur?"

"Nee, gits, ek dink nie so nie."

Die man knik. Hy het nie iets anders verwag van 'n man met swart grimering op sy gesig met 'n punk aan die arm nie. "Wil jy probeer? My swaer bedryf 'n kruideniersware *distribution centre*. Hulle verskaf opleiding. Het altyd werkers nodig. Onbetroubare bedryf."

Ferdi krap sy kop. "Jis. Dankie. Ek weet nie. Wat behels dit?" Hy kyk terug na die karavaan waar Angel sagte kreungeluide maak.

"Ons praat môre. Sien om na haar."

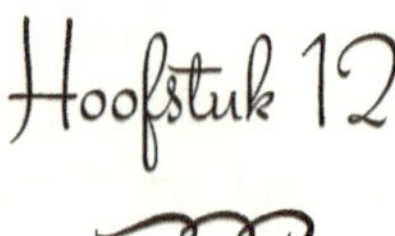

Hoofstuk 12

Die man het woord gehou. Toe Ferdi oorstap ablusie-blokke toe om sy dag te begin, gewaar die man hom en stap oor. "Kom eet ontbyt saam met ons. My vrou nooi julle. Terloops, my naam is Paul. Joune?"

"Ferdi. Ferdi en Angel. Angeliek." Ferdi weet nie hoe om die vreemdeling te takseer nie.

"Hoe voel Angelique vanoggend."

"So-so. Haar kop is bietjie dik."

"Ai tog. Mooi meisies is altyd 'n prooi vir gewetenlose mans."

"Dis waar."

"Jammer, ou mans soos ek mag seker nie praat van mooi meisies nie. Netnou klap my vrou my weer."

Ferdi lag net. "Dis reg, Meneer. En sy's mos nie hier nie"

"Paul."

"Paul." Ferdi gee 'n verleë kuggie. "Ons wil nie moeilik-heid maak nie."

"Geen moeilikheid nie. My vrou is soos 'n fox terriër, gou om te blaf, maar dan lek sy jou gat twee minute later."

"Ek hoop darem nie so nie," speel Ferdi saam met die grappie.

"Wyse van spreke. Jammer, Boet, ek hou jou op. Gaan doen jou ding. Ons sien julle oor wat, so 'n halfuur?"

"Reg so. Dankie, weereens."

Ferdi gaan was, stap terug karavaan toe en vertel vir Angel van die uitnodiging. Dis 'n koel oggend. Sy dra 'n trui wat los oor haar liggaam hang, beklemtoon hoe fyn sy werklik is.

"Dis gaaf van hulle. Ons het niks om saam te neem nie."

"Ek dink nie hulle het iets nodig nie."

"Dis net *polite*."

"Ek weet. Ander keer. Jy lyk mooi in daai trui. Pas jou."

Angel kyk af, haar mooi glimlag laat die oggendson sommer helderder skyn. "Dis oud. Ek dra dit min." Sy raak ernstig. "Ek gesels nie maklik met vreemdelinge nie."

"Ek ook nie. As ek werk kan kry is dit die moeite werd. Kom, hulle wag seker al."

Ferdi en Angel stap oor na die groepie wat weer in 'n groot sirkel om opvou tafels sit. Dit lyk of hulle die hele huishouding saamkarwei. Daar is 'n oormaat van eetgery en eetgoed.

Paul stel sy vrou voor, Annette. Ferdi vang net elke tweede naam en vergeet dit weer onmiddellik. Hy stel Angel voor. Almal is beleefd. Paul maak roereier en spek op 'n gasskottel. Annette dra nog kos aan, roosterbrood, verskeie kase en konfyt.

Paul skep en Annette gee vir Ferdi 'n bord aan.

"Dankie, dis te veel." Ferdi rek sy oë.

"Julle het donker kringe onder die oë van min eet. Geniet." Paul lag vir sy eie grap.

Annette berispe hom streng. "Moenie gekskeer nie. Hulle ken nie jou sin vir humor nie".

"Dis reg, Tannie." Ferdi vee verleë aan die oogskadu in die hoek van sy oog.

"Annette. Jy sal my oud laat voel."

"Jammer."

"Wat het jou die eerste keer laat besluit om *make-up* te dra?" Annette is direk. "Jy moet 'n sterk persoonlikheid hê."

Ferdi wys na Angel en glimlag skeef. "Dis haar idee. As dit haar gelukkig maak is ek gelukkig."

Angel kyk onderlangs na hom, glimlag privaat, dat hy weet sy hou van hoe dit hom laat lyk.

"Paul, luister jy?" Annette gee haar man 'n streng kyk. Dan vra sy vir Angel, "En jy, wat is jou storie?"

Angel antwoord ontwykend. "Daar's nie 'n storie nie. Dit was sommer net 'n gier."

"Ek glo dit nie."

Paul gee vir Angel 'n bord aan. Hy het 'n breë glimlag op die gesig. "My vrou, los die jongmense uit. Toe ons hulle ouderdom was het jy langbroek gedra om jou ouers te skok. Tye stap aan." Hy kyk na Ferdi wat droë brood saam met sy ontbyt eet. "Daar is konfyt êrens op die tafel."

"Hy eet net Marmite." Angel stoot vir Ferdi speels teen die ribbes.

Een van die ander mense antwoord. "Ons het nie Marmite nie." Ferdi probeer onsuksesvol onthou wat die vrou se naam is.

Die vrou se man sien 'n opening en vra, "So wat dink julle van die TRC se nuutste onthullings?"

Ferdi krap sy voorkop. "Ek volg dit nie juis nie."

Angel fluister, "Wat is TRC?"

"*Truth and Reconciliation Commission.* Biskop Tutu." Annette is weer in beheer. " Donnerse Antjie Krog praat heeldag op RSG daaroor."

Ferdi knik. "Soos ek sê, ons is nie juis op die hoogte van dinge nie. Ons het maar anderdag hier aangekom. Ons hoop maar die verlede is nou agter en ons kan regmaak wat verkeerd is. Daar's nie veel wat ons kan doen op die oomblik nie." Ferdi beduie na Angel en homself, bedoel eintlik dis hulle generasie wat die verkeerde dinge geërf het.

Een van die mans sê, "Solank ons net nie die res van Afrika oor die afgrond volg nie. Hierdie land het te ver ontwikkel om nou geruïneer te word. Hierdie TRC is sommer net 'n heksejag."

Ferdi loer ongemaklik onderlangs na Angel. Die haglikheid wat hulle in Khayelitsha gesien het was nie juis 'n goeie voorbeeld van ontwikkeling nie. Hy besef dis nie die plek vir mening uitspreek nie.

Paul red die situasie. "Mense, kom ons los die politiek. Ons is familie. Ons is hier in die pragtige Kaap. Ons het twee jongmense in die fleur van hulle lewe hier saam met ons. Kom ons geniet wat die Goeie Vader ons gun."

"Ja, kyk hoeveel is daar nog om te eet. Julle moet ophou praat en eet." Annette staan op en kyk rond wie se bord is leeg om weer vol geskep te word. "Hierdie een is skoon blou van die honger." Sy draai haar arm moederlik om Angel en lag vir haar grappie. "Ai, kind, daar is dan niks aan jou nie." Annette kyk verstom na Angel. "Jy moenie jouself so uitteer vir ou ooms om vir jou te kyk nie." Sy wys met haar vinger in Paul se rigting. "Jy moet kyk na jouself. Ferdi, waarom kyk jy nie na jou meisie nie?"

Ferdi glimlag net. "Sy luister nie vir my nie." Hy verander die onderwerp. "Waar kom julle vandaan?" Hy vra die vraag in die algemeen aan almal wat om die tafel sit.

Die vrou langs die man wat nie Afrika die afgrond in wil volg nie antwoord, "Ons kom nou net van 'n *cruise* van

Mosambiek, Bazaruto. Hierna is ons op pad Europa toe. Wynand wil weer Italië toe gaan. Dis amper drie jaar sedert ons laas daar was."

"Ek sien. Ek het bedoel waar woon julle?"

"O, dom van my. Ek is nog in *holiday mode*. Ons kom van Pretoria. Lynnwood Ridge. Ken julle dit?"

Ferdi en Angel skud hul koppe in gelid.

"*Posh*," verduidelik die man oorkant Ferdi. "Ons kom van Waterkloof. Ook in Pretoria. Wat doen julle vir 'n lewe?"

Ferdi sê beleefd, "Angel is in advertensiewese, *graphic design*. Ek is in personeel bestuur."

"En hy gaan nou *forklifts* bestuur," kondig Paul lighartig aan. Hy sien Ferdi se reaksie. "Ja, ek het gisteraand met Annette se broer gepraat. Hy sê die werk is joune as jy dit wil hê."

Ferdi is verleë voor al die mense. "Jis, dankie Paul. Ek weet nie wat om te sê nie."

"Nie nodig om iets te sê nie. Hulle is gewoonlik hier vir die saamtrek. Dié jaar is te besig. Personeel tekort. Jy moet dalk net nie die eerste dag reeds met swart grimering daar aankom nie. Gee hulle so paar dae kans om aan jou gewoond te raak." Paul lag lekker vir homself. "Ek gee vir jou die naam en adres. Gaan praat self oor wanneer hy wil hê jy moet begin." Hy kyk selfvoldaan na Ferdi. "Toe dan, julle eet soos muise."

Ferdi stoot Angel liggies met die elmboog in die ribbes. Hulle het hulle voet in die deur. 'n Kans om nuwe begin te maak. Wonderlik.

"Wat weet jy van *forklifts*?" vra Angel saggies.

"Ek het al een gesien." Ferdi knip vir haar oog.

Angel eet bietjie roereier en luister vaagweg na die ander se gesels. Sy hoor nie toe iemand vir haar vra wat haar werk behels nie.

"Angel kind, is alles reg?" Annette vra besorgd toe Angel nie antwoord nie. "Laasnag was darem verskriklik. Paul het vir ons vertel."

Angel kyk op en glimlag skugter. "Ek is reg dankie. Ek onthou nie juis veel nie."

"Ek lees dis wat die hele idee is." Paul praat weer. "Dis waarom die lot wegkom met moord. Die slagoffer onthou niks nie."

"Gelukkig was Ferdi daar. Ek dink hy onthou alles." Angel sê dit sedig. Sy druk haar vinger in Ferdi se ribbes waar ander nie kan sien nie. Sy weet hy weet waarna sy verwys.

Ferdi klem sy lippe en knik waardig, soos 'n ouderling in die kerk wat met die dominee saamstem. "Dis dalk beter as Angel nog so bietjie gaan lê. Ons moet later 'n paar dinge afhandel."

"Ja, Ferdi, kyk na jou meisie. Dis beter as sy nog so bietjie skuins lê. Regtig lekker om julle te ontmoet. Kom sê totsiens voor ons ry."

"Dankie, ons sal. Paul en Annette, regtig dankie vir alles. Gaaf om julle almal te ontmoet." Ferdi kyk rond na almal om die tafel.

"Ek skryf die werk besonderhede neer en gee later. Ons ry môre vroeg."

Ferdi en Angel stap terug karavaan toe. Hy sien Angel lyk ietwat bekaf. "Iets verkeerd?"

Sy haal haar skouers op. "Mense soos daai laat my *stupid* voel."

"Waarvan praat jy? Jy is alles behalwe *stupid*."

"Hulle weet alles, was al oral. Hulle ken plekke. Ek weet niks."

"*So what*? Jy ook, jy was al in Oz. En ons sal ook eendag. Wed jou hulle was nog nie. Wat maak dit in elk geval saak?"

"Ek wil jou nie skaam maak nie."

Ferdi skud sy kop, soek na woorde. "Angel, wat gaan met jou aan? Gee ek jou die indruk ek is skaam?"

Angel byt haar onderlip. Sy skud ook haar kop. "Nee. Dis net 'n gevoel. Ek is 'n *addict*. Hierdie mense is ver bo my."

"Bo ons? Hoe meet mens dit? Dink jy hulle beïndruk met hul stories, hulle geld? Is dit hoe jy my ken?"

Angel kyk net anderpad. "Ek kan nie saam gesels oor ingewikkelde dinge nie."

"Wat laat jou dink ek stel belang in ingewikkelde dinge?"

"Annette weet soveel van resepte. Sy praat saam oor politiek."

"Angel, op hulle ouderdom kry hulle nie meer knippies nie. Hulle moet oor ingewikkelde dinge praat om hulle aandag af te lei."

Angel gee 'n giggel laggie. "Ferdi, jy kan so bar wees as jy die dag wil."

"Dankie." Ferdi omhels, druk haar. Hy fluister in haar oor, "Ons het nog 'n uur voor ons moet ry vir die afspraak. Wat van ietsie vinnig?" Hy loer ondeund, hoop sy gaan nie nee sê nie.

"Laasnag nie genoeg nie?" Angel vra uitlokkend, weet wat die antwoord is, wat die antwoord altyd is.

"Eensydig. Tel nie."

"*Trust me,* dit was nie eensydig nie."

Ferdi lag net.

Angel steek haar tong uit. "*Doggy? Cat?*"

Ferdi lag. "Kat. Definitief kat."

Daar is 'n ander ontvangsdame by die kliniek wanneer hulle daar aankom. Ongelukkig is dit dieselfde dokter. Ferdi kan hom af in die gang sien waar hy weer met iemand agter 'n gordyn praat.

Ferdi oorhandig die verwysingsbrief. Die vrou is baie vriendeliker as haar kollega van die vorige dag. Sy neem hulle besonderhede, merk *de facto* langs Angel se huwelik-status en vra vir hulle om te wag.

Die dokter is bietjie meer professioneel as met die vorige besoek. Hy verduidelik dat sy moontlik vir maande daaglikse metadoon behandeling sal moet kry om haar opioïed afhan-klikheid stadig te probeer oorwin. Sy kan nie voltyds werk nie. Ferdi gaan die pot aan die kook moet hou.

Die dokter verduidelik hoe die een dwelm die ander verplaas, dat sy steeds aan heroïen verslaaf gaan wees, maar dat metadoon die *cravings* gaan onderdruk. Die geneesmiddel is minder verslawend. Dit kan haar asemhaling beïnvloed so dis nodig om die aanvanklike dosis onder toesig te gebruik.

"It will blunt your emotions. You won't have any sex-drive." Die dokter kyk na Ferdi wanneer hy dit sê. Dit lyk asof hy geniet wat hy sê. Hy gee haar 'n plastiek houertjie wat lyk soos 'n vingerhoed met vloeistof. Ferdi sien hoe iets verander in Angel se gelaat wanneer sy die doppie neem, hoe dit alles uit haar wêreld stoot, homself inkluis. Haar hand bewe. Sy is versigtig om nie te mors nie, asof sy met iets kosbaars werk. Sy lek haar lippe af, kyk na die leë doppie asof sy hoop daar is nog. Ferdi sien die hunkering in haar oë. Dit breek sy hart.

Die dokter laat haar op 'n bedjie lê, trek die gordyn om haar toe en sê Ferdi kan oor 'n uur of wat terugkom om haar te kom haal.

"Thanks. I'll wait here."

"No need to. We're here to take care of her. She'll be fine. It's just a precaution. For observation. If something happens, it tends to be the first time."

"*It's fine. I'll wait here with her.*"

"*Suit yourself.*" Die dokter lyk geïrriteerd wanneer hy die gordyn toetrek en wegstap.

"Hoe voel jy?" vra Ferdi besorg, hou haar hand vas.

"OK. Dit voel bietjie warm."

"Moet ek die dokter roep?"

"Nee, dis oukei." Angel sluit haar oë. Sy trek haar hand weg van Ferdi en rus dit op haar maag.

Hulle wag tot die dokter terugkom, haar pols neem en sê hulle moet die volgende dag terugkeer. Na 'n week se behandeling kan hy dalk vir haar 'n voorskrif gee sodat sy net eenmaal weekliks by die kliniek opvolg sorg hoef te kry.

Ferdi ry na die Kirstenbosch botaniese tuine. Angel kyk by die motor se venster uit. Dit lyk of sy diep nadink.

"Is jy reg?"

Angel knik net.

Ferdi kry 'n parkeerplek onder skadubome.

"Gee jy om as ons eerder terug karavaan toe gaan?" Angel maak dit 'n stelling eerder as 'n versoek. Haar stem is emosieloos.

"Jy wou gister kom skets."

"Nee, ek dink dit was net die oomblik. Dit was nuut. Die berg lyk net na 'n berg vandag."

Ferdi druk die agterkant van sy hand liefderyk teen haar wang. Sy beweeg nie.

"Die dokter het gesê dit kan jou emosies onderdruk. Gee dit kans."

Angel knik net, bly by die venster uitkyk asof sy verveeld is met wat sy sien. Ferdi trek die motor terug uit die parkeerplek en hulle ry in stilte terug karavaanpark toe. Angel leun haar gesig teen die venster. Ferdi kan nie sien of sy slaap of wakker is nie. Hy vermoed sy slaap, dat dit die uitwerking van die metadoon is. Hy plaas sy hand op haar bobeen, maar sy reageer nie. Hy byt sy onderlip vas en probeer op die pad konsentreer. Wanneer hy die motor parkeer en die karavaan oopsluit, klim Angel in die bed en val aan die slaap, klere en al. Hy sit tot diep in die nag en wonder wat vir hulle voorlê.

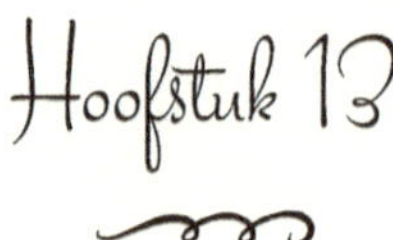

Hoofstuk 13

D ie herfssonnetjie skyn by die woonwa se venster in. Dis Vrydag, Ferdi se afdag. Hy werk maar nog net so paar weke. Dis 'n begin. Hy is vroeg reeds op. 'n Gewone roetine. Hy kook water en maak koffie in stilte, gedagtig om Angel nie wakker te maak nie. Hy drink ingedagte en geniet die oggendson op sy vel. Hy hou die koppie voor sy lippe en ruik die sterk aroma.

Hy skrik wanneer Angel skielik vra, "Verveel ek jou?"

Ferdi plaas die koppie versigtig voor hom op die tafel, huiwer en vra, "Waarom vra jy dit?"

Angel gaan sit regop op die bed. "Ek vra net. Ek is nie meer *fun* nie."

"Dis nog net 'n maand, Angel. Dit sal beter raak." Hy kyk na die blou hare wat aan die uitgroei is, die stekels wat sy uitgekam het. Sy is nog steeds iets besonders, natuurlik mooi, selfs sonder grimering.

"Nee, ek dink nie so nie." Angel vryf haar oë met die agterkant van haar hande. "Ek haat dit, Ferdi."

Ferdi staan op, skink nog 'n koppie koffie en gooi die gewone tikseltjie melk in sy koffie. Hy gaan sit langs haar.

"Ek werk nou, Angel. Ek is nogal moeg in die aande. Dis oukei." Hy vertel 'n leuen. Hy weet om eerlik te wees gaan seermaak. Hy mis die ou Angel. Hy onderdruk al die afgelope weke die gedagte. Hy haat homself dat hy die heroïen-verslaafde Angel verkies.

"Ons het nog nie een keer seks gehad nie, Ferdi. Moenie vir my jok nie. Ek ken jou. Ek kyk net na jou dan kry jy 'n ereksie. Ek weet jy *suffer*."

Ferdi kyk na die donker vloeistof in sy beker. Hy lag nie. Dis nie 'n oomblik om te lag nie. Ook nie 'n oomblik om verleë te wees nie. Dis hul nuwe werklikheid. "Het jy geen begeerte nie?" Hy vra dit versigtig.

Angel byt haar onderlip, skud haar kop.

Ferdi kyk by die venster uit. Dis nie waarvoor hulle beplan het nie. Is dit wat dit verg? Is dit hul toekoms, lang ure werk, tuis kom en ete voorberei, vrou wat vroegaand inkruip en laat slaap in die oggend? Hy kan haar nie blameer nie. Hy wil haar nie blameer nie. Dis wat dwelms aan haar gedoen het.

"Dalk kan hulle die dosis afbring, elke tweede dag of so iets? Wanneer die behandeling klaar is, dan is jy weer jouself."

Angel antwoord nie onmiddellik nie. Ferdi dink sy gaan nie antwoord nie, maar dan kom dit uit. "Dis nog hier binne my, Ferdi. Ek kan dit voel. As ek ophou met die metadoon gaan dit weer begin."

Ferdi knik net. Na 'n ruk sê hy, probeer opgewonde klink, "Einde van die maand word ek betaal. Dan kan ons soek na 'n plekkie van ons eie." Oral waar hulle tot dusver navraag doen het hulle verwysings nodig, of bewys van inkomste. Op die oomblik het hulle nie een van die twee nie.

Angel knik net haar kop.

"Kom ons gaan stap langs die see. Kom ons geniet die naweek en ons kans om langs die see te woon."

"Gaan stap jy, Ferdi. Ek sit so bietjie hier."

"Dit sal jou goed doen om buite te wees. Sal ons vanaand 'n film gaan kyk?"

"Kom ons kyk," sê sy onseker.

Ferdi stap uit, verby die nuwe karavane wat aangekom het, ander mense, vreemdelinge, net soos mens iemand leer ken het. Hy is dankbaar vir die werk wat Paul georganiseer het. Hy kry opleiding. Om 'n vurkhyser te bestuur is nou nie juis die moeilikste ding op die aarde nie. Hy is aan die gang. Dis nie maklike werk nie. Mens is heeltyd op en af, moet seker maak die lading is eweredig en nie van balans af nie. Hy moes na video's kyk van hoe bestuurders beheer verloor, hoe duisende rande se voorraad vernietig word wanneer die hyser kantel. Hy is versigtig vir masjienerie. Hy besef swaar stukke metaal vergewe nie foute nie.

Die water is lekker. Hy stap enkeldiep waar klein brander-tjies lui op die strand spoel. Dis vreemd hoeveel warmer die water aan dié kant van die skiereiland is as anderkant by Bloubergstrand.

Hy wens Angel is saam met hom. Hy wil haar help, haar opgewek sien. Hy weet nie hoe nie. Hy stap verby mooi lywe wat lê en sonbrand, bikini's wat min aan die verbeelding oorlaat. Hy sien hulle raak, maar dit maak geen indruk nie. Amper soos karkasse langs die pad wanneer jy die lang pad aanpak. Sien hulle maar dis al. Hy mis sy Angel. Hy vee oor sy oë en snuif hard.

Hoe kan jy iemand so verskriklik mis as sy elke aand reg langs jou lê? Die pynlike verlange as sy daar is maar netsowel nie daar is nie. Dis dalk beter om heeltemal alleen te wees as om haar so langs hom in die bed te hê. As hy aan haar raak is sy kil, toon geen reaksie nie, klem sy hand vas teen haar maag as hy verder wil verken, trek haar liggaam weg wanneer hy swel téén haar rug. Nou en dan verlig sy hom met haar hande, maar dis asof sy verplig voel. Sy stoot sy hand weg as hy haar wil bevredig. Sy het nie bevrediging nodig nie. Hy ontdek hoe vuil hy voel wanneer sy hom wel met haar hande bevredig, skuldig voel vir sy begeertes en behoeftes.

Ferdi skop na die water soos hy stap, probeer om die skuldgevoelens wat in hom opwel weg te skop. Hy verwyt haar nie. Nie dit nie. Sy hele lewe draai om Angel. Hy moet haar ruimte gee. Dis nie nou die tyd om aan homself te dink nie. Hy probeer aan iets anders dink; waar dit lekker sou wees om te woon, maar steeds bekostigbaar. Hy mis sy hoëtrou stel, om na musiek te luister wanneer hulle tuis is. Die woonwa het geen privaatheid nie. Die geraas sal ander mense se rus verstoor. Hy sal dit nie waag nie.

Ferdi stap aansienlik verder as wat sy oorspronklike plan was. Hy is al amper in Gordon's Baai toe hy besef dit raak laat. Twee robbe speel in die water, klap hulle vinne teen die water, soos kinders wat plas. Hy sit op die sand en hou hulle dop. 'n Klein skare bou om hom op om ook te kyk. Ouers met uitbundige kinders. So normaal. So anders as wat hy as kind was.

Waar pas Angel in. Waar pas hy in. Hy het geen idee nie. Hy weet net hy mis haar. Sy is al wat hy wil hê. As dit normaal is om te staan en kyk hoe jou gillende kindertjies dit vir almal bederf, dan lyk normaal wees nie so aantreklik vir hom nie. Die kinders se skril stemmetjies irriteer hom en hy besluit dis tyd om terug te keer karavaan toe.

Hy stap weer al langs die waterlyn terug. Dalk kan hy Angel oorreed om saam met hom Rooi-els toe te ry, om daar op die rotse te sit. Dalk gee die rotse en ruwe see haar inspirasie, lus vir skets, iets om te ontsnap van die afwaartse spiraal waarin sy haar bevind. Ferdi besef hy is ook in 'n slegte siklus vasgevang. Hy dink te veel oor alles. Probeer te hard om aan oplossings te dink. Diep binne besef hy dit gaan tyd neem. Verslawing word nie oornag oorwin nie. Hy moet iets vind om sy aandag ook af te lei. Hy moenie skuldgevoelens op Angel se skouers hoop nie. Die lewe moet voortgaan. Maar sonder haar het hy nie 'n lewe nie. Hy voel hopeloos.

Dis byna middagete wanneer Ferdi by die karavaan terugkom. Hy het geen aptyt nie, ten spyte van die ver stap. Hy is verbaas as hy die deur oopmaak en iets wat aanbrand ruik. Angel staan voor die gasstofie en kyk skuldig oor haar skouer na waar hy in die deur staan.

"Wat maak jy?" vra Ferdi.

"*Baked beans*."

"Ek ruik. Ek bedoel waarom doen jy dit? Ons eet nooit iets anders as *toast* vir middagete nie?"

Angel lyk afgehaal. "Ek wou jou *treat*."

"Ek dink dit brand aan. Draai die gas af." Hy wil sê hy is nie honger nie, maar hy laat haar 'n porsie in 'n bakkie skep en voor hom neersit.

"*Bon apetit*." Angel staan selfvoldaan terug, wag vir 'n kompliment.

Ferdi skep 'n teelepel vol en blaas dit koud. Dit proe verbrand. "Hmm," sê hy. "Kort net 'n bietjie sout." Hy keer as Angel bykans die potjie sout leegmaak oor die bone.

Angel giggel vir haar eie onhandigheid.

"Wat was in jou tee vanoggend?" Ferdi kan nie sin maak van Angel se nuutste bui nie.

Angel dink dit is skreeusnaaks.

Ferdi wag dat sy bedaar. "Angel. Hey. Wat gaan aan?" Hy vra dit sagkens, paaiend.

"Niks nie," sê sy met verontwaardiging.

"Ek vra net."

"Is jy nie gelukkig dat ek lag nie?"

"Ek is. Dis net ..." Hy probeer om nie die ooglopende uit te wys nie, hoe teenstrydig haar optrede is teenoor vroeër die oggend nie, die afgelope maand. Hy is verlig sy stel vir 'n slag weer in iets belang. Hy is net verward. Het die effek van die behandeling skielik opgeklaar? Is dit 'n nuwe fase, 'n ander newe-effek? Moet hy bekommerd wees?

"Wat van ons gaan fliek?" vra Angel entoesiasties.

"Wat wys?"

"Ek weet nie. Maak nie saak nie."

Ferdi kan dit nie meer hou nie. Hy vra direk, "Angel, wat gaan met jou aan? Het jy iets geneem?"

Sy byt haar onderlip. "Niks om jou oor te bekommer nie."

"Is jy terug op heroïen?"

Angel kyk hom aan, kinderlik geskok dat hy so iets kan vra. "Nee!"

"Dis handomkeer van vanoggend."

"Dis nie heroïen nie." Haar stem is ferm, beslis. "Ek maak *toast*. Baked beans en *toast* is lekker. En Marmite. Ek smeer Marmite op."

"Angel, hey, skattebol. Ek weet nie wat aangaan nie. Ek dink nie ek wil weet nie. Belowe my net jy is oukei?"

Angel kyk na hom. Hy kan sien sy is ernstig. "Ek is oukei, Ferdi. Ek is regtig oukei."

Hy druk haar heup teen hom vas en swaai sy been uit van onder die tafeltjie sodat sy op sy skoot sit. "Angel, moenie dom dinge vir my onthalwe doen nie."

"Dis nie dom nie. En dis nie net vir jou nie. Dis vir my ook. Ek wil weer myself voel. *In the moment* wees."

Ferdi wil protesteer, maar innerlik is hy opgewonde. Angel is terug, oftewel 'n opgewekte, lewenslustige weergawe, een wat lus het om te gesels en pret te hê. Hy voel skuldig omdat begeerte hom beetpak en sy orgaan by voorbaat swel.

"Ek gaan stort. Dan doen ek ons *make-up*. Dan gaan ons fliek. Iets *sexy*."

Ferdi staar haar verwonderd aan. Hoe is dit dat sy hom so kan affekteer, hom vanuit die diepste doldrums tot die hoogste hoogtes kan wegvoer. Hy eet sy gebrande *baked beans* op Marmite *toast*, dink dis die wonderlikste maaltyd op aarde. So dis wat euforie is.

Hy is steeds in die sewende hemel toe sy hom inkleur. Hy wys vir haar waar om 'n *beauty spot* op sy wang te verf.

"Jy's sommer laf."

"Arf, arf," blaf Ferdi. Hy is so gelukkig hy kan homself nie beteuel nie.

"Ferdi, wat was in jou koffie vanmiddag? Ferdi, ek is so bekommerd. Ferdi, is jy op *drugs*?" terg Angel hom.

Ferdi dink dis skreeusnaaks. Hy bly giggel. Hy wonder self of sy dalk iets in die *baked beans* gegooi het. Maar hy weet wat dit is. "Ek ís gedrug. *High on Angel dust*."

Angel blaas haar asem in sy gesig. Hy trek dit diep in sy longe. "Wat van ons skeer ons hare af?"

Angel dink vir 'n oomblik. "OK. *All over*?"

Ferdi dink na vir 'n oomblik. "OK. *All over*. Versigtig net met die skeermes!"

"Gaan haal vir ons water. Neem 'n waskom."

'n Uur later staan hulle langs mekaar voor die hangkas se ingeboude spieël, poedelnakend.

"Ek verkies joune," sê Ferdi, verwysend na haar onderlyf.

"Ek verkies joune," sê Angel. "Wil jy *swop*?"

"Later. Na die fliek. Dan leen ek jou myne."

"Ferdi, jy's regtig *bogan*." Hy onthou wat dit beteken.

Heelpad fliek toe het hy 'n breë glimlag. Angel speel musiekjoggie. Ritme blêr uit die Datsun. Ander motoriste en voetgangers skud hul kop, soveel meer vir die karretjie se punk insittendes. The Jesus and Mary Chain se *Sidewalking* laat die deurpanele ratel.

"Het ek gesê ek het hulle in Australië gesien?" roep Angel bo die musiek.

"Wrintiewaar? Jis, dis seker iets anders?"

"Ja, malste konsert wat ek ooit bygewoon her. Die Reids was *totally wasted*. Halfpad deur het hulle met mekaar begin baklei."

Ferdi skud sy kop, wens hy was daar. "Speel vir ons *Just like Honey*."

Hy sing saam, *"Listen to the girl as she takes on half the world."* Hy kyk na Angel, bewondering oor sy gelaat geverf.

Angel se spesiaal-vir-hom glimlag slaan Ferdi se asem skoon weg. Sy sluit by hom aan met 'n duet weergawe van *Never understand*.

Met versoektyd kies Ferdi vir Joy Division se *Still* album. Hulle sing *Means to an End* saam met Ian Curtis, skree, *"I put my trust in you,"* skree in mekaar se ore, skree dit so hard as hulle kan. Motoriste kyk verbaas na die twee mense wat geen inhibisies het nie. Angel lig haar bloes vir 'n omie en tannie wat langs hulle wag vir 'n verkeerslig om te verander. Die oom bly gefokus op haar boesem. Die motor trek weg, ry amper oor die rooi verkeerslig en vermy net-net 'n botsing met 'n ander voertuig. Toeters blaas. Ferdi en Angel lag hulself amper boeglam.

Ferdi draai die klank selfs harder wanneer *New Dawn Fades* speel. *"I'll give you everything and more. I'll walk on water."* Hy verander die woorde en sing, *"Hoping for nothing more."*

Hy kom nie agter 'n verkeerskonstabel ry agter hulle nie. Hy waai toe die voertuig langs hulle intrek en die man vir hom beduie om oor te trek. Eers toe Angel die klank afdraai besef hy dat daar dalk moeilikheid is.

Die beampte trek voor hulle in en stap oor. "*Evening ...*"
Hy huiwer, kyk na die twee androgene wesens met kaalge-
skeerde koppe en swart grimering.

"*Evening, Sir,*" antwoord Ferdi bedees.

Die beampte skuif sy pet terug op sy kop en voltooi sy
sin. "... Sir. English? Afrikaans?"

"Afrikaans, konstabel."

"Bietjie vroeg vir *happy hour*?"

Ferdi lig net sy wenkbroue. Nederigheid. Bly nederig, sê
hy vir homself.

"Het julle twee gedrink?

"Nee, konstabel. Ons gaan fliek."

Angel leun oor en sê, "Iets *sexy*."

Die beampte kyk na haar kaalgeskeerde kop en skud sy
kop. Hy glimlag darem, kom alle tipes teë in sy beroep. "Wat
gaan julle kyk?"

Ferdi is vol erns. "Ons weet nog nie, konstabel."

"Lieg jy vir my?"

"Nee, konstabel."

"Julle is nie van hier nie."

"Ons is, konstabel."

"Die registrasie plaat is nie van hier nie."

"Ons het onlangs getrek, konstabel."

"Is die kar padwaardig?"

"Ja, konstabel."

"As ek julle laat gaan, gaan julle soos opgevoede mense
optree?"

"Beslis, konstabel."

"Nou ja. Geniet die aand. Moenie laat ek julle later weer
sien nie."

"Dankie, konstabel."

"En herregistreer julle kar hier in die Kaap. Volgende keer
skryf ek 'n boete."

"Definitief, konstabel."

Ferdi draai die venster op en wag vir die beampte om weg te ry.

Angel maak 'n fraai, soet stemmetjie, "Skies, konstabel. Ek sal goed wees konstabel. Ons gaan 'n *sexy* fliek kyk, konstabel. Agterna gaan ek my meisie steek, konstabel. Eers van voor en dan van agter. Ek sal soos 'n opgefoeterde mens optree, konstabel."

Ferdi lag kliphard, hou aan lag en hou net op as Angel haar tong in sy keel probeer afdruk. Hy raak ernstig, druk sy handpalm teen haar wang, hou haar vas en voel rou emosie teen sy wang afloop. "Ai, Angel, jy is my hele wêreld."

"En jy die son en die maan."

"Sal jy met my trou?"

"Vra jy my?"

"Hoe klink dit?"

"Moet jy nie op jou knieë gaan nie?"

"Ek bestuur 'n kar."

"OK."

"OK, ek bestuur, of oukei, jy sal met my trou?"

"Ek sal met jou trou."

"Bliksem, Angel. Jy maak my so gelukkig."

"Donner, Ferdi, jy maak my net so gelukkig."

"Kom ons gaan fliek. Iets *trashy*, vol seks."

"OK."

Die film is *trashy* maar glad nie vol seks nie. Alles gebeur tussen die lakens ter wille van die ouderdomsbeperking. Die film maak staat op die hoofkarakters se beroemdheid. Daar is wel 'n intieme toneel maar die beligting is swak om stemming te skep. Daar is niks te siene nie.

"Het jy lus?" vra Angel hardop.

Ferdi kyk na die paartjie langs Angel wat ongemaklik in hul sitplekke rondskuif. "Swem 'n vis in water?" fluister hy.

Angel trek hom aan die hand. Hulle drafstap die trappe op, by die teater uit. Hul skaterlag weergalm in die ondergrondse parkeer terrein. Ferdi sukkel met die sleutels om die deur oop te kry. Op een of ander manier kry hy reg om sy broek af te trek sonder om sy skoene af te skop. 'n Koors het beide beetgepak, 'n naarstiglike gegryp van lywe, ontkleding en liggame wat spartel om mekaar te bevredig. Hoe hulle dit reggekry het op die Datsun se knap agtersitplek weet hy nie, maar na die tyd is hy seer op plekke waar hy nog nooit seer was nie.

"Sjoe. Ons moet dit weer doen." Ferdi trek sy jeans vas en trek oudergewoonte sy vingers deur sy hare. Hy het vergeet; hy het nie meer hare nie.

Angel lig haar bloes op en sê, "Hulle sal gereed wees."

Ferdi blaf soos 'n opgewonde brak op hitte.

Angel lag vir sy lawwigheid. "Wat van ons gaan Groenpunt toe?"

"OK, goed so."

Hulle kry parkeerplek naby die nagklub distrik. Hulle loop in dieselfde rigting as tevore. Dieselfde reus van 'n man staan wag voor dieselfde deur. Die deur gaan oop en 'n man struikel uit, geklee in skinny jeans en vol tatoeëermerke. Hy braak sy maaltyd uit oor die sypaadjie.

"*Feels like home,*" sê Ferdi. "Sal ons?"

"Solank jy vir ons die *drinks* koop vanaand."

"Beslis."

Die uitsmyter trek vir Ferdi eenkant aan die skouer. Sy hand vat Ferdi se skouerbeen heeltemal toe. Hy fluister vertroulik. "*We got that clown that's been spiking drinks. I doubt he'll be doing that again soon.*" Hy wys vir Ferdi die nuwe rowe op sy kneukels.

"*Serves him right. Thanks for telling me.*"

"No problem. Look after your girl. Let me know if she decides to dump you."

"I'll be too depressed to go out."

"Fair enough. Have fun."

Die plek is gepak. Dit klink of die DJ nie stof op sy Joy Division versameling laat vorm nie. Die strobeligte en musiek kombineer perfek. Ferdi plant sy voete stewig en Angel dans al om hom, arms omhoog. Hulle volg 'n tou van punks wat soos 'n slang oor die dansvloer seil op maat van *They Walk in Line*. Hulle klou mekaar vas met *Atmosphere* en swaai hulle arms wild saam met *Digital*. Toe die klub vir die aand sluit is dit buite reeds oggend van die volgende dag.

Ferdi en Angel is vir eens pootuit. Hulle val neer op die bed. Die kampeerterrein is doodstil. Almal is lank reeds in droomland.

"Ek dink ek sal in die oggend gaan stort. Ek's pê." Angel lig haar bene en laat hulle val op die matras om te bevestig hoe pê sy is.

"Jy's 'n vrou. Julle ruik altyd lekker. Ek kan myself ruik. Dis nie goed nie. Slaap lekker." Ferdi leun oor en soen haar swart lippe. Hy vryf sy hand oor haar kaalgeskeerde kop. "Sinéad."

"Love you," sê Angel en streel sy kaalgeskeerde kop. "Peter Garrett."

"Ten minste hoef ons nie hare te droog nie. Ek's nou-nou terug."

Angel is steeds wakker toe Ferdi terugkeer.

"Ek dog jy slaap al."

"Nee, ek dink sommer aan vandag."

"Dit was ongelooflik."

"Dit was."

Ferdi lê met sy arms onder sy kop. Dis laat. Hy wil nie nou 'n diep gesprek voer nie. "Ek weet nie wat jy gedoen het nie. Maar ek waardeer dit. Dit het seker gekom teen 'n koste? Is jy oukei? Sonder gesondheid gaan ons nie ver kom nie."

Angel byt haar onderlip. "Ja, dis waaraan ek ook lê en dink het. Vandag was fantasties. Ek het begin dink ons sal nooit weer so-iets ervaar nie. Ek was onlangs so afgestomp, sonder gevoel."

"Jy's môre weer terug daar?" Ferdi se stem is vol deernis, kommer.

"Ja. Ek dink so. Ek haat dit. Ek haat wat dit aan ons doen."

"Dis oukei, Angel. Ons sal hier deurkom."

"Dit moet erg wees vir jou, Ferdi."

"Liefling, vir jou sal ek enigiets doen."

"Maar daardie is nie ek nie, Ferdi. Dis nie die *girl* vir wie jy lief is nie."

Ferdi weet nie wat om te antwoord nie.

"Toe ek 'n dogtertjie was het ek my verbeel ek is 'n vuur-vliegie. Ek het gedroom om in die donker rond te vlieg en lig te maak, die nag op te helder. Die donker te oorwin. Nou is alles net donker. Ek trek jou saam die donker in."

"Mens moet in die donker staan om die lig van die vuur-vliegies te waardeer."

Angel snuif en sluk om haar emosie binne te hou. "Ferdi, jy's so goed vir my. Ek kan nie elke dag doen wat ek vandag gedoen het nie. Hierdie dwelms werk teen mekaar. Dit voel of ek met vuur speel. Iets gaan brand."

"Ek weet. Ek kan dit aanvoel. Ek's jammer ek het jou gedruk."

"Jy't my nie gedruk nie. Ek sien wat dit aan ons doen. Dis *crap*. Ek wou ontvlug."

Ferdi probeer lighartig wees om die stemming te verlig. "Vandag was genoeg om my vir 'n goeie ruk te hou."

Angel trek hom nader, hou sy kop vas teen haar skouer.

"Jy was uit jou vel vandag. Jy was erger as ek." Sy druk haar vingerpunt teen sy neus toe hy sy hand onder haar naghemp indruk en met haar tepel speel.

"Dis lekker sag," sê Ferdi.

"Content. Hulle is *content*." Angel glimlag in die donker.

Hulle lê elkeen met hul onderskeie gedagtes, die samesyn van liggame.

"Ek is so lief vir jou."

"Ferdi, jy's my *universe*. My hart is joune. Jy is in my bloed."

Ferdi gly sy hand af teen haar maag, laag waar sy glad geskeer is. "Dit voel vreemd om geskeer te wees."

"Dit groei weer uit," terg Angel.

"Ek hou van jou so. Glad. Ongewoon. Nes jy. Maar ek dink dit werk nie so goed met 'n man nie."

Angel streel sy kaalgeskeerde kop. "Dit werk beter hier bo."

Ferdi se brein begin voos raak. Dit was 'n lang dag, 'n langer aand. Hy voel sy oë hoogwater trek.

"Ferdi?"

"Hmm?"

"Kan ek jou iets vra?"

"Hang af."

"Vandag in die kar ..."

"Vandag in die kar?"

"Was jy ernstig?"

Ferdi se oë gaan oop. "Meestal nie. Watter deel?"

"Trou."

Ferdi antwoord met 'n vraag. "Was jy ernstig?"

"Ek het eerste gevra."

"Nee, ek het eerste gevra."

"Nee jy het nie. Jy was amper aan die slaap." Angel is verontwaardig.

"Ek het al vanmiddag gevra." Ferdi lag en druk sy vingers in haar ribbes, laat haar giggel.

"Eina. Jy boelie my."

Ferdi raak ernstig. "Ek was ernstig. Was jy? Het jy bedenkinge?"

"Ek was ernstig. Nee, ek is seker. Ek was net bang ..."

"Dat ek laf was?"

"Ja, ons het gek geskeer met alles."

"Nie dit nie. Mens speel nie gek met daardie tipe ding nie."

"Dankie, Ferdi."

"Dankie dat jy ja gesê het."

"Ek bedoel, dankie vir alles. Ek het nie gedink so-iets sal ooit met my gebeur nie."

"Ek ook nie. Met my nie."

"Waarom nie? Jy het 'n goeie werk gehad. Jy was gereed om die *corporate ladder* te klim."

"Allesbehalwe. Mense soos ek is die sparre van die *corporate ladder. High achievers* gebruik ons om teen op te klim."

"Jy weet wat ek bedoel. Jy kon 'n normale meisie trou as jy wou."

"Jy is normaal."

"Yeah, sure."

"Soos punks gaan is jy baie normaal."

"Ferdi, ek is ernstig."

"Ek ook. Hey, eina." Ferdi wriemel wanneer Angel haar vingers in sy ribbes druk. "Jy boelie my."

"Jou verdiende loon."

Ferdi voel hoe Angel se asemhaling al rustiger raak.

"Angel?"

"Hmm?"

"Kan ek jou iets vra?"

"Ja?"

"Daardie omie vandag?"

"Wat van daardie omie vandag?"

"Dink jy hy gaan 'n nat droom hê vannag?"

Angel lag hardop. "Ferdi. Skaam jou."

"Ek hoop so. Ek sou as ek hy was. Ek dink nie hy het al ooit so pragtige stel in sy lewe gesien nie."

"Is dit 'n kompliment?"

"Ja, maar ook die waarheid."

"Is dit waar jou gedagtes is wanneer ek 'n ernstige gesprek probeer voer?"

"Waarom nie?" vra hy slaperig. "Ander mans koop die tydskrif agter hul vrou se rug. Ek het die *real deal*."

Angel laat hom begaan om sy hand op haar bors te rus, haar tepel met sy duim te streel. "Goeienag, my liefling," fluister sy toe hy wegraak in droomland.

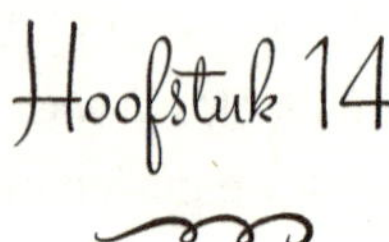

Hoofstuk 14

"**B**reakfast in bed." Ferdi sit die skinkbord langs Angel neer. Sy trek haarself op teen die bed se kopleuning. Ferdi druk 'n kontinentale kussing agter haar rug in. Hy klim langs haar onder die deken in.

"Hoe voel dit om in ons eie plekkie wakker te word?"

Angel vryf selfvoldaan haar ooglede met die agterkant van haar hande. "Lekker."

"Ek was bietjie oor die karavaan."

"Beslis. Wat's dié?" Angel krap met haar teelepel in die bakkie op die skinkbord.

"Gestoomde droë-vrugte met vla."

"Vir ontbyt?"

"Waarom nie?"

"Wat het van Marmite en *toast* geword?"

"Niks nie. Wou jou *treat*."

Angel proe aan die vrugte. "Hmm. Dis lekker. Waar kom jy aan dié idee?"

"Dit was een van my ouma se gunstelinge. Aan my Pa se kant. Toe ons kinders was hier in die Kaap het sy altyd vir ons gemaak. En kerrievis. Dit was haar *signature* dis."

"Klink lekker."

"Ek het dit gehaat. Dit was altyd koud. Ek hou nie van warm kos wat koud bedien word nie."

"Jy't te veel *hang-ups*."

"Kerrie moet warm wees. Ek kon nooit verstaan waarom kerrievis koud bedien word nie. Ek verstaan dit steeds nie. Maar ek het gehou van haar gestoomde vrugte en vla."

Angel wonder hardop. "Ek dink dis omdat die vis ingelê word. Dit het iets met Paasfees te doen. Ek kan nie meer presies onthou nie."

"Hoe weet jy dit?" vra Ferdi verbaas. "Ek dog dis 'n Kaapse ding?"

"Dit is 'n Kaapse ding. Ek onthou vaagweg iets uit die huishoudkunde klas op skool. Dit het daar opgekom." Sy lag ironies. "My onderwyseres sal beïndruk wees dat ek onthou. Sy het altyd gesê ek beter net met Tupperware werk want ek breek al die porselein."

Ferdi lag lekker. "Ja, onderwysers besef nie altyd kinders onthou die afkraak meer as die aanprysing nie."

"Wat laat jou skielik aan jou Ouma dink?"

"Sommer net. Nostalgie."

Angel knik. Sy eet die bakkie leeg. "Is daar nog?"

"Eet myne. Ek lus eerder vir koffie."

"Is jy seker?"

"Natuurlik." Ferdi staan op om koffie te maak. Dit voel vreemd om nie in die beknopte karavaan te wees nie. "Tee?"

"Asseblief."

Ferdi neem twee stukkies beskuit saam terug kamer toe. Hy het self 'n bed aanmekaar getimmer met ronde pale en planke van die hardeware winkel. 'n Japannese foton dien as matras. Angel lê byna op die vloer, die bed is so laag. Hy dink dit lyk goed.

Hy klim weer in die bed langs Angel. Hulle drink tee en koffie in stilte.

"As ek iets aan jou doen, vertrou jy my?" Ferdi kyk na Angel langs hom in die bed.

"Ja?" Daar is wantroue in haar stem.

"Maak toe jou oë."

Angel gee hom 'n skewe kyk, maar maak haar oë toe.

"Maak oop jou mond."

Sy maak haar mond oop.

"Lig jou tong."

"Ferdi?"

"Lig jou tong op."

"*Drug* jy my?"

"Nee. Lig jou tong."

Angel lig haar tong. Sy voel iets metaalagtig, proes en spoeg dit uit op haar hand. Sy wil protesteer, dan sien sy wat dit is. Sy kyk verbaas na Ferdi.

"Jy't gesê jy sal met my trou."

"Ferdi ..." Angel se stem breek. "Waar kry jy dit?"

"Dit was my Ouma s'n. My Pa het dit vir my gegee na sy dood is. Ons kan later iets meer in jou smaak kies. Dis net vir die idee. Vir nou."

"Ferdi, dis pragtig."

"Bietjie outyds."

"Outyds is oukei."

Ferdi kyk hoe sy die ring oor haar vinger stoot.

"Dit pas perfek." Angel strek haar hand voor haar uit en kyk na die diamant verloofring aan haar vinger.

"Sy was ook fyn."

"Ai, Ferdi." Angel skuif die skinkbord van haar skoot na die vloer. Sy omhels hom. Hy hou haar vas, soen haar en vee die trane uit haar oë. "Dankie is nie genoeg nie."

Ferdi streel haar slaap teen sy skouer. "Jy is meer as genoeg."

Hulle lê in stilte op hul rûe en kyk na die ring, hoe die sonlig wat deur die venster inskyn deur die fasette van die diamant reflekteer.

"Sewe-en-vyftig," sê Ferdie.

"Sewe-en-vyftig? Wat?" vra Angel.

"Fasette. Dis die standaard slyp. Elke diamant het sewe-en-vyftig fasette wat die lig reflekteer. Dis hoekom dit briljant genoem word."

"Ek het nie my oumas geken nie." Angel is peinsend. Sy hou haar hand teen die lig en kyk steeds hoe die ring met die lig speel. "My ma het nie met hulle oor die weg gekom nie. Sy't nooit gesê nie, maar ek dink hulle het haar verwerp. Families probeer hul geheime wegsteek. Hulle geraamtes. Dogters wat dwelmslawe is, wie se mans kinders molesteer. Ons is oorsee. Daar was geen familie daar nie."

Ferdi druk sy arm agter Angel se nek in. Hy druk haar skouer teen hom vas.

"Hoe is dit om 'n ouma te hê?"

Ferdi grinnik. "Goed en sleg."

"Gestoofde vrugte met vla teenoor koue kerrievis?"

"Ja. So-iets." Ferdi gee weer 'n laggie. "Hulle bederf jou, maar daar is altyd 'n *catch*."

"Hoe so?"

"Elke Kersfees het die familie saamgetrek by hulle. Dan is die kleinkinders opgemaak soos engeltjies en moes ons vir die grootmense sing voor ons persente kon kry."

Angel lag saggies. "Dit klink *cosy*."

"Nie as jy skaam laaitie is nie. Dit was hel. Elke Kersfees het ek *panic attacks* gekry."

"Watse geskenke het jy gekry?"

"Matchbox karretjies. Strandballe. Daardie tipe van ding."

"En jy?"

"Ek kan nie onthou dat ek ooit geskenke gekry het nie." Angel sê dit sonder emosie of verwyt. "Ons gesin was anders."

Ferdi probeer dink hoe dit moet wees om klein te wees, te hoor van maatjies se Kersvakansies en familie saamtrekke, dinge wat hy as vanselfsprekend aanvaar het, selfs meestal verfoei het. Ouers en oumas en oupas wat lief is vir jou. Hy streel die stoppels wat op Angel se geskeerde kop uitgroei. "My oupa het goed versamel. Sommer net dinge wat ander mense weggooi. Hy het 'n tas vol foto-dosies gehad, sulke bloues. Ek weet nie waarvoor dit was nie, maar hy het hout-blokkies gehad wat presies op die blou dosies gepas het. Wanneer ons Kersvakansies hier in die Kaap kom kuier het, het ek huise ontwerp met die dosies, dakkies gemaak van die blokkies. Sulke H-vormige Kaaps-Hollandse huise. Ek het gedroom hoe ek eendag in een gaan woon met gewels aan die voorkant, soos Groot Constantia. Dis lekker om te droom."

Angel kyk na Ferdi terwyl hy vertel. Sy sien heimwee, mooi herinneringe. Haar eie kinderjare probeer sy meestal vergeet.

"Het jy ooit gedroom oor trou?"

Ferdi lag. "Nee, gits. Meisies het my bang gemaak. Ek het gedroom oor alleen wees saam met honde."

Angel lag lekker.

"En jy?"

Angel worstel om haarself goed uit te druk. "Ek dink alle meisies droom oor trou en kinders hê."

Ferdi vra versigtig. "Wat van jou? Wou jy trou en kinders hê?"

Angel byt haar onderlip. "Ek het gedroom oor trou, iemand kry wat my ver sal wegneem en ons sal gelukkig wees en nooit baklei nie." Sy lag sonder humor. "Ek het net aan myself gedink, nie aan kinders nie. Nou kan ek in elk geval nie."

"Sou jy wou? Ek bedoel toe jy klein was, kinders hê?" Ferdi weet dis 'n teer onderwerp, hanteer dit daarom met sensitiwiteit.

Angel maak 'n geluid wat klink soos, "Hff." Sy skud haar kop. "Sulke dinge is half vanselfsprekend, totdat jy daaroor begin dink." Sy kyk na Ferdi. "Nee, ek dink nie so nie."

"Tel die Kaap as ver?" terg Ferdi. Dis beter om die onder-werp te verander.

"Ver genoeg." Daar is 'n vasberade trek om haar mond-hoeke. "Dis nie in my aard om te baklei nie."

"Ook nie myne nie."

"Maar ek baklei met jou. Ek maak jou seer. My gewoonte is jou las. Dit bring die slegste in my uit."

"Ek het dit van die begin af geweet. Dis my keuse. Jy is dit werd. Ons gaan gelukkig wees."

Angel kyk op na Ferdi. "Glo jy dit regtig?"

"Ek glo dit. Anders, waarom is ons hier?"

Angel antwoord nie. Inderdaad; waarom *is* ons hier? Sy hou weer haar hand op en kyk na die ring soos dit met die lig speel.

"Glo jy dit nie?" vra Ferdi.

"Ek wil glo." Angel byt haar lip. "Ek wil dit glo."

"Daardie ring. Dis 'n bewys dat ek in ons glo."

Angel lig haar kop en soen Ferdi op die lippe. "Jy is ..." Sy soek na woorde.

"*Incredibly handsome* en ongelooflik. Toemaar, ek weet." Ferdi lag.

"Ja, so-iets." Angel lag ook, op 'n liefdevolle manier.

"Wat van ons doen 'n toer vandag, af teen *memory lane*. Dan gaan wys ek jou waar ek grootgeword het, waar my Oupa en Ouma gewoon het?"

"OK. Klink *nice*."

Ferdi gee haar 'n drukkie. Hy het gedink sy gaan 'n rede gee om nie uit te gaan nie, dat die metadoon behandeling enige entoesiasme gaan demp.

"Wat dink jy? Sien jy kans om 'n ent stad uit te ry?"

"Waarheen?"

"Op die Berg."

"Tafelberg?"

"Nee, jy kan nie teen Tafelberg op ry nie. Buitendien, dis reg in die middel van die stad. Ek praat van Op die Berg. Dis 'n dorpie. Dis waar ek gebore is."

"Op die Berg? Nog nooit daarvan gehoor nie. Soos 'n bobbejaan." Angel lag. Die liedjie kom iewers diep uit haar geheue te voorskyn en sy sing 'n reël daarvan.

"Ja, kom ons gaan kuier vir my nefies." Ferdi lag saam. "So haastig en so lastig."

"Ons beter klaarmaak. Hoe ver is dit?"

"Seker so drie ure se ry. Ons kan iets inpak."

"Ons gaan donker eers terug wees."

"Dis nie asof ons iets anders aan het nie."

"Dis waar. Maar dis lank sit."

Ferdi se moed sak. Hy het gedink dit klink te goed om waar te wees om haar uit die huis te kry.

"OK. Ek gaan wys jou Goodwood en Bellville. Dan sien ons."

"Ons eerste nag in ons nuwe plek en as verloofdes. Kom ons ry. Pak Sinéad O'Connor en The Cult in. Kom ons gaan *celebrate* met 'n *road trip*."

Ferdi kyk Angel agterna toe sy badkamer toe stap. Dit lyk of sy werklik na die uitstappie uitsien. Hy roep agterna, "As dit laat raak kan ons altyd plek soek om oor te bly. In Ceres is daar 'n karavaanpark."

"Ek dink ek het genoeg gehad van karavaanparke."

Ferdi lag net. "Ek maak vir ons iets vir die pad."

"Marmite en kaas toebroodjies?"

"Hoe't jy geraai?"

Angel lag. "Yum."

"OK, hier's nog gerookte snoek van anderdag oor. Ek maak vir jou met slaaiblare op 'n broodjie."

"*Wow, luxury.* Klink baie beter."

"Sal ons tee saamneem, of stop langs die pad?"

"Neem saam. Dan hoef ons nie in die dorp te stop nie."

"OK, ek wag vir jou in die kar."

Ferdi wag nie lank nie. Angel dra 'n ligte bloes en jeans, nie die stywe nie. Sy lyk gemaklik, sonder grimering. Haar vel is bleek. Met haar kaalgeskeerde kop kan mens dink sy is op kankerbehandeling. Ferdi wonder of hy ook so lyk, hoe hulle saam lyk. Dalk kan hulle êrens saam 'n foto laat neem.

Die huis in Goodwood waar hy grootgeword het bestaan nie meer nie. Dis nou 'n winkelkompleks se parkeerterrein. Die straatnaam is nog dieselfde. Die laerskool is steeds sigbaar verder af in die straat. Hulle het hierheen getrek vanuit die Koue-Bokkeveld toe hy nog klein was. Hy onthou so goed die driewiel fietsie wat hy op die sypaadjie gery het. Die vorm was so bietjie anders as die res wat mens daardie tyd gesien het. Hy was so in sy noppies wanneer hy dit gery het. Die dag toe dit in twee breek van ouderdom het sy wêreld bykans ook inmekaar gestort. Die groot vyeboom waar hy van sy broer weggekruip het was ook weg.

So hard as wat Ferdi probeer kan hy geen herinnering van maatjies van sy eie opdiep nie. Hy onthou wel sy broer se vriendjies. Ferdi onthou ook die bure aan die een kant. Nie die ander kant. Hy was vreesbevange vir die man wat van Australië verhuis het na die oorlog en nie 'n woord Afrikaans kon praat nie. Maar hy was so lief vir die tannie wat vol stories was en altyd 'n lekkerny eenkant vir hom gehou het. Hulle het nie kinders van hul eie gehad nie. Sy het hom soms met appeliefie-tert probeer trakteer. Hy was te skaam om te sê dat hy die tekstuur van appeliefie bessies verpes het, hoe dit hom laat dink het aan 'n oog wat binne sy mond bars. Waarom juis 'n oog weet hy steeds nie.

Die kruidenierswinkeltjie verder af in die straat bestaan al lankal nie meer nie. Supermarkte het stelselmatig besighede in die woonbuurte doodgedruk. Ferdi het geen simpatie vir die winkeleienaars gehad nie, die manier hoe hulle hom laat wag het totdat al die klante bedien was nie. Eers dan het hulle hom gevra wat sy Ma se lysie behels het. Hy het altyd vuil gevoel, oor hy Afrikaner kind was en iets blykbaar met Afrikaners geskort het. Dat Engelstaliges altyd eerste bedien word.

Sy ouma en oupa se huis in Bellville lyk nog baie dieselfde. Dis heelwat kleiner as wat hy onthou. Die tuinpaadjie verdeel steeds die grasperkie in die voortuin. Die stoep waar sy oupa petunias, Portulakke en Bokbaai vygies in 'n blombak geplant het is nou toegebou as 'n sonvertrek. Die plante teen die tuinmuurtjie is weg.

Hy wonder wat van die trapsuutjies geword het wat hulle altyd as kinders daar gekry het. En die vrugtebome in die agtertuin. Sy oupa se trots. Sy pa se misnoeë. Oupa Roux met sy versameling prentjies-albums van treine. Hy was trein drywer op die Touwsrivier lyn. Nederige man, vol deernis. Blykbaar al sy yster destyds op Ferdi se pa uitgewoed.

Die klok in die kerktoring verder af in die straat lui dieselfde kwartier deuntjie wat hy so duidelik onthou.

"Ons het na 'n paar jaar se gesukkel Oos-Kaap toe verhuis. Die eerste paar aande wanneer ons hier kom kuier het, dan maak die slae jou wakker. Wanneer ons weer terug by ons huis was dan hou dit jou wakker oor dit stil is. *Weird.*" Ferdi skud sy kop vir die herinneringe wat so vlak lê. "Kom ons ry."

Die Datsun pak Du Toit's Kloof pas aan. Die karretjie trek goed. Ferdi het die motor laat diens en die verskil is duidelik. Die skerp draaie neem hulle al hoër bo die Kaapse vlakte. Ferdi en Angel vermy beide om na die uitsig te kyk. Hulle sê niks, ry net in stilte. Daar lê te veel slegte herinneringe van uitsigte oor die Kaap bo van passe af. Hulle luister na Sinéad se somber stem, oor 'n ma wat oor haar verstandelik gestremde kind rou, vir wie sy nogtans steeds lief is, ten spyte daarvan. Of miskien juis daaroor. Eers wanneer hulle die Slanghoekpas tref verlig die stemming.

"Dis mooi hier." Angel hou haar arm buite die venster. Sy waai vir 'n bruin gesin wat langs die pad loop. Hulle waai terug. "Ek wonder hoe dit sal wees om hier te woon?"

"Dit raak warm hier. In die somer brand dit gereeld. Dis hoekom die proteas so goed hier doen. Kyk daar." Ferdi beduie na proteas in die blom.

"Hou stil, asseblief."

Ferdi trek die kar van die pad af. Hulle klim uit en stap terug na waar die plante staan.

"Dis pragtig." Angel raak aan een van die blomme. Sy kyk op na die granietspitse bo hulle koppe. "Dis so stil."

'n Motor kies daardie oomblik om te verskyn. Die bestuurder lig sy wysvinger om te groet. Hulle waai terug.

"Kom ons ry. Jy sal sien waarom ek jou Op die Berg toe wou neem."

Die pad kronkel deur Mitchells Pass pas totdat die berge bietjie eenkant toe begin staan om plek te maak, randjies waar die pad lang draaie deur vleg.

Die album het byna klaar gespeel. *Thank you for hearing me*. Die laaste snit.

"Speel vir ons iets anders." Ferdi draai onverwags die klank af.

Angel is oorbluf. "Hoekom? Dis mooi."

Ferdi wil nie vir haar sê dat dit hom herinner aan daardie nag na hulle episode teen die berg nie, die aand wat hulle in Kaapstad aangekom het wat vir altyd seerkry gaan verteenwoordig nie. Hoe hy in die stort gestaan en interne stryd gevoer het of hy moet terugkeer na sy vorige lewe of nie. Hy wil nie herinner word aan die woorde waarmee die liedjie eindig nie. *Thank you for breaking my heart.*

Angel soek na 'n ander. "Weer lus vir Sinéad?"

Ferdi knik. Hy kyk oor na die keuses in Angel se hand. "Wat van *Faith and Courage*? Dis die regte stemming."

Angel plaas die disket versigtig in die speler. Hulle luister na die begin van die eerste snit, die weemoed.

"Mens wonder wat haar storie is. Sy klink meestal *sad*. Sy laat my aan ons dink."

"Ons is nie meestal *sad* nie."

"Nee, maar wanneer ons *sad* is, is ons baie *sad*."

Ferdi knik, glimlag liefdevol vir Angel. "Vandag luister ons na *sad* omdat ons so gelukkig is. In die donker is die lig soveel helderder."

Angel lig haar hand en streel Ferdi se kop. "Jy moet gedigte skryf. Jy het 'n slag met woorde."

"Jou invloed." Hy kyk na haar en knipoog.

Hulle kyk na die landskap wat verby glip. Ferdi verminder spoed, om die oomblikke uit te rek. Alles lyk so bekend, alhoewel hy jare gelede die distrik besoek het. Hy was nog op skool, saam met sy ouers. En sy broer. Hy vergeet soms hy het 'n broer. Dalk moet hy hom opsoek. Hy wonder wat sy broer van Angel sal dink. En van hom met sy kaalge-skeerde kop.

"If you've never seen a good time, how will you recognise one?" sing Sinéad.

Ferdi klem Angel se hand op haar skoot vas. Sy gee 'n drukkie en glimlag vir hom. Ferdi glimlag weemoedig binne-langs. Wat sal sy broer van 'n goeie tyd weet, dit wat Angel hom al gewys het. Sy broer met al sy voorspelbare keuses. Studies. Weermag. Nooit vrae daaroor gevra nie. 'n Goeie werk. Pragtige vrou. Huis. Sonder om eers regtig te probeer. Begin met 'n gesin. Bevordering. Beste maat van hul seun, die knap rugbyspeler en hartebreker van die skool. Kunssinnige dogter. Sy broer kan die handleiding skryf. Vol veilige keuses. Maar Ferdi het al baie gewonder of spyt soms sy broer in die middel van die nag wakker hou, die Engelse hippie vir wie hy vir jare aan 'n lyntjie gehou het, maar toe op die ou ent koue voete gekry en eerder 'n Boeremeisie gekies het.

Of is hy verkeerd? Is dit dalk andersom. Was dit dalk die Engelse hippie wat sy broer aan 'n lyntjie gehou het en op die ou ent koue voete gekry het om met 'n Boerseun af te haak? Was sy dalk die een wat snags met berou in haar hart wakker gelê het, spyt oor die kans om 'n sielsgenoot deur haar vingers te laat glip het? Ferdi het nog nooit so daaraan gedink nie.

Hy het altyd sy broer as die manipuleerder beskou. Het sy broer destyds dalk dieselfde hartseer rondgedra? Hulle het jare laas met mekaar gepraat. Vir die eerste keer in sy volwasse lewe voel Ferdi toegeeflik teenoor sy broer, hoop hy dat sy lewensmaat ook 'n engel is.

Ferdi kyk so sywaarts na sy liefling. Angel kyk anderpad, na die ruwe spitse wat weer al nader aan die teerpad neig. Sy lyk so kwesbaar met haar kaalkop en bleek vel wat selde die son deesdae sien. Hy voel soms iets onafwendbaar, asof hy haar aan die verloor is. 'n Lewe op dwelmmiddels. Haar behandeling wat nie werklik vordering maak nie. Sinéad se melankoliese stem. Hy is bly Angel het ingestem om bietjie uit te kom. Hy kyk hoe sy haar hand in die son hou en ingedagte na haar verloofring kyk wat glinster in die sonlig.

Ferdi vryf Angel se wang sagkens. "Draai die klank harder. *Hold back the night*. Ek sal altyd onthou dat ons hier was as ek dit hoor."

What will become of you and I?

Die oomblik is oorweldigend. Sinéad se hemelse stem bring trane na hul oë. Ferdi snuif en knip vinnig sy oë om die skielike vog te verdryf. Hy let nie op dat Angel opgemerk het nie. Sy vee die hoek van sy oog met die agterkant van haar vinger. Sy sê niks nie. Die stemming in die motor is wedersyds. Angel klem Ferdi se hand en druk dit vas teen haar lippe. Sy hou dit daar.

Die Datsun volg die slap draaie tussen die bergreekse deur.

My darkest hour. My overdose. That's what you'll be.

Die pad begin daal. Voor hulle lê Ceres, aan die voet van die vallei.

"Wow. Ferdi, dis pragtig. Hou stil. Kom ons sit bietjie hier." Angel se stem is sag, meegevoer deur die toneel, die atmosfeer.

Hold back the night.

Ferdi wil probeer, maar daar is nêrens stilhou plek nie. Hulle is alreeds in die vallei voor hy kan stop. Hy het nog 'n knop in sy keel van die emosie, die donker wolke wat oor die toekoms hang, die besef dat hy nie meer sonder haar kan leef nie, totaal en al afhanklik geraak het van haar. Sy dwelm.

"Deksels. Kom ons druk deur tot Gydopas, dan kyk ons van daardie kant terug."

"Dis jammer ons kon nie stilhou nie." Angel het verdriet in haar stem.

"Die prentjie is in ons kop. Ons het die herinnering." Ferdi raak vlietend aan haar wang, wens self hulle kon nog vertoef.

Angel byt net haar onderlip en vee versigtig aan die hoekie van haar oog.

Ferdi probeer om opgewek te klink, net om die stemming te verlig. "Ek onthou Gydopas as vreesaanjaend. My pa het altyd resies daar afgejaag met sy Volksie. Ek raak nou nog karsiek as ek daaraan dink. Maar ry kon hy. Sy roeping as renjaer gemis. Ek was nog nooit weer terug sedert ons kinders was nie."

"Solank jy my nie siek ry nie." Angel glimlag weemoedig.

"Ek het kosbare bagasie. Ek neem nie kanse nie." Ferdi se uitdrukking wys hy is ernstig.

Angel druk haar hand tussen sy bobene en streel sy dy met haar duim. Ferdi draai links, noord, verby die ligte industrieë al langs die hoofpad soos hulle die dorp uitry. Dis vrugtewêreld. Die verpakking en versending vind by die koöperasie buite die dorp en op die groot vrugteplase plaas. Die pad lei hulle verder na Prince Alfred's Hamlet, dan op teen Gydopas.

"Dis nie so *scary* as wat ek onthou nie." Ferdi draai die venster af en leun sy arm op die deur. Die pad kronkel teen die steilte op. Die Datsun sukkel bietjie. Hulle is nie haastig nie. Elke draai gee 'n beter uitsig. Net voor die pas bo teen die platorand aankom is daar 'n uitkykpunt met piekniektafels onder bome. 'n Ander motor is reeds daar geparkeer. Daar is genoeg ruimte. Hulle hou stil. Dis 'n swart gesin, ouers met drie kinders van verskillende ouderdomme. Hulle waai vriendelik. Ferdi en Angel waai terug.

"*Lovely view,*" sê Ferdi. Hy kyk na die motor se registrasie. "*Long way from Gauteng.*"

"*Million bucks,*" antwoord die man. "*Yes. Been listening to are we there yet for ten hours. You?*"

"*Cape Town. I was born back there.*" Ferdi wys na die teenoorgestelde rigting, terug agter sy rug.

"*Special place.*"

"*It is.*" Ferdi dink terug. "*Our country is a better place now.*"

"*It is for us.*"

Ferdi knik. Hy dink na en sê, "*It is for us too.*"

Die man knik. Hy kyk na die twee jongmense se kaalgeskeerde koppe en die tatoeëermerke al langs Angel se arms af. Hy verstaan verdraagsaamheid is dalk 'n nuwe ervaring vir andere ook. "*Enjoy your picnic,*" sê hy.

Ferdi glimlag en gaan staan langs Angel, vou sy arm om haar heupe, voel haar hand op teen sy rug. Hulle bewonder die uitsig oor die Ceres vallei, dink aan drome en ideale van kinders, van soveel wat verander het, van mekaar kon vind tussen al die kleure en geure van die land.

"Angeliek, my liefling." Ferdi praat met die vertes.

"En kan ek u voorstel, hierdie is my liefling, Ferdinand. Ons is verloof."

Hulle omhels mekaar, dan sit hulle by die tafeltjie en eet hul toebroodjies in stilte, hoor net die stemme van die ander gesin 'n paar treë weg en die klank van voertuie wat teen die helling op beur.

"Hoe ver is Op die Berg nog?"

"Sover ek onthou is dit net hier anderkant. Ek was jare laas daar."

"Wat is daar?"

"Niks. Net 'n klein dorpie met 'n kerk en 'n koöperasie. En berge. Jy sal sien."

Hulle eet klaar, sit nog 'n wyle en klim in die kar. Hulle toet totsiens vir die familie wat steeds die uitsig geniet.

"Kyk daar," wys Ferdi toe hulle in die kerk se parkeergronde stilhou. Hy klim uit, gaan staan agter Angel en beduie na die ruwe rotsformasies. Daar is 'n knop in sy keel. "Ongewoon, nè."

"Dit is. Enige bobbejaan sal daar tuis wees."

Ferdi lag net. "Wat probeer jy sê?"

"Ek wens ek het nou 'n potlood gehad. En sketspapier. Dis asemrowend."

"Hier is waar ek gebore is." Ferdi skud sy kop.

Angel sien dit raak. "Wat?"

"Ek kan dit skaars glo. Dis presies soos ek dit onthou. Ek was laas hier as tjokkertjie. Daardie beeld, daar verby die kant van die kerk, die manier hoe die berg trappe vorm. Dis asof ek gister hier was."

"Dit lyk of 'n reus dit daar gepak het."

Hulle sit op die motor se warm enjinkap. Angel rus haar kop teen Ferdi se skouer. Hy vou sy arm om haar lyf. So sit hulle en bekyk die stille landskap. Nou en dan is daar 'n metaalagtige klikgeluid soos die Datsun se enjin afkoel. 'n Jong bruin man neem foto's van sy meisie op die kerk se trappe. Ferdi oorweeg om aan te bied om foto van beide tesame af te neem, maar hy besluit om hulle eerder alleen te laat. Hy weet hy verkies om alleen te wees met Angel.

"Jammer dat ons so ver moes ry."

"Waarom is jy jammer?"

"Hier is eintlik niks. Net herinneringe."

Angel kyk na die toneel, die Skurwebergereeks wat rondom hulle strek. "Ek's bly ons is hier. Hierdie is deel van jou."

Ferdi kyk na die vertes, dan na haar en soen haar sagte lippe. "En jy is deel van my."

Angel hou sy nek vas toe hy wil wegtrek. Sy soen hom weer, dan glimlag sy, net vir hom, omdat hy daar is.

"Ons huis was daar agter daardie ry bome êrens. Kom ons stap soontoe en gaan kyk. Ek kan nie presies onthou watter een dit was nie."

Hulle laat die kar in die kerk se parkeerterrein en stap hand aan hand terug na die indraaipad.

"*Crikey*. Dis *surreal*." Angel beduie na die boom wat voor hulle troon, die pienk bloeisels wat amper gloei in die sonlig. "Ek het dit nie opgemerk toe ons hier ingedraai het nie."

Ferdi glimlag breed. Hy snap nie die konteks nie. "My kleur," sê hy.

"Dis 'n *pink gum*. Hulle is orals daar in Adelaide. Dis inheems daar."

Ferdi slaan sy arm om Angel se middellyf. "O, is dit wat jy bedoel? So, deel van jou geskiedenis is ook hier." Hy glimlag vir haar en streel die stoppels hoog teen haar nek.

"Ons wortels het uit teenoorgestelde rigtings na dieselfde plek gegroei." Angel byt haar onderlip en glimlag, 'n veraf uitdrukking op haar gelaat.

"Dit verduidelik waarom pienk my kleur is." Ferdi lag.

"Jy en jou pienk. *Common* verby." Angel terg speels, lok hom uit. Sy omhels hom en staan saam en kyk na die boom, wonder tesame wie dit daar sou geplant het en wat die oorsprong was.

Ferdi diep ou herinneringe op. "Ek was op laerskool. Ons klasonderwyseres wou weet wat ons gunsteling kleur is. Almal het die gewone kleure gekies. Jy weet, blou, groen, goud, daardie kleure. Om een of ander rede, ek kan nie onthou nie, het die juffrou gesê pers behoort by begrafnisse. Dit het my getref. Ek het jammer gevoel vir pers. Niemand wou dit kies nie. Dit is eenkant toe gestoot."

Angel het 'n ernstige uitdrukking op haar gesig. "So hoe kom jy van pers by pienk uit?"

Ferdi skud sy kop en glimlag. "Toe ek ouer word, toe besef ek eendag pers is net 'n kleur en het geen gevoelens nie. Dit was nie nodig om jammer vir pers te voel nie. Dis toe ek myself toegelaat het om openlik te erken dat ek eintlik verlief was op pienk."

"Ferdi, is jy seker jy gebruik nie *drugs* nie?" Angel kyk hom skeef aan.

"Wat? Pienk is die enigste kleur met emosie. Kyk na al die skakerings tussen koel en warm pienk. Dit dek elk en iedereen se sielstoestand. Pienk het persoonlikheid soos geen ander kleur nie."

"So waarom dra jy altyd swart klere?"

"Dit kalmeer my. Maar swart is nie werklik 'n kleur nie. Dis wat ons op skool geleer het."

"So watter skakering van pienk is ek?"

"Die warmste, helderste, amper aan die rooi kant van die pienk spektrum." Ferdi probeer dink. "Soos die *essence* van al daardie bloeisels aan daardie boom."

Angel soen hom op die wang. "OK, ek sal probeer om pienk bietjie meer te waardeer van nou af."

Ferdi knik selfvoldaan en druk haar styf teen hom vas.

"Was jy 'n alleenkind?"

"Waarom vra jy?"

Angel sê, "Netnou toe jy van pers vertel het. Was jy ook eenkant toe gestoot? Is dit waarom jy jammer was vir pers?"

Ferdi dink na voor hy antwoord. Hy streel die kort stoppels hoog teen haar nek. "Ek dink nie ek was eenkant toe gestoot nie. Dis eerder asof ek eenkant wou wees. Dis asof ek nie deel gevoel het van enigiets nie. Nou dat jy dit noem, al die kinders wat *outcasts* was, jy weet, daardie kinders wie se hare te kroeserig was, of a skewe rug gehad het, hulle het by my kom sit tydens pouse. Dalk was dit omdat ek hulle nie geterg het soos die ander nie. Dalk was hulle kleur ook pers."

"Ek dink ek sou by jou wou gesit het." Angel byt haar lip, dink aan dinge wat eerder begrawe moet bly. Engel met 'n afvlerk.

Ferdi maak so bietjie plek, skuif sy hand tot onder haar arm, teen haar ribbes and streel haar tepel met sy duim. Privaat. Intiem. Angel neem sy hand en hou dit teen haar bors vars, een van die mooiste vorms in God se skepping. Dis nie eroties bedoel nie, net bevestiging dat sy haar liggaam met hom deel. Dat sy nie iets terug wil hê nie. Net iets wil teruggee. Hulle liefde versterk.

"Wat was jou gunsteling kleur?" Ferdi streel Angel se rug met sy ander hand. Haar wang druk sag teen sy sleutelbeen. Nie so sag soos haar bors onder sy hand nie.

Angel oorweeg lank hoe om te antwoord. "Ek was bang vir swart. Vir die nag."

'n Motor wil indraai by die kerk. Hulle moet eenkant toe staan, hul omhelsing breek.

Die motor hou langs hulle stil en die vroulike bestuurder vra, "Kan ek help?"

Ferdi skud sy kop. "Nee dankie. Ons besoek net."

"Ons kry nie baie besoekers hier nie. Waar kom julle vandaan?" Die ouerige dame lyk vriendelik, maar agterdogtig.

"Kaapstad. Ek is hier gebore. Ek kom wys vir my meisie."

Die dame se gesig verhelder. "Werklik? Goeiste. Dis goed dat jongmense ons dorpie onthou. Wat is jou van?"

"Roux. My Pa was diaken hier. My oom-hulle se plaas was hier naby."

"Ek onthou die Rouxs. Hulle het vir 'n tyd by Boplaas loseer voordat hulle hierheen verhuis het. Wie is jou oom?"

Ferdi noem die plaas se naam. Die vrou slaan haar hand teen haar voorkop. "Kan jy nou meer. Ons het voorheen saam in die koor gesing. Hy het pragtige stem. Gaan julle daar kuier?"

"Nee, nie vandag nie." Ferdi wil nie noem dat hulle kontak verloor het nie. Hy self was so skuldig soos die res van die familie. Suid Afrika se destydse politiek het 'n skadu oor alles gegooi. Verskillende keuses. Gevolge. Verwyte. Hy wil nie daaraan herinner word nie.

"Dis jammer. Dalk volgende keer. Ek sal jou oom sê ek het jou gesien. Wat is jou naam?"

'Ferdinand. Ek weet nie of hy my sal onthou nie."

Die vrou kyk Ferdi skeef aan, 'n groot vraagteken op haar gesig. Dis 'n kontrei waar almal mekaar ken, moet staatmaak op die gemeenskap om te oorleef. Sy kyk na Angel met haar bleek vel en kaalgeskeerde kop. Ferdi wat self kaalgeskeer is. Sy verstaan steeds nie. Ten einde laaste sê sy net, "Ek kom oefen vir Sondag se erediens." Toe die vreemde besoekers botweg na haar kyk voeg sy by, ter verduideliking, "Ek is orreliste."

Die voertuig se bande knars oor die gruis en kom in 'n parkeerplek agter hul rug tot stilstand. Hulle hoor die deur oopgaan, toeklap en oomblikke later hoe die verliefdes op die trap 'n gedempte gesprek met die orreliste voer. Hulle lag vir iets. Die mense ken mekaar. Ferdi en Angel stap in stilte verder. Daar is nie veel meer as 'n vulstasie, skooltjie, die koöperasie en 'n paar straatjies nie.

"Ek dink dit was dié huis." Ferdi wys na die woning oorkant die straat. "Ek mag verkeerd wees. Dit was lank gelede. Ek was klein. Maar dis min of meer die regte plek."

"Dit lyk *cosy*. Dalk sal daardie tannie weet?"

"Ek onthou meer van die honde as van die huis." Ferdi

glimlag met 'n tikkie heimwee. "Weet jy waar die dorp se naam vandaan kom?"

Angel skud haar kop en lag. "Oor dit op die berg is?"

"Dis wat ek ook al die jare gedink het. Eintlik was dit net aanvanklik die gemeente se naam. Die predikant het dit laat registreer as 'n dorpsnaam. Dit verwys na 'n toneel in die Bybel. Die ou Testament. Abraham het 'n openbaring gehad om 'n slagoffer aan God te maak. Dit moes op 'n hoogte plaasvind. 'n Berg. Maar dit was verlate en daar was niks om te slag nie. Net sy seun Isak was saam met hom. Hy sou Isak moes slag."

"Dis *creepy*."

"Ja, dit is nogal. *Anyway*, net voor hy sy seun wou keelaf sny, toe blêr daar onverwags 'n bok wat in 'n bos verstrengel was. Abraham kon die bok in plaas van Isak offer. Die boodskap van die storie was om te toets hoe ver hy sou gaan om aan God se wil te voldoen. Toe hy getoon het dat hy sy seun sou opoffer het God hom 'n uitweg gebied. Dit is die toneel wat op die berg afgespeel het waar offers gemaak is. So Op die Berg verwys na waar God vir Abraham genade betoon het, sy geloof getoets het. Dit het 'n Bybelse konneksie."

Angel is peinsend. "Ek sal bietjie moet dink daaroor. Ek weet nie of dit treffend of grillerig is nie."

Ferdi lag. "Dis net 'n storie. Ek dink die *moral of the story* is dat mens nie moet opgee nie, al lyk die pad vorentoe duister."

Angel snuif saggies en vra met 'n klein stemmetjie. "Glo jy aan God?"

Ferdi dink na. "Nie tot ek jou ontmoet het nie. Nou is ek nie meer seker nie. Iemand soos jy loop nie net toevallig in iemand soos ek se lewe in nie."

Angel glimlag vlietend en steek haar hand agter binne

Ferdi se hemp in, stap saam met hom terug na die kerk toe waar hulle die kar parkeer het. Orrelmusiek is hoorbaar vanuit die gebou.

"Ek het altyd gehou van orrelmusiek. Wanneer dit stadig is. Daardie diep note. Gesange. Psalms is te *happy-happy* vir 'n orrel se stemming." Ferdi druk Angel sywaarts teen hom vas. Hy kyk na die pienk bloeisels aan die bloekomboom. Hy breek 'n takkie af en steek dit agter Angel se oor vas. "As my geloof was om offers te maak en net jy was daar, dan sou ek my eie polse eerder gesny het."

Angel glimlag, dog nie vrolik nie; eerder 'n onderliggende treurigheid. Daar is trane in haar oë. Sy pluk ook 'n takkie met bloeisels en druk dit agter Ferdi se oor. "En dan sou ek langs jou gaan lê en my polse ook gesny het. Ons bloed sou saam vloei en meng op die altaar."

"Romeo en Juliet? Geen God van Liefde sou sy rug op ons draai nie."

"Ons sou saam die ewigheid betree."

Angel omhels Ferdi. Hy druk sy gesig teen haar nek en trek haar reuk diep in sy longe. Hy voel haar liggaam skud, die snikke wat haar ontsnap. Sy trane meng met hare. 'n Paar voetgangers stap verby en kyk na die twee vreemde wesens wat soos drenkelinge aan mekaar vasklou.

***

Baie laat in die aand lê Ferdi en Angel in die bed. "Angel, slaap jy al?"

"Nee."

"Dankie vir vandag."

"Dit was lekker."

"Ek weet dis moeilik."

"Dis oukei. Dit het my goed gedoen om uit te kom. Mens raak te opgevang in jou eie gedagtes."

"Lekker slaap, my liefling."

Ferdi vou sy arm om Angel se bolyf. Hy voel moeg. Dit was baie bestuur, uitputtend. Maar alles het goed verloop. Hy is gelukkig. Dit voel soos 'n ou verhouding, om dinge te ervaar wat dieper betekenis het. Hy wonder of hulle oud word. Dan lag hy heimlik vir die idee, voel hoe hy wegdryf in vergetelheid.

"Ferdi?"

Hy skrik wakker. "Hmm?"

"Slaap jy?"

"Nie meer nie."

"Jou ouma se ring. Ek kan dit nog steeds nie glo nie."

"Dis nou jou ring."

Angel antwoord nie dadelik nie. "Ferdi, ek vertrou nie myself met haar ring nie."

"Jou ring. Dis nou jou ring."

"OK, my ring. Ons ring. Ek vertrou nie myself nie. Dalk moet jy dit eerder hou."

Ferdi dink mooi voor hy praat. "Angel. Onthou jy vanoggend?"

"Hoe kan ek vergeet?"

"Jy't gesê jy vertrou my."

"Ek vertrou jou, Ferdi, met my hele wese."

"Wel, dan hou jy die ring. Ek vertrou jou met die ring. Jy moet my vertrou dat ek weet ek kan jou vertrou. Maggies," Ferdi gee 'n moeë laggie, "Maak dit sin? Dis te laat in die aand. Jy weet wat ek bedoel."

Angel trek sy hand oor op haar bors. "Ferdi. Ek sal my bes doen. Dankie, my liefling."

"Dis lekker sag." Ferdi streel die tepel onder sy vinger.

"Hulle is gelukkig en tevrede."

"Watter een is gelukkig en watter een is tevrede?"

Angel knyp die vel oor sy ribbes.

"Eina."

"Goed so."

Ferdi skuif sy hand laer, al die pad af na haar onderlyf waar haar heupbeen en maagholte ontmoet. Haar broekie span laag oor haar pelvis. Hy steek sy hand in die gaping tussen die sagte kantmateriaal en haar vel.

"Jy's maer."

"Verkies jy vet?"

"Nee. Dis *sexy*, daai gaping waar jou maag so plat is."

Angel glimlag soet. "Ek voel nie baie *sexy* vanaand nie."

"Ek sê net."

Ferdi vryf haar vel, voel die sagte stoppels waar sy skeer. "Jy't jou pienk panties aan."

Angel druk haar wang teen sy voorkop. "Jy's nie veronderstel om te kyk nie."

"Waarom nie? Buitendien, ek kyk nie. Ek ken die snit."

"My eerste geskenk. Van jou."

"Goeie belegging. Ek verstaan nou waarom dit so duur was."

"Dis nie elke dag wat mens verloof raak nie. Dis die regte geleentheid vir spesiaal aantrek."

"Jy is spesiaal."

"*Methadone junkie*."

"Ja, maar jy is die enigste *methadone junkie* wat my gekies het."

Angel vryf sy stoppelhare. "Ons behoort weer te skeer."

"Ja, ek voel." Hy stoot sy hand al die pad af en hou dit daar, hoog tussen haar bene. Hy het geen verdere bedoelings nie. Hy wil net aan haar raak waar dit spesiaal is.

"Ferdi?"

"Toemaar, ontspan."

Angel lag saggies. "Ek is ontspanne. Ferdi?"

"Ja, my engel?"

"Raak jy nooit bedruk nie?"

Ferdi lig sy kop en kyk na haar. Hy rus sy kop op Angel se skouer. "Ek was my lewe lank bedruk. Ek is bedruk gebore. Tot ek jou ontmoet het."

"Maar raak jy nie terneergedruk as ek nie meer lus het soos tevore nie."

"Ons het nog ons oomblikke."

"Ja, maar nie meer soos dit was nie."

Ferdi dink na. Daar is te veel om te sê. "Soms het mens storms nodig om die mooi weer werklik te waardeer."

Angel snuif.

"Die ergste is wanneer ek aan jou raak en jy toon geen reaksie nie. Dis erg vir my."

"Ek's jammer, Ferdi. Ek kom dit nie eers agter nie."

Ferdi knik net.

"Sal ons Kirstenbosch toe gaan môre?"

Ferdi probeer dink waarom dit in haar gedagtes is. "Klink goed. As jy kans sien."

"Daardie dag wat ons daar was. Jy't gesê ek moet weer begin skets... Ek wil iets vir ons muur teken."

"Jy't onthou."

Angel beweeg haar been 'n bietjie sywaarts sodat Ferdi sy hand dieper kan instoot. "Ek het onthou."

"Lekker slaap, Angel," sê hy lomerig, druk haar sagkens waar hulle al soveel plesier gehad het.

"Lekker slaap, my liefste." Sy druk sy hand styf tussen haar bene vas.

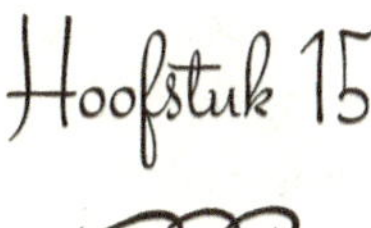

Hoofstuk 15

Die oggendlig val sag teen Tafelberg se hange. Dis lekker om vroeg in die botaniese tuin te wees, voor die hordes toeriste opdaag. Ferdi sit soos Angel hom laat poseer het en drink tee van die fles wat hulle ingepak het. Hy breek stokkies tussen sy duim en wysvinger. Dis terapeuties.

"Jy moet stilsit." Angel kyk oor die esel wat sy gebruik om haar sketspapier vas te hou.

"Ek sit stil."

"Jy bly van posisie verander."

"Hoe lank nog?"

"Byna klaar."

Ferdi sit gedwee. Hulle is reeds vroegoggend weg by die woonstel in Obs, voor die son te warm en die lig te skerp raak. Angel het 'n speldekussing protea uitgekies. Ferdi moet in die agtergrond sit. Hy is verlig wanneer Angel hom roep om te kyk hoe die prentjie vorder.

"Jis, dis pragtig. Die geel en oranje kom mooi deur." Ferdi bedoel die kompliment. Hy huiwer. "Maar waar is ek?"

"Daar." Angel wys met haar pinkie se nael na iets wat lyk

na 'n figuur as mens mooi kyk en 'n lewendige verbeelding het.

Ferdi lag. "Jy laat my stilsit vir amper 'n uur. Jy kon netsowel 'n paar strepies daar getrek het en niemand sou weet of dit ek of 'n mandjie wasgoed is nie."

Angel lê agteroor en lag hartlik. "Ek wou sien hoe lank jy kon stilsit voor jy krapperig raak."

"Jou bliksem." Ferdi sê dit met 'n breë glimlag. Hy raak ernstig. "Maar dis blerrie nice. Speldekussing is my gunsteling protea. Ons het een in die voortuin gehad toe ek tjokkertjie was."

Angel antwoord, "Dis vir ons ..."

"How much for that?" 'n Ouerige paartjie in helder uitrustings staan nader en kyk na Angel se kunswerk. Die man het 'n Amerikaanse aksent. Sy vrou lyk of haar vel deur die jare te veel son gesien het.

Angel is nog vasgevang in die oomblik met Ferdi en het steeds 'n glimlag om die mondhoeke. *"Sorry, it's not for sale."*

"I'll give you one hundred."

"It's for our flat. I can draw you another one."

"No, we're on our way. Sure?"

Angel knik.

"Hundred and fifty?"

Ferdi het 'n vraagteken tussen die oë. "Verkoop dit aan hulle. Jy kan 'n ander een vir ons doen."

"Hierdie is vir ons. Dis waarom ons hier is." Angel se toon is beslis.

Ferdi kyk op na die man wat afwagtend staan. Hy haal sy skouers op, *"Sorry."*

Die man skud sy kop. Die paartjie stap weg.

"Dit was 'n goeie prys. Jy kon goeie sakgeld verdien het." Ferdi verstaan steeds nie.

"Jy is in daardie skets. Ek verkoop nie 'n prent met jou in die toneel nie."

"Niemand sou weet dis ek nie."

"Ons weet."

Ferdi gee op. "Eendag moet ons opgaan teen die berg. Op 'n mooi dag kan mens tot doer tot by Franschhoek se berge sien."

Angel kyk op teen die hange. 'n Wolklaag hang oor die spits. Tafelberg se kombers.

"Maar die kabelspoor laat my maag draai," sê Ferdi.

"Het jy hoogtevrees?" Angel vra verbaas, asof sy nie kan glo Ferdi het beperkinge nie.

"Nee. Ek is net versigtig vir hoogtes."

"Jy's gebore in die Skurweberge en bobbejaan se kind het hoogtevrees."

"Nie hoogtevrees nie, net versigtig."

"Ek sê jou wat. Ek doen nog 'n paar sketse. As ons iets verkoop, dan skiet ek jou vir 'n rit teen die berg op."

Ferdi onthou die kabelspoor goed. Dis sigbaar van die stad se rigting, onwerklik steil, verdwyn in die wasigheid van 'n triestige dag. Hy lag sagweg. "In daardie geval is ek nie seker ek wil hê jy moet enige sketse verkoop nie. Daai karretjie hang net aan genade."

"Jy kan jou oë toehou."

"*Yep*. Ek's seker dit sal help." *But that sort of defeats the purpose,* dink hy. Hy sê niks, wil nie Angel se vooruitsig bederf nie.

Hy volg Angel en help haar om die esel op 'n ander plek op te stel. Hy stap terug om die piekniekkombers en fles met tee en peuselgoed oor te dra, gaan lê op sy rug en laat haar in vrede. Dis lekker om haar gelukkig te sien. Dis ongelooflik om te sien hoe sy met gekleurde potlode sulke ryk tonele kan skep, die blomme en rotsformasies so helder kan weergee.

Ferdi kyk verstom hoe Angel moeiteloos lewe skep, wonder hoe ver sy haar talent sou kon neem as sy nie vasgevang was in haar verslawing nie. Is dit te laat daarvoor; dis duidelik haar muse het haar nie verlaat nie en sy is nog bloedjonk.

Hy draai homself om op sy maag te lê, sy kop skuins op sy arms. Angel maak 'n potlood skerp en kyk na hom. Sy blaas 'n soentjie in sy rigting en hou haar hand uit om vir hom haar ring te wys, hoe dit die sonlig pragtig weerkaats.

Is dit die doel van die sinnelose bestaan wat hy nog altyd oor gewonder het. Die heelal het 'n engel in sy sorg geplaas. Angel, die kern waarom alles draai. Dalk is die afgelope verlore dekade net dit; iets om van weg te beweeg, geskiedenis. Of voorbereiding vir wat voorlê. 'n Bril waarmee om beter te sien. Die vooruitsig van iets om voor te lewe.

Angel hou 'n potlood op vir hom om te sien. Pienk. Sy lag wanneer hy vir haar oog knip. Sy druk die potlood halfpad in haar mond en suig eroties daaraan. Sy knip vir hom ook oog.

Ferdi glimlag en probeer sy weergawe van slaapkameroë maak. Dan dagdroom hy weer filosofies. Hy kan werk om inkomste te verdien. Sy bydrae. Sy verantwoordelikheid. Vir Angel. Sodat sy haar roeping kan vervul. Die ontwikkeling van haar kunstalent. Het alle groot kunstenaars nie ewe veel pyn as vreugde in hul lewens ervaar nie? Selfs meer pyn as genot?

Angel het meer as haar kwota pyn reeds ervaar. Ferdi oorweeg. Kan dit wees dat hy die sleutel is wat die deur oopsluit om vir haar ten einde laaste veiligheid en berusting te kan bring. Is dit sy doel in die lewe. En saam kan hulle vervuld wees as man en vrou. Twee kante van dieselfde muntstuk. *Ying* en *yang*.

Meer besoekers begin verby stap. Elke nou en dan stop

iemand of 'n paartjie om na Angel se skepping te kyk. Sy verkoop die skets summier wanneer dit voltooi is. 'n Wolbaardsuikerbos. *Protea magnifica.* Pragtig pienk. Skakerings van grys graniet in die agtergrond. Sy hou dit eers op sodat Ferdi kan sien, dan oorhandig sy dit aan die kopers wat hoog in hulle noppies lyk. Die volgende verkoop ook onmiddellik.

"Ferdi, kyk hier. Ek het my eerste prente verkoop. Kyk net hier." Angel is skoon uit die veld geslaan, verwonderd dat mense kontant betaal vir haar skeppings. Sy waai die banknote voor sy neus.

Ferdi vee vog uit die hoek van sy oog. Hy is innerlik gelukkig oor die lof wat Angel so lank voor moes wag. "Jy gaan ryk en beroemd raak."

Angel lag uitgelate. "*Hardly.* Kom ons pak op. Tafelberg, hier kom ons."

Ferdi kyk sywaarts na die steil hellings wat bo hul koppe oopstrek. Hy het sy bedenkinge. "Sit eers en drink iets. Jy's nog aan die gang sedert ons hier aangekom het." Skeppende energie.

"Jy probeer net uitstel. Ek sal in die kar tee drink."

"Ja, maar daar hang reeds 'n wolk teen die berg. Daar gaan geen uitsig wees nie. Ons kan wag totdat dit wegtrek."

"Daar gaan 'n lang ry wees. Ons sal moet wag."

Ferdi besef dis 'n verlore stryd. Sy maag begin nou reeds saamtrek van spanning, bloot net die vooruitsig van hang tussen hemel en aarde en al sy twyfelagtige geloof in 'n dun kabel plaas. Toe hulle teen Kloofnek op en links met die bergpad tot by die onderste kabelstasie gery het is Ferdi se ingewande driedubbel geknoop, sy liriese dagdrome skoonveld. Hy sien die karretjie in die wasigheid bo hul koppe verdwyn, die garedraad waaraan dit hang.

Hulle is gelukkig – of ongelukkig, afhangend of mens vir

Angel of Ferdi sou vra. Die mis ten spyt, loop die karretjies, en die tou van wagtende toeriste is verbasend kort. Hy voel naar en kan nie by die venster uitkyk toe die kabelkarretjie teen die steil helling op begin beweeg nie.

"Sjoe, kyk net daar. Dis pragtig." Angel staan met haar neus teen die venster.

Ferdi loer vinnig. Die uitsig is iets besonders, die Kaapse vlakte en Tafelbaai wat in die afstand strek, Robben Eiland in die verte en Kaapstad in die voorgrond. Hy is verlig dat die aarde nie te ver onder hul voete is nie. 'n Paar fikse wandelaars stap die roete op teen die berg en waai entoesiasties. Dalk 'n beter manier om bo teen die berg uit te kom, dink hy.

Hy druk sy hande teen sy oë toe die berghelling skielik steiler raak en die grond vinnig onder hulle voete verdwyn. Dit voel of die bodem van sy maag saam uitval. Die ronde kabelkarretjie draai stadig in die rondte en dit maak dit nog erger.

"Is jy oukei?" Angel het 'n lag in haar stem.

Ferdi skud sy kop. Hy is wasbleek, voel naar en sy kiewe water. Dis glad nie snaaks nie. Hy hoop hy sal kan uithou.

"Ons is amper bo. Ek kan die stasie sien. Haal diep asem."

Ferdi wil nie sy oë oopmaak om te kyk nie. Die paniek wurg hom. Hy sukkel om asem te kry. Wanneer die karretjie ten einde laaste, na minute wat soos ure voel, die boonste stasie bereik, steier hy uit en sak op die platform neer. Mense staan nader om te help.

"Staan eenkant toe. Laat hom asem kry." Iemand staan oor Ferdi.

Angel buk oor hom. "Hey. Dis verby. Drink bietjie water."

Ferdi sit regop en drink van die water wat van êrens

verskyn het. Hy begin beter voel. "Jammer. Dit het nog nooit met my gebeur nie. Nie so erg nie."

"Sir, should we get help?" Een van die personeel staan bekommerd nader.

Ferdi skud sy kop. *"Thanks. I'm OK now."*

"Perhaps have a cup of sweet tea first." Sy beduie na die restaurant en toeriste winkeltjie.

"Good idea." Angel maak seker Ferdi kan op sy eie bene staan en vind 'n sitplek naby die venster. "Is dit te naby?"

Ferdi skud sy kop. "Nee, dis oukei hier. Dit was net toe ons daar regop teen die helling opgaan en alles skielik onder jou voete verdwyn. Ek moes nie afgekyk het nie."

"Dit sal jou goed doen om uit te gaan. Drink jou tee dan gaan stap ons rond."

Ferdi knik en glimlag skamerig. Hy begin weer mens voel.

Die teleurstelling is groot. Die wolkbedekking vou om die berg as slierte digte, koue mis. Die klam lug tref hulle soos 'n yskas toe hulle die deur oopmaak. Hulle sien net misvlae. So nou en dan is 'n stukkie oseaan sigbaar, dan verdwyn dit weer deur die wasigheid.

Onder teen die berg was dit 'n soel lentedag. Hier bo is dit weer winter. Hulle het nie die regte klere aan nie.

"Donderdag." Angel bibber en vryf haar skouers.

Ferdi trek haar terug en druk die deur toe. "Nee, bliksem, dit gaan nie werk nie. Ons wag eerder vir die wolke om weg te trek."

Die toeriste kuriowinkeltjie het nie veel om na te kyk nie. Ferdi hoor een van die toeriste vra wat die kanse is dat die wolke gaan lig. Daar is weinig uitsig. Die verkoopsdame dink nie dit gaan vandag lig nie. Ferdi se moed sak in sy skoene. Hy moes die kabelspoor rit verduur vir niks. Hy kyk rond in die winkel en kry 'n idee.

Ferdi sit sy arm om Angel. "Voel jy patrioties?" Hy wys na die reuse, veelkleurige Suid Afrikaanse vlae wat te koop is. Vir 'n toeristewinkel is die prys nie sleg nie. Hy vou die vlag dubbel en hang dit om Angel se skouers.

"Wat van jou?" vra Angel.

"Ek is warmbloedig. Ek sal oukei wees."

Hulle betaal en durf weer die buitelug aan. Ferdi blaas miswolkies saam met sy asemlug uit sy longe en lag vir Angel wat haarself knus toegedraai het. "Iets lyk nie reg aan 'n punk gevou in 'n nasionale vlag nie. Gewoonlik steek hulle dit aan die brand. Ten minste sal jy nie wegraak hierbo nie."

Tyd om te gaan verken. Die wandelpaadjies is sopnat. Hulle moet versigtig trap. Ander toeriste maak vriendelike opmerkings oor die koue en Angel se keuse van kleredrag.

"Kyk daar." Angel wys na 'n dassie wat op 'n rots sit en wag vir die son om kop uit te steek. Waterdruppels versamel op sy pels. Hy lyk bedremmeld.

Die wolklaag na die Strand en Heksrivier se kant is dig. Na Clifton en Robbeneiland breek die wolkbank elke nou en dan vir 'n voorskou van hoe pragtig die uitsig kan wees as die weer saamspeel. Maar nie vandag nie.

"Ons moet kophou met die rigting. Mens wil nie hier verdwaal nie." Ferdi voel soos 'n volwassene met 'n kind. Angel bly verken en van die paadjie afdwaal.

"Dis mooi. Kyk hoe die mis op die blare die lig vang."

Ferdi beaam. Dit is besonders. Hy kyk hoe Angel op 'n rots gaan staan en die verte in tuur. Die miswolk draai om haar enkels. Vir 'n oomblik is dit asof sy swewe. Sy ongemak en vrees ten spyt is hy bly hulle het hierheen gekom. Vir haar onthalwe sal hy dit weer doen. Hy hoop net hy hanteer die rit af beter. Hy weet nou hy moenie direk af kyk nie.

'n Ligte briesie stoot die miswolkies weg. Angel staan reg op die rand van 'n vertikale krans.

"Angel, hey. Dis gevaarlik. Kom weg daar." Ferdi wil nader staan, maar sy moed begewe hom.

Angel reageer nie. Sy skuifeltree nader aan die rand.

"Hey, wat maak jy? Angel. Nee, magtig!"

Angel kyk af na haar voete. Sy staan reg op die randjie. Los klippies val teen die helling af. Een tree, een kort treetjie is al wat nodig is.

"Bliksem, vroumens." Ferdi sak af op sy knieë en kruip nader aan Angel. Hoe nader hy aan haar kom en die afgrond sien, hoe meer voel hy hoe iets soos 'n groot magneet hom nader trek.

Angel se voete is reg op die randjie. Dis loodreg af voor haar.

"Angel, asseblief. Dis nie snaaks nie."

Angel kyk vinnig terug, "Ferdi, bly daar."

"Nee, nie as jy daar staan nie." Sy stem is bewerig.

"Ferdi, bly daar." Angel se stem is ferm.

Ferdi veg teen die aantrekkingskrag van gravitasie, veg om beheer oor sy liggaam te kry. Sy staan op die afgrond, haar arms uitgestrek, hou die vlag soos 'n Olimpiese kampioen. Dit voel vir Ferdi of hy net nie nader kan kom nie. Hy probeer fokus op die graniet reg voor sy neus, oortuig sy hande en knieë om weer te beweeg, een hand, dan sy knie, dan die ander hand, dan die ander knie. Dan herhaal hy die ritme. Dit neem 'n ewigheid. Hy steek sy hand uit en kry Angel aan haar jeans se gordel beet. Hy klou aan haar vas. Hy weet nie wie vir wie red nie.

"Magtig, Angel. Jy sal my oorval gee." Sy stem is bewerig van inspanning en vrees.

Angel gaan sit op haar agterent op die nat rots. Haar bene hang oor die afgrond. Ferdi gaan lê agter haar, hou steeds haar jeans krampagtig vas. Hy is sopnat gesweet. Hulle vertoef so in stilte. Ferdi rus sy kop op sy uitgestrekte arm.

Angel staar na Clifton wat vaagweg sigbaar is, ver onder hul voete.

"Het jy al ooit daaraan gedink om alles net te beëindig?" vra sy sag.

Ferdi skud sy kop. Nie dat hy ontken nie; hy het. Dis net die ontnugtering oor wat kon gebeur het, die eindeloosheid wat steeds na hom roep. En erger nog, ook na haar ...

"Net een tree, dan is alles verby."

"Angel. Donners, Angel." Ferdi snuif bitter trane weg, die emosie van die middag te veel om binne te hou.

Angel hou sy hand agter haar rug vas. Sy sê niks, vou net weer die vlag om haar skouers. Sy leun agteroor en gaan lê op haar rug langs Ferdi. Sy streel sy kaalgeskeerde kop liefderik. Ferdi druk sy kop op haar skouer en klou haar vas asof sy lewe daarvan afhang.

Die klam mistigheid kleef aan hulle vel. Die sonnetjie wil-wil kop uitsteek, maar dan vou die wolke weer die berg toe.

"Eendag as my vlerk reg is." Angel draai en soen Ferdi se nek, kyk na die wasem soos hy teen haar skouer asemhaal. "Ek sal jou by die hand neem, Ferdi, dan vlieg ons. Ek en jy."

Ferdi snuif hard. Hy klem haar steeds vas, uitgestrek op sy maag op die nat rots, die afgrond wat meedoënloos reik na hom, om te kyk, te vrees, sy vrees die dieptes in te probeer volg.

"Ons sal vlieg. Weg van hier. Weg van al die monsters en die mense. Dit sal net ek en jy wees. Net ons twee. Ons sal vry wees, Ferdi."

Ferdi begrawe sy gesig in haar nek. "Ek sal jou hand neem, Angel. Ek sal net nie kan afkyk nie." Hy gee 'n treurige laggie.

Angel soen hom weer. "Jy sal veilig wees by my."

Ferdi knik.

"Maak toe jou oë. Ek help jou op. Volg my net. Moenie kyk nie. Ons gaan terug." Angel stoot haarself regop en staan oor Ferdi.

Ferdi neem Angel se hand en staan wankelrig op. Hy klem sy oë styf toe. Hy vra nie waarheen sy hom lei nie. Hy volg net. Hy vertrou haar volkome.

"Ons is terug op die paadjie. Jy kan maar jou oë oopmaak."

Ferdi kyk om hom rond. Hy asem diep in. Hy staan op vaste grond, geen hoogtes naby wat roep nie. Hy skud sy kop. "Flipit, ek was nog nooit so na aan 'n afgrond nie. Ek dink ek gaan naar word."

Angel wag dat hy homself onder beheer kry, dan stap hulle saam terug kabelstasie toe. Met die afrit sit Ferdi op die vloer van die karretjie by Angel se bene. Die wolke hang swaar oor die berg, al die pad af tot by die onderste stasie. Daar's 'n kennisgewing: Geen opritte weens weersomstandighede. Ferdi skud sy kop.

"Waarom het jy nog nooit vir my gesê jy't hoogtevrees nie?"

"Dit het net nog nie opgekom nie."

"Jy moes gesê het voor ons die berg op is."

"Ek het gedink ek sal oukei wees. Ek wou dat jy Tafelberg beleef. Ons het van ver gekom daarvoor."

Angel klim in die kar toe Ferdi die deur vir haar oopsluit. Sy wag dat hy ook inklim. "Dankie Ferdi. Ek's jammer."

"Dis ek. Dis nie jy nie."

"Ek bedoel wat daar bo gebeur het."

Ferdi byt sy lip. "Ek verstaan. Ek het ook al sulke oomblikke gehad. Ek het net nie die *guts* nie."

Angel kyk by die kantvenster uit. "Soms lyk daardie volgende oomblik meer aantreklik as die huidige." Dan kyk sy terug na Ferdi en glimlag floutjies. "Dis net jy wat my laat huiwer. Sonder jou. Ek weet nie. Jy maak alles draaglik. Hierdie ring aan my vinger. Dis spesiaal."

Ferdi kyk na die stuurwiel, dan na Angel. Hy skakel die motor aan. "Ek dink nie ek kan leef sonder jou nie. Nie meer nie."

"Daar is baie visse in die see." Maar dis duidelik dat Angel self nie glo wat sy sê nie.

Ferdi smoor sy antwoord. "Hmff."

Angel leun oor en soen hom op die wang. Ferdi draai sy gesig, ontmoet haar lippe. Hy maak sy oë toe en sluit die oomblik weg, diep, waar dit altyd veilig en beskerm sal wees. Dan sê hy, "Jy is seker moeg. Sal ons huis toe gaan?"

Angel leun terug in die sitplek, rus haar kop teen die kopleuning. "Ja, ek's moeg."

Ferdi skakel die motor in trurat.

"Maar ek het nie lus vir huis toe gaan nie." Angel se oë is toe. Haar hande bewe liggies. Sy klem die een vas in die ander op haar skoot.

Ferdi druk sy hand op haar gevoude hande. "Kom ons ry Blouberg toe? Luister bietjie musiek."

Angel knik.

Winter is net agter die rug. Dis donker teen die tyd wat hulle daar aankom.

Ferdi wys na 'n vis en skyfies kafee langs die pad. "Is jy honger?"

"So bietjie. Net niks olierig nie."

Ferdi knik en kyk of iets anders aantreklik lyk. "Daar's 'n restaurant. Wat dink jy?"

"Doen hulle *take-away*?"

"Ons kan daar sit."

"Ek het nie lus vir mense nie."

Ferdi parkeer, stap oor en kyk wat beskikbaar is. Hy het as kind laas bobotie gehad. Hy het vergeet die dis bestaan. Hy bestel wegneem bobotie met geelrys en rosyne. Daar is nie veel kliënte nie. Hy hoef nie lank te wag nie.

The Nephelim speel toe hy die kar se deur oopmaak, *Shiva.*

Angel stel haar rugleuning regop. "Ruik lekker. Wat is dit?"

"Bobotie." Ferdi oorhandig 'n porsie. "Die musiek. Dis lekker stemmig. My tipe ritme. Kom ons gaan sit by die see."

Angel draai die klank harder, hou Ferdi se hand op die plastiekpaneel wat saam met die basnote tril. Sy glimlag vir hom.

"Dis besonders, is dit nie." Angel draai haar venster af en kyk na Tafelberg, met Kaapstad se liggies wat oorkant Tafel-baai flikker. Mouille Punt se vuurtoring.

Ferdi knik, lag verleë. "Veral van hier af."

Hulle eet in stilte, geniet die saamwees, die somber musiek ten spyt.

"Toe ek student was het ek baie aande na hulle albums geluister. Dis anders, alternatief. Dis nie *punk* nie, ook nie *rock* nie." Ferdi draai die klank sagter om te kan gesels.

"*Gothic.*"

"Is dit wat dit is?"

I need to be alone tonight.

Ferdi lag by homself en kyk na Angel. "Hoeveel keer het ek nie dit geluister nie. Nou wil ek nie meer alleen wees nie. Nie 'n goeie tyd vir dié *song* nie."

When I'm gone, wait here.

Angel neem sy hand in hare. Ferdi voel die ligte bewing in haar hand.

"Is jy oukei?"

Angel byt haar onderlip. Sy knik. "Ek's oukei."

Ferdi kyk in haar oë, soek bevestiging.

"Regtig. Ek is oukei. Dis daar. Ek voel dit. Maar dis

oukei." Angel druk sy hand stywer vas. "As iets met my gebeur ..."

"Hey, niks gaan gebeur nie." Ferdi probeer paai.

"As iets met my gebeur. Dink jy ooit aan wat hierna vir ons wag?"

Ferdi knik stadig. "Soms wonder ek hoe ons hier gekom het, of alles net chemiese reaksies is. En evolusie."

"As ek kan. Ek sal vir jou wag. Anderkant. Iewers. As dit is."

Ferdi lig haar hand, bring dit na sy lippe. Hy druk haar vel teen sy lippe, proe haar smaak, die reuk van haar vel, die reuk van haar liefde. Hy trek diep teue in sy longe in. "Ek sal jou kom soek."

"Daardie aand op Sir Lowry's Pas." Angel kyk weg, by die venster uit. "Ek het geskree wat in my kop gekom het. Niks was waar nie. Dit was net angs. Ek was *uitgefreak*."

"Ek weet. Dis agter ons."

Angel byt weer haar lip. "Ek hoop so. Ek hoop regtig so. Ferdi, ek wens ek het jou vyf jaar gelede ontmoet." Sy snuif en vee trane weg. "Dit kon so anders gewees het. Voor ek heroïen ontdek het."

"Maar ons het nog steeds mekaar. Ons is steeds hier."

Angel snik en vee haar neus met 'n snesie. "Nou is ek bang vir alles. Bang vir wat met ons gaan gebeur. Bang vir alleen wees. Bang dat jy alleen gaan wees."

Ferdi maak haar sitplekgordel los en trek haar teen hom vas. Hy het nie woorde nie, luister net na *Last exit for the lost*. "Angel, dis nog nie ons *exit* nie." Hy dink nie aan wat dit kan beteken nie, net dat dit reg klink.

Angel begrawe haar neus in die holte van sy nek. "Ek is stukkend, Ferdi. Ek is soos een van daardie pakkies wat gemerk is, *Damaged goods. Return to sender*."

Hy skud sy kop. "Nee, Angel. Jou vlerk is net gebreek. Dis al. Dit sal weer gesond raak."

Angel snuif trane weg. "Ek dink jy het dit verkeerdom. Jy is die engel wat my kom haal het. Maar jy het jouself disnis geval en jou geheue verloor. Jy's die eintlike afvlerk engel. Dis hoekom jy nou bang vir hoogtes is."

Ferdi glimlag sonder humor. "Nee, Skatlam. Daardie liedjie is oor jou. Jy kom van die hemel af. Net jy laat die son helderder skyn. Ek kan net staan en die skouspel bewonder. Van al ons aardelinge het jy my gekies.

Angel lig haar kop, kyk ondersoekend in Ferdi se oë en streel sy wang. "Onthou jy daardie nag by Sir Lowry's." Die vraag is 'n stelling. Angel weet Ferdi onthou. Niemand wat daar was sou kon vergeet nie. "Onthou jy wat jy gespeel het?"

Ferdi probeer terugdink. "Ek het 'n paar goed gespeel. Ek het net *random* goed gespeel om alles uit te doof."

"*Rock and Roll Suicide*. Ek was buite beheer. Ek wou jou seermaak. Ek weet nie hoekom ek jou wou seermaak nie. Ek weet regtig nie. En hoe meer ek probeer het, hoe harder het jy die klank gedraai. Hoe meer ek jou probeer wegstoot het hoe meer het jy *give me your hand, 'cause you're wonderful* teruggegooi. Onthou jy?"

Ferdi glimlag, 'n skewe glimlag. "Ek onthou die teenstrydigheid, ja."

"Ek het baie agterna nagedink, gewonder of dit toeval was."

Ferdi kyk na Angel.

"Ek dink dis wat ware liefde is." Angel kyk na Ferdi. "Ek dink ware liefde is om seergemaak te word en net uit te reik, liefde terug te gee." Sy gebruik haar klam snesie om die natheid uit Ferdi se oë te vee.

Ferdi vee oor sy neus met die agterkant van sy hand. Hy

soen Angel, hou sy lippe teen haar lippe, die smaak van bobotie en haar smaak gemeng. Hy plaas sy hand hoog teen haar keel en hou haar teen hom aan, asem die lug in wat uit haar longe kom. Die gloed van haar liefde oorweldig hom. Hy kan nie die trane keer nie.

"Dis oukei, Ferdi. Dis oukei. Ek gaan jou nie weer seermaak nie. Dis verby."

'n Vragskip seil stadig in die baai voor hulle verby en gooi anker. Angel gee vir Ferdi tyd om homself onder beheer te kry. Sy hou sy hand vas op sy skoot.

Die disket het klaar gespeel. Ferdi kies Fields of the Nephelim se *Elizium*, die stadiger snitte teen die einde. Hulle luister in stilte na die somber musiek, elk in hul onderskeie gedagtewêrelde, druk mekaar styf vas met *And There Will Your Heart Be Also*, die sentiment van *growing old together*, weer met *stay here in paradise*, elke keer wanneer woorde tref wat hulle saambind, sterker tesame, rug teen die muur teen die aanslae van die wêreld.

Dis baie laat in die nag toe hulle uiteindelik weer tuis kom. Hulle stort en klim in die bed. Angel draai op haar sy, Ferdi agter haar rug.

"Ferdi?"

"Liefling?"

"As iets met my gebeur."

Ferdi val haar nie in die rede nie, druk haar net styf teen hom vas.

"Dis oukei om iemand anders te soek."

"Niks gaan gebeur nie." Ferdi probeer dink aan redes waarom niks gaan gebeur nie. In sy gedagtewêreld kom hy net noodlot teë. "Wat ook al gebeur. Daar sal net jy wees. Ek voel dit aan, Angel. Ek weet nie hoe nie. Ek voel dit aan. Daar sal altyd net jy wees. Niemand anders wou my hê nie. Jy wou my hê."

"As ek weg is Ferdi, dan is jy vry."

Ferdi snuif, probeer homself onder beheer kry. Hy sukkel om die knop in sy keel gesluk te kry. The Cult se Edie, die engel met die gebreekte vlerk was die liedjie in sy gedagtes die eerste keer toe hy Angel se naam gehoor het. Die skielike besef van die tragedie waarmee die liedjie afsluit sny soos 'n lem deur sy wese. *Why did you kiss the world goodbye? Ciao Edie.* Sy stem breek wanneer hy antwoord, "My engel. Ek kies om nie vry te wees nie. Ek het myself vir jou gegee. Ek het niks oor om vir iemand anders te gee nie. Ek sal nooit, wil nooit van jou bevry wees nie."

Angel vee klamheid uit haar oog. Sy knik vinnig, beaam dat sy weet waarvan hy praat.

"Onthou jy ..." Ferdi se stem breek. Daar is te veel emosie. Hy sukkel om die knop in sy keel te sluk. "Toe ons daardie oggend ontbyt gaan eet het saam met Paul-hulle. In die karavaanpark. Onthou jy?"

Angel hou sy hand vas onder haar keel, klem dit om te bevestig. Sy onthou.

"Jy het gesê ons praat nie politiek nie. Nie oor ingewikkelde dinge nie."

"Ek was bang jy skaam jou vir my, dat ek te oppervlakkig is."

"Jy't dit gesê. Dit was so verkeerd. So heeltemal verkeerd. Dis waarom ek nou daaraan dink." Ferdi bring Angel se hand na sy lippe en soen dit, vou weer sy arm oor haar skouer en koepel haar hand teen haar sleutelbeen. "Toe ek kind was het my Pa ons soms op wandelroetes geneem. Ons het eenkeer daar in die Outeniekwaberge gaan stap. Daar was arende. My Pa het gesê hulle kies net een maat, hul hele lewe lank. Ons was 'n paar dae daar in die berge. Elke dag kon mens arende sien wat saam sweef, saam in die son op rotse sit, saam jag."

Angel luister.

"Arende praat nie politiek nie. Hulle het nie brandende ambisie nie. Hulle is net gelukkig om saam te bestaan, hul lewe met mekaar te deel. Ons is so. Dis nie nodig om ingewikkeld te raak nie. Ons wil net saam wees, saam dinge beleef. Saam bestaan. Ons is 'n eenheid. Ons het niks anders nodig nie. Ons is vervuld om net mekaar te hê. Dis wat ons is, twee helftes van die geheel. Sonder mekaar is daar geen sin aan die lewe nie."

"Dankie, Ferdi." Angel klem sy hand. "Vir alles."

Ferdi druk sy neus vas teen die dun vel agter haar oor. "Dankie, my engel, dat jy my gekies het."

Hulle lê lank wakker. Elke nou en dan snuif een, druk die ander om die pyn te deel. Diep in die nag druk Angel haar hand agter haar rug, masseer sagkens sy penis, wag tot hy reageer soos sy weet hy sal, dan lig sy haar been en help hom binne in haar in. Daar is geen wilde passie nie, net twee wesens wat in liefde aan mekaar gebind is. Twee liggame wat stadig, rustig saam beweeg en vertroosting in mekaar vind. Hulle raak so aan die slaap sonder om ekstase na te jaag, net een te wees in liggaam sowel as in gees.

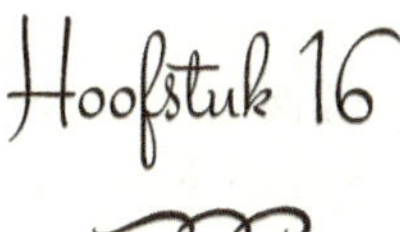

Hoofstuk 16

Angel swets en klou haar een hand met die ander vas.

"Hey. Sweetie, is jy oukei?" vra Ferdi besorgd.

"Ek het my myself gebrand. Dis al. Ons moet 'n nuwe ketel kry. Die een is te *wonky*."

"Laat ek sien. Hoe erg is dit?"

"Ek's oukei. Die verdomde ketel het geglip."

"Druk jou hand onder koue water. Ek kry ys."

Ferdi haal die ysblokkies uit die vrieskassie. Dis half gesmelt. Die vrieskassie het beter dae gesien. Hy gooi die ys in 'n bak en druk Angel se hand daarin. Sy het die bewerasie.

"Wat gaan aan? Jy bewe?" Ferdi, bedoel niks, vra net die ooglopende.

"Dis niks. Ek's net koud. Skok." Angel klink ontwykend.

"Dis al die hoeveelste keer vanoggend wat jy dinge omstamp of laat val. G'n wonder nie."

Angel sê niks, probeer net haar hand uit die koue water wegtrek.

"Nee, hou stil. Anders gaan dit agterna seer wees. Mens speel nie met kookwater nie."

"Ek het nie gespeel nie."

"Ek bedoel mens moet die brandplek ernstig vat."

"Gaan eet jou ontbyt. Ek's oukei."

"OK. Hou dit in die water."

"Ek sal. Hou op torring. Jy's erger as my ma."

Ferdi skud sy kop en gaan sit. Angel is al die afgelope paar dae krapperig. Hy dink hulle moet 'n tweede mening kry oor haar behandeling. Sy het goed gevaar vir so lank, maar die gapings tussen die doserings raak te groot. Dis asof sy terugglip in haar verslawing in. Die dokter het gewaarsku dis moontlik om aan metadoon verslaaf te raak as die behandeling te lank duur.

Die probleem is wat om te doen. Sonder behandeling kruip haar heroïen gewoonte weer na die oppervlak. Dis al amper 'n jaar. Dis moeilik om te verstaan dat die liggaam so afhanklik kan raak van iets, so smag na iets wat nou ver weg behoort te wees.

Ferdi het al gehoor van mense wat jare tevore ophou rook het, maar weer verval in die tabak gewoonte. Alkoholiste ook. Net een drankie en dis verby. Sommige mense oorwin net nie hulle afhanklikheid nie. Metadoon is darem nie so gevaarlik nie, maar hy kan sien Angel sukkel.

"Ek neem jou kliniek toe. Dit kan nie so aangaan nie. Ons moet met die dokter praat."

"Wat van jou werk?"

"Dit kan wag."

"Ons het nie 'n afspraak nie."

"Jis, Angel. Hulle ken ons al 'n jaar. Ons het nie 'n afspraak nodig nie."

"Ek hoop jy's reg."

"Eet gou klaar, dan ry ons."

Ferdi staan op en help Angel om die bak yswater tafel toe te neem. "Jy voel koorsig. Is jy siek? Sit hier." Hy trek die stoel weg en help haar, gaan sit oorkant haar en eet die laaste van sy roosterbrood.

Angel peusel net.

"Wil jy eerder nou ry? As dit iets ergers is neem ek jou hospitaal toe. Het ons iets om koors te meet?"

Angel skud haar kop. "Eet jy klaar. Ek is nie honger nie."

Ferdi stoot sy bord eenkant. "Nee, dis oukei. Kom ons ry."

"Bel eerder jou werk. Moenie net wegbly nie."

"OK. Ek sal later ingaan. Dis 'n noodgeval. Hulle sal verstaan."

Ferdi verdwyn die leefkamer in. Angel hoor vaagweg sy stem. Sy hou haar slape vas om die kloppende pyn te verlig. Dit help nie. Sy voel naar.

"Die baas sê dis reg. Ek het oortyd wat hulle my skuld." Ferdi steek sy beursie in sy sak en neem die karsleutel.

Angel knik net vinnig en byt haar onderlip. "Dankie. Dit sal beter wees om jou daar te hê. Daai dokter is *creepy.*"

"Nogsteeds? Waarom sê jy nie? Ek dog jy's oukei om soontoe te gaan op jou eie."

"Dis oukei. Dis net vandag is ek nie reg nie. Ek wil jou daar hê. Ek het nie lus vir die bus nie."

"Volgende keer neem ek 'n dag verlof. Ons kry 'n ander plek. Daar moet ander klinieke ook wees. Dis 'n groot stad." Ferdi dink bietjie na. Hy onderdruk die onwillekeurige gewoonte om sy lip te byt. Altyd 'n teken dat hy stres. "Jis, Angel, jy moet praat met my as dinge jou pla."

Angel sê niks nie.

Die Datsun sluk-sluk 'n paar keer, is traag om aan die gang te kom. Die kar het weer 'n goeie diens nodig. Dis net 'n kort rit tot by die kliniek. Hy kan anderdag na die kar omsien.

Angel ruk hom uit sy gedagtegang. Sy is peinsend. "Iets

is nie reg nie, Ferdi. Dis nie veronderstel om so te wees nie. Methadone behoort my nie *cravings* te gee nie. Dit voel of my kop gaan bars."

Ferdi knik. Hy verstaan. "Ons is nou daar. Ons hoor wat hulle sê."

"Iets is nie reg nie," herhaal Angel.

Ferdi hou haar hand vas. Haar bewerasie is erger. "Hulle sal vir jou iets gee."

Hy draai by die kliniek in en parkeer by die voordeur op 'n staanplek vir gestremdes. Angel sukkel om die sitplekgordel los te maak. "Kom, ek help jou."

Die verpleegster kyk verbaas op toe sy hulle sien. "Julle afspraak is eers oormôre."

"Iets is nie reg met Angel nie. Sy't die bewerasie. Sy's koorsig."

Die verpleegster knik, verstaan. "Die dokter is nie vandag hier nie. Dis sy dag af."

"Is daar nie iemand anders nie?"

"Nee, nie wat kan voorskryf of toedien nie."

"Kan u hom nie bel nie?"

"Nee, hy speel gewoonlik golf in Hermanus."

"Wat kan ons doen?"

Die dame blaai deur haar besprekingsboek. "Gouste wat ek kan doen is môre-oggend. Nege uur."

"Ek werk dan."

"Wel, dis die gouste as Meneer haar wil bring."

Ferdi wik en weeg. Hy sien Angel se hopelose uitdrukking. "OK, boek haar in asseblief."

Hulle stap terug kar toe. "Watse donnerse kliniek is dié? Net een blerrie dokter." Ferdi skud sy kop in frustrasie. *"O, sod off!"*, skree hy vir 'n verbyganger wat wys na die teken wat aandui die parkeerplek is vir mense met gestremdhede.

Ferdi help Angel in die motor. "Moet ek jou hospitaal toe neem?"

"Nee, dis oukei."

"Jy lyk alles behalwe oukei."

"My kop. Dit voel dit gaan ontplof."

"Het ons iets by die huis?"

"Ek dink nie so nie. Ek sal moet kyk."

"Ons stop by 'n apteek."

"Dis oukei, Ferdi. Niks gaan werk nie. Ek het iets sterk nodig."

Hulle ry in stilte terug woonstel toe. Ferdi bly na Angel kyk. Hy weet nie wat om te doen nie.

Ferdi sluit die woonstel oop en staan eenkant vir Angel om verby te gaan. "Daai dag toe ons hier aangekom het." Hy probeer dink hoe om rusie te vermy. "Daar bo teen Sir Lowry's. Jy't vir my 'n slaappil gegee."

Angel knik. Sy onthou. Dit was een van die slegste dae van hulle verhouding.

"Het jy nog daarvan?"

"Ek dink nie so nie. Dit was lank terug."

"Kyk. Dalk is daar nog oor. Net om jou deur vandag te kry. Waar is jou *box* met *tricks*?" Ferdi loop om dit te gaan haal.

Angel keer vinnig. "Nee, ek sal."

Ferdi volg haar na die slaapkamer. Hy sit op die bed terwyl sy die dosie oopsluit. Hy verstaan waarom sy dit sluit. Dis 'n gewoonte. Hy aanvaar dit so. Hy weet dis haar swakheid wat sy daar verberg.

"Wat's daardie?" Hy was na 'n buisie met 'n paar pille. Hy het nog nooit gesien wat sy in die houtkassie aanhou nie.

"Nee, dis niks. Dit sal nie help nie."

"Wat is dit?"

"Hou op torring."

Ferdi byt sy tong, weet dit gaan nie help om te redekawel nie. "En daardie?" Hy wys na 'n plastieksakkie met poeier.

"Ferdi!" Angel gluur hom aan.

"Ek vra net," sê hy afgehaal.

"Gaan maak vir jouself koffie as jy niks te doen het nie."

Ferdi sit gedwee, kyk hoe Angel een item na die ander optel, probeer onthou wat elk bevat. Hy vra versigtig. "Angel, is dit alles dwelms?"

Sy skud haar kop, antwoord 'n tikkie vriendeliker, "Van dit is voorskrif."

"Enigiets wat sal help?"

Angel hou 'n pakkie omhoog. "Ek dink hierdie was van daardie pille. Dit het dalk al verslaan. Dis my ma s'n."

Ferdi vra nie hoe dit in Angel se besit gekom het nie. "Hoe weet jy of dit veilig is?"

Angel kyk na Ferdi, wys 'n vlietende glimlag. Sy weet sy is moeilik, dat hy wil help. "Jy druk dit af in jou keel en sluk. Dan wag jy."

Ferdi knik net. Dis die roulette waarmee dwelmgebruikers speel. Hy byt sy lip. "Neem een? Sien of dit help?"

Angel neem twee tablette en slaan dit weg sonder water. Sy is gewoond daaraan.

Ferdi neem die pakkie. Daar is 'n handelsmerk op die tablette gedruk. Ten minste is dit nie iets wat in 'n sement-menger in iemand se motorhuis gebrou is nie. Die pakkie is amper vol, genoeg as sy dit weer nodig sou kry. Hy pers sy lippe vir 'n oomblik saam, hoop dit verlig haar pyn, dat dit haar sal laat slaap terwyl hy by die werk is. Hy wil haar nie in daardie toestand alleen laat nie. Desperaatheid gemeng met 'n kassie vol pille is nie 'n goeie kombinasie nie.

"Ek maak vir ons iets. Kom ons kyk of die goed werk. Dan beter ek werk toe gaan." Hy plaas die pakkie terug in die houtkassie. "Wat is dié?" Hy hou 'n rolletjie papier tussen sy vingers.

Angel neem die stukkie papier en rol dit oop. Twee van die hoekies is weggeskeur. Sy gaan sit op die bed langs Ferdi. "Onthou jy nie?"

"Nee. Behoort ek?"

"Ek sou so hoop."

Ferdi probeer terugdink wanneer hy die papier gesien het. Dit lyk na niks, net iets soos kladpapier wat gevlek is. Dan onthou hy. "Was hierdie daardie?"

Die vaagste van glimlaggies speel om Angel se mond-hoeke. "Dit is."

Ferdi hou die rolletjie papier teen die lig en kyk verwon-derd. "Bliksems op 'n Donderdag. Dit was *potent*. Wat is dit?"

"Beter om nie te weet nie."

"Sal dit help? Tot môre, bedoel ek?"

"Nee." Angel neem die papiertjie uit Ferdi se hand. "Ek het vergeet ek het dit."

"Hoe vergeet mens dit?" vra Ferdi met groot oë.

"Goeie vraag. Ek moes in 'n *bad state* gewees het." Sy kyk peinsend na Ferdi, 'n verlangende trek op haar gelaat. "Dit was een van ons *highlights*, daardie aand."

"Ons het baie *highlights* gehad. Ons gaan nog baie hê." Ferdi se stem verraai die sekerheid in sy woorde.

Angel se wrange glimlag bring trane in haar oë. "Ag, Ferdi. Ek weet nie wat aan die gebeur is nie." Sy begin huil. "Ek is bang, Ferdi." Sy val teen Ferdi se skouer, laat hom haar vashou.

"Dis oukei, Liefling. Dis oukei. Ons het al stormwaters oorleef."

Ferdi voel hoe die slaappille stadig begin werk, hoe die angstigheid uit Angel se liggaam verdwyn en haar asemhaling rustig raak. Hy lê haar slap liggaam op die bed neer, trek 'n kombers oor haar, maak seker haar asemhaling raak nie vlakker nie. Hy gaan sit langs haar en voel die stoppelhare wat weer deurgroei op haar skedel.

Sy lyk rustig, soos 'n kind wat slaap. Hy plaas die rolletjie wonder-papier terug in die houtkassie en sluit dit toe. Hy plaas die sleutel terug waar hy gesien het sy dit wegsteek. Dan skryf hy *I Love You* in groot letters met haar swart lipstiffie op die spieël en ry werk toe.

Hy sukkel om te konsentreer. Die voorman vra of alles reg is. Ferdi knik, sê dit is. Hulle het die geld nodig.

Net voor hy uitklok vir die dag klop Ferdi aan die voorman se kantoordeur.

"Binne."

"Kan ek Meneer sien?"

"Gaan voort."

"Vrydae is my dag af." Die man knik bevestigend. "Ek het gewonder of dit reg is as ek môre en Vrydag ruil. Daar's iets wat voorgeval het."

Die voorman blaai deur sy week se skedule vir personeel en verwagte aflewerings. "Behoort reg te wees."

"Dankie, Meneer."

"Sien Vrydag."

Ferdi trek die deur toe en ry huis toe. Hy het die hele dag niks geëet nie. Sy eetlus is geheel en al weg. Hy wou al 'n paar keer huis toe bel, maar hy is bang Angel slaap en hy maak haar wakker. Hy hoop sy sou bel as sy wakker was. Allerhande spookgedagtes speel op sy gemoed. Hy verwyt homself dat hy haar alleen gelaat het. Toe hy by die woonstel kom is alles stil. Hy vind vir Angel nog net soos hy haar gelaat het.

Haar asemhaling is rustig. Hy laat haar slaap, weet dat wanneer sy wakker word die nag lank en uitgerek gaan wees. Gelukkig werk hy nie môre nie. Hy kook water, maak koffie en luister musiek op sy oorfone terwyl hy waghou by die bed. Elke keer as sy 'n beweging maak spring hy op om te sien of sy wakker is, of sy iets nodig het.

Dis middernag toe hy self van uitputting aan die slaap raak, van bekommernis en futloosheid. Kort na middernag skrik Angel letterlik uit haar slaapbeswyming wakker. Sy het 'n hewige, kloppende hoofpyn.

Ferdi ruk wakker toe hy die beweging voel. Hy kan sien hoe sy sukkel om te fokus, die pyn op haar gesig. Hy voel hulpeloos. Hy oorreed haar om hom toe te laat om haar noodgevalle toe te neem, dat hulle iets vir haar kan doen.

Hulle wag lank. Die personeel is min en die wag area sit vol. Meestal trauma. Persoonlike geweld. Daarby het 'n minibus taxi gerol. Die wagkamer is 'n tydelike teater. Hy probeer om nie na die mense se beserings te kyk nie. Hy weet nie hoe enigeen kan kies om met verminkte liggame te werk nie. Dit verg iemand baie spesiaals, iemand met 'n roeping om te help.

Die dokter aan diens lyk gedaan toe hy Angel se pols neem en 'n flitslig in haar oë skyn. Hy vra 'n verpleegster om 'n drip in haar arm te sit terwyl hy Angel ondervra. Hy gee nie vir Ferdi 'n kans om sy weergawe by te voeg nie. Ferdi staan eenkant, so oorbodig soos oormaat bagasie.

"Hoe lank kry jy al behandeling?"

"Amper 'n jaar," antwoord Angel.

"Dis te lank. Verlaag hulle die dosis?"

Angel skud haar kop. "Ek weet nie. Ek kry tans weeklikse top-ups."

Die dokter luister na haar hart, steek die apparaat in sy sak en sê, "Dit klink vir my of jy afhanklikheid ontwikkel het. Jou simptome is tipies. Ek verstaan nie die *cravings* nie, maar elke persoon is anders. Wanneer is jou volgende afspraak?"

"Môre-oggend."

"In daardie geval gaan ek nie nou iets voorskryf nie. As jy gehidreer is sal jy beter voel. Dit behoort te help vir die kopseer."

Angel knik net. Sy het gehoop vir sterker verligting.

"Neem jy iets anders?"

Angel skud haar kop. Ferdi weet dis nie heeltemal waar nie, die Saterdagaande waarvoor hulle leef op die oomblik. Dan neem sy iets.

"Moenie. Dit kan sleg uitdraai."

Die dokter stap weg om na die beseerde pasiënte om te sien. Vir wie hy daadwerklike verligting kan bied.

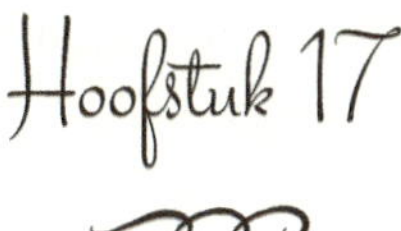

Hoofstuk 17

Die foon lui toe Ferdi net ordentlik in 'n diep slaap wegval. Nadat hy heelnag lê en rondrol het. Angel is rusteloos. Hulle is desperaat vir die dag om te breek sodat hulle kliniek toe kan ry.

"Ferdi wat praat?"

Dis die werk. "Jammer om so vroeg te pla. Ons het dringend iemand nodig om forklifts te dryf."

"Dis my dag af. Onthou Meneer?"

"Ek onthou. Daar was 'n ongeluk. Dis 'n krisis."

Ferdi probeer dink wat om te doen. Hy sien Angel se voete onder die komberse uitsteek van waar hy uit die leefkamer kyk.

"Ons is op pad kliniek toe. Ek kan nie nou oorkom nie."

"Kom sodra jy kan. Jy is ons enigste opsie."

"OK, ek doen my bes, Meneer."

"Dankie, Ferdi. Jy red my lewe. Sien later."

Ferdi plaas die handstuk terug op die mik. Hy vervloek die noodlot wat die lewe versuur net wanneer mens in die doldrums is.

"Wie was dit?" Angel se stem is swak.

Ferdi stap terug kamer toe. "Dis die werk. Hulle het my nodig." Hy gaan sit langs Angel, vryf haar voorkop.

Angel druk die agterkant van haar hand teen sy dy. "Ek het jou ook nodig."

"Ek weet." Ferdi voel die emosie opbou in sy keel. Waarom is die lewe so onregverdig.

"Jy't gesê jy sal saam met my gaan."

Ferdi hoor die paniek in haar stem. "Dis oukei. Ek gaan saam. Ons teken jou in, dan ry ek. Die bus hou reg voor die kliniek stil. Anders, vra of jy daar kan lê, dan tel ek jou later op."

"Ek wil nie alleen daar wees nie." Angel klem sy hand vas. Sy begin huil.

"Ai, Angel." Ferdi weet nie wat om te sê nie.

"Moenie my alleen daar los nie."

"OK, kom ons kyk. Jy sal beter voel as jy jou methadone kry. Maak klaar, dan ry ons."

Ferdi se leë maag knaag en kla op pad kliniek toe. Hy is steeds nie lus vir eet nie. Hy weet dit gaan hom vang, maar dan moet dit maar gebeur. Daar is ander dinge wat meer belangrik is.

Angel lyk minder emosioneel toe hulle by die kliniek aanmeld. Ferdi sien die afwagting op haar gesig. Sy hart wil huil. Hy druk haar vas. Sy omhels hom met een arm om sy heup.

Ferdi staan en kyk toe die dokter haar aan die arm weglei, na 'n konsultasiekamer. Angel draai om en kyk terug. Sy waai floutjies vir Ferdi, lig haar hand. Hy waai terug. Hy wag tot sy agter 'n deur verdwyn, dan stap hy terug kar toe en ry met 'n swaar gemoed wat die helder sonlig verduister na sy werk toe.

Die krisis by die werk is toe glad nie 'n krisis nie. Daar

was 'n ongeluk met 'n vurkhyser, maar die bestuurder is nie beseer nie en is reeds weer aan die gang toe Ferdi inklok.

"*Sorry mate, false alarm.*"

Ferdi staan in sy spore. Hy byt sy lip en draai om.

"Ferdi?"

Ferdi draai terug.

"Kan ek jou sien vir 'n oomblik?"

Dis die onderneming se bestuurder. Hy volg die man na sy kantoor.

"Sit."

Ferdi gaan sit op die punt van die stoel. Daar is niks luuks aan die kantoor nie. Dis funksioneel. Ferdi is moeg. Hy het bykans geen slaap ingekry nie. Sy gemoed is gevul met bekommernis oor Angel. Hy wou haar nie alleen laat nie. Hy hoop die man mors nie nog meer van sy tyd nie. As hy vinnig maak kan hy terug wees by die kliniek voor haar afspraak klaar is.

Die man is 'n regte besigheidsman, nie veel vat aan mense nie. Alles word gemeet aan winste en munte. Dit pla Ferdi nie. Die man behandel hom goed, die kere wanneer hulle paaie wel kruis.

"Dankie vir vanoggend. Jammer oor die misverstand. Hoop nie dit het jou planne beduiwel nie."

Ferdi knik net en sê niks. Wat kan hy per stuk van sake sê? Gedane sake het geen keer nie.

"Ons het 'n bietjie van 'n situasie."

"Meneer?"

"My voorman het gister kennis gegee. Ek is in die knyp. Sien jy kans?"

"Ek, Meneer? Stoorman?"

"Is jy nie opgewasse nie?"

"Ek weet nie, Meneer. Ek was nog nooit 'n stoorman nie."
Ferdi se gedagtes kan nie helder dink nie.

"Voorman. Jy werk al 'n jaar hier. Ek hou my mense dop. Ek weet nie wat jou persoonlike ... neigings is nie, maar jy doen jou werk. Jy maak nie moeilikheid nie. Jy lê nie aan by die meisies nie."

"Ek het 'n meisie, Meneer."

"Jy het?" Die man lyk of hy sy bedenkinge het, of hy Ferdi nie glo nie.

"Ons is verloof. Sy hou van my ..., inkleur." Ferdi lyk verleë.

"Jy moenie dat vrouens jou manipuleer nie, nie as jy in 'n bestuurspos wil wees nie." Die man praat nou van groot dinge. Bestuurspos? Hy?

"Sy manipuleer nie. Mens kan nie vir haar nee sê nie."

"Dan is jy te mak."

"Meneer verstaan nie. Sy is siek. Dis hoekom ek vandag afgevra het. Die voorman het nie gesê hy het bedank nie."

"Ja, kommunikasie was nie sy sterk punt nie." Die bestuurder skud sy kop. "Wat is haar lyn van werk?"

"Sy's 'n kunstenaar. *Graphic design*, maar tans doen sy sketse. Werk is skaars. Sy is siek."

"Ja, jongmense weet nie wat dit is om hard te werk nie. Wil alles op 'n skinkbord kry. Wil bo begin en nog hoër mik."

Ferdi byt net sy onderlip en sê niks.

"En jy? Wat beoog jy?"

"Hoe bedoel Meneer?"

"Wat wil jy van die lewe hê?"

Ferdi sit en dink, weet nie of hy moet probeer beïndruk en ambisie toon, of nederig wees nie. Hy het geen ambisie nie. Hy weet nie hoe om voor te gee nie. Hy is te moeg om te probeer dink. "Eerlikwaar, Meneer, op die oomblik probeer ons net aan die gang kom. Ons kyk nie te ver vooruit nie."

"Dis nie 'n sleg plek om van te begin nie. Maar jy mik darem seker êrens?"

Ferdi krap sy voorkop. Hoe verduidelik hy dat sy mikpunt is om sy meisie van verslawing te bevry, dat sy vir hom wag in iemand se spreekkamer. "Die bestuurspos, Meneer, dit sal baie vir ons beteken. Dit sal my meisie kans gee om vir beter werk te soek. Sy het talent. Meneer moet sien wat sy teken."

"Wat teken sy?"

"Meestal blomme, maar Tafelberg in die agtergrond, hoe dit verander. Iemand moet haar net kans gee."

"My vrou het iets soos daardie in Kirstenbosch gekoop. Dit moet die mode wees op die oomblik."

Ferdi lig sy wenkbroue. "Dis waar Angel skets. In Kirstenbosch. Daar's baie toeriste."

"Is sy 'n kaalkop *skinhead* met swart *make-up*?"

Onder ander omstandighede sou Ferdi gelag het vir die implikasie, asof *skinheads* iets anders as kaalkop kan wees. Nie vandag nie. Sy nek is gespanne, al die pad af na sy skouers. Hy sukkel om die onwillekeurige spasmes te beheer en sy kop stil te hou. "Sy is sagter as wat sy lyk," sê hy, sy stem gelaai met emosie.

"My vrou het vertel. Dis hoekom ek vra. Dit maak sin. Nou verstaan ek beter. Ek het nog altyd gedink jy's gay."

"Ek wil nie probleme maak nie, Meneer. As dit nodig is, hou my net waar ek is. Ek sal verstaan as Meneer iemand anders as bestuurder wil kies. Ek het die inkomste nodig, Meneer."

"Ontspan. Ek het nie gesê daar's 'n probleem nie. *Skinheads, gays*, huisvrouens, almal het *groceries* nodig. Almal betaal met dieselfde geld. Vir my is dit om't ewe, solank hulle betaal vir hulle *groceries*. Jy lyk vir my na die eerlike soort. As kaalkop punks jou *scene* is by die huis, wel, *good luck* vir julle. Hier by die werk soek ek net eerlikheid en harde werk."

"Ek is eerlik en ek werk hard. My privaatlewe is privaat."

"Dan hou ons dit so."

Ferdi laat sak sy kop en vra, "So Meneer is ernstig. Oor die werk, bedoel ek?"

"Ja. Ons doen op die *job training*. Drie maande waarneming. Jy begin môre."

"Dankie, Meneer. Wrintiewaar, ek waardeer die kans."

"Alles reg."

"Gesien die skof is gedek, kan ek maar gaan? Ek is bekommerd. Sy is siek, Meneer."

"Ja, jammer jong. Jy't gesê. Ek mors jou tyd."

"Nee, dis reg, Meneer. Dankie weereens."

Daar is 'n klop aan die deur. Die bestuurder lyk of hy homself vererg om onderbreek te word. "Binne."

Ferdi staan op om te loop.

Die onwelkome besoeker lyk apologeties. "Jammer, Meneer. Daar is 'n oproep vir Ferdi. Dit klink dringend." Hy sien Ferdi was alreeds op pad uit. "Die foon daar in die kantien."

Ferdi se gedagtes maal. Niemand bel ooit na sy werk toe nie. Dit moet die kliniek wees. Iets was fout.

"Ferdi?" Die bestuurder roep hom agterna.

Hy draai half terug. "Meneer?"

"Kom ons maak dit Maandag. Neem die res van die week af. Kry jou sake reg by die huis. Dan begin jy vars."

Ferdi knik. Hy drafstap na die kantien toe. Die telefoon is van die mik. Hy tel dit op. "Hallo?" vra hy onseker.

Eers dink hy die lyn is dood. Daar is geen antwoord nie. Hy is net van plan om homself te herhaal wanneer hy Angel se stem hoor. Dit klink of sy van baie ver praat.

"Angel?"

"Ferdi." Haar se stem is swak, huilerig.

"Angel, wat gaan aan?"

"Ek's jammer, Ferdi." Sy praat tussen snikke deur.

"Hey. Hey, Liefling. Ek was nou net op pad. Dis oukei.

Haal asem. Wat het gebeur? Is jy tuis?" Ferdi voel die klemming om sy keel, die voorgevoel van iets kataklismies.

"Ek's by die huis. Ferdi, ek is jammer. Ferdi ..." Sy huil onbedaarlik.

"Angel. Angel, wat gaan aan?"

"Ek kan ... kan dit nie meer verdra nie. Ek was te swak. Ek haat myself. Ai, Ferdi, waarom? Waarom gebeur dit met my? Wat is fout met my dat dit elke keer gebeur?" Haar woorde veg deur die trane.

Ferdi sukkel om te hoor. Haar stem raak elke nou en dan weg. "Angel, niks is fout met jou nie. Vertel vir my." Ferdi fluister in die foon, wil nie dat ander hoor nie. "Wat het gebeur? Angel?"

"Die kliniek ..." Angel se stem raak weg.

"Angel, praat met my. Is jy *gedrug*?" Ferdi tik liggies teen die gehoorstuk, asof dit sal help.

Daar is nie antwoord nie.

"Angel, bly by my. Konsentreer. Wat het gebeur by die kliniek?"

"Die dokter ... Hy wou my nie dit gee nie. Ferdi, ek is so jammer."

"Nie wat gee nie?" vra Ferdi, verward, voel die paniek opwel in sy keel.

"My *drugs*. Hy wou nie. Ek het gesmeek. Hy't gesê ek moet eers uittrek en op die bed lê."

Ferdi voel die bloed uit sy gesig dreineer.

"Hy't gesê ek kan drugs kry, soveel as wat ek wil hê. Maar eers ... Toe't hy op my geklim."

Ferdi druk sy handpalm teen sy gesig, sak neer op sy hurke en voel hoe sy bloed stol.

"Ek's jammer, Ferdi. Ek wou my teësit. Ek belowe jou. Ferdi, ek was te swak. Ek kan net nie meer nie. Ferdi, dis te veel." Haar stem raak al sagter.

"Angel, ek is nou daar. Hou net vas. Moenie iets stupids doen nie. Ek ry."

"Ferdi, ek het huis toe gekom en gebad. Ek is skoon Ferdi. Ek het jou pienk panties aan, Ferdi."

Ferdi voel die laaste domino val, sy wêreld in duie stort. "Angel? Angel, wat het jy gedoen? Angel, het jy pille gesluk?" Die werklikheid tref hom tussen die oë. Sy keel trek toe.

"Ek belowe jou, geen ander man sal ooit weer aan my raak nie." Angel praat uit 'n waas. "Ek is joune. Glo my asseblief. Jy moet my glo. Ek lieg nie vir jou nie."

"Ek glo jou, Angel." Hy klou die gehoorstuk vas asof sy lewe daarvan afhang. "Angel!" Paniek neem oor. "Angel. Ek is lief vir jou. Angel!" Ferdi skree haar naam tussen die trane deur. Sy kollegas staar en kyk na mekaar, wonder wat aangaan.

"Dis verby, Ferdi. Die monster is dood. Ek kan dit voel." Haar stem is sag, amper onhoorbaar. "Ferdi, ek wou jou nooit seermaak nie." Haar stem raak stil.

"Angel. Ek kom. Angel, probeer jou oë oophou. Moenie slaap nie. Ek is nou daar." Hy is angsbevange.

Ferdi storm by die gebou uit, klim in sy motor en jaag terug woonstel toe. Die verkeer is betreklik stil daardie tyd van die dag. Hy vat kanse en ry deur verskeie rooi verkeersligte wanneer daar nie verkeer aankom nie. Hy parkeer die Datsun op die sypaadjie en hardloop naarstiglik die drie stelle trappe op na hulle eenheid.

Dis stil toe hy die deur oopsluit en oopstamp. Die telefoon se handstuk hang los aan die draad. Dan hoor hy 'n geluid uit die badkamer. Die gordyntjies is toe. Dis donker. Ferdi skakel die lig aan.

Hy moet aan die deurkosyn vashou om nie inmekaar te

sak nie. "Angel! Agge nee. Angeliek, wat het jy gedoen?" 'n Rou snik ontsnap uit sy borskas.

Angel lê in die bad. Die water is rooi van haar bloed. Sy hou haar gewrig vas. Bloed pols floutjies uit die snywond.

Hy probeer onhandig om 'n toerniket met 'n handdoek te bewerkstellig. Dis nutteloos. Hy kan nie helder dink nie. Hy wil gaan soek na iets om die bloedtoevoer in die arm af te sluit, maar hy wil haar nie alleen laat nie. Sy verstand trek hom in soveel rigtings dat hy nie kan beweeg nie. "Asseblief, Liefling. Angel, ek kan nie sonder jou lewe nie. Angel! Raak wakker, Angel! Ek bel die ambulans. Angel, jy's al wat ek het!" Hy probeer opstaan om die nooddienste te bel. Hy kry nie genoeg asem nie. Dit voel of sy ingewande wil uitpeul en sy keel verstop.

Angel ontwaak uit 'n baie diep waas. "Sit hier by my, Ferdi." Sy vind 'n manier om sy hand swakkerig vas te klem.

"Angel, moenie slaap nie. Angel!" skree hy paniekbevange. "Ek bel die ambulans."

Hy wil weer opstaan.

"Sit hier by my, Ferdi. Moenie weggaan nie." Haar stem is so vlak, hy kan nie seker wees hy hoor nie.

"Angel, asseblief, moenie weggaan nie. Ek kan nie sonder jou lewe nie." Rou emosie borrel by sy keel uit. "Angel, asseblief. Ek het jou nodig."

"Ferdi, ek's so jammer." Haar stem kom en gaan.

"Angel, dis nie jy nie. Jy hoef nie jammer te wees nie. Haal net asem. Hou net jou oë oop."

"Ek's lief vir jou, Ferdi. Net vir jou, Fer ..."

Ferdi tel haar op uit die bad, dra haar sopnat, slap liggaam na die leefkamer, ignoreer die bloederige water wat oor die mat stort. "Angel, ek is lief vir jou. Haal net asem. Asseblief, haal net asem."

Hy kan nie die nooddienste nommer onthou nie. Hy bel

911. Daar is net 'n beset toon. Hy soek naarstiglik, kry niks wat hy soek nie. Hy smyt die foonboek teen die muur, sak hulpeloos op die vloer neer met Angel teen sy skoot en huil bitterlik. Die noodnommer is op die binneblad gedruk in groot letters, 112. Hy merk dit op, bel, hoor 'n kalm stem antwoord.

Hy kan nie praat nie. Sy stem bly breek. Sy keel is vasgeklem, maak fluitgeluide as hy probeer asemhaal. Hy luister hoe die dame sê hy moet asemhaal, kalm instruksies gee, luister hoe sy met hom praat terwyl Angel weggly in sy arms. Hy sit verslae met die gehoorstuk teen sy oor lank na Angel se asemhaling opgehou het.

Hoofstuk 18

Daardie nag was die langste van sy lewe. Die week wat daarop gevolg het was die langste van sy lewe. Hy het probeer vlug, enige plek, wat dit ookal verg. Die leë spasie wat Angel gelaat het was ook daar. Hy het langs die see geparkeer, naby Bloubergstrand waar Tafelberg hom gevra het waar sy verloofde is, haar wou betower met die uitsig op 'n mooi dag. Hy het snit na snit op sy CD's deurgewerk. Elke keer was sy daar, stadig gedans met Fields of the Nephelim se swaar stemming, The Cult se punk rock ritme, Sinéad O'Connor se hartseer, The Jesus and Mary Chain se skreeu-ende kitare.

Alles het hom aan haar herinner, snitte waarby hulle seks gehad het, snitte waar hulle saam probeer kook het, saam verbrou het en met kaas op roosterbrood tevrede moes wees. En Marmite. Hy het gevoel hy raak gek. Hy het alkohol probeer, maar dit het alles selfs net rouer gemaak totdat hy nie meer trane oorgehad het nie. Hy het langs die see sy keel rou geskree saam met Gary Numan se *Bleed. I live in nightmares.* Die nagte wou net nie verbygaan nie.

Hy het Vivaldi se largo komposisies herontdek, Albinoni

en Bach, musiek wat so hartseer was dat hy homself sit en omhels het, alleen daar in die kar, bitterlik gehuil het om so alleen te wees. Ten minste was Angel nie in die musiek nie. Dit was nie vir haar nie, te tragies, het sy gesê. Saam met Bach se Air in G en Vivaldi kon hy saam met hul tragedies bloei, rou wonde wat nie wou genees nie.

Sy werkgewer het reeds paar keer gebel om te hoor wat van hom geword het. Hy het nie die foon geantwoord nie, net geluister na die boodskappe wat ophoop totdat die foon nie meer boodskappe kon neem nie.

Ferdi en sy bruin Datsun het aand na aand langs die see gaan parkeer. Ander motors het soms naby geparkeer, maar vinnig spore gemaak en elders die romantiese stemming gaan soek wat hulle wou hê, die nagtelike uitvoering van barokmusiek vermy. Sy verlies was vir hom alleen, sy alleenheid ondraaglik.

Hy kon nie slaap nie. Wanneer hy probeer slaap het, het hy in die leefkamer op die vloer gelê, op die plek waar 'n bloedkol uitgedroog het en 'n groot vlek op die mat gelaat het, waar hy haar vasgehou het en al hulle drome uit haar pols gesyfer het. Hy kon homself nie sover kry om die lakens wat nog haar reuk gedra het te was nie, haar oogskadu die kussingsloop gevlek het nie. Ferdi het haar grimering oral in sy hempsak saam met hom gedra, die swart lipstiffie en oogskadu. Die houtkassie met dwelms het hy op die hoëtroustel vertoon, bo-op die platespeler.

Daar was nie 'n begrafnis om afskeid van die stoflike oorskot te neem nie. Sy is nie dood van natuurlike oorsake nie, so die lykskouer wou nie Angel se liggaam vrystel alvorens die outopsie volkome afgehandel is en die toksikologie verslag ingedien is nie. Alles het gevoel of dit teen Ferdi werk.

Een nag het hy die kassie oopgesluit. Hy moes rondkrap

tussen haar klere om die sleutel te vind. Hy moes halfpad opgee; elke kledingstuk het 'n spesiale storie gehad. Sy emosies het hom oorrompel toe hy haar swart, syagtige kaftan opgevou op 'n rak kry en onthou hoe aanloklik dit aan haar gehang het, hoe haar vel deur die materiaal soveel meer sensueel gevoel het.

Die wete dat hy nooit weer haar ferm borste, die stywe tepels deur die syagtigheid sou voel nie, dit was te veel vir hom. Hy het koffie gaan maak, Fields of the Nephelim se *Elizium* album in die disketspeler geplaas en troosteloos sit en huil. Hy het oor en oor geluister na *take me out of here*, die liedjie keer op keer herhaal.

Later het hy weer probeer om die sleuteltjie te vind. Dit was in haar swart kantmateriaal broekie toegedraai, die broekie wat sy daardie eerste maal aangehad het toe hy haar onhandig probeer help het om haar jeans toe te trek, toe hulle die enigste keer op sy motorfiets saamgery het.

Die sakkie met slaappille was leeg. Sy het hulle almal gesluk. Ferdi het dit reeds geweet, of in elk geval vermoed. Die res van die tablette en poeiers kon hy nie identifiseer nie. Hy wou dit nogtans nie weggooi nie. Dit was deel van haar, nie die deel waarop sy trots was nie, maar steeds deel. Daarom ook deel van hom.

Hy het die kassie leeggemaak, elke buisie, sakkie met pille, pakkie met poeiers uitgehaal. Die rolletjie kladpapier was steeds daar. Ferdi het lank sit en kyk na die stukkie papier, die ervaring wat hy met Angel gedeel het, toe hy gedink het daar sou nog vele geleenthede wees, om dit te hou vir spesiale kere soos herdenkings. Nou is sy weg. Hy is alleen. Hoe voel dit om op jou eie op 'n chemiese reis te gaan? Waarheen lei dit?

Ferdi het op die vloer langs die bed gesit, teruggedink aan die hartseer, die pogings om te ontsnap voor hom op die bed.

Hy wou alles weer terugpak toe hy opmerk dat daar iets onder die syagtige voering van die dosie se bodem versteek is, die manier hoe die bodem teen 'n vreemde hoek gebult het. Hy het dit losgewoel. Dit was 'n paar handgemaakte poskaarte.

Ferdi kyk na die eerste een en laat sy kop sak. Hy het gedag hy het nie meer trane om te huil nie, maar die pyn het onbedaarlik uit sy borskas geruk. Hy sit lank en staar na die kaartjie in sy hand. Agterop was iets in Angel se netjiese handskrif geskryf, haar talent so sigbaar in die kurwes van die letters, klein kunswerkies wat woorde vorm.

Ma, ek het lanklaas geskryf. Mens raak moeg om net altyd slegte dinge te noem. Ek wonder waar Ma is. Daar is soveel om vergifnis voor te vra. Ek was stupid, Ma. Ek was te opgevang in my eie lewe. Ek verstaan nou beter. Ek hoop ma sal hierdie eendag lees. Ma, ek het iemand ontmoet. Ek dink ek is verlief. Ons het maar nog net een date gehad. Sy naam is Ferdinand. Hy ry motorfiets. Hy is ordentlik, Ma. Hy laat my toe om my sinne te voltooi. Hy stel belang in my, Ma. Ek het gedink Ma sou wou weet. Liefde. Angeliek.

Ferdi het die poskaart omgedraai, weer gekyk na die potloodskets van twee figure, van agter geteken, hulle sit en kyk na die branders wat hul sproei teen rotse gooi. Hy en Angel. Die volgende poskaart was 'n skets van Ferdi wat op die Datsun se enjinkap sit en koffie drink. Swellendam. Hy was onder die indruk Angel het nog geslaap. Sy het hom deur die venster dopgehou.

Ma, dis weer ek – twee poskaarte in 'n week. Ons is op pad Kaap toe. Ek gaan Tafelberg sien. Ons het by 'n kampvuur opgesit laasnag. Ferdi is so romanties. Ons het doggystyle gedoen Ma. Dis presies soos Ma vertel het. Moenie worry nie. Dis ons geheim. Ek sal vir niemand vertel nie. Ek het gedink Ma sou wou weet. Liefde. Angeliek.

Daar was drie ander poskaarte. Hy het na Angel se sketse

gekyk, probeer raai wat agterop geskryf is. Die een met die Datsun wat sonder wiele staan, Tafelberg meer prominent as in die werklikheid, hy het geweet dit gaan nie blymoedig wees nie. Hy draai die kaartjie om.

Haar handskrif is bewerig. Hy onthou wat haar hande bewerig gemaak het. Hy kry 'n koue rilling teen sy ruggraat af. As daar nog iets was wat hy sou wou vergeet dan was dit wanneer haar hande gebewe het, hoe sy verdwyn het weg van hom, hoe alleen sy hom laat voel het.

Ma, weer ek. Ek is bang, Ma. Ek dink ek gaan vir Ferdi verloor. Die wiel draai, Ma. Ek maak dieselfde foute waarteen Ma my gewaarsku het. Ek kan dit ook nie beheer nie, Ma. Dit beheer vir my. Ma, vergewe my dat ek vir Ma blameer het. Ek het nie verstaan wat dit aan mens doen nie. Ek het hom lief, Ma. Ek wil nie ook alleen eindig nie. Ek het gehoop ten minste kan my verhaal 'n gelukkige einde hê. Liefde. Angeliek.

Ferdi het die kaartjie by die ander geplaas, herleef wat daardie aand teen Sir Lowry's Pas afgespeel het. Hy het onthou dat hy na David Bowie geluister het om haar woorde uit te doof, haar omhels het, nie romanties nie maar verdrietig: afskeid van iets pragtig, nou verlore.

Ma, jammer dat hierdie een so lang geneem het. Baie het gebeur sedert ek laas geskryf het. Ek ontvang behandeling nou. Die dokter -

Iets is uitgekrap wat Ferdi nie kan lees nie.

Ek is bang vir die dokter. Ek wil nie vir Ferdi sê nie. Hy sal bekommerd wees. Ek wens Ma was hier om te kon praat. Iets is nie reg nie. Ek voel dit. Iets is nie reg met my behandeling nie. Liefde. Angeliek.

Ferdi kyk na die skets van 'n dogtertjie wat op die grond sit met haar bene sywaarts. Sy keer met haar hande. 'n Witgeklede monster staan oor haar met slagtande waarvan slym drup. Ferdi voel weer 'n koue rilling teen sy ruggraat, voel Angel se angs toe sy die skets gemaak het.

Waarom het sy nie die vrymoedigheid gehad om vir hom te vertel nie. Was hy te weggevoer met die idee dat sy behandeling moes kry?! Sy eie hande bewe wanneer hy die kaartjie saam met die ander plaas, die volgende, die laaste een lees.

Ferdi kyk na homself, hoe hy lê op 'n bed met sy hande agter sy kop, swart lippe en oogskadu, sy kop kaalgeskeer. Die gesig kyk reguit uit die skets na sy alter ego. Hy wonder of sy hom meer vroulik laat lyk omdat dit haar veiliger laat voel het. Hy wonder hoeveel hy nie van haar geweet het nie.

Ma is seker al moeg van my stories. Ma sal nooit raai wat gebeur het nie. Ferdi het my gevra om te trou. Ek het ja gesê. Ek is so gelukkig, Ma. Ek wens Ma was hier. Ma sal van Ferdi hou. Hy kan so laf wees. Ma moet hom met make-up sien. Liefde. Angeliek.

Dit was die laaste van die poskaartjies. Ferdi pak alles netjies terug in die houtkassie, die poskaarte onder die vals bodem. Hy staan op en plaas dit weer op die hoëtroustel. Hy kies Sinéad O'Connor se *Faith and Courage* en stap na die badkamer toe. Hy bekyk Angel se sakkie met grimering, dan vee hy oogskadu met sy vinger om sy oë soos hy onthou het sy sou doen.

Hy maak 'n gemors met die lipstiffie. Hy vee dit af en probeer weer. Sy het dit so maklik laat lyk. Hy probeer nog 'n paar keer. Ten einde laaste kry hy dit reg. Hy gebruik 'n snesie en klem sy lippe om die oormaat te verwyder. Hy kyk na homself in die spieël. Angel sou tevrede wees. Dan stap hy na die slaapkamer en trek homself toe onder die laken. Angel se reuk kleef nog daar. Hy plaas 'n stukkie kladpapier onder sy tong en hoop om van haar te droom.

Die dwelm begin effek neem toe *Hold Back the Night* speel. *Everything's gone.* Hy herken die droom. Hy het al tevore die droom gehad, nog voor hy geweet het van die dwelm. Dit moes sy onderbewussyn gewees het wat die droom diep bewaar het, van skakerings van pienk wat hom omvou, die wêreld so pragtig en kleurvol maak. Hy was weer soos tevore in die toneel, met pienk wat lewendig was, wat sonder om te praat vir hom kon laat verstaan hoe pienk lief vir hom is, net soos hy lief was vir pienk, as kind baie nagte van gedroom het.

Die droom was weer van pienk. Sinéad het gesing van haar verlange om die oomblik te behou, van haar verslawing, liefde, vas te hou. Ferdi se gedagtes is weggevoer na waar Angel en pienk een en dieselfde was. Hy het besef waarom hy daardie eerste nag wat sy saam in sy bed was van pienk gedroom het; die dag wat hy haar van die haglike omstandighede in die dwelmhuis gered het, sy eerste nag saam met 'n vrou, sy eerste seksuele ervaring.

Sy pienk Angel herinner hom aan daardie vreugdevolle tye. Ferdi lê op sy rug op die bed, sien hoe sy asemhaling wasige groen dampe laat, net om in die pienkheid in te verdwyn. Dit maak die pienk net al hoe helderder, asof hy vir pienk voed. Ferdi haal al dieper asem, vinniger, ervaar hoe pienk soos golwe op die oseaan van skakering verander, sy groen asem omskep in iets uitsonderlik, 'n kleur wat die wêreld opgewek en gelukkig laat. Ferdi verwonder hom dat hy en pienk afhanklik was van mekaar, dat een nie sonder die ander kon klaarkom nie.

Ferdi voel aan dat iets aan die verander is. Pienk raak rusteloos. Hy vra wat aangaan, maar pienk raak net al meer paniekerig, probeer wegskerm agter Ferdi. Hy sien die rede. Daar is wit op die horison, wolke wat borrel en rol, al nader, vreesaanjaend, wat al die kleur uit die wêreld wil suig en alles wit soos in 'n sneeustorm laat, waar mense verlore ronddwaal, waar roofdiere mens jag en elke plek lyk soos die vorige, of die volgende, waar nagmerries en onheil oral skuil.

Ferdi weet hy het tevore vir pienk uit wit se kake gered. Hy weet wat dit verg. Hy is vol selfvertroue. Hy kan pienk weer red. Hy wag dat wit nader kom, hy skrik nie toe hy die wolkmassa sien verander in 'n bekvol slagtande wat ysige wit slym drup en stink wit dampe uitasem nie. Hy paai pienk, verseker vir pienk dat alles reg is, dat pienk veilig is.

Hy staan tussen wit en pienk, slaan die eerste hou, gee die eerste skop. Iets is nie reg nie. Sy vuis swaai dwarsdeur wit. Sy voet skop en tref niks. Wit spoel net oor hom asof hy nie bestaan nie, soos 'n man wat voor 'n wolkbank staan. Ferdi se keel trek toe. Sy maag draai in 'n knoop.

Hy kyk verskrik na wit wat vir pienk bespring. Pienk is so liefdevol, het niks om haarself mee te beskerm nie. Hy is weerloos toe wit se slagtande repe pienk uit haar verskeur. Ferdi hoor pienk uitroep van pyn, die donker pienk bloed wat uit haar wonde pols. Hy staan hulpeloos en toekyk. 'n Rasende wit verslind pienk, hap groot stukke en sluk tot daar niks oorbly nie, net die donker pienk bloed wat wit gulsig opslurp en oplek totdat daar geen teken van pienk se bestaan meer oor is nie, net wit, waar jy ookal kyk.

Ferdi staan verslae. Dis so vinnig verby. Hy staan nog met sy arm uitgestrek in 'n vuis. Hy gaan in 'n skoktoestand. Hy bewe; die wete dat pienk weg is, vir altyd weg is, dat alles van nou af net wit gaan wees, bleker as die dood.

Ferdi raak wakker. Die son skyn deur die kombuisvenster. Die musiekspeler is stil. Hy is onseker hoeveel ure verloop het. Hy voel leeg. Hy snuif sy trane weg, die rou pyn van sy dwelmdroom, sy nagmerrie.

Die hart kan net soveel seer hanteer. Hy is leeg gehuil. Hy is moeg om te aanvaar dat slagoffers altyd moet ly, dat die regverdige onreg moet verduur. Hy dink aan Morrissey se liedjie oor die heldeverering van skelms, *Last of the international playboys*. Die hartseer maak ruimte vir iets anders. Dit laat 'n leemte wat gevul moet word. Public Image Ltd se *Rise* weergalm in sy gemoed, *Anger is an energy*. Iets in hom breek.

Toe raak hy kwaad. Smoorkwaad. Briesend kwaad. Onbehoorlik kwaad. So kwaad dat hy in sy kar klim en na die kliniek ry, die ontvangsdame eenkant toe stoot, by die dokter se spreekkamer instorm en hom aan die keel gryp.

"Jy was veronderstel om haar te help," skree hy waansinnig.

Die man probeer protesteer, *"You're out of your mind!"*

"Sy was 'n *addict*. Jy moes haar help." Ferdi gil die aanklag uit.

Die dokter spartel om los te kom, *"What are you talking about?"*

"Jy weet! Jy weet goed! Ons was elke week hier! Vir 'n jaar!"

"It was mutual consent."

Ferdi los die man se keel. Hy slaan hom met al sy krag. Hy kraak 'n been in sy hand, so hard slaan hy. *"Consent! Addicts consent* nie. *Addicts* word misbruik."

Die man lê op sy rug, raak aan sy bloeiende neus.

"Sy't *ge-overdose*! Hoor jy my? Sy's dood. Jy't haar doodgemaak!" Hy skop die man in die ribbekas.

Die dokter krul van die pyn. Sy wit jas is rooi van sye eie bloed wat uit sy neus stroom. Die ontvangsdame gryp Ferdi aan die arm beet.

Hy gluur die vrou aan. "Laat los my arm." Daar is 'n onheilspellendheid in sy stem, besetenheid in sy oë. Die vrou los sy arm. Sy drafstap na haar toonbank, bel die polisie.

Ferdi skop die dokter in die maag. "Dis vir verkragters."

Hy skop die man weer. "Dis wat moordenaars kry."

Hy gee hom nog 'n skop, kraak die man se kennebak. "*Consent* jy? Heh? Dis hoe *consent* voel. Dis mos *consent*? Is dit lekker?"

Ferdi kyk na die man wat weerloos voor hom lê. Hy buk, kry die man aan sy lapel beet en skud hom heen en weer. "Hoe voel dit om hulpeloos te wees?" Hy staan op en gee die man nog 'n skop in die ribbes. "Dis vir wat haar pa gedoen het. En die is vir die rugbykaptein. En dit is vir die skoolhoof!" Hy skep asem en begin weer skop. "En dis vir al die bliksems wat haar *drugs* gegee het!"

Hy swik sy enkel. Hy skop die man omdat sy enkel geswik het. Hy skop die man totdat hy nie meer redes het om hom te skop nie. Totdat die polisie opdaag, hom oorrompel en wegneem.

Die vangwa se deur slaan toe met 'n dowwe metaalklank.

Hoofstuk 19

D ie verhoor het soos enige redelike persoon seker sou verwag het verloop. Die forensiese verslag het bevestig dat LSD in die aangeklaagde se liggaamsvloeistowwe gevind is. Die dokter het 'n goeie reputasie gehad en was die slagoffer van 'n onuitgelokte, moedswillige aanval. Dwelmmisbruik was die probleem.

Ferdi se verdediging het aangevoer dat hy nie 'n gereelde gebruiker was nie, dat die dokter sy aanstaande verkrag het. Die regter het in sy uitspraak bevind dat Ferdi onder verhoor was, nie die dokter nie. Die verdediging se betoog was dat dit 'n misdaad van passie was en dat die omstandighede wat daartoe aanleiding gegee het relevant was. Die regter het dit verwerp. En geeneen van die oorledenes kon vanselfsprekend getuig nie. Ferdi se weergawe is nie as geloofwaardig beskou nie. Die regter het wel 'n forensiese verslag aangevra oor Angel.

Ferdi het kop omlaag gesit en sy ore toegedruk terwyl 'n forensiese deskundige getuienis gelewer het oor die dokter se DNA wat in Angel se liggaam gevind is. Die aanklaer het die ontvangsdame as karaktergetuie voorgehou. Sy het gesê dat die dokter 'n gesinsman was en die personeel goed behandel het. Angel se uitlokkende drag het bygedra tot wat gebeur het. Pasiënte het gereeld personeel probeer verlei en gemanipuleer. Die dokter was 'n goeie man: sy enigste swakheid was dat hy moeilik nee gesê het vir mense wat hulp nodig gehad het.

Ferdi het agterna sit en dink oor die verhoor, hoe voorspelbaar dit was. Hy het iemand koelbloedig vermoor. Hy sou, gegewe dieselfde omstandighede, dit weer doen. Hy het sy straf aanvaar as die natuurlike gevolg van sy daad. Die ding wat hy gesukkel het om te verwerk was die res van die forensiese verslag. Hulle toetse het slaapmiddels in haar liggaamsvloeistowwe gevind, asook metadoon. Ferdi se ore het gespits toe hulle morfien ook noem. Die verslag het genoem dat, gegewe die misbruik geskiedenis van die oorledene, sy heel moontlik steeds heroïen gebruik het. Dit was nie moontlik om toksikologies onderskeid te maak tussen morfien en heroïen wat mondeliks geneem word nie.

Diep in sy siel het hy geweet Angel het nie een van daardie middels voorbedag ingeneem nie. Dit het die drang na dwelms wat so moeilik verklaarbaar was verduidelik, waarom die behandeling net nie vir haar wou werk nie. Die dokter het haar doelbewus verslaaf gehou vir sy eie duistere doeleindes. Dit was sy manier om haar te skoei, haar voor te berei vir wat uiteindelik gebeur het.

Daar moes sekerlik ander slagoffers ook gewees het. Vrouens wat hulself geblameer het omdat hulle nie die wilskrag gehad het om hul afhanklikheid te oorwin nie. Afgepers was om hul liggame te verloën vir die toevlug van dwelms. Des te meer het dit Ferdi laat voel hy was geregverdig om te doen wat hy gedoen het. Meer nog, hy sal die dokter weer 'n keer vermoor as hy kan. Geen vrou wat desperaat was vir behandeling sou weer deur daardie man misbruik word nie.

Geen man sou weer hoef te leef onder die vals hoop dat sy geliefde op die pad na herstel is nie. 'n Gewas is uit die samelewing verwyder.

Die pad vorentoe was aaklig en donker. Hy het die helfte van sy siel verloor; hoe leef mens met wat oor is van jou, as die persoon wat al jou geluk verteenwoordig het op so 'n wyse van jou weggeneem is? Ferdi het dikwels gewonder wat sou gebeur het as die regter hom onskuldig bevind het, of as gevolg van omstandighede 'n opgeskorte vonnis opgelê het, sou hy kon funksioneer? Hoe? Sou hy in 'n dwelmwêreld sy ontvlugting probeer soek het? Sou hy soos 'n boemelaar op die straathoek sy sorge probeer wegdrink? Sou hy sy motorfiets so vinnig moontlik ry en 'n groot boom langs die pad uitsoek, alles in 'n oogwenk beëindig?

Die advokaat het gepleit dat hy berou moet toon, hom probeer oorreed om saam te werk vir 'n ligter vonnis. Ferdi het probeer verduidelik wat Angel vir hom beteken het, dat hulle gemaak was vir mekaar, hoe die persoon wat haar dood veroorsaak het moes betaal, dat reg moes geskied, dat dit bevrydend was om reg te laat geskied. Hy het geen berou getoon nie.

Die regter het wel die omstandighede in ag geneem. Die vonnis was korter as wat gewoonlik toepaslik is. Omdat dit 'n redelike hoë-profiel saak was as gevolg van die status van die slagoffer en die eenvoudige pleidooi, is die saak betreklik vinnig afgehandel en Ferdi is tot vyftien jaar gevonnis, die eerste tien sonder die moontlikheid van parool. Hy is weggelei, in 'n vangwa gestop en na die gevangenis vervoer. Daar is sy karige persoonlike items weggesluit en hy is in 'n eenvoudige, standaard sel toegesluit.

Ferdi is oorgeplaas van 'n tydelike gevangenis na waar hy nou is. Dit was sleg. Hy het nie anders verwag nie. Dit was 'n plek waar hy kon rou en homself in 'n mate kon afsluit. Net in 'n mate, want daar was roetines en gevangenes word nie keuse gegun nie, altans nie aan die begin nie. Saam opstaan. Gemeenskaplike storte. Luister na mans se kru opmerkings. Etes op tye van die dag wat vreemd en abnormaal is. Slaaptyd wanneer jy nog op en wakker voel. Eggo's van wagte se voetstappe in die nagtelike ure.

Mense sê van tronke dat dit slegte plekke is. Gepas so, want dit is waar straf uitgedien moet word. Die mens is aanpasbaar. Met sleg kan jy saamleef. Die geskiedenis het baie voorbeelde. Ghetto's. Konsentrasiekampe. Dis die nagmerrie-wêreld wat vir Ferdi gevang het. Dinge soos die vier mure wat druk, die konstante reuk van skoonmaakmiddel, klanke wat herhaal in die nag, dit was erg. Maar ook voorspelbaar. Niemand verwag dat tronklewe opwindend en stimulerend sal wees nie. Die ergste nagmerrie is die mense, wat hulle mekaar aandoen.

Ferdi se eerste ervaring van skool was hoe seuntjies op 'n spesifieke een begin pik het. Net soos mossies soms almal op een ongelukkige slagoffer pik. Rangorde. 'n Bullebak het 'n tengerige mannetjie teen die bors gestamp. Voor Ferdi kon uitmaak waaroor dit gaan het ander seuntjies die knapie begin rond stoot. Tot hy begin huil het. Toe takel hulle hom met mening. Omdat hy swakheid getoon het. Dit was sy eie skuld om swakheid te toon. Alles was sy skuld. Hy het dit begin. Dis hoe die seuntjies dit agterna vir die onderwyser beskryf het na hy die geveg opgebreek het.

Tronke werk presies dieselfde. Nuwelinge. Hul plek in die pikorde moet bevestig word. Gevangenes organiseer hulself in bendes, elk met sy leier. Min bendelede is model landsburgers, anders sou tronke nie nodig gewees het nie. Bendes behou hulself sekere regte voor. Nuwelinge was soos om wild te jag. *Fair game. Rights of passage.* Dit skep en handhaaf die rangorde.

Op Ferdi se derde dag in die tronk is hy saam met 'n paar bendelede aangesê om hul afdeling se storte te skrop. Waarskynlik nie toevallig nie. Sulke dinge is selde toeval. Sommige wagte neem deel aan die magspele wat afspeel tussen prisoniers. Bendes beloon gewillige wagte vir gunste, of vir 'n oog wat soms in die ander rigting kyk.

Hy het geweet wat kom. Hy het dit gevrees, maar hy het geweet hy kan dit nie voorkom nie. Toe hulle hom vaspen en sy broek aftrek het hy geweet die oomblik het aangebreek. Sy bewussyn het afgeskakel, die liggaam oorgelaat aan sy eie lot. Dit het kwalik tot hom deurgedring, hy het nie die aanmerkings oor sy bene glad geskeer was ingeneem nie, dat hy stil lê en vra daarvoor nie, die bendeleier wat sy gordel losmaak en oor hom kniel nie. Hy het agterna gewonder of dit beter sou gewees het as hy hom verset het – om tot 'n pappery geslaan te word en net die onafwendbare uit te stel, vir altyd uitwendige letsels te toon.

Die bewussyn kan homself in 'n mate afsluit en beskerm van sintuiglike ervaring. Die hart is weerloos. Dit moet alles verduur: die swaar liggaam wat jou vasdruk teen die koue sementvloer sodat jy nie kan asemhaal nie, die vrot mengsel van ontsmettingsmiddel en slegte asem in jou neusgate, sweet wat teen jou nek drup en 'n onderlyf wat stuiptrekking kry en gif afskei binne in jou.

Die hart bloei. Dis gemaak om te bloei. Dis waarom ons siel daar gehuisves word. Dis 'n sagte orgaan waar al die mooi dele van ons persoonlikheid bewaar word. Anders as die verstand het dit nie skanse om agter te skuil nie. Binne die liggaam is waar dit veilig behoort te wees. Die hart moet leef met die besmetting wat plaasgevind het, stadig vergiftig word totdat dit werklik net 'n orgaan is wat bloed pomp. Daar is 'n indringer in die liggaam waar die hart toevlug behoort te kry. Iemand anders se reuk hang daar. Dis nie meer 'n tuiste om voor om te gee nie, om na om te sien nie, te probeer beskerm nie. Soos 'n loseerder wat in 'n vreemdeling se huis moet woon.

Innerlike letsels vertoon wel ook. Hy sien dit elke dag wanneer sommige mans in die eetsaal sit, hoe hulle ander vermy, half wegtrek wanneer iemand per ongeluk aan hulle stamp. Mens tel dit op tussen die gevangenes, die wat verkrag is en die meerderwaardige gloed en bravade van die verkragters.

Hy verstaan nou waarom Angel haar liggaam soms so roekeloos gebruik het. Verkragting doen dit aan mens. Maak nie saak hoeveel keer hy daaraan dink nie, hoeveel maal hy vir homself sê iemand het net sy penis in hom opgedruk teen sy wil, dat 'n man net sy sperm in hom geëjakuleer het, dit help niks. Hy probeer kliniese terme gebruik of tronktaal, dit is dieselfde.

Sy liggaam is besmet. Dit behoort nie meer aan hom nie. Dis nie meer net syne nie, om oor te besluit soos hy goeddink of te probeer hou soos iets waarvoor mens omgee nie. Sy brein het sigself verwyder van die liggaam, het die liggaam verwerp soos iets wat afskuwelik, verfoeilik is. Ongelukkig het sy brein die liggaam nodig vir voortbestaan. Dit beteken nie hy moet meer as nodig sorg vir die liggaam nie, omgee as dit vervalle raak nie, as die asem stink of die tande geel raak nie.

Hy het soms gewonder wat sou gebeur het as hy nie verkrag is nie. Sou hy vir Angel verwyt het dat sy hom alleen agtergelaat het, haar eie pyn verwyder het en al die bagasie op hom gelaai het. Wanneer hy so daaraan dink voel hy dis dalk soos die silwer randjie om elke donker wolk, dat hy vir Angel kon vrylaat om te vlug, weg te vlieg van hierdie planeet en die verskriklike dinge wat hier met haar gebeur het, hoe sy haar liggaam net al meer sou haat en dit nog meer pyn vir hulle beide sou beteken. Sy het hom verlos van toekomstige teleurstelling en lyding.

Hy is voor die superintendent gebring om sy kant van die saak te stel. Sy kant van die saak was dat hy vloere geskrop het. Blykbaar was dit genoeg om skuld te beken, want niks het verder van die saak gekom nie. Dit was 'n inisiasie ritueel, niks om te ernstig op te neem nie. Al waaroor die tronkowerheid bekommerd was was die reputasie van die gevangenisdiens, die verspreiding van VIGS onder hulle sorg. Gelukkig vir hulle het Ferdi negatief getoets.

Ferdi het homself probeer onttrek. Dis kwalik moontlik in die tronk. Wagte verlustig hulle in nuwelinge se vernedering, weet presies wat gebeur het. Daar is geen hoop nie, geen kans op heling nie. Daar is nie eet in jou eie sel as jy wil nie, of bly lê op jou bed eerder as uitgaan vir oefening nie. Hy het sy eetlus verloor, maar hy moes deelneem aan die roetines. Dis dalk netsowel, het hy agterna besef. Waar sou hy 'n mes opgetel het as hy nie by die eetsaal saam met die ander moes probeer om kos in te wurg nie?

Die mes het onder die tafel gelê, net 'n gewone stomp tafelmes, sonder 'n werklike snylem. Hy het gemaak of hy sy skoen vasmaak en die mes teen die kant van sy voet in sy skoen ingedruk. Die bende het by die tafel langsaan gesit en suggestiewe flikkers in sy rigting gegooi, soos vlieë om hul leier gekoek.

Daardie aand was Ferdi se brein kalm. Van kindsdae af kon hy homself nie vereenselwig dat iemand geweld op hom mag afdwing nie. Niemand het daardie reg gehad nie. Hy kon nie lyfstraf op skool verduur nie. Veral nie as daar geen werklike rede behalwe goeie ou magsvertoon daarvoor was nie. Iets wat buite sy beheer was. Soos huiswerk wat nie aan die onderwyser se hoë standaard voldoen het nie. Ten spyte van sy beste poging. Ferdi sou vir die oomblik wag om geregtigheid te laat geskied. Soos 'n spyker voor die onderwyser se motor se wiel te plaas. Of 'n gunsteling boek te laat wegraak. Ander sou dit dalk wraak noem. Vir Ferdi het dit oor geregtigheid gegaan.

Hy was vasbeslote, geweet wat hy moes doen. Hy het die mes in sy sel uit sy skoen gehaal en teen die muur se beton begin slyp. Tronkselmure is van harde beton gemaak om te verhoed dat gevangenes daardeur probeer grawe om te ontsnap. Dis ook 'n goeie ding om messe vlymskerp teen te slyp. Natuurlik nie oornag nie.

Ferdi het die dae gebruik om te beplan hoe om reg te laat geskied. Daar was oomblikke wat hy aan wraak gedink het, hoe dit sou voel om die man te vermink. Maar hy het minder belanggestel in wraak, eerder om 'n vonnis te voltrek. 'n Doodsvonnis.

Hy het proefbewegings uitgevoer, homself oor en oor gemaan om kalm te bly, te fokus, nie weggevoer te word en te haastig te raak voor die oomblik aanbreek nie. "Wag vir die bal om na jou toe te kom. Moenie na die bal toe probeer gaan nie." Dis wat die muurbalafrigter altyd tydens oefening vir sy spelers ingeprent het. Etes was die enigste tyd wat hy naby sy verkragter kon kom.

Die brein is 'n sterk orgaan. Mense onderskat die brein se vermoë om te oorleef, om te doen wat nodig is om te oorleef, al beteken dit om die liggaam wat dit huisves te verloën. Die brein is 'n selfsugtige orgaan. Ferdi se brein het sy gesig gedwee en valslik laat glimlag asof hy 'n swakkeling was wat homself voor sy heerser se voete neerwerp.

Die bende het hulle verlustig in sy vernedering toe hy die eerste maal skugter met sy skinkbord aan die punt van hul tafel gaan sit het. Sy brein het die aanmerkings verduur en die gesig geforseer om die regte berustende uitdrukkings te wys, voor te gee hy soek versoening op hul terme. Sy gelaat het die trekke gewys wat getoon het dat hy sy lot aanvaar. Oë wat afgewend was. Af en toe 'n glimlag. Maar as iemand fyn sou oplet, die glimlag het nooit die lagplooitjies om sy oë bereik nie. Die vasberade trek om sy mond was meestal daar. Iemand oplettend sou op sy hoede wees.

Ferdi het gesteun op sy voorgraadse sielkunde studie, mense se optrede, hoe om te luister, op te let, wat mense gemaklik laat voel in jou teenwoordigheid, mense vrymoedigheid gee om hulself te openbaar. Dit het vinniger gebeur as wat hy verwag het. Sommige mense hou daarvan om meerderwaardig te voel. Bendelede is soveel meer geneig daartoe. Wanneer iemand hulself onderwerp kan die egotisme in roekeloosheid ontaard. Ferdi het dit al te goed besef. Die boekekennis het handig te pas gekom. Sy lektor sou dalk trots op hom wees. Of verafsku.

Bykans 'n week het verbygegaan. Dit was ontbyt. Ferdi het sy skinkbord na waar die bende alreeds gesit het gedra. Daar was 'n plek leeg langs die leier. Ferdi het oorgeleun om die skinkbord neer te sit. Hy het sy lepel laat val. Niemand het iets daarvan gedink toe hy buk om dit op te tel nie, of opgelet dat hy iets uit sy skoen trek nie. Hy het agter die man se rug gaan staan terwyl hy loperige eier van sy bord geskep het, sy arm voor die man se bors verby gedruk, homself bly vertel om kalm te bly, nie oorhaastig te wees nie, die ander arm om die man se voorkop geklem en sy kop agteroor gepluk om die sagte vel van sy keel te ontbloot en doelbewus, met geweld gesny.

Ferdi kon die mes teen die man se keel voel gly. Dit was te maklik. Hy het 'n mate van weerstand verwag, vlees wat teen metaal probeer verset. Daar was niks van die aard nie. Hy het verslae teruggestaan en gewonder hoe hy 'n gemors kon maak van iets so eenvoudig soos om 'n mes deur iemand se keel te trek. Toe hoor hy die geroggel, bloed wat spuit uit

die hoofare in die man se nek, hoe sy kop sywaarts kantel en
op die bord met eier beland. Hande rondom die tafel het
verslae vasgesteek tussen bord en mond. En vir die derde keer
in maande staan hy in 'n plas bloed.

Ferdi het verwag dat die bendelede hom gaan bespring,
hom tot 'n nat, bloederige gemors gaan slaan. Dit het nie
gebeur nie. Hy het die mes se hef uitgehou na 'n wag wat
versigtig nader getree het, knuppel gereed. Die res was in 'n
waas van onttrekking. Hy weet daar was weer 'n verhoor en
dat hy weer skuldig bevind is, net soos mens sou verwag van
iemand wat voor 'n saal vol getuies 'n ander persoon se keel
afgesny het.

Solitary confinement noem hulle dit. Dit was veronderstel
om Ferdi se straf te vererger, hom laat afsluit van interaksie
met mense om sy sondes te oordink. Hy was in elk geval
reeds toegesluit. Vier mure kon nie meer druk as wat dit
alreeds gedruk het nie. Afsondering van mense is waarna hy
gesmag het. In sy hart was hy alreeds alleen, maar niemand
wou hom uitlos nie. Sy haat teen sy verkragter het hy in die
tronk se eetsaal agtergelaat.

In *solitary* het hy opgekrul en gehuil omdat hy so alleen
in die wêreld was. Hy het gehuil totdat daar byna niks oor
was nie. Daar kon hy weer met Angel praat. Daar het hy haar
finaal en volkome leer ken. Daar het hy die verwyt wat soms
na die oppervlak geborrel het finaal uit sy sisteem gewerk.
Edie, ciao baby. Hy het verstaan waarom sy die wêreld
totsiens gewaai het.

"Angel, jy dra geen skuld nie," het hy herhaal en herhaal,
nogmaals herhaal, saam met Gary Numan se *Absolution*. Hy
het die musiek in sy kop gehoor, oor en oor teruggespeel.
"Angel, ek vergewe jou. Ek weet jy wou my nie alleen laat
nie. Ek weet nou wat dit is om 'n slagoffer te wees. Ek weet
hoe dit alles beduiwel, alles besmet, alles wat mooi is laat

verlep, verdor, doodmaak. Angel, ek weet waarom jy swart *make-up* gedra het. Angel, ek is jammer ek het nie regtig verstaan nie. Angel, ek wens jy was hier. Angel, ek raak mal. Ek mis jou so. Waarom het die lewe dit aan jou gedoen? Bliksem, Angel, waarom? Jy is so sag en liefdevol."

Ferdi weet nie hoe lank hy in isolasie opgesluit was nie. Daar was geen verset in hom toe hy voor die tronk se sielkundige moes verskyn of na sy vorige sel teruggeneem is nie. Die mens se brein verloor tred van tyd. In die tronk is een dag soos die volgende. Ander prisoniers het hom vermy. Mens sou dalk wraak verwag. Van die gevangenes het by hom kom sit, gevoel hulle is veilig saam met hom, onaantasbaar soos hy beskou is.

Sy broer het hom 'n paar maal besoek. Dit was ongemaklik. Vir beide van hulle. Op die beste van tye het hulle nie oor die weg gekom nie. Sy broer het hom as lafaard bestempel oor sy gewetensbeswaar tydens diensplig. Moord het dalk die aanklag verander, maar niks gedoen om hul verhouding te verbeter nie. Ferdi was verlig toe sy besoeke vinnig opgedroog het. Sy ma het dikwels geskryf. Hy het teruggeskryf. Kort briefies. Ditjies en datjies. Niks oor Angel nie. Hy het nie werklik 'n verklaring daarvoor gehad nie. Sy ma het nooit werklik probeer vis wat gebeur het nie. Asof almal verwag het sy lewe sou in niks goed ontaard nie.

Dae het in weke gevloei, weke in jare. Hy het selfs soort van vriende met sommige prisoniers geword. Dit is 'n gemeenskap, of mens dit wil erken of nie. Moordenaars. Verkragters. Kindermolesteerders. Almal het op laasgenoemde neergesien. Ferdi het verkragters en molesteerders soos die pes vermy.

Hy het baie tyd in die biblioteek deurgebring. Soms het hy vir ure na 'n bladsy in 'n boek gestaar, 'n sin wat iets wakker gemaak het en hom teruggeneem het na 'n oomblik in sy lewe. 'n Gevangene wat oud genoeg was om sy pa te kon wees was besig om 'n lewensvonnis uit te dien. Hy het beide sy ouers vermoor. Hy het eendag vir Ferdi gevra waaraan hy so sit en dink wanneer hy na boeke kyk sonder om ooglopend te lees. Ferdi kon nie werklik antwoord nie. Hy het die man gevra hoe lank sy vonnis was. Vyf en twintig jaar sonder parool.

Victor was sy naam. Sy pa was 'n dronklap. Gewelddadig teenoor sy ma en sy jonger suster. Al hulle geld weggesuip. Die kinders was verwaarloos. Sy ma was afgetakel. Sy het haar man begin glo dat sy goed vir niks is nie. Sy suster het 'n gewas aan haar been ontwikkel. Sy ouers het niks daaraan gedoen nie. Toe Victor eendag die ambulans bel was dit te laat. Bloedvergiftiging. Sy suster het haar been verloor.

Hy was vakleerling. Skrynwerk. Maande later het hy een middag terug by die huis gekom. Sy suster het in 'n hoop in die hoek met 'n bloedneus en blou oog gelê. Haar tydelike kunsbeen in die ander hoek. Sy pa was besig om sy ma aan te rand. Victor het sy klouhamer gevat en gegooi. Gemis. Sy ma noodlottig teen haar slaap getref. Sy pa het hom bestorm. Victor het hom met 'n bytel in die bors gesteek. Dit was twintig jaar gelede. Victor se suster het selfmoord gepleeg jare tevore. Daar was niks vir hom buite die gevangenis nie. Hy wou nie vrygelaat word nie. Die gevangenis was sy tuiste. Ferdi kon met Victor oor Angel praat. Hy het verstaan. Dis die naaste wat Ferdi aan ware vriendskap gekom het.

Hy was onseker van die tydsduur, dalk was dit vyf jaar later toe 'n jong dame by die tronk aankom om 'n studie te doen, 'n regstudent. Hy is ingeroep na die superintendent se kantoor, gevra of hy bereid was om deel te neem aan haar studie. Hy het sy skouers opgehaal, oplaas nee gesê. Almal wou deel neem aan haar projek. Vroue doen dit aan 'n gemeenskap waar mans aangewese is net op mekaar.

Mans wat verkrag is deur ander mans vermy vrouens. Ferdi het dit in die biblioteek in 'n boek gelees. Hy kon hoor waaroor die gevangenes praat, stories opmaak oor hoe sy vir hulle ogies gemaak het. Ferdi het soms gewonder of dit deel van die vonnis is, dat mens nie ander se skinderstories kan uitdoof nie, alles hoor wat almal sê, meestal kru en amper altyd leuens.

'n Paar maande later het die vrou hom weer deur die gevangenis se pastoor genader. Die keer was dit nie 'n algemene versoek nie. Sy wou spesifiek 'n onderhoud met hom voer. Hy wou weet waarom sy storie belangriker was as die ander, of verskillend. Hulle was almal skuldig aan gruweldade, dinge wat gewone mense aan ander doen. Die konteks was net anders. Hy het met Victor gepraat oor die versoek. Victor het 'n mate van wysheid gehad. Ferdi kon luister na hom. Hy het eintlik niks gehad om te verloor nie. Victor was reg. Die keer het hy ingestem.

Sy was glad nie so watwonders nie. Haar blonde hare was kortgeknip, maar nie so kort soos Angel s'n nie, soos iemand wat wil anders lyk maar nie die moed het om dit deur te voer nie. Ander mans het blykbaar gedink sy's mooi, maar sy't nie naby Angel gekom nie, hoe sy plooitjies met haar neus getrek het nie. Niemand het Angel se lyf gehad nie, so hy het nie werklik probeer oplet of sy onderklere dra of nie.

Sy het uitgevra oor wat gelei het tot sy oortreding. Hy het gesê dis opgeteken in die hofdokumente. Sy het oopmond geglimlag en gevra om sy weergawe te hoor. Haar glimlag was doodgewoon. Dit het nie jou hart versag soos Angel se glimlag nie, jou gemoed gelig en die maan helderder laat skyn nie. Hy het gevra waaroor haar studie gaan.

Sy het probeer verduidelik, maar hy was nie in 'n stemming vir haar verduidelikings nie. Dalk het sy sy irritasie opgemerk, want sy het meer saaklik geraak, probeer uitvra oor Angel, wat haar so besonders gemaak het, waarom Ferdi iemand om haar onthalwe sou vermoor.

Ferdi het lank na haar gekyk, probeer dink hoe om te vertel van iemand wat so ver buite die meeste mense se verwysingsraamwerk is dat jy haar nie kan beskryf nie, dat dit oppervlakkig klink om te sê sy het geen inhibisies gehad nie, sy was vol lewe en was pragtig op maniere waarvoor woorde nie bestaan nie.

Hoe vertel jy van die eerste keer wat haar blou hare en swart grimering jou asem weggeslaan het, hoe sy na jou gekyk het en jy geweet het jy sou nooit weer 'n begeerte vir 'n ander vrou hê nie? Wie glo in elk geval sulke dinge? Hy het gesê hy sal haar vrae beantwoord as sy vir hom swart grimering bring. Sy het nie verstaan nie.

Hy het nog daardie grimering, die swart lipstiffie en oogskadu. Hy gebruik dit soms. Niemand het geweet van die herdenkings wat hy hou nie, die eerste dag wat hulle ontmoet het nie, die dag toe hy haar gered het van haar afskuwelike omstandighede nie. Hy wonder soms of hy haar gered het en of haar slegs van tronk laat verwissel het. Hy dink hulle was wel gelukkig saam.

Hy weet nou hoe sy haar liggaam moes verafsku het, hoe besmet dit was met ander se misdade. Maar hy was daar wanneer haar skanse af was, haar werklike self in sy arms was, selfs bo-op hom met hom binne in haar. Hy dink dit was die werklike Angel, nie die een wat wou vlug in 'n dwelmbeswyming en ontsnap van die wêreld nie.

Sy het daarvan gehou om swart grimering op hom te smeer, om hom te terg dat dit hom aanlokliker as die meeste vroue laat lyk het. Nou kon hy net homself grimeer en in 'n spieëltjie wonder wat sy aan hom gesien het, opmerkings van prisoniers hoor oor sy seksuele neigings.

Tyd. Wat is tyd in elk geval. Die liggaam verouder. Mens voel dit. Ferdi het baie keer gesit en dink aan die Koisan in The Gods must be Crazy, die film wat 'n treffer in sy tienerjare was. Die toneel waar die tenger figuurtjie na 'n venstertjie staar in sy tronksel. Een van Ferdi se vrese was om opgesluit te wees, om soos daardie man te sit en wegkwyn. Dis een ding om dit te dink. Iets heeltemal anders om dit te ervaar. Dis soveel erger. Wat hom amper gek gedryf het was nie net die mure nie. Dit was die orde. Alles was op sy plek. Alles was netjies. Elke oppervlak was blinkskoon. Daar was niks natuurlik nie. Bietjie wanorde. Mens smag daarna. Dit vreet aan mens se verstand as alles kunsmatig georden is.

Hy is gediagnoseer met depressie. Dit was Victor wat die saadjie in sy gedagtes geplant het. Word gediagnoseer en kry slaappille op voorskrif. Die biblioteek was vol boeke oor sielkundige toestande. Afwykings. Seker om gevangenes te help om hul toestand te verstaan. Dit beskryf al die simptome.

Ferdi was die klassieke geval. Teksboek. Die sielkundige het skaars notas geneem. Hy het 'n daaglikse dosis middels voorgeskryf wat die wag elke oggend deur 'n skuifdeurtjie in Ferdi se sel aangegee het. Na 'n week moes hy vir 'n opvolg ondersoek aanmeld. Sy kondisie het geen verbetering getoon nie. Die dokter het gesê dis normaal. Daardie soort behandeling neem tyd om vrugte te werp. Die voorskrif is hernu.

Na amper 'n maand het Ferdi al die pille gesluk wat hy versamel het. Hy het wakker geword in die hospitaal. Die biblioteek boeke het versuim om te noem hoe lank dit neem voordat die liggaam finaal aan daardie soort medikasie oorgee. Een van die wagte het hom bewusteloos gevind. Sy maag is leeggepomp en sy lewe is gered. Afhangend van hoe mens daarna kyk. Hy is nogmaals gevonnis. Die keer om aan die lewe te bly. Dis hoe Ferdi dit gesien het.

Agterna het hy werklik aan depressie begin lei. Elke oggend moes hy sy mond oopmaak sodat die wag met 'n flits kon bevestig dat hy sy medikasie gesluk het.

Tyd stap aan. Meeste van dit is 'n waas. Van tyd tot tyd moet hy voor die paroolraad verskyn. Dit eindig gewoonlik met iemand wat wil weet of hy berou het, hom dan terugstuur na sy sel, tyd wat aanstap en dan weer 'n parool verhoor.

'n Beampte vra of hy sy misdaad oordink het en gereed is om onder voorwaardes vrygelaat te word. Ferdi merk op dat sy die enkelvoud gebruik, misdaad, nie dade nie. Sy vra nie of hy berou het nie.

Ferdi knik beleefd. "Ek het dit oordink, ja."

"Dis goed so, Ferdi." Sy skryf iets in sy lêer en vou dit toe. "Ek dink jy is lank reeds gereed."

'n Wag staan nader om hom weg te neem.

"Ferdi?"

Hy draai om.

"Was sy dit alles werd?"

Ferdi dink so oomblik na. Hy knik net.

Die beampte wys vir die wag om Ferdi weg te neem, terwyl sy die uitgerekte proses begin om sy vrylating op parool te bewerkstellig. Sy is deel van die regstelsel. Sy is 'n vrou. Sy dink aan talle vroue wat gered is van 'n monster waarvan hulle nie eers bewus was nie, en die prys wat Ferdi daarvoor betaal het. Sy vou die lêer toe en wag vir die volgende gevangene om op te daag.

Hoofstuk 20

D ie son het reeds gesak. Straatligte gooi kolle op die pad, skadu's wat patrone maak op huise se mure. Sommige kan vreesaanjaend wees, afhangend van hoe mens daarna kyk. Ander is net mooi patrone van lig en skadu, die lewe wat aangaan.

Ferdi ry stadig verby die hool waarvan hy Angel gered het. Die plek is gesloop en die erf herverdeel. Daar staan nou twee dubbelverdieping wonings op die perseel. Hy is bly daardie klad op die landskap is uitgevee, die tekens van haar lyding vir altyd verwyder. Hy wonder of die mense wat nou daar woon ooit dink aan wat daar tevore was, eers weet wat daar gebeur het nie. Hy twyfel.

Die aarde dra nie littekens van individue se wroeging nie. Die gordyne van die een eenheid is oop. Dit lyk of 'n gesin aandete geniet. Daar is 'n pa en ma, twee kinders met blonde hare. Hulle lag vir iets. Die plek langsaan is donker. 'n Mens wonder soms of donker plekke beteken niemand is tuis nie en of dinge gebeur in die donker waar die lig opsetlik vermy word.

Hy ry verder, verby die woonstelblok wat so lank sy

woning was. Dit lyk basies nog net dieselfde. Die plek is nou blou geverf, seker om in te pas by die see-tema wat ontwikkelaars ontdek het as a bemarkingstrategie om die prys op te jaag. Angel sou die skakering van blou waardeer het, skat Ferdi. Hy lag, maar dit kom as trane by sy oë uit. Hy byt sy onderlip onbewustelik en ry verder, gaan parkeer langs die see waar hy soveel aande alleen deurgebring het, probeer ontsnap het uit die woonstel wat soos 'n sel gevoel het. Mens moet versigtig wees om sommer net iets 'n sel te noem. Die werklikheid is soveel erger.

Ferdi skakel die motorfiets se enjin af. Hy staar oor die see, dink aan hoeveel verander het waarvan net hy weet. Iemand wat vyftien jaar gelede daar verbygery het sou 'n persoon op 'n motorfiets sien sit het en gedink het die toneel het niks verander nie. Hy is terug waar dit alles begin het.

Die motorfiets is nou al wat hy besit. Die res is weg. Hy het Kaap toe getrek en sy ou lewe agtergelaat. Nou is hy terug. Sy musiekversameling is weg. Hy weet nie wat daarvan geword het nie. Dalk was van dit sommer net uitgesit op die sypaadjie toe sy woonstel se huur te lank agterstallig geraak het en die verhuurders die plek terug op die mark gesit het. Hy onthou sulke dinge het gebeur wanneer huurders kennisgewing kry en nie die huur kan bekostig nie. Daar is nie veel simpatie as mense nie hul huur kan bekostig nie. Hulle moet maar uitskuif na waar plekke meer bekostigbaar is. Hy koester geen wrewel nie. Dalk was daar navrae oor sy welstand. Hy weet nie. Nou besit hy net die motorfiets, die een wat hy by sy ouers gelaat het.

Tegnologie het aanbeweeg. Sy pa het van sy eie musiek digitaal oorgedra na Ferdi se telefoon. Hy voel die ding in sy sak. Dis nog vreemd om so-iets rond te dra, veral as mens niemand het om te bel nie. 'n Welwillensheidsinstansie het ou toestelle herwin en aan mense soos hy geskenk.

Mense soos hy. Ferdi speel met die gedagte. Mense soos Angel, *druggies, junkies*. Mense soos hy, tronkvoëls, moordenaars, uitwerpsels wat die wêreld sy oë van afwend. Ferdi dink nie die samelewing skuld hom nie. Hy verstaan. Die lewe lyk anders van die anderkant. Hy het beide kante beleef, die goed en die kwaad. Hy is net nie meer so seker watter kant was die goed en watter kant was die kwaad nie.

As hy weer kon kies, as hy sy lewe kon oor begin, watter kant sou hy verkies? Hy wonder. Hy wonder lank. Iemand wat hom daar sien sit het sou wonder waaraan die man dink, waarom hy ten einde laaste sy kop knik, asof om te beaam dat hy wel weet. Ferdi het sekerheid, dat Angel alles was wat die lewe mooi en goed gemaak het. Die dinge wat haar gemaak het wat sy was, daardie was die slegte dinge. Hy sou 'n lewe saam met haar elke dag weer kies, ten spyte van wat sy was.

'n Motor draai by die parkeerterrein in. Ferdi is bewus van die ligte wat vlugtig oor hom speel en dan die branders in die afstand verlig. Hy ignoreer dit. Hy sukkel met sy selfoon en probeer die knoppie soek wat die volgende snit kies, Vivaldi. Hy is lomp. Daar is nie knoppies nie. Mens moet 'n vinger beweeg om die skerm te aktiveer. Dit werk nie met sy handskoene aan nie.

Die dekselse motor kom hou wrintiewaar langs hom stil. Irritasie bruis sommer onmiddellik na die oppervlak. Hy het soveel jare lank gesmag na ruimte. Hoe moeilik kan dit wees? Is dit te veel gevra van mense? Gaan iemand hom weer uitvra na 'n dans, dink hy bitter. Hy skud sy kop en kyk oor na die bestuurder. 'n Vrou kyk na hom. Sy lyk gesofistikeerd, nie na die tipe wat jags is agter mans aan nie. Ferdi kyk weg, terug na die branders wat oor die sandstrandjie breek.

Die vrou laat die passasiervenster sak en sê, "Hallo, Ferdi. Jy onthou my seker nie?"

Ferdi kyk intens terug na haar, probeer onthou. Haar hare

is grys-blond en in 'n moderne styl geknip. Dit lyk of sy van die kantoor af kom, stylvolle baadjie, professioneel. Hy wil sê sy verwar hom met iemand anders, maar sy het hom op sy naam genoem. Hy skud sy kop. "Jammer."

"Dit was lank terug. Jy het hier op dieselfde plek gesit. Ons het jou uitgevra om saam te gaan dans."

Ferdi dink terug, lank terug, na 'n tydperk toe sy lewe gewoon en voorspelbaar was. Hy knip die valhelm se gespe oop, haal die helm af. "Annelise?"

"Jy onthou my naam." Sy glimlag vlietend.

"Jy het swart hare gehad."

Annelise glimlag weer. "Jy lyk anders," sê sy, merk die ooglopende op, die swart oogskadu en lipstiffie. "Jy het baie gewig verloor."

Ferdi knik. "Hoe het jy geweet dis ek?"

"Ek het gehoor jy is op parool. Ek het jou motorfiets gesien. Ons kantoor is net daar oorkant. Ons het 'n see-uitsig. Ek sien jou al van vroegaand."

"Baie mense sit seker hier op motorfietse."

"Nie regtig nie. Ek het nog nie een soos joune gesien nie. Hulle moet skaars wees."

"Jy is oplettend."

Annelise trek haar skouers op. "Wil jy inklim? Ek het 'n fles koffie saamgebring. Ek hoop jy drink koffie."

Ferdi laat die motorfiets teen die systaander rus, hang sy baadjie oor die truspieëltjie en klim langs haar in, voel die sagte leer en ruim sitplek. Hy was nog nooit in 'n luukse voertuig nie. Snaaks, hy verkies sy ou Datsun. Hy wonder wat daarvan geword het.

Annelise sukkel bietjie om die koffie te skink. Sy is onhandig, asof sy gespanne is. "Jy wonder seker waarom ek hier is?"

Ferdi haal sy skouers op.

"Ek het destyds in die koerant gelees wat gebeur het. Dis deel van wat ek doen, op hoogte te bly met regsake en sulke dinge. Ek was finale jaar student, maar ek het jou naam herken. My pa was senior vennoot in 'n regsagentskap. Ek het hom gevra om te help."

Ferdi kyk na haar, 'n trek van ligte verbasing, 'n wenkbrou wat gelig word. Hy probeer terugdink na wie sy saak verdedig het. Hy kan nie onthou nie. Dit was iemand wat hy gedink het die staat aangewys het. Hy het nie geld gehad om vir verdediging te betaal nie. Hy het ook nie gereken hy het verdediging nodig nie. Hy het 'n moord gepleeg. Hy sou dit elke dag weer gedoen het as hy die kans gegee was.

Annelise sien hy het geen antwoord nie. Sy kyk na die engel wat op sy voorarm al teen sy pols op getatoeëer is, die een vlerk wat teen 'n vreemde hoek hang. Sy swart naels laat sy vingers slank vertoon, amper vroulik. "Daardie dag wat jy saam is nagklub toe, iets het in my verander daardie dag."

"Dit was net 'n *blind date*, ingewing van die oomblik," antwoord Ferdi.

"Presies. Ek het niks verwag nie. Daar was niks."

"So waarom dit ophaal?" vra Ferdi.

"Jy het daardie aand deel van my lewe geraak, Ferdi. Jy weet dit net nie."

Ferdi kyk vlugtig oor na haar, wag vir 'n verduideliking.

"Ons leef in ander kringe. My werk gaan oor reg en verkeerd, sonder emosie, om die beste uitkoms vir die kliënt te verseker. Dis al wat tel. Dis die regstelsel wat die wette toepas. Ons maak nie die wette nie. As daar 'n *loophole* is gebruik ons dit omdat die wet nie goed genoeg geformuleer is nie. Dis nie ons skuld as dit 'n misdadiger laat vryloop nie. Die stelsel wat die wette skep moet daardie gaping toestop. Dis wat ek geleer het. Dis hoe ek dink aan alles. Emosie het geen plek in so 'n sisteem nie."

Ferdi drink van die koffie. Dis te warm. Die koffiebone het gebrand. Maar dis ook nie onaardig nie. Dis myle beter as enigiets wat hy in jare geproe het. Hy neem nog 'n slukkie. "OK. En?"

"Ons was saam op die dansvloer. Henry en sy meisie het my oortuig om saam te gaan. Dit was nie my *scene* nie."

"Ook nie myne nie. Jy't dit seker opgetel."

"Ja, soort van. Ons het jou in 'n slegte situasie geplaas."

"Dis oukei. Dinge het goed uitgewerk vir my."

Annelise kyk na Ferdi, asof hy ironies probeer wees. "Het dit?"

Ferdi kyk na Annelise, asof sy hom terg. "Natuurlik."

Annelise dink so bietjie, sê dan, "Jy was toegesluit vir vyftien jaar."

"Ek praat van voor dit."

"Maar het die een nie tot die ander gelei nie?"

Hy oorweeg die opmerking. "Nie regtig nie. As daardie bliksem haar nie verkrag het nie, haar gehelp het soos wat hy veronderstel was, nie vir haar met dwelms afgepers het nie sou sy vandag nog hier wees." Ferdi weet dis nie die volle waarheid nie, dat daar iets noodlottig was aan sy verhouding met Angel, dat mense soos hulle nie saam oud word nie. Dis nie in die wette van die natuur geskryf nie. "Ek sien steeds nie wat dit met destyds op die dansvloer te make het nie."

"Ek het 'n verhandeling gelees, 'n student se tesis oor "Deaths in Incarceration." Dit het jou geval bespreek."

Ferdi knik. My geval. Nou's ek 'n *geval*. Hy onthou die onderhoud, die meisie wat haar bes probeer het om professioneel te lyk tussen mans wat haar met hul oë ontklee het.

"Gewoonlik is dit polisie-brutaliteit, of *gang violence*. Dis ongewoon dat slagoffers wraak neem."

Ferdi sny haar af. "Dit was nie wraak nie. As dit wraak was sou ek sy knaters afgesny het, hom verneder het vir die res van sy lewe." Ferdi huiwer. Daar is te veel op sy gemoed. Hy het nie langs die see kom sit om ou koeie uit die sloot te grawe nie. "Ek het geregtigheid laat geskied. Skuim soos hy verdien nie om deel van die samelewing te wees nie. Hulle verloor hulle reg op bestaan. Ek het gedoen wat reg is." Hy kyk stip na Annelise, daag haar uit om hom teen te gaan.

Sy bly stil.

"Ek sal jou een ding sê, daardie daad het vyf jaar by my vonnis gevoeg. Nie een ander verkragting het plaasgevind terwyl ek daar was nie, nie in my selblok nie. Sê vir my ek was verkeerd."

"Ferdi ..." Annelise soek na woorde. "Ferdi, ek is so jammer."

Ferdi knik, kyk anderpad.

"Die grimering. Is jy gay?" Besorgdheid in haar stem.

Hy sê met venyn, "En wat as ek is?"

"Niks nie. Ek vra net. Ek dink sulke goed verander mens."

"Annelise, die regstelsel gooi mense soos ons vir die wolwe. Die slagoffer betaal altyd die prys. Dis wat met Angel gebeur het. Dis wat met my gebeur het. Ek was drie dae daar toe is ek verkrag. *The new boy. Fresh,* soos hulle sê. Die ..." Ferdi soek na die regte woord, kry dit nie, "bliksem het gekry wat hy verdien het. Ek sal sy keel weer afsny. Jy verstaan seker nie."

Annelise antwoord sagkens, "Ek verstaan. Ek stem dalk nie saam nie, maar ek verstaan."

Ferdi knik net. "Ek wou mense wegstoot. Swart grimering op mans stoot mense weg. Dit maak my nie gay nie." Hy dink so bietjie en voeg dan by, soos 'n stout kind, "In elk geval, Angel het van my gehou met swart grimering."

Annelise wys 'n vinnige glimlag. "Daar was agtergrond in die tesis, so bietjie van wat gebeur het om jou in die tronk te plaas." Annelise kyk of Ferdi reageer. Dis moeilik om te sê. "Daardie aand op die dansvloer. Ek kan nie presies onthou nie, maar iemand het teen my gestamp. Ek het jou in die skare verloor. Ek het besluit om terug tafel toe te gaan en vir jou te wag, vir Henry te vra om my huis toe te neem. Toe sien ek jou. Daardie oomblik toe daai vrou teen jou dans, hoe maklik jy verlei is." Annelise bly stil vir 'n oomblik, gee Ferdi kans om haar te weerspreek. Hy doen dit nie. "Ek kon dit nie verstaan nie. Vir my leer mens eers iemand ken, waarvoor hulle staan, wat hulle waardes is. Jy kyk nie net na 'n kort rokkie en val hals oor kop vir haar nie. Dis wat ek gedink het. Toe ek jou storie lees, toe verstaan ek. Ek was verkeerd. Ek dink met my brein. Dis nie romanties nie. Mens tel op en trek af, weeg dan een teen die ander op. Dit moet 'n positiewe balans gee. Dis hoe my kop werk. Ek het gedink julle is oppervlakkig. Na ek gelees het wat jy vertel het was ek so bietjie jaloers, dat julle 'n band kom vorm sonder om mekaar hoegenaamd te ken, geweet het dat julle gevind het waarvoor julle soek. Mense soos ek vind eers wat ons gesoek het wanneer dit te laat is, ons huiwer as die oomblik daar is om aan te gryp. Wanneer ons gryp is die oomblik weg. Dis hoekom ek jou kom opsoek het vanaand. Ek druk myself sleg uit. Ek dink nie dis verkeerd om met die brein te dink nie. Dis net, ek besef nou dat vir sommige mense dit werk om hul hart te volg. Vir my eindig dit gewoonlik sleg."

"Daar's plek vir ons almal op hierdie aarde, dis waar." Hy weet dat sommige mense gelukkig is om hul ewebeeld te ontmoet, hul geesgenoot, iets te sien in iemand anders wat bekend lyk, gemaklik is, 'n persoon wat jy weet dieselfde as jy is, met wie jy jouself kan wees, iemand met wie jy jouself ten volle kan vertrou, wat jou nooit opsetlik sal seermaak nie. Wanneer jy jou ewebeeld ontmoet hoef jy nie daaroor te dink nie. Dit help nie om te probeer verduidelik nie.

"Ek het ook daardie aand iets in jou gesien. Jy was ordentlik. Jy't nie die geleentheid met my probeer uitbuit nie. Wendy het my agterna vertel dat hulle jou weer by die klub gesien het, dat jy oor my gevra het. Maar ek het gehuiwer en toe vat iemand anders jou. Ek doen al die laaste vyf jaar elke ses maande aansoek namens jou vir parool."

Sy knik stadig toe Ferdi na haar kyk. "Ek gebruik my Pa se firma-naam. Ek soek nie iets van jou nie. Ek wou net help. Dis te laat vir my. Ek is bly dit was sy. Mense soos ek maak nie mense soos jy gelukkig nie – nie vir lank nie. Julle was gemaak vir mekaar. Ek's net jammer dit moes so gou eindig."

Ferdi, vee die hoek van sy oog. Hy knik ingedagte, bly knik totdat Annelise vra of daar fout is.

"Nee, daar's nie fout nie." Hy kyk na haar. "Dankie. Dit beteken iets vir my." Hy weet dit verg baie van haar.

Annelise glimlag weer vinnig. "Mense soos ek se kers brand nie so helder nie. Dit brand dalk langer. Ek weet nie wat beter is nie."

"Dis die seerkry, Annelise. Kort brand of nie. Wanneer daardie kersie vroeg geblus raak, wanneer iemand dit dood-druk." Ferdi sukkel om die woorde te vind. "Die hart is nie gemaak om met daardie tipe seerkry te *cope* nie."

Annelise kyk af na haar skoot. Sy byt haar lip. Woorde is nutteloos. Sy verander die onderwerp. "Met die hofsaak. Daar was ander vroue ook. Nie een wou in die openbaar getuig nie."

Ferdi knik. Dit verbaas hom nie. Roofdiere vang nie net een prooi nie.

Die gesprek het opgedroog. Ferdi dink dis dalk tyd om totsiens te sê. Hy het nie werklik lus vir huis toe gaan nie, by sy ouers gaan sit wat ook nie regtig weet hoe om die situasie te hanteer nie, hoe mens die oënskynlike probeer vermy in gesprekke nie, of mens die oënskynlike moet vermy nie. Die olifant in die vertrek.

"Wil jy nog koffie hê? Ek dink ek het dalk te veel gemaak," onderbreek Annelise sy gedagtes.

Ferdi kyk na die fles in haar hand. "Asseblief."

Hulle drink saam in stilte. Annelise het gesê wat op haar hart was.

"Die sitplekke is gemaklik. Ek sal aan die slaap raak as ek 'n kar soos die moet bestuur," merk Ferdi op.

Annelise glimlag, beleefd. Die opmerking verg nie 'n antwoord nie.

"Dit lyk of jy goed doen vir jouself."

"Ja, ons vaar goed."

"Kinders?"

"Twee. Drie en vyf. Seuntjie en dogtertjie."

"Weet jou man dat jy hier is, met 'n dubbele moordenaar?"

"Nee. Maar ek sal hom vertel. Ferdi, moenie so hard op jouself wees nie."

Ferdi knik, ignoreer die laaste boodskap. "Dis goed. Is julle lief vir mekaar?"

Annelise kyk na hom. Hy is doodernstig. Hy verdien 'n ernstige antwoord. "Ja, ek dink so. Maar ek dink nie dis soos jy en ..."

"Angel – Angeliek."

"Soos jy en Angel nie."

"Ek dink nie enigiemand kan hul werklik indink hoe dit is om saam met iemand te wees wat geen inhibisies het nie, wat jou volkome vertrou, asof jy geen foute het nie." Ferdi klem die koffiebeker in sy hande.

Annelise skud haar kop, glimlag bewoë, besef die rouheid in sy woorde, letsels wat nog nie toegegroei het nie, selfs nie na soveel hartseer en geweld gevolg het nie.

"Ek het daardie eerste paar dae hoeveel keer vir myself herinner watter gemors haar lewe in is, of dit haar kort rokkie was wat met my gesmokkel het, of dat sy nooit bra gedra het nie." Ferdi gee 'n snorklaggie.

"Maar wanneer jy by haar was, dit het jou hart gesteel." Hy het 'n verweg uitdrukking op sy gelaat. Hy onthou haar maniertjies om al die probleme wat hy voorsien het te ontvou, sy verskonings, die kunsmatige skanse wat hy vir homself opgestel het, struikelblokke wat hy homself versin het werklik is, maar eintlik net sy eie skeppings was. "Sy kon jou op so 'n eenvoudige manier wys hoe *stupid* jy is sonder om jou *stupid* te laat voel. Ek het haar volkome vertrou. Sy het geweet wat reg was vir my."

Ferdi drink sy koffie en staar voor hom uit. "Waarom verg dit dwelms om die beste uit mense te kry?" Hy kyk na Annelise.

Sy skud haar kop. "Soms bring dit baie slegte dinge uit. En veroorsaak baie ellende."

Hy knik, stem saam.

"En dit word uitgebuit, die goeie. Dwelmgebruikers, hulle skanse is afgebreek. Mense gebruik dit teen hulle. Sommiges misbruik hulle. Die res verwerp hulle." Ferdi snuif en vryf sy oog. "Jammer."

"Dis oukei, Ferdi."

Hy knik sy kop vinnig, asof dit sal help om alles binne te hou. "Mense waardeer nie vuurvliegies in die daglig nie."

Annelise klem die stuurwiel vas. Sy weet nie waarna hy verwys nie. Sy kan hom nie help nie. Niemand kan hom help nie.

"Bliksem, Annelise, ek mis haar. Ek weet nie eers waar sy begrawe is nie." Ferdi kyk weg, by die venster uit, die donkerte in.

Annelise byt haar lip.

"Ek weet nie wat om te maak nie. Deel van my is weg. Ek is amper ses en veertig jaar oud. Ons was een jaar saam. Hoe is dit dat een jaar al is wat saak maak? Die lewe bou op na een jaar, dan steek dit daar vas. Niks verder het sin nie. Hoe lewe mens so?"

"Ek weet nie, Ferdi. Ek weet regtig nie."

Ferdi veg om beheer oor sy emosies te herwin. Hy weet dit help nie om dit te sê nie, dat sy nie sal verstaan hoe dit is om elke dag 'n beklemming in die keel te hê, vlak asem te haal nie, dat elke dag 'n dag van rou is nie. "Jy is 'n goeie mens, Annelise."

"Jy is ook, Ferdi. En Angel."

"Dankie vir die koffie. En die gesels."

"Dankie dat jy geluister het."

"Sê vir jou pa dankie dat hy my saak probeer verdedig het. Ek dink ek het hom gek gedryf."

"Jy het. Hy kon nie begryp waarom jy nie net berou wou toon nie. Dit sou jare van jou vonnis afgeneem het."

"Ja, ek onthou. Hy het bly torring. Ek het nie geweet hoe om hom te oortuig nie, dat om berou te betoon beteken dit was alles 'n fout, dat as jy tyd oor kon hê sou jy dinge anders doen. Maar as mens glo dat wat jy doen reg is, hoe kan jy berou toon? Dan beteken dit mos jy het nie werklik geglo dis reg op daardie oomblik nie. Die straf is die prys wat jy moet betaal vir dit waarin jy glo."

"Ja, ek dink nie hy het dit so gesien nie. Hy het net die vonnis probeer verkort. Dis wat ons doelwit is, die beste uitkoms vir die kliënt."

Ferdi sug onbewus. "Goeie mense doen soms slegte dinge. Ek hoop jy kan hulle help wanneer hulle jou nodig het."

"Ek sal my bes doen."

"Dankie vir parool. Ek het nie geweet nie. Ek het gedog dis net die proses."

"Dit is. Maar mense kan betoë voer."

"Dit raak laat. Jou man wag seker."

"Hy kan wag."

Annelise steek haar hand uit na Ferdi, die fyn gelaatstrekke. "Jy sou 'n mooi vrou maak."

Hy trek sy gesig weg, asof sy hom seermaak.

"Jammer."

Ferdi klem sy oë styf toe. Hy maak hulle weer oop en kyk stip voor hom by die voorruit uit. "Ek beter gaan. Dis 'n entjie se ry huis toe. Ek het iets om te doen."

"Ek sal oplet wanneer jy weer hier sit."

Ferdi knik, sê ingedagte, "Ek mag dalk nie weer hierdie rigting kom nie."

"Ek hoop jy doen dit wel."

Ferdi glimlag. "Goed so. Goeienag, Annelise."

"Goeienag, Ferdi."

Annelise sien nie dat hy iets onder sy tong steek voordat hy sy valhelm vasmaak nie. Sy sien net die waas van 2-slag olie wat steeds in die lug hang na die motorfiets se agterlig reeds verdwyn het in die rigting van die universiteit.

Ferdi voel die koel aandlug op sy gesig. Hy ry verby die kampus waar hy sy eerste werksjare deurgebring het. Die instelling was goed vir hom. Die werk was vervelig. Hy wonder wat sou gebeur het as hulle nooit weg getrek het nie. Hy druk die gesigskerm af en ry verby. Hy het geen spyt nie. Die leegheid binne in sy hart is te veel om spyt ook by te voeg.

Hy laat die stad agter, draai die versneller oop en volg die motorfiets se lig die nag in. Hy ervaar weer die sensasie van die twee-slag enjin se manier van krag lewer, hoe dit jou terugstoot in die sitplek, die voorwiel wat lig raak, die simfonie van klank, die gladheid van die ratkas soos hy versnel. Hy onthou die pad asof hy gister daar gery het, die stamperige oppervlak en die ongewone grys teer. Dis nog nie sigbaar nie, maar daar voor swenk die pad na links, daar waar 'n groot boom groei. Hy wonder watter spoed is moontlik om te bereik oor daardie afstand.

"Ferdi!"

Hy kyk verbaas op van die spoedmeter se naald wat al hoe meer na regs draai.

"Angel? Angeliek, is dit jy?" Sy asem maak 'n groen wasigheid teen die gesigskerm.

"Natuurlik is dit ek. Wat draai jy so?" Angel sit hoog in die boom. Sy swaai haar bene soos 'n klein dogtertjie. "Jy moet opskud. Ek wag al lank."

"Hou net vas. Ek kom," skree Ferdi terug. Die woorde kom in 'n warboel uit sy mond. Hy lag vir homself wat so onbeholpe is. Hy probeer weer.

"Jy is nog net so laf soos altyd," skree Angel. "Kyk wat wag vir jou." Sy lig haar bloes. "Ek het jou pienk *panties* aan, Ferdi."

Ferdi voel iets roer in sy lende, iets wat hy jare laas ervaar het. 'Jislaaik, Angel. Jy sal my knaters laat bars."

Angel is naby genoeg. Sy hoef nie meer te skree nie. Sy sê met verwondering in haar stem, "Ferdi, kyk. My vlerk is nie meer gebreek nie. Ons gaan vlieg, Ferdi. Neem my hand. Ons is vry."

Ferdi reik uit en neem haar hand in 'n ontploffing van lig.

Die volgende oggend drink Annelise gou koffie saam met haar man op pad kantoor toe. Hy lees die koerant.

"Hierdie mense wat so jaag op ons paaie," sê hy, verwysend na 'n klein beriggie êrens tussen die buiteblaaie begrawe. "So selfsugtig. Ek het geen tyd vir daardie tipe nie."

"Waarvan praat jy, my man?"

"Daardie vent wat verongeluk het hier naby, laasnag, beheer verloor het oor sy motorfiets en daar anderkant die universiteit teen 'n boom vasgery het."

Hy kom nie eers agter sy vrou gryp 'n sneesdoekie en haas haar die huis uit sonder om te groet nie.

Die Einde

Erkennings

My lieflike vrou, WeiHong, vir al jou ondersteuning, al verstaan jy nie 'n woord hiervan nie.

Erna, vir die saadjie wat jy geplant het.

Charl, vir al die proeflees, lank voor daar iets was om te proeflees.

Malcolm de Roubaix vir jou aanmoediging en idees.

Jonathan Amid vir jou aanvoeling, aanwysings en begrip.

Gregg Davies vir gesigte by name voeg.

Oor die Outeur

Hierdie is die outeur se eerste verhaal. Hy is gebore en het grootgeword in Suid Afrika en woon sedert 2001 in Australië.